Nero

NERO

UNE DARK ROMANCE MAFIEUSE

ALLIANCE
TOME 1

S.J. TILLY

TRADUCTION PAR
ROSE VERMAUX & VALENTIN TRANSLATION

SVM
PUBLISHING

NERO
Série Alliance, tome 1

Première édition : 2023

Couverture : Lori Jackson Design
Mannequin de couverture : Wander Aguiar Photography
Traduit de l'anglais par Rose Vermaux et Valentin Translation

AVANT-PROPOS

Cet ouvrage est une dark romance mafieuse pour adultes. Elle comporte des scènes de violence, de mort et d'enlèvement. Des traumatismes émotionnels et des abus physiques y sont décrits. Elle relate des cas de consentement abstrait et du harcèlement extrême. Ainsi qu'un homme qui est un *red flag* ambulant. À lire en connaissance de cause et avec prudence.

À toutes les femmes qui voient dans ces alertes rouges ambulantes une jolie nuance de rose… répétez après moi : seulement quand les mecs sont fictifs.

CHAPITRE 1
PAYTON

Une feuille rouge et or flotte dans la pièce, comme si elle ne pesait rien, avant d'atterrir sur le tapis entre ma place sur le canapé et la télévision.

Je jette un coup d'œil à la porte-fenêtre ouverte, où une nouvelle rafale de vent apporte l'odeur de la pluie promise, mais au lieu de me lever, je cale mes jambes sous mon corps et tire ma couverture en polaire jusqu'à mon menton, en prenant soin de ne pas faire tomber le bol de pop-corn posé sur le coussin à côté de moi.

Il va y avoir de l'orage.

Espèce d'enfant gâté, je vais t'apprendre, moi…

Je me pelotonne un peu plus dans le coin de mon canapé. *C'était il y a une éternité,* me rappelé-je en inspirant profondément par le nez, tentant de faire venir de nouveaux souvenirs pour remplacer les anciens.

Je suis chez moi.

Je suis en sécurité, ici.

Le grondement sourd du tonnerre lointain m'aide à me calmer.

Peu importe l'ardeur avec laquelle ils ont essayé de me le faire oublier, je n'ai jamais perdu mon amour pour les phénomènes météorologiques violents.

Je n'ai jamais compris pourquoi j'étais censée avoir peur des orages. Je ne comprenais pas pourquoi ça faisait de moi une fille différente, ou bizarre, ou idiote, comme les autres l'affirmaient.

Ce n'était pas la violence que je cherchais, c'était le changement. L'effacement. La purification. Cette infime parcelle d'espoir qu'une vague pourrait déferler et entraîner l'ancien pour laisser place à quelque chose de nouveau.

Et c'est peut-être pour cette raison que je les aime encore. Il y a toujours ce point dans ma poitrine, au plus profond de mon être, qui aimerait être aspiré dans le ciel, emporté loin de tout pour atterrir à Oz.

Comme si le vent l'appelait, la femme à l'écran ouvre sa porte d'entrée et le monde autour d'elle passe du noir et blanc à la couleur, et je me laisse envahir par ce sentiment familier de nostalgie.

Les grondements du tonnerre qui se rapproche ne cessent d'entrer et de sortir de ma conscience, même si je balance la tête au son des chansons familières.

Ma main est à mi-chemin de ma bouche, du pop-corn entre mes doigts, lorsque le bruit sourd du crissement du métal attire mon regard vers le balcon, pour constater que la porte coulissante en verre est grande ouverte.

Les rideaux semi-transparents que j'ai installés l'année dernière flottent sinistrement au gré du vent, mais le lampadaire à l'extérieur est éteint et je ne peux pas voir au-delà de mon minuscule balcon.

Je n'ai jamais vraiment fait confiance à ce balcon, il est aussi délabré que le reste du bâtiment. Mais j'ai présumé qu'il faudrait plus qu'un peu de mauvais temps pour le faire tomber.

Je me félicite mentalement de n'avoir jamais pris la peine d'installer des meubles à l'extérieur, tout en léchant le sel sur mes doigts.

Un autre coup de tonnerre, plus proche cette fois, attire à nouveau mon attention sur le balcon.

Et sur l'homme debout devant ma porte ouverte.

CHAPITRE 2
PAYTON

Un cri reste bloqué dans ma gorge, trop étranglé pour être entendu.

Je suis en train de rêver.

Je ferme les yeux tandis que je tente péniblement de respirer.

Je dois être en train de rêver.

Mais quand je les rouvre, l'homme est toujours là. Et il se rapproche.

Il traverse la moitié de mon appartement en deux grandes enjambées, ce qui le place à quelques mètres de moi.

Mon corps est parcouru d'adrénaline, mais je ne bouge pas.

À ma grande humiliation, je ne fais rien.

Un homme s'est introduit chez moi.

Mis à part la télévision, la lampe dans le coin est l'unique lumière allumée. Et elle n'éclaire que très peu l'inconnu en face de moi.

Il est grand. Je suis assise, mais je vois qu'il est grand. Et… il porte un costume.

Pourquoi porte-t-il un costume ?

Est-ce que cela aggrave la situation ?

— Bonsoir.

Sa voix est grave. Mais bienveillante. Je dirais même douce. Et mon cerveau ne sait pas comment réagir.

Mon cœur bat à tout rompre.

Mes mains tremblent.

Mais le reste de mon corps est immobile.

— Vous savez, dit-il en faisant quelques pas lents, passant devant la télé, vous ne devriez vraiment pas laisser votre porte ouverte.

Mes lèvres s'écartent, mais mes mots se mélangent sur ma langue et je suis obligée de déglutir avant de réessayer.

— Je suis au deuxième étage, murmuré-je, essayant encore de comprendre ce qui est en train de se passer.

Il penche la tête, et j'ai l'impression qu'il se moque de ma réponse, mais je n'arrive pas à me concentrer là-dessus. Parce que l'angle permet à la lumière de tomber sur ses traits. Et...

Des yeux sombres. Des sourcils foncés. Des cheveux presque noirs ébouriffés mais coiffés en arrière, des pommettes saillantes soulignées par une barbe taillée dans la même teinte.

Je déglutis à nouveau.

On dirait qu'il sort d'un shooting photo. Ou d'une salle de réunion. Ou d'une séance photo d'une salle de réunion. Et une voix intérieure me crie que cela devrait rendre la situation encore plus effrayante.

Devrait.

Je remarque aussi que ses vêtements ne sont pas mouillés, ce qui signifie que la pluie n'est pas encore tombée. Et pour une raison que j'ignore, cela m'attriste. Comme si ce détail à lui seul scellait ma perte.

C'est pour ça que j'ai toujours été une victime.

Mon instinct est cassé. Mon esprit s'éloigne chaque fois des éléments importants. Je me concentre constamment sur des détails ridicules et non sur une stratégie.

Toujours face à moi, l'homme inspecte mon appartement du regard.

Je ne connais pas grand-chose à la mode masculine, mais

je suppose que ces vêtements doivent coûter plus cher que toutes mes affaires réunies.

Mes affaires ne sont pas chics, et elles ont l'air aussi bon marché qu'elles le sont. Un canapé d'occasion et une table basse éraflée. La petite télévision sur un support premier prix que j'ai dû assembler moi-même avec une clé Allen. Ma table ronde et son unique chaise, nichée dans un coin. Et un mince morceau d'îlot qui marque la séparation entre le salon et la cuisine. Une cuisine qui ressemble plus à une kitchenette, avec des meubles en stratifié qui s'écaillent sur les bords.

Je résiste à l'envie de soupirer à la vue de mon téléphone posé sur le plan de travail de la cuisine. Il se moque de moi quand j'ai l'idée d'appeler la police, sachant que je n'en aurai jamais la possibilité.

Non pas qu'elle m'ait déjà aidée par le passé.

Ma chambre individuelle et ma salle de bains se trouvent de l'autre côté de la cuisine, mais elles sont plongées dans l'obscurité.

L'homme émet un bruit guttural tandis qu'il observe l'ensemble de la pièce. J'ignore complètement ce qu'il pense. Ou pourquoi je devrais être si anxieuse d'avoir son approbation. Comme s'il y avait quoi que ce soit à approuver dans ce triste décor. Ou qu'il y ait un avantage à ce que mon meurtrier aime mon appartement.

Une sirène de police retentit à l'extérieur.

Puis une autre.

Un instant plus tard, j'observe les lumières rouges et bleues qui éclairent la nuit et les voitures de police qui passent à toute allure devant mon immeuble.

Lentement, je tourne mon regard vers l'homme en face de moi.

Il hausse une épaule tandis que le coin de sa bouche se retrousse en un sourire narquois.

Cet homme fuit la police.

Il fuit la police et il est dans mon salon. Comme si de rien n'était. Comme s'il avait simplement décidé de prendre un autre chemin pour rentrer chez lui.

Il bouge et je me dis que c'est peut-être fini. La police est passée, il peut partir.

Mais il lève le pied et se rapproche.

Une sensation de panique commence à s'enflammer en moi, atteignant son point d'ignition lorsqu'une nouvelle rafale de vent soulève le bord de sa veste de costume.

Oh, mon Dieu, il a un pistolet !

Mais il ne le saisit pas. Il s'assoit sur le canapé.

Mon canapé.

À côté de moi.

Une fois de plus, ma bouche s'ouvre sans que rien ne sorte.

Que fait-il ?

Que se passe-t-il ?

— J'adore ce film, dit-il, presque pour lui-même.

Qu'est-ce. Qui. Se. Passe ?

Son grand corps prend trop de place sur le canapé. Tous mes meubles sont petits. Petits parce que mon appartement est petit. Petit parce qu'il n'y a jamais que moi ici.

Je reste figée, me demandant si je dois dire quelque chose, mais il reste concentré sur la télévision.

Est-ce qu'il… est-ce qu'il va rester ici ?

Je gigote, me demandant si je peux me lever et m'enfuir.

— Je préférerais que vous ne vous leviez pas, annonce-t-il sans tourner la tête, le ton décontracté.

Mais c'est évident qu'il ne s'agit pas d'une demande.

Ma respiration s'accélère, tandis que je reste tournée vers l'avant. Des picotements me parcourent les bras.

Super, c'est là *que ma réaction animale saisit ce qui est en train de se passer.*

Il ne fait aucun doute que cet homme est dangereux.

Et il est trop près.

Je ne laisse jamais les hommes s'approcher autant.

Tout mon corps se met à trembler.

— Je vous en prie, ne…

J'interromps mon plaidoyer, ne voulant pas exprimer mes craintes par des mots.

J'entends le bruissement du tissu lorsqu'il se tourne vers moi, et je ferme alors les yeux.

Ce n'est pas possible.

Ça ne peut pas être réel.

— Détendez-vous.

Il pose une grande main sur ma cuisse et je me raidis encore plus.

Le poids de sa paume est inquiétant, et la chaleur de son contact me brûle à travers la couverture.

Il appuie sa main sur moi avec un peu plus de force.

— Détendez-vous.

Son ton est encore plus doux cette fois, et j'essaie de prendre une respiration régulière.

Un parfum sombre emplit mes narines. Je perçois du cuir, du feu et de l'eau de Cologne.

Bordel, c'est le sien ?

J'ouvre les yeux.

Il se penche vers moi, envahissant un peu plus mon espace, et sa position devrait être dominante. Mais quelque chose dans son langage corporel, ou peut-être dans ses yeux, pousse mon corps à obéir. Il se détend, au moins un tout petit peu.

Son regard parcourt mon visage, et de si près, je vois une teinte verte dans ses yeux. Ils sont magnifiques.

Ses pupilles reviennent sur les miennes.

— Je ne vais pas vous faire de mal.

Comme je ne réponds pas, il incline la tête, un ordre implicite dans le mouvement.

— D'accord.

Je souffle plus que je ne prononce le mot, la voix trop faible pour que je l'entende, mais il acquiesce quand même, une expression satisfaite lui traversant les traits.

Satisfait que je le croie ?

Je le crois ?

Sa main glisse sur ma cuisse, emportant la chaleur.

— Je peux ?

Tu peux quoi !?

Avant que je n'aie le temps de perdre la tête, il soulève le bol de pop-corn entre nous deux.

Oh !

Sans attendre de réponse, il s'installe, met ses pieds sur la table basse et pose le bol sur ses genoux. Puis, toujours aussi décontracté, il glisse un bras par-dessus le dossier du canapé, ses doigts touchant presque mon épaule, comme s'il était là pour un rendez-vous galant et non pour s'introduire dans mon domicile.

Je le regarde manger le pop-corn, par poignées entières, sans jamais faire tomber un seul morceau sur lui.

Je devrais faire quelque chose.

Il doit bien y avoir quelque chose à faire.

Sa mâchoire bouge pendant qu'il mâche, les muscles sur le côté de son cou se contractant.

Je sais que je devrais partir. Ou le faire partir. Mais comment ?

Les yeux toujours rivés sur son profil, attendant la suite des événements, j'entends le personnage à l'écran parler de courage. Et j'aimerais plus que jamais en avoir.

— Comment vous appelez-vous ? demande-t-il.

Je sursaute à sa voix, puis me mords la lèvre.

— Euh… Je ne pense pas que je devrais vous le dire.

Je vois ses yeux se tourner vers moi.

— Vous êtes une fille intelligente.

Ces quelques mots rebondissent sur ma peau.

Mes doigts se resserrent autour de la couverture, la tirant encore plus haut.

Je ne dois pas trouver cet homme attirant.

Je ne dois vraiment pas.

Mon ventre se noue et mon cerveau débile décide de choisir ce moment pour me rappeler que je dois avoir l'air d'une souillon.

Non pas que ça ait une quelconque importance. Je n'ai pas besoin que cet intrus me trouve sexy. Je devrais même préférer le contraire. Heureusement que j'ai une haleine de pop-corn et une queue-de-cheval qui aurait bien besoin d'être ajustée. Et une frange qui part dans tous les sens depuis qu'elle s'est humidifiée lorsque je me suis démaquillée avant de m'asseoir pour regarder mon film préféré pour la quatre centième fois.

Les doigts au niveau de mon épaule tapotent le dossier, suivant le rythme des personnages à la télévision qui s'élancent sur le chemin.

C'est le truc le plus bizarre qui me soit jamais arrivé.

Un homme sexy comme un diable entre par le balcon de mon deuxième étage. Il se promène dans mon appartement avec une assurance dont je ne peux que rêver. Il me montre son arme. Puis s'installe pour manger mon pop-corn.

Et… il fredonne ?

J'y crois pas, il fredonne !

Avec de petits mouvements prudents, je me niche un peu plus dans le coin. J'essaie d'ajouter toute la distance possible entre nous.

Je veux lui demander son nom. Lui demander ce qu'il fuit. Mais j'ai le pressentiment que moins j'en sais, mieux c'est.

Sauf que tu as vu son visage, me rappelle inutilement ma voix intérieure.

Ne sachant que faire d'autre, je fixe son profil du regard. J'observe les remous de la lumière dans ses yeux. Les mouvements successifs de sa bouche qui s'ouvre et se referme sur des poignées de pop-corn. La détente dans ses épaules.

Il a l'air tellement à l'aise ! Tellement… décontracté !

Je cligne lentement des yeux avant de les ouvrir avec grand effort.

Je ne peux pas distinguer l'horloge du micro-ondes d'ici, mais je sais que l'heure du coucher est passée. Je n'avais pas l'intention de rester éveillée pendant tout le film, car étant obligée de me réveiller à cinq heures du matin tous les jours de la semaine, je devais me coucher tôt. Et je n'ai pas bien dormi cette semaine. Ni ces vingt-sept dernières années.

Il mâche une autre bouchée tandis que j'observe le mouvement de sa pomme d'Adam pendant qu'il avale.

Peut-être que tout cela n'est qu'un rêve.

Peut-être suis-je déjà au lit, plongée dans un sommeil profond.

CHAPITRE 3
NERO

Je sens ses yeux se fermer.

Je sens ses muscles se relâcher à mesure que le sommeil éloigne sa conscience de moi et de la situation dans laquelle je l'ai mise.

Et ça me rend furieux.

Cette douce créature ne devrait pas baisser sa garde. Pas en présence d'un étranger.

Pas en ma présence.

Mes poings commencent à se serrer, mais je me retiens. Je contrôle la situation.

J'ai toujours le contrôle, putain !

J'enroule mes doigts autour d'une nouvelle poignée de pop-corn que j'enfourne dans ma bouche.

Je sais que ma colère est mal placée. Je lui ai dit de se détendre, et que je ne lui ferais rien. Elle n'a rien fait de mal. Sauf me faire confiance.

Elle ne devrait vraiment pas me faire confiance.

Son corps abandonne finalement le combat tandis que sa tête tombe sur le côté. Ses lèvres frôlent le dos de mes doigts. Son souffle est une caresse chaude sur ma peau.

Je la regarde pendant bien trop longtemps.

Je la fixe des yeux.

Je l'observe.

Ses cils papillonnent dans son sommeil, elle est plongée en plein rêve bien que son corps reste immobile.

Elle est tentante ; même avec son corps caché sous la couverture, je devine que je vais en apprécier le reste. La douceur de ses joues se prolonge sûrement le long de sa silhouette.

Les femmes avec lesquelles on me voit souvent, celles avec lesquelles on attend que je sois, ne lui ressemblent pas. Elles n'ont pas l'air innocentes. Ni douces. *Ni nourries.* En général, elles ressemblent exactement aux vipères qu'elles sont à l'intérieur. Qu'elles doivent être. Parce que l'innocence n'a pas sa place dans mon monde. Mon monde est un puits sombre qui aspire toute la lumière et la bonté de tout ce qu'il touche.

Un petit son s'échappe de son rêve. Un son bien trop proche de la détresse. Avant que je puisse m'en empêcher, je tends la main.

J'effleure sa lèvre inférieure de la pulpe de mon pouce. La chair est aussi délicate qu'elle en a l'air.

Ressaisis-toi, putain !

Je retire ma main et me lève. Mes mouvements sont silencieux.

Il faut que je parte.

J'aurais dû partir à la seconde où les voitures de police sont passées.

Le bol de pop-corn à la main, je me dirige vers la petite cuisine.

Les meubles sont propres. Tout est à sa place, comme dans le salon.

Je pose le bol, puis débranche son téléphone et le récupère. Je tapote l'écran, qui scanne mon visage avant d'afficher un pavé numérique.

Je suppose qu'elle le garde verrouillé.

— Qui es-tu, ma belle ?

Je passe les doigts de ma main libre sur les façades de ses placards. Je sais qu'il vaut mieux ne pas laisser d'empreintes digitales, mais je ne peux pas lutter contre l'envie de laisser une marque. De laisser une trace quelconque derrière moi. Même si elle ne peut pas la voir.

Puis je pose les yeux sur une petite pile de courrier, coincée entre un grille-pain débranché et le mur.

— Trouvé.

Je ramasse les enveloppes et lis le nom et l'adresse sur celles qui n'ont pas été ouvertes.

Bonjour, Payton Vawdrey.

Joli nom, pour une jolie fille.

Poursuivant mon inspection, je m'approche d'une table minuscule sur laquelle se trouvent un vieil ordinateur portable et une fausse plante, d'après la texture des feuilles.

Je serre les dents.

Pourquoi cette fausse plante me met autant en colère ?

Parce que j'ai perdu la tête.

Il est temps de partir.

Je me détourne de la table tandis que je m'aventure plus loin dans l'appartement.

Le couloir sombre, qu'on peut à peine appeler ainsi, est juste assez long pour accueillir une porte de chaque côté.

J'entre dans la salle de bains et allume la lumière.

Elle est petite et propre, comme je m'y suis attendu, la saleté visible étant inhérente à l'âge de l'immeuble et non à ses compétences en matière de nettoyage.

La pièce est imprégnée du même parfum persistant que j'ai cru sentir tout à l'heure.

Qu'est-ce que c'est ? Des fleurs ?

J'ouvre l'armoire à pharmacie et y trouve quelques objets. Elle contient surtout du maquillage et quelques médicaments en vente libre, mais pas de parfum. Rien à quoi rattacher cette odeur.

Le rideau de douche est fermé. Il est d'un jaune éclatant, assorti au tapis de sol devant le lavabo. Une tentative de gaieté dans une pièce sans fenêtre.

Je tire le rideau, révélant une variété de bouteilles alignées sur le bord de la baignoire. Mon regard s'arrête sur un flacon transparent à bouchon noir, à moitié plein d'un liquide rose foncé.

J'appuie sur le dos du couvercle, l'ouvre et hume le riche parfum de rose.

C'est lui.

Je sors de la salle de bains, puis traverse la seule et unique chambre à coucher.

Plus de jaune. Plus d'espace propre.

Cela ne m'étonne pas que son lit soit fait. Il se dégage quelque chose chez cette femme qui l'oblige à garder chaque chose à sa place. Ce que je respecte.

Je suis attiré par la porte fermée du placard. Et comme je ne suis pas du genre à me priver, je l'ouvre.

L'intérieur est différent des armoires que j'ai l'habitude de voir. J'ai l'habitude des penderies, des vêtements portés une fois, d'autres jamais portés. L'abondance.

Ce n'est pas l'abondance.

Cet endroit en moi mort depuis longtemps bat la chamade.

Je n'ai pas oublié ce que c'est que de vivre sans rien.

Je n'oublierai jamais.

Tout comme je ne reviendrai jamais en arrière.

Laissant tout dans l'état où je l'ai trouvé, je retourne au salon.

Grâce à des années d'entraînement, je m'approche d'elle sans un bruit.

Elle a l'air si calme !

Je devrais partir maintenant et la laisser tranquille.

Je me penche plus près, tends son téléphone et attends que le logiciel d'identification faciale le déverrouille.

CHAPITRE 4
PAYTON

Une goutte de pluie roule sur le dos de ma main, puis perle sur le bout de mon doigt avant de tomber sur la moquette.

— Quelle fille stupide !

— Je ne suis pas stupide ! crié-je avant de prendre conscience de ce que j'ai fait.

Une grande main usée par le temps vient brusquement saisir ma gorge. Me bloquant l'air.

Arrête !

Je pense le mot, mais je ne peux pas le dire.

Je ne peux pas parler.

J'agrippe la main des doigts, mes ongles griffant la chair, s'accrochant à ce fichu anneau en or qu'il porte au petit doigt. Mais c'est inutile, je ne suis pas assez forte pour briser son emprise sur moi.

— Pas stupide, hein ? ricane-t-il.

Les ténèbres commencent à envahir ma vision, mes yeux roulent à toute vitesse, cherchant de l'aide. Mais la seule personne présente est ma mère. Et même les petites parties intactes de mon corps ne sont pas assez naïves pour croire qu'elle interviendra.

La main se resserre. Ses mots ricaneurs se brouillent dans mon esprit alors que mon cerveau réclame de l'oxygène.

Des larmes coulent de mes yeux.

Peut-être suis-je vraiment stupide.

Bonne à rien, comme il le dit toujours.

Enfin, la faiblesse ramollit mes membres et mes genoux cèdent.

Ses doigts lâchent mon cou et je m'effondre sur le sol.

— Grosse et stupide !

Il essuie sa main sur son jean comme s'il essayait d'effacer le dégoût qu'il éprouve à me toucher.

Le choc avec la moquette m'a coupé le souffle, je ne peux donc pas répondre. Non pas que j'aie l'intention de le faire. J'ai retenu la leçon.

Haletante, je le regarde tourner le dos et s'éloigner, comme si rien ne s'était passé.

Mon corps est secoué par des soubresauts alors que je me réveille en sursaut.

— Ma belle !

Le murmure ne ressemble pas à la voix qui hante mes cauchemars. Mais je l'entends encore. Je sens encore sa main sur moi, et ses doigts autour de mon cou.

Alors que je cligne des yeux afin de dissiper le rêve, mes mains se tendent à l'aveuglette pour le repousser, même si je sais qu'il n'est pas là. Ce n'est qu'un souvenir. Personne ne me touche…

Mes doigts se heurtent à de la chair chaude.

La panique reprend le dessus et j'essaie de m'enfuir, mais je n'y arrive pas. Je suis dans le coin du canapé.

Mon canapé.

Je suis une adulte. Ce n'est pas lui.

Mon cerveau s'adapte à la vue devant moi. À l'homme du balcon.

J'y crois pas, je viens vraiment de m'endormir avec cet inconnu chez moi !?

— Respire.

La main qui, je le croyais, tentait de m'étouffer se presse contre mon sternum. La chaleur de sa paume s'infiltre dans ma poitrine, mes poumons se retrouvent alors de nouveau fonctionnels.

— Respire, ma belle.

Je vais blâmer l'épuisement et la confusion pour les larmes qui remplissent mes yeux, pas la gentillesse de sa voix. Ce n'est pas parce que je l'entends m'appeler *belle* après les souvenirs intenses et vicieux où il m'a traitée de *stupide*.

— Chut !

Sa main glisse un peu plus bas, son corps debout se penchant sur ma silhouette allongée.

— Tout va bien, maintenant.

Mes poumons se remplissent d'une nouvelle inspiration tremblante, et je hoche la tête.

Le tissu se déplace sous mes doigts, et je jette un coup d'œil vers le bas pour constater que je saisis son avant-bras à deux mains.

Je le lâche aussi vite que possible, ramenant mes mains sur ma couverture. Mais sa paume m'empêche de la soulever jusqu'à mon menton.

Nos regards se croisent et je sursaute lorsqu'il reprend la parole.

— Comment s'appelle-t-il ?

Sa voix est toujours calme, mais elle est aussi différente. Un peu menaçante.

— Q… qui ?

Il penche la tête, et j'ai l'impression de voir un documentaire animalier où une bête sauvage est en train de traquer sa proie.

— L'homme qui a posé ses mains sur toi. Dis-moi son nom.

J'inspire de nouveau. Mon cœur continue de battre à tout rompre, mais la raison de cet emballement est en train de changer.

Elle passe de la peur à… autre chose.

— Pourquoi ça vous intéresse ? demandé-je.

Le bout de sa langue glisse au coin de sa bouche comme s'il réfléchissait, puis ses lèvres se retroussent très légèrement.

— Curiosité morbide.

Comme je ne réponds pas, il se penche plus près, exerçant une pression un peu plus forte là où sa main me touche.

— Je parie que tu n'en as jamais parlé à personne. Je parie que tu faisais ce qu'on te disait de faire.

Je sens son souffle contre mes lèvres.

— Brise les règles pour moi, ma belle. Ose t'exprimer et donne-moi un nom.

Une part de moi sait que je devrais rester silencieuse, mais je l'ignore volontairement.

— Arthur.

Il murmure avant de se redresser lentement, son pouce traçant une ligne entre mes clavicules, avant de me quitter complètement lorsqu'il se lève.

— Maintenant, faisons un marché.

Il rompt le contact visuel avec moi en baissant les yeux pour attacher sa veste de costume.

Je déglutis, mais ne dis rien en attendant qu'il continue.

— Je ne dirai pas à Arthur que c'est toi qui m'as envoyé et tu ne parleras à personne de ce soir.

Je lève les yeux vers lui.

Est-ce qu'il… ? Est-ce qu'il vient vraiment de dire ce que je crois ?

— Donne-moi ton accord, Payton.

Sa voix est désormais plus ferme et projette un éclair le long de ma colonne vertébrale lorsque je l'entends prononcer mon nom.

Il connaît mon nom.

Comment peut-il connaître mon nom ?

— Je vous donne mon accord, chuchoté-je en plongeant les yeux dans ses prunelles magnifiquement ensorcelantes.

Il recule d'un pas.

— Parfait.

Je m'arme de courage, sachant que je me détesterai plus tard si je ne lui pose pas la question.

— Comment vous appelez-vous ?

Il marque une pause, et pendant un instant, je pense qu'il va me répondre. Mais il se détourne de moi pour se diriger vers la porte d'entrée.

— C'est plus sûr que tu n'en saches rien.

— Plus sûr pour qui ? demandé-je.

— Pour nous deux.

Il attrape la poignée quand il s'arrête, et je suis son regard jusqu'au panier de linge que j'ai laissé près de la porte.

Je me redresse et le regarde, les yeux écarquillés, se pencher et ramasser l'une de mes culottes en haut de la pile.

— Elle est sale, l'interpellé-je, la gorge serrée.

Il me lance un sourire en coin par-dessus son épaule alors qu'il la range dans sa poche.

Je suis bouche bée, comme j'en ai pris l'habitude. Je ne sais pas quoi dire.

Il déverrouille le pêne dormant et ouvre la porte, la lumière du couloir qui s'infiltre dans l'ouverture éclairant ses traits tandis qu'il se tourne juste assez pour me regarder.

— Garde tes portes fermées, Payton. Ça pourrait être perçu comme une invitation si tu les laisses ouvertes.

Puis, aussi silencieusement qu'il est arrivé, il disparaît.

CHAPITRE 5
PAYTON

Le clic de la porte qui se ferme me sort de la transe dans laquelle je suis plongée depuis qu'il a débarqué dans mon salon.

Je me lève maladroitement du canapé et me dirige en titubant vers l'entrée de mon appartement. Mes jambes se dérobent sous moi.

J'appuie mes mains sur le bois bon marché pour me stabiliser.

Mon corps tout entier tremble, comme si l'adrénaline qui aurait dû couler en moi toute la nuit avait finalement explosé d'un seul coup.

Respire.

Il est parti, respire.

Lentement, je lève la tête pour aligner mon œil avec le judas.

Prenant une autre inspiration, je me penche plus près et regarde à travers.

Un sursaut d'effroi me prend à la gorge.

Debout dans le couloir, il me fixe du regard en retour. Comme s'il savait que je regarderais.

Il lève la main et me désigne la poignée de la porte.

Je détourne la tête et dois m'y reprendre à deux fois avant d'enclencher le pêne dormant.

Ma poitrine me fait mal tant mon cœur bat vite.

C'est verrouillé.

Il ne peut pas entrer, maintenant.

Une voix dans un coin de mon esprit murmure que quelque chose d'aussi simple qu'une serrure ne pourrait pas empêcher cet homme d'entrer.

Cet homme. Qui qu'il soit.

Consciente que je ne peux pas faire demi-tour sans vérifier, je reporte mon regard sur le judas, juste à temps pour le voir s'éloigner à grandes enjambées.

Je reste ainsi, à observer le couloir, pendant bien trop longtemps. L'image de lui pointant ma porte s'est gravée dans ma mémoire.

Je le trouvais déjà dangereusement beau, mais le voir en pleine lumière me confirme qu'il l'est bien plus que je ne le pensais.

D'après ses traits marqués et son corps ferme, il doit avoir la trentaine, peut-être bien passée. Et ses yeux…

Je ne connais que trop bien le regard d'une personne qui a subi une multitude de traumatismes. Je le vois tous les jours quand je me regarde dans le miroir. Ses prunelles brillent d'une histoire qui m'est bien trop familière.

Une porte se referme quelque part à mon étage, me rappelant que je ne suis pas seule dans ce bâtiment.

Je me demande si quelqu'un d'autre a vu mon homme mystérieux quand il est parti.

À cette idée, je détourne enfin mon regard de la porte et me retourne vers le salon.

Mes membres tremblent encore, mais je suis maintenant capable de me tenir debout.

Je suis à mi-chemin de la porte-fenêtre quand je vois qu'elle est déjà fermée. Je franchis le reste de la distance et constate que le loquet a été retourné et que la planche qui s'était détachée a été replacée dans le rail. Ma barricade du pauvre.

Elle est aussi sûre qu'elle le sera jamais, et pourtant…

J'enroule mes bras autour de mon corps, réprimant un tremblement.

J'ai laissé tomber la couverture quand je suis descendue du canapé, et maintenant, un frisson s'est infiltré au centre de mon corps.

Payton.

Le souvenir de lui prononçant mon nom me fait à nouveau frissonner.

Le pouvoir d'un nom. C'est quelque chose de si simple, mais qui peut vous faire sentir complètement à nu. Il a eu ce pouvoir dès qu'il a franchi ma porte-fenêtre. Je ne connais pas son nom, ce qui nous place sur un terrain encore plus inégal. Parce que je n'ai aucun mot pour le nommer. Rien à crier. Rien à dire à personne.

Alors que je regarde les rideaux usés, je me demande si je n'ai pas tout inventé. Peut-être mon esprit a-t-il finalement craqué. Peut-être étais-je endormie pendant tout ce temps. J'aurais rêvé de lui.

Je lève la main pour frotter la zone où il a posé sa main, sur ma peau dénudée.

Il ne peut pas être faux. Son contact était réel. Il l'est forcément. Parce que la façon dont mon corps a réagi, elle, était réelle.

Mes mamelons sont serrés contre le tissu fin de ma chemise de nuit, ce qui me fait prendre conscience que je ne porte pas de soutien-gorge.

Bordel, quelle importance, Payton ?

En plus, j'avais remonté la couverture, cachant mon corps à ses yeux.

Sauf quand je me suis réveillée, quand sa main était contre la base de ma gorge et sa paume contre ma poitrine, la couverture n'était pas remontée à ce moment-là.

L'a-t-il retirée, ou l'ai-je fait tomber ?

Je secoue la tête à cette idée, car je me serais réveillée s'il l'avait baissée.

Mais je ne me suis pas réveillée.

Je secoue la tête plus fermement encore.

Il ne m'a pas touchée. Pas comme *ça*. Je le saurais. *Je le saurais.*

Et pourquoi l'aurait-il fait ?

Il est si beau ! Si grand, si viril et si parfait ! Un homme comme lui n'aurait pas de temps à consacrer à une femme comme moi, inoffensive et effrayée, qui ne court que lorsqu'elle fuit le passé.

Je serre plus fort mes bras autour de moi.

Pas maintenant. Je n'ai pas le temps de faire une crise de panique.

Je jette un coup d'œil à l'horloge et souffle un juron. Il est déjà plus de minuit. Je gonfle mes joues, et décide d'appeler un Uber pour aller au travail, plutôt que de prendre le bus. Ça me fera perdre une demi-journée de salaire, mais ça me donnera vingt minutes de sommeil supplémentaires, donc ça en vaudra la peine.

Ce qui est bien en théorie, mais je sais déjà que je ne me reposerai pas.

Alors que je débranche mon téléphone de son emplacement sur le meuble, je remarque qu'un de mes courriers est de travers.

Je pince le bord de l'enveloppe, la dégageant de la pile.

Comme un phare brillant dans la nuit, mon nom y est imprimé, exposé à mes yeux et à ceux de mon intrus.

— Génial !

Incapable de partir sans que le courrier soit à sa place, je redresse la pile en vitesse.

Je déteste quand les choses ne sont pas à leur place. Je déteste ça au plus haut point. La vue du désordre me fait perdre la tête. J'ai déjà vécu dans une maison sale. Plus jamais !

Laissant la lumière allumée, comme si elle pouvait empêcher d'autres monstres d'entrer chez moi, je me dirige vers ma chambre, heureuse de constater que cette pièce n'a pas été touchée.

CHAPITRE 6
NERO

Je penche la tête en arrière, inspirant l'air orageux lorsque le téléphone sonne.

À la quatrième sonnerie, je serre la mâchoire.

Deux autres sonneries et je suis sur les nerfs lorsqu'il décroche enfin.

— Oui ?

La voix de King est revêche. Sans surprise.

— J'ai besoin d'une faveur.

J'y réfléchis ensuite.

— Deux, en fait.

Il émet un petit soupir moqueur.

— Qu'est-ce qui te fait croire que je t'accorderais une putain de faveur, et encore plus deux ?

— Va te faire foutre ! lui lancé-je sans animosité. Viens me chercher.

— Sérieusement ? Maintenant ?

Un autre son retentit à l'autre bout du fil, une voix féminine.

— Oui, maintenant. Dis à ta petite amie de partir.

— Ce n'est pas ma petite amie, riposte-t-il.

— Elle est au courant ?

Je ne devrais pas le provoquer quand j'ai besoin d'un

service. Mais c'est plus fort que moi, j'aime bien lui casser les pieds.

— Oui.

Son ton est grave, mais je ne me sens pas mal de l'embêter.

J'entends des conversations étouffées, suivies du bruit d'une porte qui claque.

— Bordel, espèce de con ! soupire-t-il.

Je souris dans l'obscurité.

— Tu peux parler.

Il laisse échapper un petit rire avant de gémir, et j'entends des meubles grincer.

— Quels bruits ! désapprouvé-je. Il est peut-être temps pour toi de prendre ta retraite.

— Je ne suis pas beaucoup plus vieux que toi, grogne King.

— Pas beaucoup ? l'interrogé-je.

Moi, je trouve que quatre ans dans cette vie, c'est déjà beaucoup.

— C'est bien ce que j'ai dit. Un putain de con ! Pas étonnant que tu n'aies personne d'autre à qui demander des faveurs. Attends…

Je l'imagine en train de lever les bras au ciel.

— Pourquoi tu m'appelles pour aller te chercher alors que tu as une légion d'hommes sous tes ordres ?

Honnêtement, je suis surpris qu'il ait mis autant de temps à me le demander.

— Parce que je ne veux pas que mes hommes s'approchent d'ici.

— Hmm.

Un silence s'ensuit.

— Je suis assez curieux pour supporter tes conneries une nuit de plus. Tu es où ?

Je pense à un carrefour à quelques rues d'ici qui conviendrait pour qu'il vienne me récupérer en vitesse, et je lui donne les indications.

— Ça marche, répond King avant de raccrocher.

Il est le seul que j'autorise à me parler ainsi, mais c'est parce que nous sommes sur un pied d'égalité. Il dirige les finances. Je dirige les hommes. Et ce que font les hommes.

Quinze minutes plus tard, je monte côté passager dans le SUV noir de King. Les vitres teintées ultra foncées et le pare-brise empêchent tout regard ou caméra de nous surprendre ensemble.

Ce n'est pas un secret que King et moi nous connaissons. Mais aux yeux du public, c'est tout ce qu'il y a entre nous. Une connaissance de passage. Nous évoluons dans les mêmes cercles supérieurs de la société, c'est donc normal.

En réalité, nous nous connaissons depuis longtemps. Très longtemps. D'une jeunesse tordue et d'un âge adulte encore plus tordu. Cela a commencé par un bain de sang et s'est terminé par la formation de l'Alliance.

— Première faveur accomplie, annonce King en s'éloignant du trottoir pour s'engager dans la circulation clairsemée. Quelle est la deuxième faveur ?

J'écris un message rapide avant d'appuyer sur Envoyer.

— Je viens de te l'envoyer par texto.

Une main sur le volant, King lève son téléphone et jette un coup d'œil au message.

— C'est qui, cette fille ? demande-t-il en baissant de nouveau les yeux. Et Arthur ?

— Cette fille n'est personne, répliqué-je en tournant mon attention vers la fenêtre. Mais lui, c'est un homme mort.

CHAPITRE 7
PAYTON

Mon corps souffre de protestation quand je m'extirpe de mon lit en roulant, l'alarme de mon téléphone sonnant de l'autre côté de la chambre.

J'inspire vivement lorsque mes pieds nus touchent le sol froid, mais je lutte contre la tentation de me recoucher. Si je n'ai pas laissé mon téléphone à sa place habituelle sur la table de nuit, c'est pour être obligée de me lever pour l'éteindre. Je l'ai déjà réglé sur l'heure la plus tardive possible, ce qui signifie que je n'ai même pas la possibilité de traîner encore un peu.

Ce n'est que lorsque j'ai mon portable silencieux dans la main que je prends conscience de la stupidité de ce plan. Un homme était littéralement dans mon appartement la nuit dernière, et je ne pouvais pas appeler à l'aide parce que l'appareil était à l'autre bout de la pièce. Et je viens de le refaire, volontairement.

— Quelle idiote ! me réprimandé-je à voix haute.

Je suis complètement crevée, donc aussi stupide que mon plan ait pu être, c'était sans doute le bon choix. Je doute d'être renvoyée pour avoir dormi durant le début de mon service, mais le jeu n'en vaut pas la chandelle.

Si je pouvais me permettre de prendre un jour de repos, je

le ferais. Mais ce n'est pas le cas. Et même si je ne déteste pas mon travail, il n'ouvre pas droit à des congés payés.

Je traverse le hall en traînant les pieds et entre dans la salle de bains. Je plisse préventivement les yeux lorsque j'appuie sur l'interrupteur, bloquant la luminosité qui parvient quand même à me transpercer le cerveau.

Je m'avance vers la douche à l'aveuglette et fais couler l'eau, la laissant chauffer pendant que je me déshabille et vais aux toilettes.

Un café m'aiderait à me sentir plus humaine. Malheureusement, je n'ai pas pris le temps d'en préparer, ce qui signifie que je vais devoir attendre d'être au travail pour avoir ma dose de caféine. L'avantage de travailler dans un café, c'est que j'ai droit à du caoua gratuit toute la journée.

Je me glisse dans la douche, me place sous l'eau chaude et laisse la température me réveiller. Une minute seulement, car je sais que je n'ai pas beaucoup de temps. Une fois ce laps écoulé, je prends ma bouteille de shampoing et effectue ma routine en accéléré.

Mes cheveux lavés, j'attrape mon gel douche, mais mes doigts frôlent le mur carrelé.

J'ouvre un œil et détourne la tête du jet.

— Que… ?

Je m'essuie les yeux, retirant l'eau de mes cils, et fixe du regard le billet de cent dollars détrempé sur le rebord de la baignoire, là où devrait se trouver le flacon.

— C'est quoi, ces conneries ?

Je le ramasse, la vraie monnaie ne se désintégrant pas sous mes doigts humides.

Est-ce qu'il…

Il a vraiment pris mon gel douche ?

Une chaleur nouvelle se développe au niveau de mes hanches pour s'élever vers ma poitrine.

Je ne devrais pas trouver ça…

Ça ne devrait pas me plaire.

Mais mon corps adore ça.

Mon cœur s'affole tandis qu'une humidité différente se répand entre mes cuisses.

Arrête !

Je ferme brusquement les yeux.

Arrête, Payton !

Je lève la main pour lâcher le billet par-dessus le rideau. Il tombe sur le tapis de bain de l'autre côté.

L'étranger qui est entré par la porte-fenêtre de mon deuxième étage s'est assis sur mon canapé, a regardé mon film préféré et mangé mon pop-corn. L'homme qui a fouillé dans mon courrier et a appris mon nom, et qui a apparemment exploré l'intégralité de mon appartement pendant mon sommeil ; l'homme également qui m'a réveillée d'un cauchemar en posant sa main sur ma peau nue, en me faisant taire, ce qui aurait dû me terrifier au lieu de me calmer, a volé mon gel douche. Ou plutôt il a payé cent dollars pour ma bouteille miniature de gel douche à moitié utilisée. Une bouteille pour laquelle j'ai fait des folies parce que j'aimais le parfum de rose brûlée, mais dont je ne pouvais m'offrir que le plus petit format.

Je me mords la lèvre.

Je peux acheter la plus grande bouteille, maintenant.

Un sourire se dessine sur mes lèvres.

Je devrais sûrement appeler la police.

Mon sourire s'estompe.

Je verse du produit dans ma paume et me savonne les mains avec le savon facial que j'ai acheté dans le commerce. Si ça nettoie mon visage, ça devrait nettoyer mon corps.

Après avoir frotté, puis rincé, je coupe l'eau et ignore délibérément la partie de mon cerveau qui me conseille de porter plainte pour ce *crime*.

Je pose prudemment l'argent sur le meuble de la salle de bains avant de me badigeonner en vitesse d'anticerne sous les yeux.

Je feins de ne pas trembler des mains pendant que je tresse

rapidement mes cheveux et frotte une serviette sur ma frange pour qu'elle sèche à l'air libre à peu près droite.

Me persuadant qu'il s'agit d'un jour comme les autres, je fais le tour de ma chambre pour m'habiller, tout en essayant de ne pas me dire qu'il est sans doute aussi venu dans cette pièce. Il ne peut qu'y être allé. S'il a fouillé dans mon matériel de douche, il est impossible qu'il ne soit pas allé dans ma chambre.

Qu'a-t-il regardé ?

Qu'a-t-il touché ?

Mais je ne vois rien d'anormal. Et je ne trouve pas plus d'argent à la place d'objets manquants, donc je ne pense pas qu'il ait pris quoi que ce soit d'autre.

Une vive tension me pique la nuque alors que je me dépêche de quitter mon appartement et de descendre l'escalier jusqu'au premier étage. Quand je sors de l'immeuble, je trouve l'Uber que j'ai appelé, qui m'attend.

Ce n'est que lorsque mes fesses touchent le siège et que j'ai fermé la portière que j'ose un regard vers la rue.

Comme s'il était peut-être encore là.

En train de regarder.

De m'attendre.

CHAPITRE 8
PAYTON

Mon trajet vers le travail est bref et serein, avec un chauffeur qui, heureusement, garde le silence tandis que nous progressons dans les rues désertes de Minneapolis.

C'est bien d'être si proche de tout, mais j'aimerais bien revivre dans une maison un jour. Une maison propre. Dans un quartier sûr. Avec une cour assez grande pour un jardin et quelques chaises. Peut-être un patio clôturé pour que je puisse avoir un chien.

Je parie que si j'en avais un, il aurait aboyé à tue-tête quand cet homme est entré dans mon appartement hier soir. Je suis sûre que mon chien aurait été si protecteur que l'inconnu aurait fait demi-tour et serait reparti comme il était venu.

L'idée est intéressante, mais je ne peux pas avoir de chien. Même si j'en ai envie.

Je travaille trop. J'ai un appartement minuscule. Je ne sais pas m'occuper d'un chien. Et tout cela n'a aucune importance parce que, de toute façon, je n'ai pas les moyens d'avoir un animal de compagnie. Peut-être que s'il était petit, s'il ne mangeait que très peu et s'il ne tombait jamais malade…

Une douleur commence à se former dans ma poitrine à

l'idée d'avoir un tel compagnon, mais je la repousse au moment même où le chauffeur s'arrête devant le *Twin's Café*. Je le remercie avant de sortir sur le trottoir.

Pile à temps.

Mes joues se gonflent d'un soupir tandis que j'utilise ma clé pour franchir la porte d'entrée et pénétrer dans l'établissement lumineux.

Je range mon sac à main dans le placard sous la caisse, et je ris presque en repensant à l'idée du chien.

Je n'ai peut-être qu'un diplôme d'études secondaires, mais je suis assez intelligente pour savoir qu'il est naïf d'espérer. En général, c'est une mauvaise idée. Surtout quant à cette question. Si j'en crois la chance que j'ai eue par le passé, je finirais par avoir un animal avec un appétit sans fin et qui tombe malade à chaque changement de saison.

— Bonjour, me salue distraitement Jean, l'une des propriétaires, en portant un plateau de scones jusqu'à l'étalage de pâtisseries.

— Bonjour, dis-je en enlevant ma veste pour la remplacer par un simple tablier blanc.

— Tu as raté le bus ?

Sa question me surprend, car je ne pensais pas qu'elle m'avait remarquée à travers la vitre.

— Oui, acquiescé-je.

C'est plus facile de dire que j'ai raté le bus plutôt que d'avouer que j'ai volontairement dépensé l'argent pour un Uber. Et il est hors de question que je lui raconte, ou que je raconte à qui que ce soit, ce qui s'est passé hier soir. Du moins pas pour le moment.

Jean émet un son qui pourrait être interprété comme de la compréhension, puis retourne soigner la disposition des produits dans la vitrine.

En pilotage automatique, je m'occupe avec elle de préparer le café, de compter la caisse et d'enlever le film plastique qui recouvre les salades dans la glacière.

Le *Twin's Café* est un petit établissement, mais toujours

très fréquenté, qui propose des petits déjeuners et des brunchs. Nous ouvrons à six heures et fermons à seize. Nous servons du café, des salades, des soupes et des sandwiches. Nous avons une cuisine à l'arrière où Tamara, la sœur jumelle de Jean, fait la plupart des préparations, avec Tommy. Il est plus âgé que moi, et ne parle pas beaucoup. Mais il n'a jamais été méchant ou agressif, c'est donc mon meilleur ami.

— Premier client ! annonce Jean assez fort pour me faire sursauter.

Elle fait cela tous les matins, comme si nous avions tous besoin d'être prévenus pour nous préparer. Mais aujourd'hui, j'avais tellement la tête ailleurs que je n'ai même pas remarqué qu'elle avait déverrouillé la porte d'entrée.

— OK ! crie la voix éraillée de Tamara de l'arrière.

Comme toujours, Tommy reste silencieux.

Lorsque je prépare mon café à emporter, je me laisse entraîner par la normalité. À dix heures, j'ai presque réussi à oublier la soirée d'hier.

— Salut, Payton !

Je souris en me tournant vers la porte pour voir l'un de nos habitués entrer, avec sa prestance et son charme habituels.

— Bonjour, Carlton, le salué-je.

— Comment va ma barista préférée ?

Il sourit en s'approchant du comptoir avant de s'arrêter en face de moi.

Je me contente de lever les yeux au ciel ; je ne suis pas une barista. Mes talents ne méritent guère ce titre. Mais j'ai beau le corriger, il persiste à m'appeler ainsi.

— Comme d'habitude ?

Carlton baisse le menton.

— Tu sais bien que oui. Il faut que je garde la ligne.

Il balaye une main sur son ventre plat.

Je souris.

— Hmm, hmm.

Je tape sa commande, un grand café glacé avec quatre

sucres et de la crème et un sandwich à la salade de poulet sur un croissant avec un supplément de mayo.

Carlton est grand et élancé, et il fait partie de ces gens dotés d'un métabolisme rapide. Car quelle que soit la fréquence à laquelle il vient, quel que soit le nombre de ces sandwichs surdimensionnés qu'il consomme, il est toujours aussi maigre qu'un clou.

Je prends sa carte et la passe dans le lecteur.

— Comment se porte le groupe ?

Il sourit de plus belle.

— À merveille ! Je ne veux pas déjà nous porter la poisse, mais on a peut-être un gros concert à venir.

— Ah oui ?

Carlton acquiesce.

— Tu viendras si on a une date ?

Quand j'hésite, mes épaules se raidissant sous l'effet de la nervosité, il fait la moue avec sa lèvre inférieure.

— Tu as dit que tu viendrais.

Je me force à me détendre légèrement devant son ton taquin. Il est simplement gentil.

— Tant que les billets ne coûtent pas trois cents dollars, je viendrai.

Ma tentative de plaisanterie tombe à l'eau lorsque ma bouche articule le chiffre cent. Cela me rappelle le billet de cent dollars humide qui trempe actuellement mon portefeuille.

Qu'on me traite de paranoïaque, mais je n'avais pas confiance à l'idée de le laisser à la maison, même s'il aurait été plus intelligent de le laisser sécher à l'air libre.

Carlton rit.

— Marché conclu.

Il tend la main, comme s'il voulait serrer la mienne, décuplant ma tension.

Nous ne nous sommes jamais touchés. C'est la sécurité de notre amitié. C'est la sécurité de ce travail. Je reste de mon côté du comptoir, les autres restent là-bas.

Je n'aime pas qu'on me touche.

Ça ne m'a jamais été positif.

Ça ne t'a pas dérangée quand cet homme t'a touchée hier soir.

Mon cœur fait un bond.

Parce que c'est vrai.

Ça ne m'a pas dérangée.

Le sourire de Carlton ne faiblit pas, ne semblant pas lire mon hésitation.

Je tends timidement la main. Si je peux laisser un inconnu toucher mon corps après être entré par effraction dans mon appartement, je peux autoriser un ami à me serrer la main.

Ses longs doigts se referment sur les miens. Et rien de terrible ne se produit.

Je n'ai pas eu à échanger beaucoup de poignées de main dans ma vie et je ne les ai donc jamais maîtrisées. À la télévision et dans les films, cela a toujours l'air si facile ! Il suffit de prendre une main et de la serrer.

Mais quelle force doit-on mettre dans la poignée ? Combien faut-il en faire ? Quelle doit être l'ampleur du mouvement ?

Carlton ne souligne pas une quelconque mauvaise prise de ma part, et secoue ma main deux fois avant de la lâcher.

Bon, ce n'était pas si mal. Je peux être normale sur ce point.

— Je te tiendrai au courant.

J'enfouis mes mains dans la poche de mon tablier.

— J'ai hâte d'y être.

Je crois que c'est la bonne chose à dire, même si je ne sais pas si c'est un mensonge ou la vérité.

Un mouvement à l'extérieur du café attire mon attention. Et lorsque mes yeux suivent la distraction, mes poumons se serrent.

Ce n'est pas possible !

Carlton, suivant mon regard, se retourne pour regarder la rue à travers la vitrine.

— Ça ne va pas ?

Il m'a involontairement bloqué la vue, si bien que je dois

me déplacer pour le contourner, mais le trottoir est maintenant vide.

Ou l'a-t-il toujours été ?

— Payton ?

Je distingue de l'inquiétude dans sa voix lorsqu'il reporte son attention sur moi.

Ma tentative de sourire est fragile.

— Oh non, c'est rien ! J'ai juste cru voir…

Je m'interromps. Parce que ce que j'ai cru voir, je ne peux pas le dire.

J'ai cru voir un homme en costume. Qui me fixait du regard. Et Carlton. La mâchoire crispée, les poings serrés.

— La Terre à Payton !

Une main bouge devant mon visage, m'arrachant un sursaut.

— Désolée, dis-je en plaquant une main sur ma poitrine. J'ai cru voir un… euh… chien.

Mes joues rougissent de mon mensonge, alors je le fais suivre d'une vérité.

— J'ai vraiment envie d'un chien.

Je suis sauvée d'un nouvel embarras lorsque Jean appelle Carlton, signalant que son menu est prêt à l'autre bout du comptoir. Après avoir récupéré son repas, il porte le sandwich emballé à son front en guise d'au revoir, tout en reculant vers la porte.

Lorsqu'il disparaît, mes yeux inspectent à nouveau la rue.

La trouvant toujours vide, je me demande si ce n'est pas *ainsi* que je vais mourir. Je perds peu à peu la raison, jusqu'à ce que même les clients les plus aimables cessent de me parler.

CHAPITRE 9
NERO

— Occupe-t'en, m'énervé-je.

— Je n'étais seulement pas sûr que…

Quand mon second, Rocco, commence à se trouver des excuses, je perds patience.

— J'ai dit : occupe-t'en. Demande aux hommes de lui prendre l'argent *tout de suite*. Ou prends-lui des membres en guise de paiement. J'en ai rien à foutre.

Je raccroche avant de m'énerver davantage.

Mes hommes sont loyaux. Ils y sont obligés. Parfois, j'ai envie de leur trancher la gorge. Mais King et moi ne pouvons pas tout faire seuls. Nous avons essayé, juste après avoir détruit le régime précédent, mais diriger un empire criminel sans chair à canon demande beaucoup trop de travail.

J'entre dans ma chambre à grands pas et ferme la porte derrière moi.

Je ne la verrouille pas. Inutile. Personne n'oserait entrer.

Laissant une traînée de vêtements sur mon passage, je me déshabille jusqu'à la salle de bains.

J'enlève mes chaussettes, le sol en marbre ébène est frais sous mes pieds nus.

Le design noir sur noir de ma suite est cliché. C'est l'esthétique classique des truands. Mais le noir est approprié, car il est assorti à mon cœur froid et mort.

Je garde les lumières tamisées, ici. N'ayant pas besoin d'un reflet éclatant de toutes mes cicatrices, je me tiens debout devant le miroir et les observe. Les entailles de la peau à vif le long de mes côtes, le relief circulaire de la chair en bas de mon abdomen et les marques rondes assorties à l'avant et à l'arrière de ma cuisse sont encore visibles, même aujourd'hui.

Elles racontent mon histoire. Une histoire de tourments, de survie et de violence.

Mon conte n'est pas joli. Mais c'est le mien. Et jusqu'à présent, l'intrigue a toujours tourné en ma faveur. J'ai survécu là où d'autres ont trépassé.

Cependant, ma chance ne durera pas éternellement.

Elle ne dure jamais pour les hommes de ma trempe.

Et c'est pour cette raison précise qu'il faut que j'oublie Payton. Qu'il faut que je fasse comme si elle n'existait pas. Qu'il faut que je supprime la moindre once d'informations que j'ai accumulées à son sujet et que je la laisse vivre sa propre existence misérable à sa manière.

Alors que je me détourne du miroir, je ne me donne pas la peine de regarder par-dessus mon épaule la toile de souvenirs gravée dans mon dos, et m'avance sous la douche à grandes enjambées.

Le visage penché vers l'arrière, je tourne la poignée et le jet d'eau froide se déverse sur moi, me ramenant au présent.

Mes muscles commencent à se détendre tandis que l'eau se réchauffe lentement.

Je dois me concentrer sur ce qui est important. Et c'est toujours la même chose. Survivre.

Lorsque King et moi avons déménagé il y a quelques années, nous savions exactement ce que cela signifiait.

Cela signifiait se libérer des chaînes de la servitude. Cela signifiait prendre notre revanche sur ceux qui nous avaient volé notre avenir.

Mais nous ne sommes pas des hommes bons. Pas King, et

moi encore moins. Parce que plus que tout le reste, cela signifiait vengeance. Et nous avons pris notre part de chair.

Une sorte de joie sombre m'emplit la poitrine.

Nous avons pris plus qu'une simple part.

Nous avons tout pris.

L'eau des égouts fut rouge cette nuit-là.

La nuit où nous avons abattu les Russes et les Irlandais, nous avions une option. Pour la première fois depuis tant d'années, nous avions sincèrement une option. Nous pouvions quitter cette vie et partir. Essayer de retrouver un semblant de normalité. Ou nous pouvions prendre le contrôle du territoire et construire notre propre héritage.

Une vie tranquille était un beau rêve éveillé. Mais la première fois que j'ai tué un homme, j'ai su qu'il n'y aurait pas de retour en arrière. Nous avons donc escaladé la montagne de corps, leurs gorges tranchées rendant le chemin glissant et traître, et nous avons forgé nos propres destins.

Nous avons formé l'Alliance.

Lourde de souvenirs, ma tête penche vers l'avant.

L'eau chaude coule en cascade dans mes cheveux. Grâce à la chaleur qui succède au froid, je ne l'apprécie que plus encore.

Il est facile de s'habituer au luxe. Plus facile encore de se laisser emporter par le sentiment d'invincibilité.

Comme pour me rappeler que je suis humain, ma main se tend vers le bas pour suivre la cicatrice de tir sur mon ventre. Je n'en ai jamais été aussi proche. Malgré les coups, les nuits glaciales, les jours de famine, ce petit morceau de métal est ce qui m'a le plus rapproché de la mort.

Il y a eu des moments où j'aurais aimé qu'il m'ait emporté. Qu'il m'ait tué. Mais il y a toujours des moments où je suis heureux d'être en vie.

Comme la nuit dernière.

Mes yeux s'ouvrent lentement et se braquent sur la petite bouteille volée sur l'étagère de ma douche.

Je n'aurais pas dû la prendre. Mais les *je n'aurais pas dû* ne m'ont jamais arrêté. Et, soufflé-je, ce n'est pas ça qui va m'arrêter maintenant.

Je me penche, prends le flacon, ouvre le couvercle et respire le parfum de rose.

Il est floral, mais pas léger pour autant. Il n'est pas féminin ou insouciant. Il est… sombre.

Je le hume à nouveau, et elle remplit alors mon esprit.

Payton.

Sa peau pâle. Ses yeux effrayés.

Ma respiration s'accélère.

La peur dans ses prunelles ne devrait pas m'exciter.

Je veux la protéger.

Je veux m'éloigner pour qu'elle ne soit pas blessée.

Mais ses yeux… ses foutus yeux. Les taches d'ébène dans ses orbes bleus.

Quand je l'ai réveillée de son cauchemar, elle m'a regardé fixement comme si je pouvais la sauver. Comme si j'étais autre chose que le croque-mitaine tapi dans l'ombre. Comme si je pouvais être plus que cela.

Et au moment où ses doigts se sont enroulés autour de mon avant-bras…

Je gémis, et mon entrecuisse réagit de la même façon qu'à cet instant, en se durcissant de toute sa longueur.

— Putain !

Je crache le mot tout en inclinant la bouteille, remplissant ma paume de son gel douche. Le liquide rouge scintille dans la lumière tamisée.

La bouteille posée, j'appuie ma main libre sur le mur de marbre et abaisse l'autre.

Tu es un taré.

Mais même ma haine intérieure ne peut plus m'arrêter.

Ma paume saisit mon sexe et je laisse le parfum de rose envahir mes sens.

— Bordel ! sifflé-je en resserrant mon étreinte.

Recouvert de gel douche, mon membre est glissant.

Fermant les yeux, je raffermis ma prise sur ma verge et me mets à la caresser.

Seulement, au lieu de *ma* main, j'imagine que c'est le sexe chaud et doux de Payton qui étreint le mien. Son humidité, son désir pour moi éliminent la sensation de friction.

J'agite mes hanches, pénétrant mon poing comme si j'étais au-dessus d'elle.

Je prétends que ses yeux se lèvent vers moi, un mélange de peur et d'adoration me regardant en retour, mes bourses se serrant alors.

J'imagine le mouvement de ses seins, qui rebondiraient quand je me jetterais sur elle. Nos hanches s'entrechoquant, secouant son corps.

Ses courbes douces se tordant sous moi. Elle essaierait de s'éloigner, tout en tentant de m'attirer plus profondément.

Elle sangloterait sans doute.

Mes doigts serrent plus fort.

Je suis sûr qu'elle crierait. Ses précédents amants n'étaient pas aussi bien dotés que moi. Pas aussi impitoyables. Pas aussi cruels.

Mes hanches bougent plus vite.

Je parie qu'elle me sucerait bien.

Ces lèvres pulpeuses. Ces joues pleines.

Cette douce et jolie fille pourrait bien me prendre en entier.

Elle pourrait avaler ma verge.

Un gémissement monte dans ma gorge.

Ou bien elle ferait de son mieux et serait prise de haut-le-cœur en essayant.

Mes bourses se contractent.

Sa gorge se comprimerait autour de moi. Ses yeux me regarderaient d'en bas. Des larmes couleraient sur ses joues, de la peur sur son visage, tandis qu'elle se demanderait si j'allais la laisser respirer.

Si j'allais l'autoriser à reprendre son souffle ou si j'allais enfoncer ma verge jusqu'au bout de…

Mon sexe tressaute, mon orgasme me déchirant de part en part, et j'éclabousse le mur de ma jouissance.

CHAPITRE 10
PAYTON

— Hé, ma belle ! Nous avons des échantillons au centre, si ça vous tente d'essayer, me lance l'employé avec un signe de tête, les mains remplies de produits. Et appelez-moi si vous avez besoin d'aide.

— Merci.

Je ne peux pas me résoudre à crier à travers le magasin aussi fort que lui, mais il doit lire sur mes lèvres parce qu'il sourit avant de se retourner pour remplir l'étagère devant lui.

Cela fait presque une semaine que l'Homme Mystère est entré dans mon appartement, et après un long débat intérieur, j'ai décidé de venir au centre commercial après le travail aujourd'hui pour remplacer le gel douche qu'il m'a volé.

N'étant entrée qu'une seule fois dans ce magasin, cela me prend du temps de trouver le parfum que je cherche.

Une part de moi est tentée d'en acheter un autre. De changer. L'autre part de moi, celle qui est enfouie au plus profond de mon être, là où je garde mes secrets, refuse de me laisser faire. Il, *cet homme,* a pris mon gel douche pour une raison bien précise. Et je suis peut-être inexpérimentée, mais j'ai le sentiment qu'il l'a pris parce qu'il lui plaisait. Parce qu'il avait mon odeur.

C'est peut-être malsain et bizarre, et très certainement tordu, mais j'aime l'idée qu'il soit dans sa douche, en train de renifler mon savon, pendant que je suis dans la mienne, en train de faire mousser le même parfum sur mon corps tout entier.

Je rougis. Je ne devrais pas penser à ça ici.

— Oh, bon choix !

La voix de l'employé me fait sursauter et je serre la bouteille contre ma poitrine.

— Désolé, rit-il. Je ne voulais pas vous faire peur.

— Ce n'est rien.

J'essaie de me comporter comme un être humain normal et de prétendre que tout va bien.

— Avez-vous essayé la lotion assortie ? demande-t-il en passant devant moi pour attraper un petit récipient noir avec un couvercle qui se visse.

— Je ne savais pas qu'il y en avait une, murmuré-je, me penchant pour le renifler après qu'il a enlevé le couvercle et l'a tendu vers moi.

Alors que j'inspire à nouveau, l'employé énumère tous les attributs, l'hydratation, l'adoucissement, la protection de l'environnement… mais je n'arrive à me concentrer que sur le parfum de rose. Elle a la même odeur que le savon que j'ai dans les mains, sauf que je la garderai plus longtemps.

Mes paupières se ferment, et j'arrive à l'imaginer maintenant, sortant de la douche, la vapeur imbibée de cette odeur. Je m'essuie et attrape le pot de lotion. J'y plonge mes doigts, prélève la substance douce, la réchauffe entre mes paumes avant d'en badigeonner le long de mes membres. J'enduis mon corps de l'essence de rose. Je l'utilise comme bouclier et comme appât. Je me sens courageuse d'en avoir mis, et espère qu'elle suffira à ramener l'homme à ma porte. À le ramener dans ma vie.

— Ça sent bon, n'est-ce pas ?

Mes yeux s'ouvrent sur l'expression conspiratrice sur son visage, et je sens le mien rougir de gêne.

Je presse mes lèvres l'une contre l'autre et acquiesce.

Une fois le couvercle en place, il me tend le petit pot en me demandant si j'ai besoin d'autre chose.

Je jette un œil aux piles de bombes de bain, me demandant si la dépense en vaut la peine, mais je décide de m'abstenir.

Après avoir suivi l'employé jusqu'à la caisse, j'essaie de garder mes mains stables en sortant le billet de cent dollars de mon portefeuille pour le poser sur le meuble.

C'est comme une sorte de grand secret, comme si une fille comme moi ne devait pas avoir ce genre de somme sur elle. Et en temps normal, je ne l'aurais pas. Pour être honnête, ça m'a angoissée toute la semaine. J'ai l'impression que quelqu'un pourrait le repérer dans mon sac à main et savoir qu'il est entré en ma possession par des moyens répréhensibles.

Même si le coût du gel douche et de la lotion est incroyablement élevé, je suis ravie de remettre les vingt-sept dollars et la monnaie dans mon portefeuille. Techniquement, c'est toujours *son* argent, mais c'est un montant beaucoup plus raisonnable à justifier.

Le sac dans les mains, je regarde l'heure sur mon téléphone et décide de m'offrir un petit resto avant de prendre le bus pour rentrer chez moi.

Parce que, finalement, qu'est-ce qu'une gâterie de plus ?

CHAPITRE 11
NERO

Je sens le regard de King sur le côté de mon visage quand je lui dis de prendre à droite au prochain feu.

Il sait que ce n'est pas le chemin qui mène à ma voiture. Je sais que ce n'est pas le chemin qui mène à ma voiture. Mais ça fait plus de deux semaines que je ne l'ai pas vue. Et j'ai *besoin* de la voir.

King prend le virage à une vitesse d'escargot. Il se fout de ma gueule, et je décide de ne pas lui donner la satisfaction de réagir.

Nous parcourons les quelques rues suivantes en silence, et lorsque j'ouvre la bouche pour lui dire où aller, il met son clignotant, indiquant un virage à gauche.

Cette fois, je le regarde. Et j'ai instantanément envie de lui arracher cette expression sur son visage.

Sans que je dise un mot de plus, il prend tous les bons virages, puis ralentit pour s'arrêter contre le trottoir, en face d'un petit café qui s'apprête à ouvrir.

King gare le véhicule avant de se décaler lentement pour me faire face.

— C'est là que tu voulais aller, n'est-ce pas ?

Je serre les dents.

Même si cet enfoiré est mon meilleur ami, je ne suis pas

d'humeur à ce qu'on se foute de moi. C'est d'ailleurs pour ça que je l'ai traquée moi-même au début. C'est une chose de prendre quelques heures pour dépecer un homme qui essayait de vendre des êtres humains dans ma ville, mais devoir monter dans une voiture avec mes hommes alors qu'ils sont tout excités après une nouvelle tuerie, ça, c'est de la torture.

— Tu es déjà venu ?

Ma voix est posée, mais je ne le trompe pas avec mon ton placide. Il lève la main.

— Jamais, je le jure sur ta tombe.

Je lève les yeux au ciel.

— T'es vraiment un connard !

King hausse l'une de ses gigantesques épaules.

— Dit le harceleur au fou.

— Je ne suis pas son putain de harceleur.

— Non ? Au temps pour moi. J'ai présumé, puisque je t'ai récupéré près de son appartement au beau milieu de la nuit. Et tu m'as demandé de vérifier ses antécédents, d'analyser ses finances et de retrouver les membres de sa famille encore en vie…

Il se tait, puis penche la tête vers le *Twin's Café*.

— Et maintenant, tu me demandes de m'arrêter ici, dit-il en jetant un coup d'œil à l'heure, une minute avant qu'elle ne commence son service.

Ses yeux reviennent vers les miens, mais je soutiens son regard.

— Je ne la harcèle pas.

— D'accord, cool !

Nous regardons tous les deux le mouvement derrière l'entrée du café, alors qu'une femme âgée s'approche et déverrouille la porte. King déboucle sa ceinture de sécurité.

— Alors tu ne verras pas d'inconvénient à ce que je prenne un café.

— Quoi ?

Mon cerveau est distrait parce que je l'aperçois enfin. Je ne vois que l'arrière de sa tête, mais c'est elle. Je sais que c'est elle.

Mon attention se reporte sur le bruit de la portière de mon chauffeur qui s'ouvre.

— Qu'est-ce que tu fous ?

Je m'élance à travers la console centrale pour le retenir, mais il glisse hors de ma portée.

King s'étire le dos.

— Tu veux quelque chose ?

— Je veux que tu reposes ton cul dans cette putain de voiture ! grogné-je.

King secoue la tête avec un petit bruit de la langue désapprobateur.

— Tant de colère si tôt le matin !

— Je jure devant Dieu…

Ma menace est interrompue par le sourire de mon ami, qui claque la portière.

Mes doigts se crispent de chaque côté de mon corps, ne sachant pas si je veux saisir la poignée de ma propre portière et le suivre, ou bien attraper mon arme pour lui tirer une balle derrière la tête. Je ne fais ni l'un ni l'autre parce que je ne peux pas la laisser me voir. Et je ne peux pas tuer King. Je reste donc immobile quand il entre dans le café.

À la seconde où Payton se retourne et où je revois enfin son visage, ma main se referme sur la poignée de la portière.

Je suis trop loin pour distinguer les détails de son visage, mais je peux imaginer le bleu de ses grandes prunelles innocentes, alors qu'elle lève les yeux pour voir qui est entré. Sa frange descend sur ses sourcils et je prétends pouvoir voir ses cils sombres papillonner sous le voile.

Mes doigts resserrent leur prise.

Je veux la voir.

Ne bouge pas, idiot ! C'est déjà un sacré gros problème que King soit entré.

Puis elle sourit à son nouveau client, et j'ouvre brusquement ma portière.

Ses sourires m'appartiennent.

J'ai sorti une jambe du véhicule avant de pouvoir m'arrêter.

Reprends-toi, mec !

Après avoir juré à voix haute, je retire ma jambe et ferme la portière.

CHAPITRE 12
PAYTON

— Premier client !

J'époussette le marc de café sur mes paumes.

— Tu commences tôt, ce matin, dis-je à Jean alors qu'elle passe devant moi en direction de l'arrière-boutique après avoir déverrouillé la porte il y a quelques instants.

Elle répond par un grognement, et je soupire. Je suppose qu'aujourd'hui sera comme tous les autres jours.

Je me tourne vers la porte avant d'inspirer pour saluer le client, mais mes poumons se bloquent. Parce que l'espace d'un instant, j'ai cru que l'homme qui vient d'entrer était le même que celui de mon appartement.

Grand, large et vêtu d'un costume, il est facile de comprendre pourquoi j'ai pensé cela. Malgré ses cheveux un peu plus clairs, son beau visage me perturbe toujours, mais je me rends compte que ce n'est pas celui qui a été la vedette de mes rêves. Ce n'est pas mon homme.

Mon homme.

Cette pensée absurde suffit à faire naître un sourire sur ma bouche.

— Bonjour ! lancé-je gaiement à l'inconnu.

Il me sourit aussitôt.

— Bonjour.

Plus il se rapproche, plus j'ai des doutes sur lui.

Au début, il avait l'air d'un type normal. Enfin, il est beau. Sa posture, sa coupe de cheveux, son costume… tout est *normal*. Mais il flotte une *aura* autour de lui. Comme s'il était dangereux. Tout comme mon Homme Mystère.

Je suis sans doute en train de me projeter.

— Comment ça va, aujourd'hui ? demande-t-il.

Sa question me déstabilise. La plupart des clients se contentent de commander.

— Euh, je n'ai pas à me plaindre. Et vous ?

Il sourit de plus belle.

— La journée s'améliore de minute en minute.

— Oh, euh…

Je ne sais pas quoi répondre. J'ai l'impression qu'il est en train de me draguer. Je suis sûre que ce n'est pas le cas, mais je culpabilise rien que d'y penser.

Ce qui est idiot. Je n'ai pas de petit ami.

Mon cerveau se remémore cette nuit-là, quand un homme partageait mon canapé, et cela me donne envie de me taper la tête sur le comptoir parce que cet intrus n'est en rien mon petit ami. C'était sûrement un criminel. Et il habite la moindre de mes pensées depuis ce jour.

Comme l'homme continue de me regarder, je lui adresse un sourire gêné et lui désigne l'affiche des plats du jour.

— Qu'est-ce que je vous sers ?

Il jette un coup d'œil à la liste mais ne la lit pas, se contentant de se pencher sur le côté pour regarder les pâtisseries exposées derrière la vitre.

— Je vais prendre deux cafés noirs et deux…

Ses yeux parcourent les étalages.

— Muffins à la canneberge et au citron vert.

— Bon choix, approuvé-je en tapant sa commande sur la caisse.

Il lève un doigt.

— Quelle est votre boisson préférée ici ?

Je sens mes sourcils se dresser.

— Moi ?

Il acquiesce et sourit.

— Vous.

— Vous voulez dire, comme café ?

Il hoche à nouveau la tête.

— C'est pour un ami.

— Euh, je crois... réfléchis-je en me mordant la lèvre... j'aime beaucoup notre latte à la noix de coco et au miel.

Ma voix s'élève sur la fin, comme si je posais une question.

Il aboie un rire, ce qui me fait reculer d'un pas.

— Désolé, désolé, s'excuse-t-il en secouant la tête. Je vais en prendre un.

— Alors, deux cafés noirs ou un café et un latte ?

— La deuxième option.

Je saisis la nouvelle commande et lui indique le total.

Je ne vois pas ce qu'il y a de drôle dans les lattes coco-miel, mais je ne suis pas là pour questionner les choix d'autrui.

Il sort son portefeuille de sa poche arrière.

— Et voilà.

Je lève les yeux et, pour la deuxième fois depuis que cet homme est entré, je me fige. Sa main est tendue entre nous, un billet de cent dollars entre ses doigts.

Il le secoue légèrement.

— Vous ne prenez pas le liquide, ici ?

— Oh, si ! Désolée, m'excusé-je à mon tour.

Je prends le billet et fais de la monnaie tout en me réprimandant intérieurement. *Bravo, tu as eu l'air d'une fille fauchée, à en faire des caisses pour un peu d'argent.*

Je lui rends la monnaie en vitesse, sans le regarder dans les yeux, puis me retourne pour lui préparer sa commande.

J'aurais dû lui dire que j'aimais aussi le café noir. J'aurais alors pu m'occuper de sa commande en moins d'une minute.

Mais le café noir n'est pas mon préféré, c'est le latte coco-miel. Et comme personne ne m'a jamais demandé ce que je préférais, je n'ai même pas envisagé de mentir.

Mes mains hésitent lorsque j'attrape la crème chantilly.

D'habitude, je demande au client s'il en veut sur le dessus, mais comme il m'a demandé ce que j'aime, je décide de le préparer selon mes goûts.

Une fois le gobelet rempli à ras bord de crème chantilly fraîche, j'arrose le dessus d'un filet de miel avant de refermer le couvercle.

— Voilà.

Je fais glisser le sac contenant les deux muffins sur le comptoir avant de poser les gobelets à emporter.

— Avez-vous besoin d'un porte-gobelet ?

— Non, ça ira.

Il prend sa commande avant d'indiquer d'un signe de tête une pile d'argent sur le comptoir.

— C'est pour vous, Payton.

Il se dirige à grands pas vers la sortie avant que je ne saisisse ce qu'il vient de dire.

Il m'a appelée Payton.

Mes doigts tremblent lorsque je saisis les billets.

Comment peut-il savoir comment je m'appelle ? Nous ne portons pas de badges avec nos prénoms.

Un billet de cinq trône sur le dessus, surplombé de trente-sept centimes en pièces.

D'accord, il a donc laissé un peu de sa monnaie.

Je coince le coin du billet en question entre mes doigts et l'écarte des autres, révélant une pile de billets de vingt dollars.

Il a laissé toute sa monnaie. Le reste du billet de cent.

C'est une coïncidence.

Tout est une coïncidence.

Jean a dû prononcer mon prénom après qu'il est entré. Ça ne veut rien dire.

Mes yeux se dirigent vers les vitrines, juste à temps pour

voir le client monter dans un gros SUV garé de l'autre côté de la rue. Le plafonnier du véhicule n'est pas allumé, mais alors qu'il ferme sa portière, je crois voir un mouvement.

Y a-t-il quelqu'un d'autre à l'intérieur ?

CHAPITRE 13
NERO

Mon regard reste vissé derrière King, sur le visage perturbé de Payton, alors qu'il s'installe sur le siège du conducteur.

Elle affichait la même expression quand il a payé.

Au moment où mon acolyte ferme sa portière, la jeune femme lève la tête et je jurerais que nos regards se croisent. Mais la portière de la voiture est claquée et la vitre teintée l'empêche de me voir.

— Tiens, grogne King en me tendant un café.

— Tu lui as dit quoi ? m'énervé-je.

— Je nous ai commandé un petit déjeuner. À ton avis ?

Je roule les épaules et m'enfonce dans mon siège, perdant Payton de vue.

King dépose un sac en papier sur mes genoux.

— L'un d'eux est pour moi.

— Qu'est-ce que c'est ?

— Des muffins, répond mon ami en tournant le volant pour franchir le coin de la rue.

Je ferais bien un effort pour le rembourser, mais il est déjà riche comme Crésus, alors je ne prends même pas la peine de lui demander le prix.

De ma main libre, j'ouvre le sac, qui laisse échapper un parfum d'agrumes et de sucre.

— Ça sent bon, grommelé-je.

J'aurais aimé la voir de près. Je veux voir les éclats de minuit briller dans ses yeux. Son visage me manque.

— Tu as pris une photo ?

À la seconde où les mots sortent de ma bouche, je me rends compte de la stupidité de ma question.

La voiture s'arrête et, du coin de l'œil, je vois King tourner lentement son visage vers moi.

— Pardon, je dois être en train de perdre la tête parce je crois que tu viens de me demander si je l'ai prise en photo.

Il attend quelques secondes que je réponde, mais je ne le fais pas.

— Quoi ? Tu t'es dit que j'allais sortir mon téléphone et prendre une photo de son putain de visage ? Tu te disais qu'elle n'aurait pas immédiatement appelé les flics ? T'es taré ou quoi ? Sérieusement, c'est vraiment flippant. Même pour nous.

— D'accord ! m'énervé-je. J'ai compris.

— Vraiment ? demande King d'un ton incrédule. Qu'est-ce qu'elle a, cette fille, de toute façon ? Elle a une chatte magique, ou un truc du genre ?

— Ne…

Je m'interromps en serrant les dents.

— Ce n'est pas ça.

— *Ce n'est pas ça,* répète-t-il lentement. Ça ressemble à ce qu'un idiot dirait, juste avant qu'on lui flanque une balle entre les deux yeux.

— On peut laisser tomber ?

— Oh, non ! Je ne laisserai pas tomber.

— Ce n'est qu'une fille, insisté-je, la mâchoire serrée.

Je commence à me demander si j'ai vraiment besoin de lui, parce que pour l'instant, le silence serait peut-être préférable à un meilleur ami.

Voulant retarder mon explication, je porte le café à ma

bouche et en bois une gorgée. Ce n'est pas le café simple et amer auquel je m'attendais qui frappe ma langue.

Mon corps plonge en avant et je dois me forcer pour ne pas cracher le liquide sur le tableau de bord de King. Son rire tonitruant emplit la voiture et mon envie de le massacrer se décuple.

— C'est quoi, cette merde ? m'emporté-je quand j'arrive enfin à avaler.

Mais monsieur le rigolo est trop occupé à s'esclaffer pour répondre.

Je sors sa boisson du porte-gobelet et la hume. Un simple café.

— Sérieusement ? demandé-je en reniflant la petite ouverture de mon couvercle. Qu'est-ce que tu m'as pris, bordel ?

Je suis en train d'échanger nos boissons, de mettre la merde sucrée qu'il m'a prise dans son porte-gobelet quand il reprend son souffle pour répondre.

— Mec, j'attendais ta réaction, et tu ne m'as pas déçu.

— Content que tu l'aies trouvée si drôle. Parce que maintenant, il est à toi.

Je bois délibérément une gorgée de son café nature.

— Comme tu veux, dit-il en haussant une épaule. Je pensais que tu aimerais goûter la boisson préférée de ta copine.

Mes yeux se braquent à nouveau sur le gobelet d'origine.

— C'est sa préférée ?

— C'est ce qu'elle a dit. Elle a pris le temps de la préparer elle-même. Elle a même rajouté des petits trucs sur le dessus. Mais si tu n'en veux pas…

King s'apprête à l'attraper, mais je lui reprends le gobelet et lui mets le café noir dans la main.

Il soupire.

— Tu veux d'abord baver sur le bord restant ? Puisque tu as déjà mis ta bouche dégoûtante sur les deux.

— Tant pis pour toi.

Mon ton n'est pas aussi mordant que je le voudrais, je suis

trop occupé à renifler la boisson préférée de Payton. Je suis déçu sans raison de constater qu'elle ne sent pas la rose.

— Qu'est-ce que c'est ?

— Il me semble qu'elle a dit noix de coco et miel.

Je dois grimacer, car King souffle du nez.

— Oui, moi aussi, j'ai trouvé ça un peu dégueu.

— Ce n'est pas dégueu, admets-je. C'est juste que je ne m'y attendais pas.

Je tourne le gobelet dans mes mains pour voir l'inscription *Latte C&M* griffonné au feutre indélébile.

C'est son écriture.

Je me souviens alors que mon acolyte a précisé qu'elle l'a préparé elle-même.

Je me demande si… ?

Je porte la boisson à mon visage et appuie mon nez sur le côté opposé à l'écriture, là où sa paume aurait été, et j'inspire.

Toujours pas de rose.

Merde !

— Mec, dit King, exaspéré, sérieusement, cette femme t'a fait perdre les pédales !

J'ignore ses paroles. Je n'ai pas le temps d'écouter son jugement.

Il ne comprend pas.

J'ai besoin d'elle.

J'ai besoin de la consommer.

Je retire le couvercle, porte le bord du gobelet à mes lèvres et bois le tout en quelques grandes gorgées. Je savoure la sensation du liquide brûlant dans ma gorge. J'alimente le feu de l'obsession qui gronde dans mon sang.

CHAPITRE 14
PAYTON

— J'ai dit décaféiné, s'énerve une femme.

— Hein ?

Je lève les yeux vers la cliente soudainement en colère en face de moi.

— J'ai. Dit. Décaféiné, articule-t-elle lentement, comme si elle parlait à une idiote.

Je baisse les yeux sur le gobelet que je lui tends.

— Oh, je suis désolée !

— Je vous ai vue passer devant la cafetière de décaféiné. Si elle est vide, j'attendrai que vous en repréparez. Je ne vais pas boire ce *truc*.

Mes épaules se soulèvent un peu plus à chacune de ses phrases.

Elle m'a vue commettre une erreur et ne m'a pas arrêtée. Elle m'a laissé foirer.

— Je suis désolée, répété-je. Nous avons du déca, j'ai juste… oublié.

Elle pousse un petit soupir moqueur et croise les bras sur sa poitrine.

Mon visage est brûlant lorsque je me détourne de la cliente. Elle se comporte comme si j'avais essayé de lui faire avaler de force un aliment auquel elle est allergique. Pourtant, j'ai bien envie de le faire.

Comme si tu étais capable de riposter.

Je garde les yeux baissés pendant que je mets de côté le gobelet de café *caféiné* incriminé pour en prendre un autre, vide.

Je ne suis pas une enfant, mais quand on me crie dessus ainsi, j'ai l'impression d'en être une. Comme une autre victime impuissante. Encore.

Lorsque mes doigts se referment sur le manche orange vif de la bonne cafetière, la femme me lance un *Bravo* condescendant. Et je n'ai jamais eu autant envie de démissionner que maintenant.

La journée a été longue.

Comme la semaine.

Cette vie a été longue. Pourquoi n'ai-je jamais le droit à une pause, putain !?

Et une bonne pause. Pas une mauvaise pause, comme lorsque mon four a commencé à faire du bruit la semaine dernière. Ou il y a trois jours, quand quelqu'un a apparemment utilisé de l'eau de Javel dans la machine à laver juste avant que j'y mette mes vêtements, ruinant le seul jean correct en ma possession.

— J'adorerais l'avoir aujourd'hui, se moque la cliente, sa voix serpentant jusque dans mon cou.

Sans la regarder, je referme le couvercle de son *déca* et pose le gobelet sur le comptoir.

Je la sens hésiter avant de le prendre et de sortir de l'établissement à grandes enjambées.

Bon débarras ! Je ne sais pas ce qu'elle attendait. Je pense que mon langage corporel devrait suffire à ce que tout le monde comprenne que je n'ai pas envie de me disputer.

J'aimerais bien garder les épaules en arrière et la tête haute quand quelqu'un est méchant avec moi. Mais c'est difficile. Et cette femme était assez âgée pour être ma mère, ce qui a déclenché une tout autre série d'émotions. Et trop de souvenirs que j'ai essayé de refouler de mon mieux.

Je n'ai jamais voulu me disputer.

Je n'aime pas ça. Je fais toujours de mon mieux pour éviter le conflit.

Les quelques fois où je n'ai pas pu m'en empêcher et où j'ai riposté ne se sont jamais bien terminées pour moi.

Sois sage et il n'y aura pas de problème.

La voix de ma mère, provoquée par cette affreuse cliente, résonne dans ma tête.

Maman me rejetait toujours la faute du comportement d'Arthur. Elle me disait constamment *si seulement tu faisais ça,* ou *si tu agissais comme ça...* Mais je n'étais qu'une enfant. Une enfant innocente qui n'avait aucun moyen de se défendre contre ses brimades. Et nous savions tous les deux que même si je me tenais à carreau, cela ne changeait rien. Lorsqu'il était de mauvaise humeur, il me frappait, que j'aie fait quelque chose qui le dérangeait ou non.

Inconsciemment, je lève l'une de mes mains pour frotter doucement le devant de mon cou.

J'ai eu des points de suture. Je me suis cassé le bras une fois. Autant de choses qui m'ont fait *physiquement* plus mal que les fois où il a mis ses mains autour de ma gorge. Mais c'est celle-là qui a été la pire.

Parce que quand il m'a étouffée, ce n'était pas la douleur que je sentais le plus. C'était la peur. La peur qu'il aille trop loin. Qu'il serre un peu trop fort.

Je presse mes lèvres l'une contre l'autre et me force à respirer pour chasser les souvenirs.

Le pire, c'est la peur que j'ai ressentie quand j'ai vu *cette* ombre dans ses yeux. Celle qui disait qu'il savait combien il était proche de me faire taire une fois pour toutes. Et qu'il y songeait.

Je sens presque la pression froide de son horrible bague contre mon cou.

J'essaie de ne pas y penser, mais je suis quasiment

certaine qu'il m'aurait tuée si nous n'avions pas été si pauvres. Arthur semblait toujours trouver un moyen de se tirer d'affaire, mais il n'avait pas l'argent nécessaire pour soudoyer la police afin qu'elle ferme les yeux sur un meurtre.

Durant mes jours les plus sombres, une part de moi aurait aimé qu'il l'ait fait. Pour mettre fin à ma misère et ajouter à la sienne. Bien sûr, je n'aurais pas été là pour jubiler de sa sentence, mais je serais morte heureuse de savoir qu'il pourrirait en prison.

C'est mon plus grand regret, qu'il puisse vivre une vie normale. Il n'est peut-être pas heureux, mais il est libre. Il a le contrôle de ses journées. Et il ne le mérite pas. Il ne mérite pas de respirer après ce qu'il a dit, ce qui m'a poussé à fuir, deux jours avant mon dix-huitième anniversaire.

— Attendez ! crié-je en relevant mon sac à main sur mon épaule. C'est mon arrêt !

Le bus est bondé, aujourd'hui, conséquence du mauvais temps, et j'étais sur le point de m'assoupir lorsque mon voisin m'a donné un coup de coude dans les côtes, ce qui m'a réveillée en sursaut. Heureusement, car cette horrible journée aurait été encore pire si j'avais manqué mon arrêt.

— Pardon. Excusez-moi, marmonné-je en me frayant un chemin sur le côté.

Ça fait longtemps que j'ai accepté mes formes. Je suis ainsi. Des hanches larges, des cuisses épaisses… c'est comme ça. Ce n'est pas grave. Et en général, je m'en fiche. Mais là, alors que le chauffeur de bus me regarde déjà à travers le rétroviseur, j'aimerais pouvoir m'enfuir en courant. Mais les allées étroites remplies de coudes et les hanches imposantes ne font pas bon ménage.

— Pardon, m'excusé-je une dernière fois en arrivant à l'avant.

Le chauffeur ne répond pas, se contentant d'ouvrir la porte.

Une rafale de vent humide remonte jusqu'aux marches, faisant battre les pans de mon manteau, comme une sorte de parodie de Marilyn Monroe.

Je n'en peux vraiment plus de cette journée.

Je m'agrippe fermement à la rampe et fais le dernier pas pour descendre du bus et rejoindre le trottoir. Et j'en suis heureuse, car je manque de perdre l'équilibre lorsque ma chaussure entre en contact avec la fine couche glissante de neige fondue qui recouvre le trottoir.

Ma main a à peine franchi le seuil que la porte se referme derrière moi et le bus s'éloigne à toute vitesse.

— Abruti ! grommelé-je en serrant contre mon corps les pans de mon manteau.

J'aurais dû me couvrir quand j'ai quitté le café, mais j'étais pressée. Ce que je mettrai sur le compte de cette cliente acariâtre, parce que c'est le gobelet de caféine qu'elle a laissé que j'ai accidentellement renversé en enfilant le manteau en question. Mais maintenant, alors qu'il ne reste plus qu'un demi-pâté de maisons entre mon appartement et moi, je ne m'arrête pour rien au monde. Au diable le vent glacé !

Une nouvelle rafale de vent me fait rentrer le menton dans la poitrine et plisser les yeux. Ce mélange hivernal de neige et de pluie est précoce, même pour le Minnesota. L'averse qui s'abattra fera tomber davantage de feuilles des arbres, et cette perspective me peine. Parce que l'automne est ma saison préférée et que sa fin prématurée me provoquera à coup sûr une dépression saisonnière.

La tête baissée, je ne remarque pas la petite branche sur le trottoir jusqu'à ce que le bout de ma chaussure droite s'y accroche.

J'essaie de retenir ma chute. Vraiment. Mais je suis trop lente.

Un cri de panique s'échappe d'entre mes lèvres tandis que je bascule vers l'avant.

J'essaie de transférer mon poids sur ma jambe gauche, mais mon genou se dérobe.

J'ai juste le temps de lâcher mon manteau et de tendre les mains devant moi pour me préparer à la chute.

Mon genou gauche touche le sol en premier, suivi de mes deux paumes, puis de mon autre genou.

La douleur ricoche dans tous mes membres.

La piqûre est immédiate et je reste immobile, craignant de bouger pour l'instant. Tout me fait mal, mon corps, ma fierté, mais je ne pense pas m'être blessée.

J'attends que la douleur se transforme en élancement avant de basculer mon poids pour regarder.

Un morceau de gravier m'érafle la paume, comme du sel dans une plaie.

— Merde !

J'essaie de crier le mot, dans une triste tentative de dissiper l'émotion qui m'assaille le fond des yeux. Mais seul sort un croassement.

— Merde ! répété-je, cette fois d'une voix à peine plus forte qu'un murmure.

Je me remets prudemment debout. Je suis heureuse que personne d'autre ne semble être là pour assister à ma maladresse. Et encore plus heureuse d'avoir réussi à fermer mon sac à main, contrairement à ma veste. Il est sale à cause de ma chute, mais tout le contenu est resté à l'intérieur.

Je cligne des yeux en constatant mon état. Ma jambe de pantalon n'est pas déchirée, ce qui est un miracle en soi, et mes paumes mouillées sont teintées de gris à cause de la saleté du trottoir, mais ne saignent pas.

Ce n'est rien.

Rien du tout.

Tu es plus forte que ça.

Ça aussi, tu vas t'en sortir.

C'est juste une mauvaise journée.

Je renifle. Ma gorge se noue tandis que ce désespoir familier s'enfonce dans ma poitrine.

Ce n'est rien, me répété-je.

— *Tu n'es rien !* me répond une voix ancienne, mais puissante.

Je ferme les yeux. Je déteste que sa voix résonne encore dans ma tête. Je déteste qu'il ait un quelconque effet sur moi.

Je ne suis pas rien.

Ma poitrine tremble tandis que j'inspire une bouffée d'air.

Je ne suis pas rien.

J'ouvre péniblement les yeux.

Cette journée m'a peut-être mise au bord de la crise de nerfs, mais je ne laisserai pas Arthur m'arracher une larme de plus. Il a détruit ma maison. Il a détruit la relation que j'aurais pu avoir avec ma mère. Il a essayé de…

J'inspire l'horreur de ce dernier souvenir et me rappelle que je me suis enfuie.

Mais ne contrôle-t-il pas ta vie depuis ?

Une vive colère me traverse de part en part.

J'ai envie de crier à ma voix intérieure qu'elle a tort. Que tous mes choix sont les miens. Mais au fond de moi, je sais que c'est un mensonge. Un simple mot suffit à me rappeler la profondeur de mon traumatisme.

Virginité.

C'est un rappel constant de ce que j'ai eu trop peur de laisser tomber.

Mais je m'y suis accrochée des deux mains, même lorsque j'étais la seule à croire qu'elle valait la peine d'être protégée. La seule à penser que c'était à moi de la donner.

Je lisse doucement mes cuisses, puis commence à boiter sur les dernières marches jusqu'à mon immeuble.

J'ai pris l'habitude systématique de fuir les hommes quand j'ai abandonné mon foyer. Ils étaient terrifiants. Plus forts que moi. Plus cruels que moi.

Je n'avais pas l'intention de garder ma virginité pour toujours. Je voulais juste attendre d'être prête. Les années m'ont simplement échappé.

Je ne fais plus d'efforts pour éviter les hommes. Je ne

tremble ni ne transpire plus lorsque l'un d'eux me regarde dans les yeux. Je ne cherche pas non plus à attirer leur attention. Compte tenu de mon travail, je ne me donne pas vraiment l'occasion de rencontrer de nouvelles personnes. Je me contente des hommes que je vois entrer dans le café. Et en tant que femme mal fringuée, surmenée et en manque de sommeil qui leur sert leur petit déjeuner, je n'incite pas vraiment à l'invitation.

Même avant *tout cela*, je ne saurais pas vraiment dire si mes camarades masculins à l'école s'intéressaient à moi ou non. Je gardais la tête baissée en classe. Je travaillais tous les jours après les cours.

Il est pratiquement impossible de se faire des amis proches, sans parler d'un petit ami, si vous n'invitez jamais personne chez vous. Et je n'ai *jamais* invité personne chez moi.

Arthur n'était pas prévisible. Et même si je voulais désespérément avoir une amie, je n'étais pas prête à soumettre quelqu'un d'autre à son tourment. L'attention qu'il me portait était déjà bien assez pénible ; je n'aurais pas pu me regarder dans la glace s'il avait dirigé ce tourment sur un autre à cause de moi.

Mais pour toutes les fois où il m'a terrorisée, frappée, étranglée… Arthur n'a jamais franchi *cette* limite.

Parfois, je me demandais – et m'inquiétais – si cela allait changer. Comme lorsque j'ai pris de l'âge et qu'il a commencé à me regarder comme s'il me haïssait *sincèrement*, au lieu d'afficher l'indifférence agacée avec laquelle il m'avait traitée pendant des années. D'autres fois, ses yeux s'attardaient trop longtemps sur ma poitrine ou sur mes hanches. Et je savais que quelque chose de grave finirait par arriver. Je savais que c'était inévitable. Mais je ne savais pas *quoi*.

Je n'étais pas censée être à la maison ce jour-là, mais mon service s'est terminé tôt et je n'avais nulle part où aller. Depuis, chaque jour, je remercie un dieu auquel je ne suis pas sûre de croire d'être rentrée à la maison au bon moment. D'avoir entendu ce que j'ai entendu.

Parce que si je ne l'avais pas fait...

Mes pieds s'arrêtent à la porte d'entrée de mon immeuble, et mes mains tremblent tellement qu'il me faut trois essais pour déverrouiller la serrure.

Après avoir quitté le froid et pénétré dans le hall, je retire la neige fondue de mes chaussures.

Je veux aller directement à mon appartement et prendre une douche, mais comme je suis déjà dans le hall, je boitille jusqu'aux boîtes aux lettres.

Ce qui aurait pu se passer à l'époque... ne s'est pas produit. Et ça n'arrivera pas. Parce que s'ils n'ont pas retrouvé ma trace dix ans plus tard, alors, ils ne n'y parviendront pas.

Et pourtant, je suis toujours vierge.

À l'aide de la petite clé dorée ternie, j'ouvre la petite porte de la boîte aux lettres avec plus de force que nécessaire. Il n'y a que quelques lettres, mais celle sur le dessus attire mon attention. C'est le papier vert pâle sur lequel sont imprimés tous les avis de l'immeuble.

Mon rythme cardiaque s'accélère lorsque je la prends, confirmant qu'elle provient bien du propriétaire.

J'ai les mains sales. Il faut que je me change. Et me douche. Et mange quelque chose. Mais le mauvais pressentiment qui m'habite grandit à chaque seconde qui passe où je fixe du regard le morceau de papier plié en deux. Je range les autres lettres dans mon sac à main, déchire le petit bout de ruban adhésif qui tient les extrémités de la page ensemble et aplatis le mot.

Cher locataire...

J'ai le souffle coupé, chaque ligne me rapprochant un peu plus de la panique.

... des améliorations ont été apportées à l'immeuble...

... à partir du 1er janvier...

Les mots commencent à se brouiller devant mes yeux.

… augmentation mensuelle de deux cent cinquante dollars…

Ce n'est pas possible.

Ils ne peuvent pas faire ça.

Pas autant.

Une sensation d'effroi se répand sur mes épaules comme une vieille amie.

Voilà la preuve que tu ne contrôles rien dans ta vie.

Comment vais-je économiser pour une vie meilleure si je peux à peine payer la vie de merde que j'ai déjà ?

Mon inspiration suivante est saccadée. J'ai jusqu'à janvier, à peine quelques mois, pour trouver une solution.

Et faire quoi ? Tu ne trouveras jamais un autre appart dans le coin pour moins cher.

Le papier dans mes mains tremble devant moi.

Tu ne pourras jamais t'offrir ce chien.

Et ainsi, de grosses larmes laides se mettent à couler sur mes joues.

CHAPITRE 15
NERO

Je n'aime pas la tête qu'elle fait.

Elle est emplie de désespoir. De tristesse.

— Qu'est-ce qui ne va pas, ma belle ?

Je parle fort dans la pièce vide.

Payton est assise sur son canapé depuis une heure, peut-être plus, mais c'est le temps que j'ai passé à l'observer, et elle n'a pas bougé. Elle se contente de regarder dans le vide, visiblement complètement abattue.

J'ai envie de lui demander ce qui ne va pas. De lui demander qui je dois enterrer pour avoir assombri ses traits.

Mais je ne peux pas.

Parce qu'elle ne doit pas savoir que je suis là. À regarder.

Si King me voyait maintenant, blotti dans un appartement inoccupé de l'autre côté de la rue de Payton, accroché à des jumelles pour m'imprégner de chaque détail de sa vie, il rirait à gorge déployée.

Mais il y a quelque chose chez cette femme dont je suis incapable de me défaire.

Je sais que c'est de la folie. Sûrement digne d'un psychopathe. Mais vu que j'ai sûrement tué plus de gens que je ne me suis envoyé en l'air, je ne suis plus tellement préoccupé par l'état de ma santé mentale.

Elle bouge, et je concentre mon regard pour la voir passer le dos de ses mains sur ses joues. Mes doigts se resserrent autour des jumelles.

— Qui t'a fait pleurer ?

C'est son innocence. C'est ça qui m'attire. Qui m'attire vers elle.

Ça n'a même pas de sens. Pas après ce que King a trouvé sur son passé. Sur toutes ses visites aux urgences. Les points de suture. Les os fracturés. Avec tout ce qu'elle a traversé, elle ne devrait pas sembler si… précieuse.

Le plastique se fissure sous ma poigne.

Tu dois la laisser tranquille. Elle ne souffrirait que davantage si elle te connaissait.

Je me suis répété les mêmes mots sans relâche.

Je ne peux lui offrir que du danger et un chagrin d'amour. Il n'y a rien de sûr à me connaître. Peu importe à quel point j'aimerais que ce soit différent.

Je baisse lentement les mains. La vue agrandie de mon obsession s'éloigne.

Mes yeux restent vissés sur elle, mais j'ai perdu ses traits. Ses prunelles tristes sont maintenant cachées par la distance.

Pars.

Pars maintenant et ne reviens jamais.

Mais alors que je m'apprête à me lever, Payton fait de même.

Je m'immobilise.

Elle traverse son petit salon et se dirige vers moi. Mon cœur bat plus fort à chacun de ses pas. Elle s'arrête, la main posée sur la poignée de la baie vitrée coulissante, celle que j'ai franchie il y a quelques semaines. Elle cligne des yeux, puis l'ouvre d'un coup sec.

Une rafale de vent, que je sais froide, s'engouffre par l'ouverture, faisant voler ses cheveux autour de son visage marqué par ses larmes.

Mais elle ne sort pas sur le petit balcon.

— Qu'est-ce que tu fais, Payton ?

Je m'approche de la fenêtre.

Elle recule d'un pas. Puis d'un autre, sa main quittant alors la porte.

— Payton ! grogné-je dans la pièce plongée dans l'obscurité.

Ses épaules se soulèvent dans une dernière inspiration, puis elle tourne les talons et sort de la pièce.

Laissant la porte ouverte… pour moi.

CHAPITRE 16
PAYTON

Je me réveille en sursaut, tirée du sommeil par quelque chose d'invisible.

— Merde ! murmuré-je en direction du plafond alors que je roule sur le dos, ma poitrine se soulevant et s'abaissant avec des inspirations rapides.

Ma vessie se manifeste et, avec un gémissement, je roule jusqu'au bout du lit.

Je n'ai que quelques pas à faire pour traverser le couloir et entrer dans la salle de bains obscure. Sans m'embêter à allumer la lumière, je baisse mon short et m'assois sur les toilettes.

Observant le contour ombragé de ce vêtement, je secoue la tête. Je ne porte jamais ce pyjama. Je l'ai acquis l'année dernière, après les soldes de Noël, dans un élan d'achat impulsif. Le short en soie est d'un rouge vif qui détonne avec mes cuisses pâles, et le haut est en soie crème avec des manches courtes, des boutons rouges et un col de la même couleur. Et je n'ai pas besoin que la lumière soit allumée pour me dire que ce n'est pas le pyjama sexy que je pensais. Il est basique. Bon marché. Une autre tentative ratée d'être ce que je ne suis pas.

Après avoir remonté mon short, je me lave les mains et je suis reconnaissante de ne pas voir mon reflet.

Toute cette tenue était pour *lui.*

Lorsque j'ai laissé mes cheveux détachés quand je suis allée me coucher, c'était pour *lui.*

Payton, espèce d'idiote !

Sérieusement, à quoi je pensais ? J'ai laissé ma baie vitrée ouverte, dans l'espoir ridicule que mon Homme Mystère le verrait, prendrait cela pour l'invitation que c'était et viendrait me ravir.

C'est tellement stupide !

Et en plus que ce soit bête, mon appartement est maintenant gelé.

Je fouille dans la coiffeuse pour trouver une pince à cheveux et m'empresse de les relever.

Je n'ai pas vu *cet homme* depuis qu'il a franchi ma porte d'entrée.

Plusieurs fois, j'aurais juré l'avoir vu à l'extérieur du café, mais chaque fois que j'ai tourné la tête pour regarder, la rue était toujours vide.

Il ne me surveille pas. Je ne l'intéresse pas.

Je croise les bras pour me protéger du froid et me dirige vers le salon. Je dois fermer cette porte avant de tomber malade.

Mes pas ralentissent sur la moquette. L'appartement est silencieux.

Trop silencieux.

Mon cœur se serre alors que je m'arrête dans mon élan.

La baie vitrée est fermée.

CHAPITRE 17
NERO

Je jette les jumelles dans une poubelle à l'extérieur du bâtiment avant de traverser la rue. Je n'en aurai plus besoin. Payton a pris la décision, et nous passons à une relation proche et personnelle.

Mes longues enjambées m'amènent au bord de son balcon en quelques secondes.

Je suis resté assis dans cet appartement vide pendant une heure après qu'elle s'est éloignée de la porte ouverte. J'attendais qu'elle change d'avis et la referme. Qu'elle m'enferme dehors.

Mais elle ne l'a pas fait.

Et je ne suis pas un homme assez bon pour rester à l'écart.

Il est à peine minuit, mais c'est un jour de semaine et nous sommes dans un quartier relativement calme de la ville, personne ne me voit grimper sur la balustrade de la terrasse de l'appartement du premier étage. Après m'être étiré, j'attrape la barre transversale en bas du garde-corps de Payton. Le métal grince sous mon poids, mais comme la dernière fois, il tient bon. Je me cale contre la façade en briques de l'immeuble et avance mes mains jusqu'à la rampe supérieure.

Je suis de nouveau furieux de constater combien il est facile d'entrer dans son appartement.

Elle ne devrait pas vivre ici. Elle n'est pas en sécurité du tout.

Je me baisse lentement sur le sol de son balcon.

Il ne s'agit pas d'une effraction, puisqu'elle m'a laissé la porte grande ouverte, mais même si c'était le cas, ce ne serait pas ma première fois. Et je suis sûr que ce ne sera pas la dernière. Car comme dit le proverbe, si vous voulez que ce soit bien fait…

L'air froid et humide me traverse jusque dans l'appartement, les rideaux se gonflant comme ils l'ont fait la première fois que j'ai franchi cette porte.

Si elle tombe malade à cause de cette petite cascade, je vais la traîner sur mes genoux et utiliser mes paumes pour lui donner une leçon qu'elle n'oubliera pas.

Non pas que tu la revoies après ça.

Une fois.

Ce ne sera que ça.

Une fois. Une partie de jambes en l'air. Juste pour goûter. Ensuite, j'exigerai qu'elle ferme cette porte à clé tous les soirs. Bordel, je la clouerai s'il le faut !

Inspirant lentement, je remplis mes poumons de l'air automnal. Puis je franchis le seuil. Debout dans son logement, je ferme la porte et actionne le verrou.

Je ne peux plus faire marche arrière.

CHAPITRE 18
PAYTON

J'inspecte le salon et la cuisine du regard à toute vitesse, mais il n'y a personne. Et nulle part où se cacher.

Mais je sens l'atmosphère. Elle est différente.

Il est là.

Mes jambes tremblent alors que je me retourne vers ma chambre.

Il est forcément là.

Pendant que je fais les derniers pas jusqu'à ma porte, j'ignore délibérément la salle de bains et me souviens que je l'ai laissée ouverte quand je suis allée aux toilettes.

Je ne savais pas.

Comment aurais-je pu le savoir ?

Des tremblements parcourent chacun de mes membres.

C'est ce que je voulais.

Ce que j'ai demandé.

Et maintenant, c'est l'heure.

CHAPITRE 19
NERO

Elle est tellement belle !

Ses respirations légères balayent les mèches de cheveux sur sa joue.

Les couvertures sont remontées sur ses épaules, et même si le lit semble petit et inconfortable, la couverture est épaisse, alors je sais qu'elle a chaud.

Parfaitement chaud.

Putain, j'ai envie de la toucher ! Cette peau douce et moelleuse, la chaleur du sommeil qui détend chacun de ses muscles. La laissant souple. Prête.

Mon entrejambe durcit.

D'accord, c'est sans doute la chose la plus flippante que j'aie jamais faite. Je me tiens dans le coin de la chambre d'une femme endormie, l'observant alors qu'elle ignore que je suis là. Je m'imprègne de *son* odeur. De *ses* couleurs, de *ses* textures et de *ses* expressions.

Mais elle veut que je sois là.

Et je n'arrive pas à chasser cette impression qu'elle a besoin de moi.

Je ne peux pas lui offrir ce qu'elle cherche vraiment, je ne peux pas lui donner un avenir ou le bonheur, mais je peux lui donner *ceci*. Je peux lui donner cette nuit. Lui donner du plaisir.

Payton émet un petit son et mon corps se tend. Elle change de position et ferme les yeux, un autre murmure s'échappant de sa poitrine.

Je lève le pied gauche, me préparant à tendre la main pour la réconforter. Mais avant que je puisse avancer ma jambe, les paupières de la jeune femme s'ouvrent brusquement.

Je redescends prudemment mon pied sur la moquette, parfaitement immobile.

— Merde !

Son murmure pourrait tout aussi bien être un cri tant il me frappe et se répercute dans mon crâne.

Elle reste allongée de longues minutes, à regarder le plafond, et je me demande quelle est la meilleure façon d'annoncer ma présence. Je suis certain que cette porte ouverte était une invitation. Pourtant, je n'ai aucun moyen de lui faire savoir que je suis là, dans le noir, sans l'effrayer.

Payton laisse échapper un petit gémissement, et je la regarde avec une grande attention écarter la couverture de son corps et sortir du lit. Même avec les rideaux fermés, assez de lumière de la rue filtre autour des bords de la fenêtre pour illuminer la peau nue de ses cuisses.

Je ne l'ai jamais vue ainsi. Pas de près.

La dernière fois que je suis venu ici, elle a gardé une couverture remontée jusqu'au menton. Mais je me remémore ce qui s'est passé plus tard, tandis que je serre les dents pour ne pas gémir alors que je bande encore plus, quand j'ai descendu la couverture de quelques centimètres, que j'ai posé mes mains sur elle, que j'ai vraiment senti sa peau sous mes paumes… c'était putain d'addictif ! Il m'a suffi de goûter à cette douceur pour devenir accro.

Et maintenant… Putain, elle est à peine habillée !

Je suis content de savoir qu'elle a mis ce short pour moi. Parce que si un autre homme la voyait ainsi, je lui arracherais les yeux par la simple force de mes doigts.

Payton roule les épaules lorsqu'elle se lève du lit, ce qui tend sa jolie petite chemise sur ses seins. Et, *bordel !* ses tétons pointent et se pressent contre le tissu brillant comme de petites balises destinées à me ramener à la maison.

Je gémis presque quand elle s'éloigne. Ses fesses sont parfaitement bombées. Elles rebondissent sous le tissu fin chaque fois que son pied touche la moquette. J'ai envie de saisir mon membre et de le serrer pour le calmer. Mais je suis actuellement dans sa vision périphérique, et je ne veux pas qu'elle me repère tout de suite. Pas avant que je sois prêt.

Elle traverse le couloir, et un petit sourire se dessine sur mes lèvres quand je l'entends dans la salle de bains.

Ce n'est rien. Tout le monde va aux toilettes. Mais je parie que ça la stressera encore plus de me trouver ici, assis sur son lit.

Quand j'entends ses pas se diriger vers le salon, je m'écarte du mur.

Et quand ses pas s'arrêtent, et que j'entends son souffle abrupt par-dessus le silence de l'appartement, je souris.

Elle sait.

Et quand ses pas se dirigent à nouveau vers la chambre, vers moi, je m'assois.

CHAPITRE 20
PAYTON

Je retiens mon souffle quand je me tourne vers ma chambre. Et même si je savais qu'il serait là, je sursaute.

Assis sur mon lit, à quelques mètres de moi, se trouve l'homme de mon balcon.

L'unique lumière présente provient de derrière lui, il ne forme donc qu'une silhouette. Mais il n'y a pas de doute, c'est bien lui.

Les épaules larges. L'air menaçant.

Et comme la dernière fois, il est en costume. Mais cette fois, sa cravate est desserrée autour de son cou et plusieurs boutons de sa chemise sont ouverts.

J'aimerais en voir plus. J'ai envie de parcourir des yeux le moindre centimètre carré de son corps.

Ses épaules se soulèvent tandis qu'il prend une grande inspiration.

— Approche.

Mes pieds obéissent. Je glisse vers l'avant, m'avançant d'un autre mètre.

Ses poings se serrent sur ses genoux avant de se relâcher lentement.

Je sais qu'il ne me voit pas mieux que je ne le vois, mais je dois lutter contre l'envie de croiser les bras sur mon corps. Il est inutile de se cacher maintenant.

— C'est ta seule chance, Payton.

Sa voix est plus rauque que dans mon souvenir. Sa profondeur emplit la pièce.

— Ta seule chance de faire le bon choix. La seule fois où je te laisserai me dire non.

J'ai l'impression que mon cœur va me transpercer les côtes.

Je devrais lui dire de partir. Je devrais mettre fin à cette folie tant qu'il en est encore temps. Mais ce n'est pas ce que je *veux*. Et pour la première fois de ma vie, je vais jeter la sécurité par la fenêtre et céder à mes envies.

Je veux prendre le contrôle de mon corps.

Être touchée.

Je veux cet homme.

Je m'approche, tremblante de partout. Mais aucun doute ne me traverse l'esprit, car j'en ai envie.

J'inspire, puis lui réponds par une question.

— Comment dois-je t'appeler ?

Un son grave retentit de sa poitrine.

— Je te le dirai quand je serai en toi. Maintenant, déshabille-toi.

— Me dé... Qu... quoi ?

Est-ce qu'il vient vraiment de dire ça ?

Il roule les épaules vers l'arrière, comme s'il luttait contre lui-même pour ne pas bouger.

— Oui, ma belle, déshabille-toi pour moi. Montre-moi tout ce que tu as.

Chaque mot qui sort de sa bouche me frappe à la poitrine avant de glisser vers le bas, directement vers mon intimité.

J'en ai envie.

Mes doigts tremblent, mais le bouton du haut de ma chemise finit par se défaire.

Je n'ai jamais laissé personne me voir nue. Et je ne me suis jamais déshabillée devant quiconque. Je ne sais pas s'il s'attend à ce que je bouge pendant que je le fais parce que je n'ai pas les compétences requises pour être strip-teaseuse, alors le reste de mon corps reste parfaitement immobile jusqu'à ce que le dernier bouton soit détaché.

Le tissu tombe d'un centimètre, mais reste accroché à ma poitrine.

— Enlève-le, Payton. Montre-moi ces putains de seins !

Il a presque l'air en colère. Pourtant, je ne pense pas que ce soit l'émotion qui l'accable en ce moment.

Il est excité.

Pour je ne sais quelle raison, ce bel homme intimidant est attiré par moi. Il se languit de moi.

Avec une confiance que je ne ressens que partiellement, je tire sur le devant de ma chemise avant de la laisser glisser de mes épaules. L'étoffe tombe au sol, à mes pieds.

J'étais bien trop submergée pour penser à rentrer mon ventre, et il est trop tard, maintenant.

— Le reste.

Sa voix est si rauque qu'on dirait qu'il souffre.

— Enlève le reste.

Ça y est.

Je prends le contrôle.

D'un geste rapide, je baisse mon short sur mes hanches, il tombe le long de mes jambes. J'écarte d'un coup de pied le tissu froissé tombé au sol. Je ne porte pas de lingerie au lit, je suis donc nue devant lui. Complètement.

Debout, ne sachant que faire, je le laisse regarder.

Sa respiration est audible dans la pièce figée. Et je peux presque voir la tension crépiter dans l'espace qui nous sépare.

Il écarte les genoux pour me faire de la place.

— Approche.

Tremblant de nervosité, de froid ou d'excitation, j'avance et m'arrête entre ses jambes écartées.

Mon lit n'est pas très haut, mais sa taille nous place presque face à face.

Il lève les mains, les balade sur la chair de mes hanches, de mes flancs, puis ses pouces effleurent doucement le dessous de mes seins.

— Ça ne va pas être tendre.

Sa phrase est ponctuée par l'assaut de ses mains, qui se referment sur mes seins.

Leur chaleur me fait sursauter. Tout me fait sursauter. La sensation des paumes d'une autre personne sur ma peau nue m'est toute nouvelle.

Ses doigts se resserrent tandis qu'il gémit en poussant mes seins l'un contre l'autre.

— Je ne vais pas te faire l'amour, ma belle.

Il baisse ses mains sur mes hanches, permettant à ma poitrine de rebondir librement, et il me projette en avant, mon corps entrant en collision avec le sien.

— Je vais te baiser.

Il referme sa bouche sur l'un de mes mamelons.

Je sursaute et lui agrippe aussitôt les épaules.

— Oh, mon Dieu ! Qu'est-ce que…

Ses dents raclent ma chair à vif avant qu'il ne la suce. Avec force. Des sensations parcourent mon corps. Et lorsqu'il gémit contre ma peau, je sens la réponse entre mes jambes.

Sa bouche se détache pour déposer un baiser humide sur l'autre sein.

— Putain, tu es divine ! grogne-t-il alors que sa bouche se referme sur l'autre téton.

Sa langue dessine des cercles autour de mon mamelon avant de le dévorer. Chacun de ses mouvements se répercute sur mon clitoris. Les pulsations sont de plus en plus fortes à chaque seconde.

C'est tellement bon !

Qui aurait pu croire que c'était si bon ?

Le moindre centimètre de mon corps palpite. J'ai besoin de plus.

— S'il te plaît !

Ses mains s'enroulent autour de mes hanches avant de

glisser vers mon dos. Ses paumes effleurent mon fessier. Puis plus bas.

Il me rapproche davantage, puis je sens ses doigts pousser à la jonction de mes cuisses par-derrière. Ils courent le long de ma jointure et glissent aisément sur mon intimité.

Nous gémissons tous les deux en même temps, puis il relâche mon téton.

— Tu es trempée pour moi.

— Oui, approuvé-je, même si ce n'était pas une question.

Sans crier gare, il se lève.

Je m'apprête à reculer maladroitement, mais il m'attrape par le haut des bras.

— Tu aurais dû garder ta porte fermée, grogne-t-il.

Avant que je puisse répondre, il nous fait tourner et me pousse en arrière.

Je glapis en tombant, atterrissant avec un rebond sur le matelas.

Il ne me quitte pas du regard pendant qu'il se déshabille. Il se déplace plus rapidement et efficacement que moi. Sa veste de costume tombe, suivie de la cravate, puis de la chemise.

Il est tout en muscles sculptés et en avant-bras musclés et j'ai l'eau à la bouche avant même qu'il ne commence à déboucler sa ceinture.

Maintenant que nous avons échangé nos positions, qu'il est face au lit, la lumière éclairant son visage, je peux enfin le voir. Et il est parfait.

Encore mieux que parfait.

Il enlève le reste de ses vêtements d'un seul coup et… Et, *putain de merde !* C'est son membre.

Je n'avais jamais vu de membre en vrai.

Je recule sur le lit.

C'était peut-être une mauvaise idée.

Peut-être devrais-je la perdre au profit d'un type de taille moyenne. Dont le membre est plus petit. Parce que je doute que le sien soit normal.

Il retire son pantalon et se rapproche du lit.

J'essaie de m'éloigner, mais il attrape ma cheville d'une main et me maintient en place, tandis qu'il grimpe sur le matelas.

— Ta fenêtre de fuite est terminée, bébé. Maintenant, c'est le moment de donner.

Je suis tellement excitée et surstimulée que je suis incapable de formuler une réponse. Alors quand il m'écarte les jambes, je le laisse faire.

— Gentille fille ! me félicite-t-il en frottant l'intérieur de ma cuisse pendant que je garde mes cuisses ouvertes pour lui.

Il humecte sa lèvre inférieure tandis qu'il se rapproche.

Il lève mon pied, puis fait de même avec l'autre, ce qui permet à ses genoux d'encadrer mes hanches. Mes jambes sont écartées, mes pieds en l'air.

De sa position agenouillée, il regarde directement mon intimité dénudée.

— Je vois que tu es trempée.

Il glisse deux doigts sur mon sexe, ce qui me fait sursauter. Et mes yeux s'écarquillent quand je le vois les frotter le long du sien.

Est-ce que… les gens font ça ?

J'ai envie de lui demander si je peux le toucher. Je veux savoir ce que ça fait d'avoir un membre dans ma main. Mais je ne peux pas lui poser la question sans révéler que j'en sais très peu à ce sujet. Et je ne veux pas lui donner l'occasion de changer d'avis.

Il se caresse sa verge avec son poing de haut en bas quelques fois de plus, tout en gardant ses yeux braqués entre mes jambes. Il baisse son autre main et m'écarte.

Je gigote sur les draps, ne sachant pas ce que je suis censée faire. Ce que je dois faire de mes mains. Si je dois me taire.

— Quelle jolie chatte !

Il fait glisser un doigt le long de ma fente, mais ne l'enfonce pas.

— Je parie qu'elle sera serrée. Et que tu vas me vider de tout mon sperme.

Ses mots me font gigoter autant que son toucher.

J'alterne entre des moments où je regarde ce qui se passe et d'autres où je laisse mes yeux se fermer sous l'effet de l'extase.

J'ai passé beaucoup de temps à fantasmer ce que serait la sexualité, mais jamais comme ça. Même dans mes rêves, je n'aurais pas pu imaginer un homme comme celui-ci.

Quelque chose de plus gros se presse contre mon intimité, mes yeux s'ouvrant alors. Son gland est là. *Juste là.*

Ça va arriver.

Je tends les mains vers lui, mais il est trop loin, agenouillé pile hors de portée.

Il ne peut pas s'enfoncer comme ça, si ? Je pensais qu'il devait être un peu plus au-dessus de moi ?

Sans crier gare, il avance ses hanches de quelques centimètres et je me sens me répandre autour de lui. Mon corps est lisse et le supplie de me pénétrer.

— Nero, dit-il, la voix basse tandis qu'il lève les mains pour saisir ma taille. C'est là que tu m'appelles Nero.

Les deux syllabes volent sur ma peau. Ça lui va à merveille. Le nom parfait.

— Nero, murmuré-je, voyant alors ses yeux se fermer.

Une expression de béatitude traverse ses traits tandis que j'ouvre la bouche pour redire son nom, mais c'est un cri qui en sort.

CHAPITRE 21
NERO

Le son de mon nom sur ses lèvres libère une sensation de chaleur en moi. Je lui laisse une seconde pour m'envelopper, puis pousse mes hanches vers l'avant.

Mon gland rencontre une légère résistance, mais je suis déjà en train de pousser, de percer, d'enfouir toute ma longueur dans son sexe doux et chaud.

Elle est tellement serrée autour de moi que j'ai du mal à réfléchir. Mais je jurerais…

Je jurerais avoir senti…

Son cri résonne encore dans mes oreilles. Et ce n'était pas uniquement un son de plaisir.

— Quoi ? demandé-je, essoufflé, en maintenant mon corps aussi stable que possible.

Ouvrant les yeux, je regarde Payton et découvre ses traits pincés par la douleur. Et même si ses paupières sont fermées, je vois des larmes s'en échapper. Elles coulent sur ses joues.

— Comment… ?

Je n'arrive pas à formuler mes questions.

Ma bien-aimée est-elle vraiment vierge ?

Comment est-ce possible ?

Je ramène mes hanches en arrière. J'ai besoin de voir la preuve.

Elle gémit en réaction au mouvement, mais même dans la pièce non éclairée, je distingue la traînée sombre de sang qui coule le long de mon membre. Et à cette vue, mes bourses se resserrent au point d'éclater.

— Payton.

Son nom sort étranglé d'entre mes lèvres.

Je n'arrive pas à y croire.

Pourquoi ? Pourquoi me ferait-elle un tel honneur ?

À moi !?

Elle ouvre les yeux, me tend la main une fois de plus.

— Ne pars pas.

J'en ris presque.

Partir ? Elle pense que je vais partir ?

Jamais de la vie !

Je ne peux pas rire, parce que je reporte ma concentration sur l'espace entre nous, sur l'innocence qui tache ma longueur.

Je pose la question, même si je fais glisser mon doigt le long de ma verge afin d'en recueillir la preuve.

— Tu es vierge ?

Elle secoue légèrement la tête, le côté de sa bouche se retroussant en un sourire crispé.

— Plus maintenant.

Je regarde le sang sur le bout de mon doigt avant de le porter à ma bouche.

Mon gémissement est profond. Le goût cuivré qui inonde mes sens est ma nouvelle addiction, et je ne réfléchis pas, je m'enfonce à nouveau en elle. Jusqu'au bout.

Payton crie en réaction à l'intrusion et ce son est une mélodie pour mon âme.

Je laisse tomber mon poids vers l'avant, une paume de chaque côté de sa tête, de façon que ses petites mains puissent enfin m'atteindre. Et lorsqu'elles y parviennent, elles s'agrippent à mes côtes.

Elle écarte davantage les jambes pour m'accueillir et appuie ses pieds sur mes hanches, me rapprochant un instant avant d'essayer de me repousser l'instant d'après. Comme si elle n'arrivait pas à décider si elle voulait que je me retire ou si elle en voulait plus.

Mais elle n'aura qu'une seule de ces options.

J'ondule les hanches, m'enfonçant plus profondément encore.

— Dis mon nom, Payton. Dis-moi à qui appartient cette chatte, maintenant.

— À… À toi, Nero, crie-t-elle.

Je l'entends à peine par-dessus mon pouls, mais je la sens. Je la sens partout. Sa légèreté trouvant un foyer dans mon âme pourrie.

— Encore, grogné-je.

— Nero ! halète-t-elle en gigotant sous moi. C'est à Nero qu'elle appartient.

Elle m'attire vers elle.

— S'il te plaît !

Je me mets sur les coudes, glisse une main sous l'arrière de sa tête et dans ses cheveux, les saisissant à la racine.

— C'est vrai, bébé. Elle m'appartient, approuvé-je en m'enfonçant à nouveau. Ton être tout entier m'appartient, désormais.

Alors que je resserre ma prise, son cou s'arque en arrière et je profite de l'angle pour fusionner mes lèvres avec les siennes.

CHAPITRE 22
PAYTON

Mon corps tout entier est en feu. De douleur, de plaisir et d'une intensité dont j'ignore quoi faire.

Mais il est maintenant en train de m'embrasser.

Nero est en train de m'embrasser.

Ses lèvres sont chaudes et exigeantes. Et peut-être parce que personne ne m'a jamais embrassée, j'ai l'impression qu'il me revendique.

Ce baiser est aussi féroce que le reste de son être. Son emprise sur mes cheveux. Ses hanches qui claquent entre mes cuisses. J'ai l'impression de lui appartenir.

Et je me laisse faire. Je suis ses mouvements, l'embrassant en retour.

J'ai finalement abandonné mon contrôle seulement pour le donner à quelqu'un d'autre. Et c'est une sensation incroyable. Merveilleuse. Lorsque sa langue pénètre ma bouche, je sens… oh mon Dieu ! je le sens. Je sens ce qu'il a pris, ce que je lui ai donné. J'ai l'impression de revenir à mon instinct animal.

— Nero, haleté-je en lui ouvrant ma bouche.

La traction sur mes cheveux s'intensifie et je me resserre autour de lui en réaction à la sensation de brûlure sur mon crâne.

— Payton.

Ses hanches claquent contre moi.

— Ma belle.

Il se retire en léchant ma bouche.

— Tu es à moi, maintenant, dit-il en s'enfonçant à nouveau en moi. Ce jus de cerise sucré sur ma queue t'a faite mienne.

Il penche la tête et approfondit notre baiser, nos dents s'entrechoquant, nos langues s'emmêlant.

— Je vais rester enfoui en toi pour toujours.

Je gémis. Mes hanches inexpérimentées ondulent pour se coller aux siennes. Je m'accroche à ses grandes épaules musclées.

Lorsque ma langue s'élance pour rejoindre sa bouche, il me pénètre encore plus fort.

— Laisse-moi entrer, grogne-t-il contre mes lèvres.

Il est à l'intérieur, si loin, je ne sais pas comment le laisser entrer davantage.

— Allez !

La main qui ne tient pas mes cheveux descend pour saisir ma jambe et la lever si bien que mon genou est accroché à son avant-bras, m'écartant encore plus.

— Laisse-moi entrer, putain ! s'énerve-t-il.

Je ne m'y oppose pas. Je ne l'arrête pas. Et avant que je puisse répondre, il pousse vers le haut et me cogne de l'intérieur, plus profondément qu'il ne l'a jamais été.

La main dans mes cheveux se relâche tandis que ses doigts se mettent à masser mon cuir chevelu.

— C'est ça. Ça, c'est ma chérie ! Elle me laisse si bien entrer ! Si profondément !

— Nero, gémis-je.

Mon corps est en feu. Des flammes me remplissent les veines. Je suis à deux doigts de la combustion.

Ses hanches ne cessent de bouger, et le bras qui tient ma jambe se lève encore plus, m'étirant davantage. Les doigts qui massent mes cheveux forment un contraste saisissant, doux et apaisant. Et c'est trop.

Ma respiration est saccadée, et avant que je puisse m'arrêter, je fonds en larmes pour de bon. Ce n'est pas à cause de la douleur. Et je ne veux vraiment pas qu'il s'arrête. C'est simplement le sentiment de liberté écrasante dont j'ai eu envie pendant si longtemps qui prend enfin le dessus.

— C'est ça, Payton, susurre-t-il ses mots brûlants au creux de mon oreille. Prends-moi. Sens-moi.

— Oui, m'étouffé-je. Je te sens.

Sa langue dessine un sillon sur ma tempe et je sais qu'il lèche mes larmes.

Les coups de reins de Nero ralentissent très légèrement, mais sa force est toujours aussi punitive. Nos corps se connectent avec chaque fois une collision brutale.

— Je veux que tu fasses une dernière chose pour moi, bébé. Donne-moi encore une chose.

— N'importe quoi ! acquiescé-je. Je ferai n'importe quoi.

Je sens son souffle contre ma joue.

— Je veux sentir cette chatte vierge jouir sur ma queue.

— Je…

Il interrompt ma réplique en pressant à nouveau sa bouche contre la mienne. Le baiser est plus lent, cette fois. Et je me concentre sur la sensation de ses lèvres contre les miennes, les mouvements déterminés, et je bouge avec lui. Je m'ouvre à lui. Je le goûte. Puis je le sens, ses doigts sur mon clitoris.

Je n'ai pas remarqué qu'il avait lâché ma jambe, mais sa main est désormais entre nous et c'est…

Nous gémissons l'un dans l'autre tandis que je me serre contre lui. Je suis si près de l'extase.

— Tu es si proche ! gémit-il.

— Oui.

Il attrape ma lèvre inférieure entre ses dents, la mordant assez fort pour que je le sente jusque dans mes tétons.

— Oh ! Nero, je suis presque…

La main emmêlée dans mes cheveux s'aplatit contre l'arrière de ma tête tandis qu'il m'attire vers lui, appuyant son poids tout entier sur son coude.

Alors que je glisse mes bras et mes jambes autour de lui, je m'enroule autour de son corps, enfonçant mon visage au creux de son cou pendant que ses doigts dansent sur mon clitoris. Ils m'entraînent vers un crescendo.

— Dis-le encore, grogne-t-il. Dis mon nom pendant que tu jouis.

Il s'enfonce en moi, sa verge touchant le fond de mon intimité alors qu'il pince mon clitoris, et j'explose.

CHAPITRE 23
NERO

— Nero !

Son cri est rauque, c'est un son que je n'oublierai jamais.

Payton convulse autour de mon sexe et je ne me retiens pas. Au contraire, j'accélère le rythme de mes hanches.

— C'est ça, bébé ! haleté-je. Jouis pour moi. Serre ma queue pour être complètement remplie de ma semence.

D'autres larmes coulent de ses yeux, les traînées scintillantes se gravant dans ma mémoire, me rapprochant plus encore de la limite. Et quand ses jambes resserrent leur étreinte autour de mon dos, m'enfonçant un tout petit peu plus, c'est fini pour moi.

Mugissant dans ses cheveux, je la pénètre le plus profondément possible, mon membre palpitant tandis que je vide mes bourses en elle.

CHAPITRE 24
PAYTON

Ma respiration reste saccadée pendant de longs moments. Minutes ? J'ai l'impression que cela dure une éternité.

Je me sens toute molle. Vidée, dans tous les sens du terme. Mais je me sens aussi en paix.

C'est n'importe quoi ! Mon cerveau est flou, mais je suis suffisamment consciente pour savoir que c'est vraiment n'importe quoi.

Je ne sais rien de l'homme dont le corps est encore drapé sur le mien, toujours en moi, à part son nom. *Nero.*

Ce n'est pas tout à fait vrai. Je sais qu'il était là quand j'avais le plus besoin de lui. Je sais qu'il a pris les rênes que je lui ai confiées. Et il a fait un sacrément bon travail.

J'ai réfléchi à la décision toute la soirée, mais j'ai ouvert cette porte parce que je voulais qu'il la franchisse. Comme il l'avait déjà fait. Et quand il est revenu, il m'a donné plus encore que tout ce dont j'avais osé rêver.

Je pose mes mains sur son dos nu, le sentant se soulever et s'abaisser, la peau chaude sous mes paumes.

Nero émet un son que je ne peux décrire que comme du bonheur, alors qu'il enfouit son visage entre mon cou et mon épaule, ce qui me fait sourire.

Il n'est plus si intimidant, maintenant. Il n'est plus aussi effrayant.

Mais la situation est tout aussi surréaliste.

J'ai du mal à respirer sous son poids, mais je m'efforce de prendre de courtes inspirations pour qu'il ne bouge pas. Je ne suis pas prête à rompre le charme. Et je n'ai pas envie de faire face aux conséquences de mes actes pour l'instant. J'apprécie la sensation de sa peau sous mes paumes.

Puis il me mord le cou, m'arrache un sursaut qui contracte chacun de mes muscles.

— Payton, si tu continues à serrer ma verge comme ça, je vais encore te prendre.

Ses lèvres effleurent ma peau à chaque mot, et je ne peux empêcher mon intimité de se contracter autour de lui une fois de plus.

Il gémit et je m'attends à ce qu'il s'éloigne.

C'est ce que font toujours les hommes dans les films et les livres que je lis. Au lieu de cela, il recule de façon à s'agenouiller entre mes jambes, comme lorsque nous avons commencé. Et il est toujours en moi.

Les doigts de Nero s'enfoncent dans la chair douce de l'intérieur de mes cuisses, me maintenant ouverte.

Maintenant que nous avons terminé et que l'intensité de la passion est retombée, mes joues me brûlent soudain d'embarras. La pièce n'est pas moins sombre, mais nos yeux se sont adaptés ; et je suis allongée, les jambes écartées, complètement nue devant un homme bâti comme un dieu, ce n'est pas une situation confortable pour moi.

Un grondement retentit depuis la poitrine de Nero, qui fléchit ses doigts contre mes jambes tandis qu'il recule ses hanches, se retirant enfin.

J'essaie de fermer les jambes, mais sa poigne sur moi m'en empêche.

— Nero ?

J'ignore comment exprimer mon malaise, mais ça n'a pas

d'importance. Il ne prête aucun cas à mes mots. Toute son attention est concentrée sur mon intimité.

Alors que je me repositionne sous son regard, je le sens. Son… *orgasme* qui s'écoule entre mes cuisses.

J'essaie de refermer les jambes, mais il resserre son emprise.

— Attends, grogne-t-il.

Jetant l'éponge, j'écarte les genoux, mes jambes se détendant autant que possible. Mais lorsqu'il introduit un doigt en moi, mes genoux essaient automatiquement de se refermer.

— Nero !

Je couine son nom. Et lorsqu'il lève ses doigts trempés, je plaque mes paumes sur mes yeux.

Une seconde plus tard, il laisse échapper un gémissement profond, et je jurerais que son doigt est à nouveau dans sa bouche, mais je ne baisse pas les mains pour regarder. C'est trop.

La main sur ma cuisse resserre une fois de plus sa prise.

— Ne bouge pas.

J'acquiesce à son ordre d'un signe de tête.

Le matelas s'affaisse et je jette enfin un œil entre mes doigts lorsque je sens que la pièce est vide. Je suis tentée de fermer les jambes, mais je sais que ce n'est pas la peine. De plus, je sens le liquide rafraîchissant glisser sur le matelas et s'accumuler entre mes cuisses.

Nero actionne le robinet de la salle de bains, et quelques secondes plus tard, il rentre à grandes enjambées dans ma chambre. Je ne vois pas l'ombre d'une inquiétude sur son visage quant à sa nudité actuelle. Et s'il ne compte pas se cacher, alors, je ne vais pas me gêner pour regarder.

Je lui demande presque d'allumer une lumière, juste pour pouvoir le voir en détail, mais cela signifierait qu'il pourrait en faire autant ; et même s'il semble très satisfait de mon corps, je ne suis pas prête à être passée au crible.

Il remonte sur le lit et reprend sa place entre mes jambes.

Je m'apprête à lui demander ce qu'il fait, quand il presse le gant de toilette froid et humide contre mon sexe, le faisant glisser à travers mes plis.

Je m'écarte brusquement avec un cri de surprise.

— Ne bouge pas.

C'est ce qu'il dit, *ne bouge pas*, avant d'utiliser une main pour m'écarter, tandis que l'autre, maniant le tissu, me nettoie. *Intimement*.

— C'est froid, sifflé-je.

Il repasse doucement le gant sur mon corps.

— Je sais, bébé.

— Tu aurais pu utiliser de l'eau chaude, grommelé-je, acceptant manifestement cette situation bizarre.

— Tu vas avoir assez mal comme ça, le froid peut t'aider, dit-il d'un ton détaché tout en quittant une deuxième fois le lit.

— Oh !

L'eau coule à nouveau pendant une minute, et lorsqu'il réapparaît dans l'embrasure de la porte, je réalise que je peux enfin fermer les jambes.

Et il a raison sur au moins un point. Alors que je les allonge sur le matelas, j'ai déjà mal, à l'intérieur comme à l'extérieur.

Nero reste immobile, à m'observer encore de longues secondes, avant de lâcher :

— Je ne reste pas.

Et juste ainsi, c'est comme si tout mon corps avait été recouvert d'une serviette froide.

— D'accord, murmuré-je.

J'attrape les couvertures, les remontant sur ma nudité. Il y a une tache humide sur le drap en dessous de moi, mais je vais l'ignorer jusqu'à ce qu'il parte.

Je regarde en silence Nero ramasser ses vêtements et les enfiler les uns après les autres.

Je ne sais pas pourquoi ses actions me rendent triste. Je m'y attendais. Sincèrement, je ne pensais pas que nous nous mettrions soudainement en couple. Je n'ai jamais été assez bête pour espérer cela. De la part de quiconque.

Lorsqu'il se retourne pour récupérer son pantalon, des petits bouts de lumière se reflètent sur son dos, et je distingue des marques décolorées de cicatrices.

Je les ai senties quand je l'ai serré contre moi, sans penser à la texture en relief dans l'instant. C'est un choc de les voir maintenant, ne serait-ce que par bribes. Il en a plusieurs.

L'envie de lui poser des questions à leur sujet, de les toucher à nouveau me brûle le bout de la langue. Mais je reste muette.

Nero enfile sa chemise.

— Je ne reste pas.

Il l'a déjà dit. Et sa signification est claire. *Je ne reste pas* est différent de *Je ne peux pas rester*.

Il choisit de partir. Il choisit de s'en aller.

Et comme il n'a pas réagi à ma réponse, je ne me donne pas la peine d'ajouter quoi que ce soit.

Et ça me va. Vraiment. J'ai réussi à le piéger pour qu'il prenne ma virginité. Il est sûrement dégoû… Je secoue presque la tête à cette pensée. Il n'est clairement *pas* dégoûté. C'était même tout le contraire.

Nero enfile sa veste de costume en dernier, et je le regarde glisser sa cravate dans la poche, plutôt que de la remettre.

Il est immense, là, au pied de mon lit. Il a l'air dangereux. Comme un mélange tordu de sauveur et de bourreau, combinés ensemble pour créer un paquet confus et diablement sexy.

Bon, eh bien, c'est tout !

J'ouvre la bouche pour dire la seule chose qui me vient à l'esprit.

— Merci, Nero.

Et je suis sincère. Tellement sincère !

Il me fixe du regard et pousse un soupir si long et si fort que je remonte malgré moi les couvertures jusqu'à mon nez.

Ses joues se contractent tandis qu'il serre la mâchoire. Puis il renverse la tête en arrière et laisse échapper un autre soupir vers le plafond.

— Bordel, Payton !

Je pince les lèvres. Je ne sais pas ce qui se passe.

Je ne pensais pas que le remercier serait un tel faux pas, mais je ne peux pas retirer ce que je viens de dire.

Puis il arrache sa veste de costume et se dirige à grandes enjambées vers le côté du lit.

Automatiquement, je commence à m'éloigner, dans une réaction naturelle de mon corps lorsqu'une menace s'avance vers moi.

— Arrête ! s'énerve Nero.

J'obéis. Je jure que mes yeux s'écarquillent exagérément lorsqu'il tire les couvertures en arrière et grimpe dans le lit à côté de moi.

— Qu'est-ce que…

Je laisse ma phrase en suspens.

— Je ne vais pas rester, marmonne-t-il cette fois.

Il a l'air tellement résigné, même s'il fait le contraire de ce qu'il vient de dire, que j'en ris presque.

Nero s'allonge sur le dos, rajuste l'oreiller, soulève sa tête et la repose à nouveau sur le coton irrégulier, tentant de se mettre à l'aise. Avec un dernier soupir, il tend un bras dans ma direction.

— Viens me faire un putain de câlin !

CHAPITRE 25
NERO

Je ne vais pas rester.

Je regarde fixement le plafond noir dans l'obscurité.

Je ne vais vraiment pas rester.

Mes paupières se ferment.

Peut-être juste une minute.

CHAPITRE 26
NERO

Les gémissements de Payton vibrent contre mon oreille.

Son corps doux gigote sous le mien.

Je sens son plaisir se répandre entre nous.

Elle est parfaite. La lumière dans ma chambre noire.

Je glisse mes doigts dans son sexe sucré avant de les remonter sur son ventre.

Mais ses souffles s'arrêtent. Et sa poitrine se fige.

— Payton.

Ma voix est tellement brouillée que j'ai du mal à me comprendre.

Elle ne répond pas.

— Payton !

Avec une infinie lenteur, mes yeux remontent le long de son corps nu.

Son joli sexe rose.

L'éclaboussure rouge de sa virginité.

Les perles de sueur.

L'écoulement du sang sur ses seins.

L'entaille profonde sur sa gorge.

Je m'élance vers elle, les mains tendues pour arrêter l'hémorragie.

Je me réveille en sursaut, dans le présent.

Ça faisait une éternité que je n'avais pas rêvé, je ne suis pas habitué à la sensation de choc lorsqu'on est coincé entre deux réalités. Quand le songe est si récent qu'il ressemble à un souvenir. Ça m'a paru tellement réel ! Bordel, ça avait l'air tellement réel !

Tout en respirant par le nez, je ramène ma conscience jusqu'à l'appartement minable de la Cinquième Avenue et à la femme vivante pressée contre mon flanc.

J'inspire une autre bouffée ; une odeur de rose, de linge propre et de sexe.

Payton.

Je frotte du pouce son épaule nue.

Une putain de vierge !

Je ne m'attendais pas à ça. Je n'ai même pas ne serait-ce qu'imaginé que ce soit possible. Payton est jeune, sans doute trop jeune pour moi, mais elle est bien assez âgée pour avoir vu le loup. Assez âgée pour avoir déjà couché avec plusieurs partenaires.

Ma bête intérieure grogne à cette idée.

Heureusement qu'elle était vierge. La simple idée qu'un mec ait pu se promener à sa guise après avoir approché sa verge du sexe de Payton me remplit d'une rage bouillante et meurtrière.

Et si quelqu'un d'autre la touche…

Si quelqu'un d'autre lui fait du mal…

Une sensation d'écrasement s'abat sur ma poitrine.

Quelqu'un lui a déjà fait du mal.

Je serre lentement les poings.

Quelqu'un lui a fait beaucoup de mal.

Et il est temps qu'on lui en fasse en retour.

CHAPITRE 27
NERO

— Putain, mec, tu sais quelle heure il est ?

J'ignore le grognement de King et vais droit au but.

— Tu veux venir avec moi à Fargo ?

— Pourquoi quelqu'un d'autre…

Il s'interrompt et je l'entends s'asseoir dans le lit.

— Tu vas aller massacrer ce vieux, c'est ça ?

Je mets mon clignotant.

— Ouais.

— Eh bien, bordel, tu peux compter sur moi !

Il a l'air parfaitement réveillé, maintenant.

— Le hangar habituel ? demande-t-il.

— Oui. Décollage dans quarante minutes.

Après avoir raccroché, je m'engage sur l'autoroute et me dirige vers le petit aéroport privé en silence.

J'ai déjà appelé Sloan pour déposer le plan de vol et préparer l'avion. Il s'en est plaint du début à la fin, mais il le fera, parce que c'est son job. Et je ne lui paye pas son logement à côté de l'aérodrome pour rien.

Je déteste laisser des traces de mes allées et venues avec les plans de vol, mais je détesterais encore plus être abattu en plein ciel. Et je n'ai pas le temps de naviguer à travers le *rien* qui existe entre ici et là-bas. De plus, je possède un entrepôt à Fargo, j'ai donc une excuse toute trouvée pour y être. C'est précisément la raison pour laquelle j'ai des entrepôts dans tous les États voisins. Même s'ils sont vides, ils sont ma propriété, et j'ai toujours une raison valable pour prendre l'avion.

Le trajet se déroule sans encombre et j'arrive devant le poste de garde à un peu moins de trois heures du matin.

Ce n'est pas la première fois que je pars au milieu de la nuit, et l'agent de sécurité me fait signe de passer de la tête, sans rien dire de plus. J'ai déjà envisagé de le remplacer par l'un des miens, mais le besoin ne s'est pas encore fait sentir.

Au volant, je me dirige lentement vers l'arrière de mon hangar et me gare sur l'une des places de parking.

J'hésite un bref instant avant de décider de laisser mon arme dans la boîte à gants. D'après les informations que King a trouvées, je suis certain qu'il sera seul. Tout comme je suis certain de pouvoir le maîtriser à mains nues.

La porte basculante est déjà ouverte quand je me dirige vers l'avant du bâtiment. Sloan est à l'intérieur, en train de préparer mon Cessna pour le vol.

Les *jets* privés sont surestimés. Ils sont ostentatoires. Et ils nécessitent trop de monde. Mon avion est parfait pour voler sous les radars, au sens figuré.

Sloan me fait un signe de tête à travers le pare-brise, et je lui réponds de la même façon.

Je vérifierai son travail, mais il bosse sur des avions depuis plus longtemps que moi et n'a jamais commis d'erreur à ce jour.

Précisément quarante minutes après avoir raccroché, King monte les marches et embarque dans l'appareil.

J'attends que nous roulions sur la piste pour le regarder dans le siège du copilote.

— Tu sais qu'on va là-bas pour tuer un mec, hein ?

Il souffle du nez et lisse d'une main le devant de son costume sur mesure.

— C'est gentil de ta part de lui offrir une jolie vue avant qu'il ne meure.

Je porte peut-être aussi un costume, mais c'est celui que j'ai gardé toute la journée. Lui s'est réveillé et a *choisi* de s'habiller ainsi.

Je secoue la tête.

— Tu es un idiot.

King se repositionne sur son siège pour tenter de se mettre à l'aise.

— Si tu veux tout savoir, *mère,* je dois aller déjeuner avec Aspen et son mari après. Et j'ai présumé qu'il y avait un risque pour que je n'aie pas le temps de rentrer chez moi entre *le meurtre d'un mec* et le pain perdu.

— Hmm.

Il n'a pas tort.

— Je croyais que tu détestais le mari de ta sœur ? demandé-je en appuyant sur l'accélérateur.

— C'est vrai, grogne-t-il. Mais la haine que je lui porte est éclipsée par la trouille qu'elle me flanque. Et elle va faire de ma vie un enfer si je ne viens pas.

— Bordel, tu es une vraie mauviette !

— D'accord, peu importe. Maintenant, ferme-la et reste concentré.

— Tu as peur de quitter la terre ferme, tout d'un coup ? me moqué-je. Je suis un bon pilote et tu le sais.

— Hmm, hmm, réplique-t-il en resserrant sa ceinture de sécurité. Je sais aussi quelles notes tu avais en physique, alors ne fais pas le malin.

J'éclate d'un rire franc en tirant sur le manche, l'avion s'élevant doucement du sol.

Le ciel est encore noir quand nous descendons de l'avion pour poser le pied sur le tarmac de Fargo. King fait mine de s'étirer le dos lorsqu'il sort, comme chaque fois. D'habitude, il accompagne son geste d'une remarque sur l'avion trop petit ou me conseille de passer à un *véritable avion*. Il sait cependant qu'en cet instant, je ne suis pas d'humeur à plaisanter, car j'utilise ce temps pour me préparer à ce qui va suivre.

C'est une chose de réagir à une puissante colère intérieure. Mais la violence préméditée, c'en est une autre.

Je suis doué pour les deux.

King part chercher un jeu de clés de voiture auprès de l'un de nos hommes locaux. Sloan s'est occupé de tout ce dont nous aurions besoin de ce côté-là aussi.

Je jette un coup d'œil, entendant des bribes de leur conversation, et je remarque que le type qui se tient devant mon ami garde les yeux baissés. Il est probable qu'il n'ait aucune idée de son identité, mais il est assez intelligent pour savoir qu'il doit avoir peur de quelqu'un qui voyage avec moi au beau milieu de la nuit.

King et moi avons des vies séparées, des carrières séparées, mais dans le monde de l'ombre, nous régnons ensemble.

Nous *sommes* l'Alliance.

Aux yeux du public, mon acolyte n'est rien de plus qu'un homme d'affaires plein aux as, occupé à se frayer un chemin dans la haute société au gré de ses partenaires intimes et à gagner des millions grâce à d'habiles investissements.

Je suis un peu différent. Pour le public, je ne suis pratiquement personne. Un riche inconnu, juste un type qui possède une société de sécurité et qui évolue dans les bons cercles grâce à l'argent en ma possession. Mais personne qui mérite une quelconque attention particulière.

Ce même public n'a jamais entendu parler de l'Alliance. Et s'il en a entendu parler, s'il a entendu les murmures, il a conclu que ce n'étaient que des légendes urbaines. Une histoire digne de Gotham City, mais pas d'ici. Les méchants ne vivent jamais *ici*.

Et c'est exactement ce que nous souhaitons.

Nous ne voulons pas que les gens ordinaires sachent qui

nous sommes vraiment. Que nous sommes ceux qui sévissent la nuit.

Je fléchis les doigts, inspirant l'air froid du Dakota du Nord.

Mais l'Alliance est réelle. Et les gens de notre monde savent qu'ils doivent avoir peur de nous.

Ils savent qu'ils doivent me craindre.

À leurs oreilles, le nom Nero est synonyme d'Hadès.

J'entends King dire une dernière chose avant de congédier l'homme et de se diriger vers moi.

Nous avons plusieurs raisons pour essayer d'éviter d'être vus ensemble. La première, et la plus évidente, est que nous ne voulons pas être une cible facile pour nos ennemis. Une bombe bien placée pourrait détruire toute l'organisation si elle nous éliminait tous les deux.

Mais la deuxième raison, plus complexe, est que nous ne voulons pas que le visage de King soit associé à l'Alliance. Il est mon égal, mais peu de gens le savent, y compris au sein de l'organisation.

Contrairement à moi, il a de l'argent. Et une famille. Ce qui implique des dommages collatéraux. Des responsabilités. Et lorsqu'on est associé à l'Alliance, cela signifie qu'il faut constamment regarder par-dessus son épaule. Il ne voulait pas cette vie pour ses sœurs. Donc il a pesé les options et a décidé de prendre ses distances avec moi… publiquement.

Mais une médaille a toujours deux faces. Bien sûr, en tant qu'inconnu, il n'a pas toutes les familles du crime sur le dos, essayant de le tuer à chaque tournant. Mais d'un autre côté, comme les hommes de l'Alliance ne savent pas qu'ils travaillent pour lui comme ils bossent pour moi, King ne bénéficie pas de la protection de notre armée. Il ne l'obtiendra que si je l'ordonne. Et si je meurs avant de pouvoir révéler notre lien à nos hommes, eh bien, il est foutu !

Parce que c'est ça, le problème, quand on massacre des dizaines de personnes lors d'une prise de pouvoir hostile. Presque tous ceux qui connaissaient les liens qui unissent

King et les familles mafieuses précédentes, et donc moi, sont morts. Et les morts ne parlent pas.

Mon ami s'arrête à côté de moi.

— On vient de me confirmer que la femme est au travail. Et un contact qui est passé en voiture il y a dix minutes affirme que la maison a l'air silencieuse.

J'abaisse mon menton.

Arthur vit toujours avec la mère de Payton, mais elle travaille la nuit dans une station-service à la périphérie de la ville. Je ne serais pas opposé à l'idée de la faire disparaître de la surface de la Terre, mais il est préférable qu'elle ne soit pas à la maison et qu'Arthur soit seul.

— D'accord, acquiescé-je en roulant les épaules. Allons-y.

King me fait un signe de tête avant de se diriger vers le côté conducteur du SUV emprunté.

Moins de vingt minutes plus tard, nous nous arrêtons devant une maison délabrée à deux étages.

Le quartier est de classe populaire, un peu débraillé, mais il n'a pas l'air dangereux. Il est calme. Un coup de feu ici ferait certainement appeler les flics. Heureusement que nous n'avons pas besoin d'armes. Après être descendu du véhicule, je prends une seconde pour regarder attentivement les maisons de l'autre côté de la rue, histoire de confirmer que le voisinage ne dépense pas son argent dans ces putains de sonnettes avec des caméras intégrées. Tant mieux.

Nous longeons le trottoir, et une fois arrivés à la maison, je lève une main pour faire signe à King d'attendre.

Le porche d'entrée a l'air à moitié pourri. Ce sera un miracle s'il ne s'effondre pas sous mon poids, donc pas question de prendre le risque de marcher à côté de King sur ces planches.

Les gens pensent toujours qu'il vaut mieux s'introduire par la porte arrière, mais c'est faux. Il n'est pas si étrange de voir une personne à la porte de son voisin, même la nuit. En revanche, c'est toujours suspect de voir une personne sauter par-dessus la clôture pour pénétrer dans le jardin du voisin.

L'escalier grince lorsque je le monte, mais il tient le coup.

Un rideau est tiré sur la fenêtre de devant, mais le coin de celui-ci est accroché à une lampe, dévoilant un aperçu de la pièce.

Je plonge la main dans ma poche pour prendre mes outils de crochetage de serrure, mais je m'arrête.

Je me demande si…

Abandonnant les outils, je referme la main sur la poignée de la porte et… elle s'ouvre.

— Paysan ! murmure King derrière moi.

Il n'a pas tort, mais la mentalité des petites villes, qui ont tendance à laisser leurs portes ouvertes, vient de nous faire gagner une trentaine de secondes.

Je franchis la porte et pénètre dans la maison.

À ma droite se trouve un placard à vêtements dont la porte est manquante, et à gauche un demi-mur qui s'étend sur quelques mètres dans la pièce, séparant le lino usé de l'entrée de la moquette grise et mate du salon.

Et au centre du salon se trouve Arthur. Endormi dans un fauteuil inclinable marron usé, face à une télévision odieusement grande qui diffuse un vieux match de football un peu trop fort.

C'est chiant, mais je la laisse allumée.

J'observe les détails de la pièce en me dirigeant vers lui, fermant le coin du rideau sur mon passage.

Des bouteilles de bière vides. Des bouteilles de whisky vides. Des cigarettes empilées sur des plateaux en verre, l'odeur du vieux tabac épaisse et suffocante.

Cette scène m'évoque beaucoup trop certaines des maisons entre lesquelles on m'a baladé du temps où je n'avais pas de véritable foyer.

Je pose les yeux sur la petite cuisine dans le coin le plus éloigné de la pièce, avec ses emballages de fast-food vides sur le meuble et sa petite table à manger couverte d'ordures.

La colère qui couvait dans mes veines se met à bouillir.

Je tourne mon regard vers l'escalier, en bois dur, avec une

rampe cabossée, et je pense à Payton. Je pense à ma douce demoiselle qui a grandi dans cette maison. Terrorisée.

Une image de son dossier médical me revient à l'esprit. La radiographie de son bras à l'âge de quatorze ans. La déclaration de ses parents qui l'accompagne, affirmant qu'elle est tombée dans l'escalier.

Tombée. Ça m'étonnerait !

Je ferme les yeux, m'habituant à l'obscurité, laissant ma vraie nature prendre le dessus.

Et quand je les rouvre, je ne ressens que de la rage.

Mes pas sont mesurés lorsque je tourne autour de l'avant de la chaise, frôlant les pieds étendus d'Arthur.

Quand j'avance vers le fauteuil, je m'arrête assez près pour voir les miettes coincées dans sa barbe hirsute.

Il n'est pas aussi massif que moi, mais il n'est pas petit. Il est un peu mou à cause de l'âge et de l'alcool, mais il y a dix ans… Il y a dix ans, il a dû être imposant. Un homme contre qui une adolescente n'aurait aucune chance.

Je me penche à quelques centimètres de son visage, puis crie son nom.

— Arthur !

Et quand ses paupières s'ouvrent, je le frappe du poing au centre du torse, assez fort pour faire basculer le fauteuil en arrière.

L'homme émet un grognement lorsque le dossier touche le sol, sa tête rebondissant contre l'appui-tête rembourré. Le coup au sternum lui a comprimé les poumons. Et il lutte pour reprendre son souffle alors qu'il devrait lutter pour s'enfuir.

Il n'a pas assez peur.

Pas encore.

Avant qu'il ne puisse rouler pour s'extirper de sa position actuelle, je l'enjambe, puis me baisse, m'asseyant de tout mon poids sur son ventre, mes genoux plaquant ses épaules au dossier sous sa masse.

— Qu'est-ce que… finit-il par articuler péniblement.

Je le gifle. Fort.

King souffle du nez.

Arthur cligne des yeux en réaction à la sensation de brûlure sur sa joue, puis commence à se débattre.

Je repousse aisément ses mains. Et quand l'un de ses genoux s'enfonce dans ma colonne vertébrale, je renvoie mon coude dans sa cuisse, ce qui lui arrache un cri. Avant qu'il ne puisse essayer de me frapper à nouveau, King saisit les chevilles du type, les éloignant de moi, le forçant à s'asseoir correctement sur le fauteuil. Mais celui-ci est couché sur le dos, et je suis assis sur son occupant.

— D'accord ! D'accord ! supplie frénétiquement Arthur, qui doit supposer que nous sommes ici pour une autre raison. J'ai juste besoin d'un peu plus de temps !

Il lève les mains en signe de reddition, ce qui me fait presque sourire.

Je n'ai pas besoin de sa reddition. Je suis là pour prendre sans permission.

Je m'appuie davantage sur mes genoux, sentant ses épaules se dérober sous moi.

— D… Dites-lui ! J'aurai bientôt l'argent !

J'ignore les paroles d'Arthur, distrait par un éclat d'or sur l'une des mains qu'il secoue.

Une bague à l'annulaire. *Typique.*

Et quand la lumière de la lampe s'y reflète à nouveau, un souvenir surgit dans ma tête.

Payton sur le canapé. Pleurant dans son sommeil. Griffant son cou. Luttant contre un monstre invisible.

Me donnant un nom.

— Tu l'as toujours portée ?

Au son de ma voix, Arthur cesse de se débattre.

— Quoi ? demande-t-il en essayant de baisser les yeux sur son T-shirt taché et troué.

— La bague, précisé-je en désignant sa main. Tu l'as toujours portée ?

Il acquiesce en serrant un poing mou, ce qui nous permet à tous les deux de voir le haut de la bague. Comme je m'y attendais, elle est du genre criarde. Un gros anneau d'or, couvert de gravures qui entourent une grosse pierre rouge, manifestement fausse.

— Je vois.

Je sens la confusion de ma proie tandis que je fixe du regard ce putain de bijou. J'imagine la détresse qui devait recouvrir le visage de la jeune Payton, alors qu'elle tentait de repousser cette main. J'imagine les larmes qui devaient couler sur son visage pendant que cette bague s'enfonçait dans sa chair.

La cruauté qui m'habite remonte le long de ma colonne vertébrale, et dans mon esprit, je sens le parfum de rose.

Sans un mot de plus, je brandis la main gauche et saisis son poignet.

Mon poids se déplace davantage vers l'avant, de façon à le dominer, sa main coincée entre nous.

Arthur est maintenant en train de se débattre. Ses yeux sont écarquillés, son instinct animal prenant le dessus.

Elle devait faire la même tête.

J'attrape son doigt de ma main droite. L'anneau est chaud à l'endroit où il rencontre ma peau.

Arthur commence sérieusement à se débattre. Et j'entends King grogner derrière moi, alors qu'il met plus de poids sur ses jambes.

Ma victime essaie de me frapper de sa main libre, alors j'élargis ma position, mon genou gauche se heurtant violemment à son biceps droit.

— Prenez-la ! crie Arthur en bafouillant. Prenez la bague !

Un sourire se dessine sur mes lèvres.

— D'accord.

Mais au lieu de lui retirer l'anneau, je renforce ma prise autour de son annulaire, le serrant aussi fort que possible.

Je sépare mes mains d'un coup sec. Un craquement emplit la pièce.

Et Arthur se met à hurler.

Le doigt est cassé en plusieurs parties, mais il est toujours attaché.

Hmm.

Je tire à nouveau brutalement sur le doigt. Cette fois-ci, l'os traverse la peau, ma poigne se couvrant alors de sang.

C'est plus dur que je ne le pensais.

Un cri s'échappe de la bouche du type, alors je lâche prise assez longtemps pour lui donner un coup de poing au visage.

Il n'a même pas la décence de prendre sur lui.

J'ai besoin d'une meilleure prise.

Repérant un trou dans le col de son T-shirt, je lâche complètement sa main et arrache une bande de tissu. J'utilise le morceau de son vêtement, à son grand dam, puis enroule son annulaire dans le coton rugueux, ce qui me donne la friction dont j'ai besoin.

Ses hurlements de douleur ne faiblissent pas.

Avec une expiration, je canalise ma fureur dans ma poigne, et d'un dernier assaut, j'arrache son doigt.

Enfin !

Je tiens une extrémité de la bande de tissu, puis la laisse se dérouler. Le doigt détaché tombe sur la poitrine de son propriétaire.

— Dégueulasse ! marmonne King.

Je lâche la main d'Arthur, ramenant mes genoux sur sa poitrine, et il serre immédiatement sa main à quatre doigts de celle à cinq doigts.

Ses paroles sont incohérentes tant il sanglote. Mais même si je pouvais le comprendre, cela n'aurait pas d'importance. Son destin a été scellé le soir où j'ai franchi la porte-fenêtre de Payton.

Je saisis le doigt et fais glisser l'anneau de l'extrémité ensanglantée.

— Elle est à moi, maintenant.

J'essuie la bague sur son T-shirt avant de la glisser dans ma poche.

L'homme reprend enfin son souffle, suffisamment pour arriver à formuler des mots.

— Qui êtes-vous ?

— Ah, enfin la bonne question !

Je me penche, envahissant son espace.

— Je suis la colère de Payton. Et tu vas mourir.

Lorsqu'il ouvre la bouche pour répondre, je coince le morceau de tissu ensanglanté entre ses molaires, ce qui maintient sa bouche ouverte, puis j'y enfonce son appendice tout juste détaché.

King a un haut-le-cœur derrière moi, mais je continue à le pousser jusqu'à ce que le doigt soit coincé dans sa gorge.

J'arrache le tissu et referme ma paume sur la bouche de l'homme. Puis j'utilise mon autre main pour lui pincer le nez.

Les yeux d'Arthur sont exorbités.

Paniqués.

Suppliants.

Terrifiés.

Ses mains griffent inefficacement ma chemise, et quand ses yeux sont sur le point de se révulser, je retire mes mains, lui accordant une brève lueur d'espoir avant de projeter mon poing dans l'avant de sa gorge. Je lui brise la trachée.

Il me regarde en clignant des yeux, sans bruit. Son esprit ne semble pas comprendre qu'il est déjà mort.

CHAPITRE 28
NERO

La chaise vacille légèrement lorsque King s'en sert pour se hisser.

— Waouh ! C'était une façon particulièrement pénible de maintenir un homme au sol. Je crois que je me suis froissé un muscle.

Je l'ignore.

Certains meurtres m'énervent. Ou m'excitent. Mais pas celui-là. Pour l'instant… Pour l'instant, je me sens satisfait.

Jusqu'à ce que je remarque une chaleur qui s'infiltre dans mon pantalon. Je me lève alors d'un bond.

— C'est quoi, ces conneries !?

Je tourne sur moi-même pour regarder l'homme mort sur le sol et la grande tache mouillée où il s'est uriné dessus. Et j'étais assis dedans, putain !

— Tu te fous de moi ?!

Je donne un coup de pied sur le côté du corps d'Arthur.

— Quoi ? demande King en s'arrêtant alors qu'il essaie d'étirer son cou.

— Cet enfoiré m'a pissé dessus !

Mon acolyte aboie un rire.

— Sale merde !

Je donne un nouveau coup de pied à Arthur, avant de défaire ma ceinture.

— Qu'est-ce que tu fais ? demande King entre deux rires.

— Va chercher ce dont nous avons besoin, lui lancé-je en entrant dans la petite salle de bains que j'ai aperçue en face de la cuisine.

Tout en jurant, j'enlève mon pantalon et mon boxer. Ils sont tous deux imbibés de l'urine de ce connard.

La serviette posée sur le bord de l'évier est aussi sale que ce putain de sol. Mais je trouve un rouleau d'essuie-tout sous l'évier. J'en arrache une poignée, que je fais mousser avec de l'eau et du savon pour les mains avant de me frotter les fesses.

Je veux me frotter tout le corps, mais retirer mon pantalon en chaussettes m'a déjà demandé beaucoup trop d'efforts. On ne pourrait pas me payer assez cher pour que je prenne une douche dans cette maison.

Payton y était obligée.

Payton était obligée de vivre dans cet enfer.

Pendant que je laisse couler l'eau, je sors la bague de ma poche et la nettoie.

Je n'avais pas l'intention de la prendre. Je ne savais même pas qu'elle existait. Mais alors que je la regarde maintenant, je sais que je trouverai un moyen de la donner à Payton. En espérant lui offrir la fin qu'elle mérite.

L'odeur de l'alcool et des produits chimiques emplit mes narines lorsque je reviens dans le salon.

Je jette mon pantalon et mon boxer sur Arthur, avant de ramasser une bouteille de whisky à moitié pleine et de la vider dessus.

— Euh, tu n'oublies pas quelque chose ?

King hausse les sourcils, comme si j'ignorais que je me tiens debout en chaussettes et chaussures, le membre à l'air.

— Ouais, donne-moi ton pantalon.

Toute trace d'humour disparaît de son visage.

— Tu plaisantes ?

— Même si ce connard avait des vêtements propres, ils ne m'iraient pas, argumenté-je en lui désignant sa moitié inférieure. Alors, donne-moi ton pantalon. À moins que tu ne préfères regarder mon engin pendant les prochaines heures, jusqu'à ce qu'on atterrisse à Minneapolis.

Je regarde les poings de King se serrer tandis qu'il se dirige vers le corps d'Arthur et lui administre sa propre série de coups de pied.

— Espèce de sale con !

Il ouvre sa braguette, s'avance et donne un nouveau coup de pied au cadavre.

— Va te faire foutre, mec !

Tout en grommelant, il appuie une épaule contre le mur pendant qu'il enlève ses chaussures, retire ses jambes de son pantalon, puis remet ses pieds dans ses souliers, sans jamais toucher le sol avec ses chaussettes.

Une fois que c'est fait, King me jette le pantalon, et je prends soin de ne rien dire au sujet de son caleçon en soie rouge. Car même si j'ai envie de rire, il y a de fortes chances que mon ami soit suffisamment énervé pour reprendre son pantalon et me faire rentrer à la maison avec les bijoux de famille collés au siège du pilote.

— C'est moi qui enflamme l'allumette, déclare brusquement mon complice dès que j'ai rentré ma ceinture dans mon nouveau pantalon.

— Ça me va.

Nous enjambons la traînée de whisky et de prospectus qu'il a déposés entre la chaise et la porte d'entrée. Le papier ne sera pas particulièrement utile, mais plus il y en a à brûler, mieux c'est.

Ça va ressembler à un meurtre. Arthur ne vaut pas la peine qu'on se débarrasse de lui correctement. Mais le feu détruira les traces d'ADN que nous avons pu laisser derrière nous. Et rien sur cette scène, ou cet homme, ne peut me relier au crime.

Sauf, bien évidemment, Payton.

CHAPITRE 29
PAYTON

Mon réveil strident retentit lentement dans mon esprit, et j'ouvre les yeux.

J'essaie de l'attraper avec un gémissement, mais je suis du mauvais côté du matelas.

Mes yeux s'ouvrent d'un seul coup.

Il était là. Dans mon lit. Et nous…

Le volume de l'alarme augmente et je me force à rouler sur moi-même pour l'atteindre. Chaque muscle hurle de protestation lorsque je bouge, et je laisse échapper le plus pitoyable des gémissements.

Faisant enfin taire l'odieuse sonnerie, je m'allonge sur le dos et fais l'inventaire de mon corps.

Même si hier, avant Nero, a été la pire journée que j'aie eue depuis longtemps, j'ai l'impression d'avoir dormi plus profondément que je ne l'ai jamais fait.

C'est peut-être en partie dû à mon épuisement, mais je me suis endormie en pleurant plus souvent que je ne veux l'admettre, et je ne me suis jamais réveillée dans cet état.

Je remue les doigts et les orteils avec grand effort.

Mes membres sont lourds, mes muscles épuisés. Et sans qu'on me le demande, je m'imagine avec les bras et les jambes enroulés autour du corps solide de Nero.

Nero.

Je souffle son nom. Je n'ose pas le redire à voix haute, pas tout de suite.

Je plie un genou, posant mon pied à plat sur le lit, et le mouvement tire sur les muscles de mon ventre. Apparemment, il faudrait que j'essaie de faire quelques abdominaux, car cela a été un entraînement plus intense de tenir mes jambes autour de ses hanches que ce à quoi je suis habituée.

Ou alors, je pourrais commencer à faire l'amour régulièrement. C'est un exercice qui pourrait me plaire.

Mais pour cela, il faudrait que je revoie Nero. Et même si j'en ai envie, je ne suis pas sûre que cela arrivera. Il n'a pas vraiment demandé mon numéro.

Il aime bien faire des câlins.

Mais il n'est que cinq heures du matin et il n'est pas là.

Je lève la tête du matelas, puis observe les coins sombres de la pièce, confirmant son absence, et un petit frisson me parcourt la peau.

Il devait être là hier soir, quand je me suis réveillée.

J'étais à moitié endormie, mais je l'aurais remarqué en passant devant la porte ouverte de la salle de bains. Et il ne m'a pas croisée dans mon petit couloir lorsque je suis entrée dans le salon pour fermer la porte-fenêtre.

Je déglutis.

C'est plutôt ridicule de ma part de ressentir ce filet de peur *maintenant*. Au lieu de cela, je choisis de me lever. Je me dirige vers mon minuscule placard, ouvre la porte et m'assure qu'il ne cache pas d'homme tapi dans l'ombre. Et je me persuade que je laisse la porte ouverte pour pouvoir m'habiller plus facilement pour le travail. Pas parce que je suis sûre que je me sentirai obligée de vérifier à nouveau.

La douleur entre mes jambes se réveille à chacun de mes pas. Je sens une humidité étrangère, qui me rappelle que je l'ai laissé me nettoyer hier soir, mais que je ne me suis pas levée pour aller aux toilettes.

Ce que j'ai fait était stupide. Dangereux. Imprudent. Néanmoins, cela ne m'empêche pas de sourire.

Plus vierge.

Mon sourire se transforme en grimace lorsque je me dirige péniblement vers la salle de bains. Je ne sais pas si c'est une douleur normale après la première fois, ou si c'est davantage lié à la vigueur avec laquelle Nero m'a… prise.

Mon ventre se noue.

J'espère qu'on pourra remettre le couvert.

Ne voulant pas gâcher ma bonne humeur actuelle face à ma nudité négligée, j'ignore le miroir et me dirige directement vers la douche, où je fais chauffer l'eau.

Mais avant de m'asseoir sur les toilettes, je me retourne et, tout en détournant les yeux, ouvre le placard du miroir, dévoilant la petite armoire à pharmacie cachée derrière.

J'attrape mon petit porte-médicaments et sors l'un des minuscules comprimés du paquet, gracieuseté de la clinique locale et de leurs pilules contraceptives à prix réduit.

J'espère vraiment, *vraiment* qu'il n'a pas de maladie contagieuse, car je n'ai même pas pensé à me protéger, hier soir. Non pas que je possède des préservatifs. Pourquoi en aurais-je ? Heureusement que je prends la pilule ! Mes règles étaient atroces et je me souviens d'avoir lu quelque part que la prendre pourrait me soulager. Et ça a marché.

Remerciant silencieusement la moi du passé, j'utilise le petit gobelet que je garde près du lavabo et avale ma pilule quotidienne. Le coût d'antibiotiques serait déjà une épreuve, alors les frais pour un avortement ne rentrent en rien dans mon budget. Et j'y serais bien obligée, car si je ne peux pas me permettre d'avoir un chien, je peux encore moins envisager de faire vivre un enfant.

Je referme le pilulier, le replace sur son étagère et me dirige vers la douche.

Ma routine prend plus de temps que d'habitude à cause de mes muscles endoloris, et je suis donc en retard lorsque je traverse le couloir pour rejoindre ma chambre.

Comme j'étais tellement distraite au réveil, je n'ai même pas pensé à préparer mon café plus tôt.

Je vais fêter ça avec un latte coco-miel au boulot.

Je renifle, me sentant complètement nulle d'avoir envie de fêter la perte de ma virginité. Mais je l'ai gardée si longtemps, c'est honnêtement un soulagement de lui avoir dit au revoir. Et je l'ai fait selon mes propres termes, avec un homme qui m'affecte d'une manière que je n'aurais même pas pu imaginer.

C'est donc en pensant à Nero que j'ouvre mon tiroir à lingerie et me fige. Sur mon petit tas de culottes se trouve un billet de cent dollars.

CHAPITRE 30
NERO

— Eh bien, si tu n'avais pas manqué notre rendez-vous d'hier matin, dit Abdul en ajustant l'une des nombreuses piles de papiers sur son bureau, nous n'aurions pas besoin de faire tout ça aujourd'hui.

Je me pince l'arête du nez.

— J'étais occupé, grogné-je.

Mon agent immobilier soupire.

— D'accord, d'accord, je laisse tomber.

— Merci, dis-je sans émotion dans la voix.

— La bonne nouvelle, c'est que j'ai reprogrammé tes visites pour cet après-midi. J'ai les trois propriétés qui t'intéressent, plus deux autres qui, selon moi, correspondent à tes besoins. Et elles sont toutes dans les quartiers que tu avais demandés.

— Super.

Je me lève de la chaise extrêmement inconfortable en face du bureau d'Abdul.

Il est peut-être le meilleur de la ville, mais ma patience est plus mince que d'habitude, aujourd'hui. J'envisage de lui expliquer la raison de mon retard hier matin, de lui raconter que j'ai étouffé un homme avec son propre doigt, ce qui a modifié mon emploi du temps de la semaine, avant d'y renoncer.

— On se voit dans quelques heures, me lance-t-il, alors que je franchis la porte à grandes enjambées.

Mais je n'écoute plus, car j'ai maintenant un peu de temps à perdre, et cela fait bien trop longtemps que je n'ai pas posé les yeux sur celle qui affole mon cœur.

J'allume mon clignotant, puis tourne vers la rue où travaille Payton, alors même que je me rappelle que je ne vais pas entrer.

C'est le milieu de la matinée, et l'affluence des premières heures devrait être terminée, bien qu'il y ait apparemment presque toujours quelques clients.

J'appuie sur le frein lorsque j'arrive à la hauteur du *Twin's Café*, mais le soleil éclatant fait miroiter le verre des vitrines sous le mauvais angle, ce qui m'empêcher de voir correctement à l'intérieur.

Je resserre ma prise sur le volant.

Je devrais partir. Je ne lui ai fait aucune promesse. Je n'ai jamais dit que j'appellerais.

Et je peux retourner à l'appartement vide en face du sien ce soir et la voir depuis là-bas. Je n'ai pas besoin d'entrer.

Une voiture sort d'une place de parking payant juste devant moi, et mon pied se détache de lui-même du frein.

CHAPITRE 31
PAYTON

Je crois voir Nero chaque fois que je jette un œil vers la rue. Chaque homme en costume. Chaque homme qui franchit la porte. Même quand il n'y a personne, je jure voir les ombres bouger, et je suis certaine que c'est lui.

Mais ce n'est jamais lui.

J'expire, gonflant mes joues.

Tous les clients sont attablés. Je suis sûre que l'un d'eux aura bientôt besoin de quelque chose, mais je devrais avoir une petite seconde pour boire discrètement un peu du café derrière moi.

Le gobelet vient à peine de toucher mes lèvres quand j'entends la porte d'entrée s'ouvrir.

— Évidemment, soufflé-je avant de le reposer.

Je comprends que mes patronnes ne veuillent pas que les clients nous voient manger ou boire, mais ce sera un miracle si je finis ce latte un jour.

Je m'époussette les mains et me dépêche de retourner à ma place derrière le comptoir.

Je suis à mi-chemin de la caisse quand mon regard se pose sur l'homme qui entre à grands pas. Sa vue me coupe le souffle.

Il est si beau !

Tellement beau !

Sa barbe sombre est taillée et entretenue, ses cheveux sont soigneusement coiffés en arrière de son visage sérieux. Ses épaules sont droites et son torse est large sous un autre costume sur mesure.

Ses yeux croisent les miens et même s'il est à plusieurs pas, je connais la nuance exacte du vert qui me regarde. Parce que ce sont les yeux que je vois dans mes songes.

Mais ce n'est pas un rêve. C'est la réalité. Et c'est la première fois que je le vois à la lumière du jour.

Lui.

Nero.

Les souvenirs de son corps sur le mien défilent dans ma tête tandis qu'un sourire timide se dessine sur mes lèvres.

— Nero !

Une nouvelle voix retentit à l'intérieur du café, m'arrachant un sursaut.

Mais mon regard ne quitte pas l'homme qui était en moi il y a moins de quarante-huit heures. Et comme je le regarde fixement, je vois de mes propres yeux le changement sur ses traits. Je le vois se transformer en une personne que je ne reconnais pas du tout. Quelque chose se ferme en lui, atténuant l'*aura* qu'il dégage et bloquant la sauvagerie que je distingue habituellement dans ses pupilles.

Contrairement à moi, il n'ignore pas la voix. Au contraire, c'est moi qu'il ignore. Il me tourne le dos, sans me faire signe d'une quelconque façon.

J'ai un soudain pincement au cœur qui me donne l'impression de s'enfoncer au plus profond de mon être.

Tu n'es personne.

Je repousse la voix dès qu'elle tente de prendre racine.

Il serait impoli de la part de Nero de ne pas aller dire bonjour à la personne qui l'a appelé. Il peut y aller, saluer son ami, puis revenir me parler.

Me parler.

Sur mon lieu de travail.

Je prends enfin pleinement conscience de l'ampleur de sa présence. Nero est ici, au *Twin's Café*.

Il n'a pas eu l'air surpris de me voir. Enfin, c'est peut-être une coïncidence. Peut-être travaille-t-il dans le coin ? Ou alors il passait par là et voulait un café.

C'est peu probable, mais possible.

Mais l'assurance avec laquelle il marchait vers moi… Les yeux avec lesquels il me fixait… Cela semblait intentionnel.

— Nero, mon garçon !

La voix retentit à nouveau, et je tourne la tête pour suivre mon bel amant, qui s'arrête en face d'un vieil homme obèse vêtu d'un costume bleu.

Comment connaît-il…

— Monsieur le maire, le salue Nero en saisissant la main tendue de l'édile de Minneapolis.

— Quel visiteur inattendu dans mon petit coin de paradis ! répond celui-ci en écartant les bras. Avez-vous déjà mangé ici ?

Nero inspecte les vitrines à côté de moi.

— Non, jamais.

— Ça ne m'étonne pas. J'imagine que le café doit ouvrir à peu près à l'heure où vous allez vous coucher, rit l'autre homme. Et ils ferment bien avant que votre nuit ne commence.

— En effet.

Le ton de Nero est dénué d'émotion.

Qu'est-ce que ça veut dire ?

Nero travaille-t-il dans une sorte d'équipe de nuit ? En costume ?

Le maire lui désigne le siège vide à sa table.

— Venez, venez. Allez commander à manger, puis installez-vous avec moi. J'insiste.

Ne voulant pas être prise en flagrant délit d'écoute clandestine, je m'empresse de détourner les yeux. Mais ce n'est pas une conversation privée, vu le bruit que fait le maire et le caractère exigu de la salle de restauration.

— Très bien.

La voix de Nero est suivie de ses pas, tandis que j'occupe mes mains en redressant une pile de serviettes.

Lorsque je ne peux plus faire semblant de ne pas l'entendre approcher, je lève les yeux.

Ma bouche est soudain si sèche que je dois m'humecter les lèvres avant de pouvoir prendre la parole.

Je ne sais pas trop quoi dire. Il fait comme si nous ne nous connaissions pas.

Est-ce qu'on se connaît ?

— Je vais prendre le panini à la dinde et au bacon.

Il me regarde dans les yeux, mais c'est tout. Pas de bonjour. Il ne me reconnaît pas et ne prétend pas que je sois autre chose qu'une fille qui prend sa commande.

Une boule se forme dans ma gorge tandis que j'essaie tant bien que mal d'effacer la douleur de mon visage.

Je baisse le regard et concentre toute mon attention sur la saisie de sa commande sur le petit écran devant moi.

Comme il n'en demande pas plus, je redouble d'efforts au moment de prendre la parole.

— Désirez-vous une boisson ?

Un court silence s'ensuit avant qu'il ne réponde.

— Un latte à la noix de coco et au miel.

Je lève presque les yeux quand je l'entends réclamer ma boisson préférée, mais je me force à les garder baissés.

Je doute très fort que ce soit vraiment à son goût. Ce doit être une autre façon de se moquer de moi, c'est pour cela qu'il la commande.

Mais… il n'a aucun moyen de le savoir.

Peut-être que je perds vraiment la tête. Peut-être que notre nuit ensemble n'a jamais eu lieu et que j'ai tout imaginé.

Mon effroi se mêle aux sentiments douloureux qui s'accumulent dans ma poitrine.

Oh, mon Dieu ! Et si rien de tout cela n'était vraiment arrivé ?

Un homme qui s'introduit par la porte de mon balcon,

s'assoit sur mon canapé, mange mon pop-corn... C'est dingue !

Laisser ma porte-fenêtre ouverte pour que ce même homme puisse miraculeusement repasser par là... pour me prendre ma virginité... C'est de la folie.

Il tapote d'un long doigt le comptoir, me faisant cligner des yeux.

Je lève la main.

— Es-tu réel ? murmuré-je malgré moi, sans pouvoir m'en empêcher.

Mais il ne me répond pas, et je n'ose pas tendre la main de l'autre côté du comptoir pour vérifier s'il est vraiment là.

Les doigts tremblants, je tape sa commande. J'espère qu'il y a vraiment un homme en face de moi. Et que je n'ai pas tout inventé.

Le petit écran affiche le total et au lieu de le dire à voix haute, je fais pivoter l'écran pour qu'il puisse le voir à son tour.

Il pose un billet de vingt sur le meuble et je fais rapidement la monnaie, avant de faire glisser la petite pile de billets et de pièces sur le comptoir.

Je regarde la main qui récupère l'argent pour le ranger dans son portefeuille. Mais avant de refermer le cuir noir, il sort un billet de cent dollars, qu'il pose entre nous.

— Je suis réel, ma belle.

CHAPITRE 32
NERO

Lorsque Payton lève enfin les yeux vers moi, son expression de détresse me fait l'effet d'un coup de poing dans la cage thoracique.

Et je comprends. Il y a deux nuits, j'ai pris son innocence, et aujourd'hui, j'agis comme si je ne l'avais jamais vue.

J'ai envie de lui prendre le menton et lui dire que je fais ça pour elle. Afin qu'elle soit en sécurité. Pour que personne ne sache que je…

Je serre les dents.

Que je quoi ? *Tiens* à elle ?

Je ne la connais même pas.

Tournant le dos à Payton et à la douleur dans ses prunelles, je retiens mon soupir quand je m'assois en face du maire Devon.

Heureusement, il ne me demande pas pourquoi je suis venu dans ce café, et se contente de parler d'un nouvel hôtel dans lequel il a investi. Il parle comme s'il l'avait trouvé grâce à une enquête intelligente, mais je sais pertinemment qu'il en a entendu parler par King, car c'est aussi mon cas. Je suis tenté de le remercier pour son investissement dans ma façade de blanchiment d'argent, mais aussi satisfaisant que cela puisse être, je sais que je ferais mieux de me taire, car le maire est la plus grande commère que j'aie jamais rencontrée.

Et il est négligent.

Il pense que nous avons une sorte de partenariat. Mais c'est parce que c'est un putain d'idiot. Je l'ai dans ma poche, et il *m'est* redevable.

J'acquiesce pendant qu'il radote. C'est une bonne information à avoir sous la main, mais honnêtement, j'en ai appris plus sur ses affaires par les prostituées auxquelles il a recours que par sa propre bouche. Et c'est à la fois un avantage et un inconvénient d'utiliser le même service d'escorts.

Non pas que j'aie à nouveau besoin d'une pute de sitôt.

Mon attention se porte sur Payton, toujours occupée derrière le comptoir à préparer ma boisson.

Tu es le seul homme qui ait jamais été en elle.

Un désir charnel remonte le long de ma colonne vertébrale.

Et je suis le seul homme qui le fera jamais.

CHAPITRE 33
PAYTON

Pendant que je presse le couvercle sur le verre de Nero, j'essaie de décider ce qui serait le pire, devoir l'appeler depuis l'autre bout de la salle ou essayer d'attirer son attention discrètement, mais en devant alors le regarder.

C'est une situation perdante dans tous les cas.

Je constate qu'on a pris la décision à ma place quand je lève les yeux pour découvrir que Nero est en train de me fixer du regard en retour.

Bordel !

Je sens son regard comme un poids autour de mes épaules. Il est lourd et pesant. Et ça me fait détester sa beauté. Cela rend les choses encore plus difficiles.

Je suis là, à peine maquillée, avec un simple T-shirt gris, un chignon négligé pas très mignon et un tablier. Je ne suis pas vraiment à mon avantage.

Nero dit quelque chose à l'autre homme à sa table. Le maire. Parce que, quelle que soit sa profession, il connaît le maire. Et ce dernier le connaît assez bien pour l'appeler par son prénom et faire une remarque sur son habitude de sortir tard.

Vu la façon dont nous nous sommes rencontrés, je n'en doute pas vraiment.

Mes pensées internes m'ont distraite, et je tiens toujours le gobelet lorsque Nero s'arrête en face de moi au comptoir. Ce serait sans doute bizarre de le poser plutôt que de le lui donner. C'est donc à contrecœur que je lui tends le latte. Une main sous le fond du gobelet, l'autre sur le dessus, ce qui lui laisse toute la place nécessaire pour le récupérer sans que nos doigts se touchent.

Il utilise ses deux paumes pour me prendre la boisson. Le bout de ses doigts effleure le dos de mes mains.

Je plante mes dents dans ma lèvre inférieure, retenant le son pathétique qui veut sortir de ma gorge. Je refuse de le libérer.

Je veux terriblement sentir à nouveau son contact ! Et je me sens si faible de désirer quelque chose qu'il ne veut manifestement pas donner !

— Payton.

Sa voix est calme. Il l'a baissée pour que personne ne l'entende m'appeler par mon prénom.

— Je…

Ce qu'il s'apprête à dire est interrompu lorsqu'un client ouvre la porte d'entrée. Nero ferme la bouche et recule d'un pas, s'éloignant de moi. Une fois de plus.

Je déglutis.

— Votre commande sera prête dans une minute.

Il acquiesce et retourne à sa table.

Lorsque Jean crie son nom pour annoncer que son sandwich est prêt, je lui bloque momentanément le passage quand il se lève pour aller le chercher.

Je tente de me persuader qu'il ne se trouve pas à une douzaine de pas pendant que je sers le client suivant.

Je me dis que je m'en remettrai, de lui, bientôt.

Je suis en train d'essuyer la cafetière quand mon téléphone vibre dans la poche de mon tablier.

Je m'en sers surtout pour me divertir. Je ne connais

personne qui ne travaille pas dans ce café et qui soit susceptible de m'appeler ou de m'envoyer un message.

Les sourcils froncés, je sors mon portable pour voir un message d'un numéro inconnu.

INCONNU

Lève les yeux, bébé.

Je lève brusquement le regard. Nero est assis à sa table, son téléphone à la main. Le maire est en plein coup de fil.

Le mien vibre dans ma main.

INCONNU

Continue à faire comme si on ne se connaissait pas.

Je t'expliquerai plus tard.

La douleur qui irradie à travers mon corps se mêle à ma colère, me forçant à me concentrer sur les touches pour écrire ma réponse.

MOI

Nous ne nous connaissons pas.

Je le remets dans ma poche.

Et puis zut, ça me va ! Je préfère être en colère plutôt que triste.

Mon téléphone vibre à nouveau. Et je réussis à l'ignorer pendant dix secondes avant de le ressortir.

INCONNU

Je sais quel goût a ton sang de vierge quand il recouvre ma queue. Nous nous connaissons.

Je pique un fard et remets l'appareil dans ma poche.

Je n'arrive pas à croire qu'il vient vraiment de dire ça.

Et je refuse d'admettre que mes cuisses se sont serrées l'une contre l'autre quand je l'ai lu.

Bonne nouvelle, je n'ai pas tout inventé dans ma tête, Nero est réel, et nous avons vraiment fait l'amour.

Mauvaise nouvelle, c'est un con.

La porte d'entrée s'ouvre à nouveau, m'offrant ainsi une distraction.

— Salut, Pay ! dit Carlton en levant un bras musclé avant de parcourir la courte distance qui le sépare de la caisse.

Mon cœur fait une succession rapide de doubles battements. Je me sens mal.

— Salut, Carlton.

J'essaie de l'accueillir le plus normalement possible, même si mon sourire me semble factice.

Je ne sais pas pourquoi le voir dans la même pièce que Nero me remplit d'angoisse, mais c'est le cas. J'ai l'impression de regarder un documentaire animalier où la gazelle sans méfiance broute dans la savane, ignorant que le lion rôde dans l'herbe derrière elle.

Carlton n'est même pas une gazelle dotée d'une vitesse surhumaine, c'est juste un gentil garçon. Le genre de gentil garçon qu'un homme comme Nero pourrait croquer et recracher.

Malgré moi, mon esprit invoque une image de ce que cela aurait été de donner ma virginité à Carlton.

Cela aurait été doux. Et lent. Une nuit sûrement remplie de fleurs avec peut-être un bon dîner. Cela n'aurait sans doute pas été sauvage et intense.

Il ne se serait pas assis dans le coin sombre de ma chambre pendant mon sommeil.

Il ne m'aurait pas *goûtée* comme l'a fait Nero.

Cela aurait été tellement différent ! Et pas du tout ce que je voulais.

— Tout va bien ? demande le jeune homme, m'extirpant de ma rêverie.

J'acquiesce.

— Oui, c'est juste que… euh… la journée a été longue.

— Je comprends. Mais…

Il marque une pause, haussant les sourcils d'un air conspirateur.

— J'ai quelque chose qui pourrait l'améliorer.

— Ah oui ?

Je tente de rester concentrée sur lui. J'essaie tant bien que mal de ne pas regarder au-delà de son épaule, mais mes yeux sont instinctivement attirés vers lui, pour voir si Nero remarque que quelqu'un est en train de me parler.

Celui-ci l'a certainement remarqué, parce qu'il fusille du regard l'arrière de la tête de Carlton.

— Ouais ! répond celui-ci. Parce que…

Il mime un petit roulement de tambour sur le plan de travail avec deux doigts.

— On a un concert en première partie d'un groupe, ce soir ! Un vrai groupe ! Dans une vraie salle !

Un sourire sincère se dessine pour la première fois de la journée sur mes lèvres.

— Vraiment ? C'est génial !

— Pas vrai !? approuve Carlton en sortant son téléphone de sa poche arrière. Du coup, j'ai besoin de ton numéro pour pouvoir t'envoyer un billet.

— Un billet ?

— Ne me dis pas que tu as déjà oublié, dit-il en secouant la tête d'un air taquin. Tu as promis que tu viendrais nous voir jouer. Tu te souviens ?

— Ah ! Oui.

Je repense aux cent dollars que Nero vient de me donner. Je n'aurais jamais imaginé que je pourrais un jour être effrayée face à de l'argent, mais maintenant qu'il fait comme si je n'existais pas, cela me met mal à l'aise de le garder.

— J'ai un peu de liquide, proposé-je, décidant que je pourrais m'en débarrasser facilement en le dépensant pour un billet de concert.

— Pssh ! refuse Carlton en agitant la main comme s'il chassait une mouche. Tu n'as pas besoin de payer. On m'a donné quelques places gratuites. Mais je dois t'envoyer le billet par SMS.

Je me mordille la lèvre.

Une part de moi pense que je ne devrais pas accepter. Mais je lui ai promis que je viendrais. Et je ne suis jamais allée à un concert. Et ce n'est pas comme si Nero et moi sortions ensemble, nous sommes trop occupés à faire comme si nous ne nous connaissions pas.

Et puis zut !

Je force mes yeux à rester sur l'homme en face de moi et récite mon numéro à Carlton pendant qu'il le tape sur son téléphone.

J'ai à peine fini d'énoncer le dernier chiffre que je sens mon propre téléphone vibrer.

Il écrit encore, mais je sors mon appareil, m'attendant à trouver le billet.

INCONNU

Tu viens sérieusement de donner ton numéro à ce mec ?

Je déglutis, la bouche soudainement sèche.

Ce n'est pas le billet.

INCONNU

C'est qui, putain ?

Je pose mon téléphone face contre le comptoir, le sentant vibrer au même moment.

Je ne dois pas d'explication à Nero. Ça ne le regarde pas.

— C'est bon, annonce Carlton en posant son portable à côté du mien sur le meuble. Clique sur le lien que je t'ai envoyé et tu obtiendras ton billet. Tu n'auras plus qu'à le montrer à l'entrée, et voilà !

Mon téléphone vibre à nouveau, le son est amplifié sur la surface dure, mais je ne baisse pas les yeux. Cette fois, je suis sûre que c'est le billet.

— Pour qui…

Je m'apprête à parler, mais je suis arrachée du fil de mes pensées par le bruit d'une chaise raclant le sol.

— Euh, vous assurez la première partie de qui ?

Carlton se lance dans une présentation détaillée de l'autre groupe, mais je ne l'écoute pas vraiment. Je me concentre pour ne *pas* regarder Nero s'avancer vers nous.

Il a son téléphone à la main lorsqu'il s'arrête bien trop près du musicien. Mais ce dernier est tellement plongé dans son histoire qu'il ne remarque même pas l'homme mécontent à quelques centimètres derrière lui.

— C'est comme ça que nous en avons entendu parler, poursuit-il.

Les doigts de Nero parcourent rapidement l'écran de son téléphone.

Le mien vibre.

— … Donc Dan leur a envoyé un message sur Insta…

Et il vibre encore.

— … Ça devrait être dingue. Mais on doit y aller…

Et encore.

— Tu dois répondre ? demande Carlton en me désignant mon téléphone.

Je secoue la tête.

— C'est rien.

Après un regard en direction de Nero, je récupère mon téléphone et le glisse dans mon tablier sans même jeter un œil à l'écran. Le muscle de son cou tressaille une seconde avant que je ne sente ma poche vibrer, signe d'un nouveau message.

Heureusement, mon client musicien me croit et poursuit

son récit de leurs balances, inconscient de la présence menaçante de Nero.

Comment Nero a-t-il eu mon numéro ?

Quand l'a-t-il eu ?

Pourquoi ne m'a-t-il jamais contactée auparavant ?

Pourquoi m'envoie-t-il un texto maintenant ?

Alors que ma poche vibre à nouveau, je jette un coup d'œil à Nero, qui tient son téléphone contre son oreille, les yeux rivés sur moi.

Est-il sérieusement en train de m'appeler en ce moment même, alors qu'il se tient à un mètre de moi ?

Mes doigts tâtonnent dans ma poche et je parviens à appuyer sur le bouton latéral, envoyant ainsi l'appel directement vers la messagerie vocale.

Je ressens un petit élan de victoire. Qui est aussitôt anéanti.

— Hé !

La voix de Nero, juste derrière Carlton, fait sursauter ce dernier, qui regarde derrière lui. Mais tout ce qu'il voit, c'est un type en costume qui parle fort dans un téléphone.

Il est en train de me laisser un message vocal.

Les yeux de celui-ci sont rivés sur moi.

— Je finirai le boulot plus tôt, ce soir. On se voit à la maison.

Sans un mot de plus, Nero raccroche, puis tourne toute son attention vers Carlton.

— Vous avez fini ?

Je me sens retenir mon souffle.

— Oh, oui ! Désolé, mec, répond ce dernier, qui recule et tend un bras. On ne fait que discuter, vous pouvez commander.

Nero maintient son regard braqué sur le sien.

— Je vais attendre.

CHAPITRE 34
NERO

Cet enfoiré me regarde en clignant des yeux, comme si je plaisantais, mais ce n'est pas le cas. Je ne compte pas partir pendant que cette merde reste plantée là à parler à Payton.

— Ouais, OK, dit-il en levant les mains tandis qu'il se retourne vers ma copine.

Ouais, OK.

Bordel, j'ai envie de lui casser la gueule ! Ou de sortir mon flingue et le frapper avec. Il serait alors trop occupé à chialer pour flirter avec la belle serveuse.

— Ta commande habituelle ? lui demande-t-elle, alors que sa voix glisse sur ma peau.

Ou peut-être devrais-je juste le tuer.

— Tu me connais, chérie.

J'attrape le Ruger au creux de mon dos avant même de réaliser ce que je fais.

Je m'immobilise, mais je ne retire pas ma main, réfléchissant aux ennuis que j'aurais si je tuais cet abruti en plein jour.

Ça ne plairait pas à Payton.

Ma main retombe sur mon flanc. Je tapote des doigts ma cuisse pendant que ce connard paye sa *commande habituelle.*

— Je te prépare ton café, dit Payton, qui me lance un bref

regard pendant qu'elle bascule sur ses pieds. Je l'apporterai au bout du comptoir.

— Ça marche.

Il sort un portefeuille miteux dans sa poche.

Pour qui il se prend, à parler à une fille comme Payton ? Elle est beaucoup trop bien pour lui. Et complètement hors de sa portée.

Elle est éblouissante. Féminine. Gentille et douce. Il ne pourra jamais lui offrir la vie que je peux lui donner. La vie qu'elle mérite.

Une vie remplie de voitures blindées et de balles.

Je grince des dents, agacé par ma propre voix intérieure. Mais c'est le rappel dont j'ai besoin pour garder ma langue.

J'observe les fesses de Payton pendant qu'elle s'active, préparant la boisson du client, et je suis sûr qu'elle prend plus de temps que d'habitude. Mais j'ai déclaré que j'attendrais, alors je croise les bras et appuie ma hanche contre le comptoir.

Je me félicite de ma patience jusqu'à ce qu'il lui dise *À ce soir* en prenant le gobelet qu'elle lui tend, et qu'un grognement audible monte dans ma gorge.

Non. Non, tu ne la verras pas ce soir.

Il doit passer devant moi pour partir, et je le suis du regard, attentif à chacun de ses pas. Il lève la tête et me regarde dans les yeux, puis se faufile entre les tables pour ne pas avoir à passer près de moi.

Quelle mauviette !

— Y a-t-il autre chose que je puisse faire pour vous, *monsieur* ?

La voix piquante de Payton m'atteint directement à l'entrejambe, et je me retourne lentement pour lui faire face.

— Ne me parle pas sur ton, bébé.

— Sinon quoi ? siffle-t-elle, avant de claquer des lèvres.

Elle écarquille les yeux, visiblement surprise d'avoir posé la question.

— Tu le découvriras ce soir, ma belle.

Elle seule peut m'entendre. Et j'observe avec une fascination affamée sa gorge qui déglutit péniblement. Elle est aussi affectée que moi.

— Maintenant, donne-moi cette tarte aux cerises.

— Quoi ?

Je fais un signe de tête vers le présentoir à pâtisseries.

— La tarte aux cerises. À emporter.

Elle tourne la tête pour suivre mon regard tandis que ses lèvres s'entrouvrent, mais elle les referme avant de parler.

À l'aide d'une feuille de papier libre, elle récupère la tarte sous le verre et la glisse dans un petit sac kraft. Elle hésite avant de me le donner.

— Ça fait combien de temps que tu as mon numéro ?

— Payton, grogné-je. Pas ici.

Ses jolis yeux brillent sous la lumière, et je prends le temps de la regarder. De vraiment la regarder.

Elle est d'une beauté rare. Ses yeux bleu marine, à moitié cachés sous d'épais cils, et ses cheveux joliment en bataille ne font qu'accentuer sa beauté. Elle arbore des taches de rousseur sur ses joues rondes que je n'ai pas encore eu le loisir d'apprécier. J'ai envie de la plaquer sous mon corps et de tracer leurs contours avec ma langue. Et ces lèvres. Putain, ces lèvres ! *Elles seront bientôt sur les miennes.*

Ses vêtements ne moulent pas ses formes, mais même s'ils sont amples, ils ne dissimulent pas ses courbes. Et quand elle se retourne, son magnifique postérieur est encadré par les bords de ce foutu tablier blanc. Ça me donne envie de la draper de soie. Ou de lui enfiler une robe sexy, à porter uniquement à la maison.

Un sourire se dessine au coin de mes lèvres.

Elle s'habillerait rien que pour moi.

Elle plisse les yeux devant ma tête et pose le paquet contenant la tarte sur le comptoir.

— Combien je te dois ?

Quand je comprends qu'elle ne va pas me donner le total,

je soupire et sors un billet de vingt de mon portefeuille, que j'échange contre la tarte.

— Ce soir, lui dis-je ensuite.

Je me retourne pour constater que l'attention du maire est rivée sur moi, et je réalise que j'ai peut-être un peu trop dévoilé mon jeu.

J'affiche alors une fausse indifférence et retourne à sa table.

— Jolie fille, lance le maire en inclinant la tête vers Payton. Ça fait un moment qu'elle me fait de l'œil, mais tu m'as peut-être devancé ?

Il laisse la question en suspens, attendant une confirmation de ma part. Et même si j'ai envie de l'écorcher vif pour avoir osé dire qu'il la trouvait jolie devant moi, je garde un visage impassible.

— Pas mon genre. Je suis uniquement là pour la bouffe.

Il n'a pas l'air tout à fait convaincu, mais ce ne serait pas dans mes habitudes d'en dire plus.

Je fais mine de jeter un œil à ma montre.

— Il faut que j'y aille. Abdul doit me montrer de nouvelles propriétés.

Comme prévu, cela attire son attention.

— Ah ? Tu me diras si tu décides d'en refuser une qui pourrait me plaire.

J'incline le menton, puis tourne les talons et pars.

Je ne regarde jamais dans la direction de Payton.

CHAPITRE 35
PAYTON

Je redresse pour la trentième fois la même pile de gobelets avant que le maire ne se lève enfin de sa table. Et je reste concentrée dessus jusqu'à ce que j'entende la porte d'entrée s'ouvrir et se fermer.

Sa présence ne m'a jamais dérangée auparavant. Je ne savais même pas qui il était les premières fois qu'il est entré pendant mes heures de service, mais j'ai fini par entendre quelqu'un l'appeler par son titre et j'ai fait le rapprochement.

Il s'est toujours montré sympathique et gentil, mais c'était avant aujourd'hui, avant que je sache qu'il connaît Nero. Et avant que je ne l'entende dire qu'il avait des vues sur moi.

Je réprime un frisson. J'ai cherché son nom sur Google. Je sais qu'il est marié. Et je doute que sa femme apprécie ses remarques, parce qu'il n'avait pas l'air de plaisanter.

Et le fait qu'il connaisse Nero…

C'est comme si une bande s'enroulait autour de mes côtes, puis les serrait jusqu'à me couper le souffle.

Je ne suis pas si bête. Je sais que Nero doit être… impliqué dans des trucs louches. On n'échappe pas à la police en escaladant un balcon si on mène une vie bien rangée. Mais même en sachant cela, j'ai toujours ressenti une sorte de sécurité en sa présence. Et je sais que ça devrait me paraître vraiment bizarre que la nuit où je lui ai laissé ma porte ouverte, il soit apparu comme par magie. Parce que ça veut dire qu'il devait être en train de m'observer. Mais ça veut aussi dire qu'il n'a pas franchi ce seuil avant que je ne l'y invite. Il est venu parce que je le lui ai demandé. Et il a pris ce que je lui ai offert parce que j'en avais envie.

Rien de tout cela n'a été aussi douloureux que de le voir venir aujourd'hui et agir comme si je n'étais personne.

Une sensation de chaleur monte derrière mes yeux, et je me surprends à renifler pour contenir un picotement dans mon nez.

Je comprends que Nero ne s'attendait pas à ce que le maire soit présent. C'est évident qu'ils n'avaient pas prévu de se rencontrer. Mais il n'était pas obligé d'agir de cette manière.

Pas mon genre.

Je suis uniquement là pour la bouffe.

Je cligne rapidement des yeux, levant le regard vers le plafond.

Ne t'avise pas de pleurer pour lui !

Ayant besoin d'une distraction, je contourne la table pour débarrasser la vaisselle que les deux hommes ont laissée derrière eux.

Jean s'approche avec un chiffon lorsque je ramasse le dernier couvert, et je m'écarte de son chemin pour qu'elle puisse vaporiser la surface avant de l'entendre grommeler :

— Putain de mafieux !

Je souris, amusée par son attitude cynique habituelle à l'égard des hommes politiques.

Puis mon sourire s'efface quand je me fige et réfléchis…

Et si elle parlait de Nero ?

CHAPITRE 36
NERO

— Les deux dernières, dis-je brusquement à Abdul en ouvrant ma portière.

Ses sourcils se dressent.

— Les deux ?

— C'est ce que j'ai dit.

Avant qu'il ne puisse poser d'autres questions, je grimpe sur le siège côté conducteur et claque la portière.

Je ne lui en veux pas, en soi, je suis simplement énervé que ces visites de propriétés aient pris autant de temps.

Je jette un coup d'œil à l'heure, qui m'indique qu'il est déjà plus de dix-huit heures.

— Putain !

J'appuie sur l'accélérateur pour sortir du parking.

Mes doigts meurent d'envie d'appeler Payton, afin de m'assurer qu'elle reste chez elle ce soir. Mais je ne le fais pas.

Surtout parce que je suis presque sûr qu'elle ne décrocherait pas. Et une petite part de moi espère sa désobéissance. Ou plutôt, les conséquences de ses actes.

Alors que je me fraye un chemin dans la circulation, un doux parfum fruité pénètre enfin mes sens. *La tarte.*

M'appuyant sur mon genou pour tenir le volant, je saisis

le petit sachet blanc et glisse délicatement la tarte dans ma paume.

Mes narines se dilatent lorsque je porte la pâte à mon nez et inspire.

En y réfléchissant, *très fort*, j'imagine pouvoir sentir la chaleur au parfum de rose de Payton, à l'endroit où sa main était enroulée autour du papier.

J'ouvre grand la bouche, y enfourne la moitié de la tarte et mords.

La saveur éclate sur ma langue. La douceur se mêle à l'arôme des cerises.

Mes paupières s'abaissent et je suis obligé de me rappeler que je conduis pour ne pas fermer complètement les yeux.

C'est tellement bon !

Elle a le même goût qu'elle.

Je lèche la surface des cerises sur la moitié non consommée, remarquant alors que mon membre est désormais complètement dur.

— Bordel !

Toujours en train de tourner le volant avec mon genou, j'appuie mon autre main sur ma longueur.

Mon regard alterne entre la pâtisserie dans ma main et la route devant moi, et pendant plus d'un instant, j'envisage la possibilité de me masturber tout en fourrant ma bouche du reste des cerises de Payton.

J'appuie plus fort sur mon sexe, qui palpite. Et avant de faire une grosse bêtise, j'enfonce le reste de la tarte dans ma bouche, gémissant en mâchant, laissant mon érection dans mon pantalon.

Une fois enfin arrivé dans le quartier de Payton, je ralentis et m'arrête contre le trottoir au bout de son pâté de maisons.

Je déteste ça. Je veux rouler jusqu'à sa porte d'entrée.

Enfin, ce que je veux vraiment, c'est la tirer de cet

immeuble par les cheveux et l'emmener. Ma grande maison vide me semble encore plus vide que jamais depuis cette nuit où j'ai posé les yeux sur elle pour la toute première fois. Et les raisons de rester loin d'elle deviennent de plus en plus difficiles à écouter.

Je suis Nero.

Craint par le monde de l'ombre.

Et pourtant, je suis là, à me faufiler devant la maison de ma petite amie comme un adolescent qui a décidé de sortir après le couvre-feu.

Petite amie ?

Bordel ! J'ai complètement perdu la tête.

Je n'ai pas eu de petite amie depuis… Je penche la tête en arrière contre l'appui-tête, pensif. J'en ai déjà eu une ? Peut-être cette fille au lycée ? Et puis il y a eu cette nana avec qui j'ai couché pendant près d'un an quand j'avais vingt ans…

Rien à faire. C'est sans importance. Parce que Payton n'est pas ma putain de petite amie.

Je tends les doigts et coupe le contact.

C'est difficile à dire sous cet angle et à cette distance, mais la porte-fenêtre de la jeune femme semble fermée. Ça ne me surprend pas, vu le regard assassin qu'elle essayait de me lancer tout à l'heure au café. Une lumière provenant de ses fenêtres attire mon attention. Elle doit être chez elle.

Je suis à moitié tenté de retourner dans l'appartement vide en face du sien, afin de pouvoir l'observer, elle et ses agissements. Mais elle risque d'essayer d'aller à ce putain de concert ce soir.

Je serre la poignée de ma portière plus fort que nécessaire et l'ouvre brusquement.

Le culot de ce mec. Lui demander son numéro devant moi. Et qu'elle le lui donne.

Méchante Payton !

Pile au moment où je pose un pied dans la rue, une voiture passe devant ma portière ouverte, à quelques centimètres à peine, et pour la deuxième fois aujourd'hui, je suis tenté de sortir mon arme.

Lorsque les feux de freinage du véhicule éclairent la rue, je remarque qu'il possède un néon lumineux sur le tableau de bord qui indique qu'il s'agit d'un véhicule de covoiturage. Et je me fige.

Alors que je me tiens là, à moitié à l'intérieur et à l'extérieur de ma voiture, la porte de l'immeuble de Payton s'ouvre. Elle descend en personne les marches en béton et traverse le trottoir avant de grimper sur la banquette arrière du véhicule.

La banquette arrière d'un véhicule conduit par un inconnu.

Par un putain d'inconnu !

Je retourne dans ma propre voiture, où j'allume et enclenche le levier de vitesse avant même que celle de Payton ne se mette à bouger.

Mon pied joue avec l'accélérateur, mais avant de pouvoir avancer de plus d'un mètre, j'appuie sur le frein.

Je ne peux pas foncer dans la voiture et kidnapper Payton.

Enfin, j'aimerais bien.

J'en ai envie.

Mais je ne le ferai pas.

Je m'engage dans la rue tout en prenant soin de garder une certaine distance entre nous.

Comme c'est un soir de semaine, il y a suffisamment de circulation en direction du centre-ville pour que je puisse m'y cacher. Grâce à l'obscurité, je suis l'un des nombreux phares dans leur rétroviseur. Mais alors que nous nous éloignons des rues principales et nous dirigeons vers la périphérie de la ville, à côté du stade de baseball silencieux, je réalise l'erreur de mon plan. En effet, la voiture qui me précède prend un autre virage, puis ralentit à l'approche d'une salle que je ne connais pas.

Une salle où se trouve une file d'attente qui part de la

porte pour finir au bout du pâté de maisons. Et nulle part où se garer, bordel !

Le véhicule dans lequel se trouve Payton s'arrête, et à la seconde où elle tend une jambe hors du siège arrière, une colère jalouse et possessive me serre les côtes.

Elle porte une putain de robe. Ou une jupe. Quoi que ce soit, sa tenue est suffisamment courte pour que la jupe remonte lorsqu'elle se penche pour sortir, laissant entrevoir une peau pâle au-dessus de ses bas.

Des. Bas.

Mon membre est dur comme de la pierre alors que je la dépasse lentement.

Je veux mettre fin à ces conneries sur le champ. Sauter de ma voiture, l'arracher du trottoir et la jeter dans mon coffre. Mais je vois quatre flics qui assurent la sécurité à l'extérieur du bâtiment et je doute que mes actes passent inaperçus.

Même si je suis sûr que je m'en sortirais, c'est exactement le genre d'attention que j'essaie d'éviter avec Payton.

Serrant le volant si fort qu'il grince, je fais le tour du pâté de maisons suivant et trouve enfin une place de parking.

Ma colère grandit alors que je rejoins le bâtiment d'un pas rapide pour découvrir que Payton a déjà dépassé la queue. Il doit y avoir plus d'une centaine de personnes présentes, c'est impossible. Ce qui veut dire que ce petit con lui a donné un pass privilégié.

Bouillant de rage, je me faufile jusqu'à l'arrière de la file d'attente, où je patiente avec le reste de ces demeurés. C'est l'une de ces occasions où je souhaiterais que les gens ordinaires connaissent mon identité, juste pour pouvoir les impressionner suffisamment afin qu'ils me laissent passer.

J'aurais dû annuler mon rendez-vous avec Abdul à la seconde où Payton a accepté de lui donner son numéro.

Mais je me suis déjà suffisamment absenté à cause de cette petite sirène. Je délègue davantage. Ce qui fait jaser les gens. Bien sûr, tout le monde suppose qu'il s'agit *d'une femme*. Et pour le coup, ils ont raison. Seulement, au lieu de passer mes nuits dans son lit, je les passe en face de chez elle, à guetter le moindre signe, comme un sale voyeur.

La nuit est tombée et la température a chuté lorsque j'arrive enfin au niveau des agents de sécurité.

— Ceinture, monsieur, m'interpelle la voix grave d'un videur avant que je ne franchisse les détecteurs de métaux.

Je suis heureux d'avoir décidé de laisser mes armes dans la voiture.

Je serre les dents en retirant ma ceinture et sors mon téléphone et mon portefeuille de ma poche, que je dispose sur un petit plateau.

Ma patience s'amenuise à vue d'œil, et être enfermé ici comme du putain de bétail commence à me lasser, très vite.

— C'est bon, m'indique le videur en me faisant signe de récupérer mes affaires.

Je prends la ceinture. Puis je réalise soudain que ce n'est pas la mienne. Celle-ci est noire, dépourvue de cuir et ornée de clous argentés carrés. Je la pose et attrape la mienne, noire elle aussi, mais en cuir véritable et sans clous. Pendant que je la glisse dans les passants de mon pantalon, j'observe la foule autour de moi. Beaucoup de noir. Beaucoup de cuir. Beaucoup de cheveux longs. Chez tout le monde.

Quel genre de concert est-ce donc ?

Je me fraye un chemin, mon costume et mes mocassins se distinguant dans cette mer de… quoi donc, au juste ?

— Téléphone ? me demande une femme.

Elle doit avoir à peu près l'âge de Payton, les cheveux coupés court et est vêtue d'un polo rouge indiquant qu'elle travaille ici. Comme je ne réponds pas assez vite, elle brandit un scanner portatif.

— Vous avez votre billet ?

Merde !

Ma mâchoire se crispe.

— Je n'en ai pas.

Elle lève un sourcil, puis me jette un coup d'œil, comme pour me demander si je me serais perdu. Elle bascule son poids d'un pied à l'autre en posant sa main sur l'une de ses hanches.

— Vous êtes là pour le concert ? Ou pour le truc du nouveau propriétaire ?

— Le concert, déclaré-je avant même d'avoir le temps d'y réfléchir.

Je ne sais pas qui est le propriétaire, mais j'aurais dû improviser.

— Ça marche.

À en juger par son ton, elle ne me croit pas, mais elle me fait signe d'aller sur le côté.

— Allez là-bas et achetez un billet, puis revenez me voir et je ne vous ferai pas refaire la queue.

— Merci.

Ma voix est plus rauque qu'elle ne le mérite, mais je suis à deux doigts de perdre mon sang-froid.

La file d'attente pour acheter les billets est heureusement courte et je glisse ma carte de crédit dans l'ouverture sous la vitre avant même que l'homme au guichet ne puisse me saluer.

— Un billet.

Il prend ma carte.

— Normal ou balcon ?

Je ne m'attendais pas à avoir des options.

— Quelle est la différence ?

— Le billet normal vous permet d'aller partout au rez-de-chaussée. Le balcon vous permet d'accéder aux étages supérieurs.

— Balcon, décidé-je.

Je ne sais pas où sera Payton et je ne veux pas prendre de risques.

Puisqu'on est apparemment en 1994, il me tend un billet papier et je me retourne vers la femme à l'entrée.

— Super, dit-elle avec une mine impressionnée quand elle lit le billet. Donnez-moi votre main gauche.

— Pourquoi ?

Elle lève les yeux au ciel. En public. À mon intention.

Qu'est-il en train d'arriver à ma vie ?

Elle saisit un bracelet vert fluo.

— Pour que les gens sachent que vous pouvez monter.

— Ils ne peuvent pas simplement regarder mon billet ?

C'est une question raisonnable, mais elle se contente de me regarder en clignant les yeux.

Avec une expiration audible, je lève mon bras gauche et je suis certain qu'elle fait exprès de coller l'un de mes poils de bras dans l'adhésif.

— Profitez bien du concert, me lance-t-elle pendant que je m'éloigne à grandes enjambées.

J'entre enfin dans le bâtiment, puis traverse une entrée sobre avant de pénétrer dans une salle de concert de taille respectable. Le parterre principal, réservé aux spectateurs debout, est plein à craquer. Tel que décrit par le vendeur de billets, le balcon entoure la moitié arrière de la salle, offrant une vue imprenable sur la scène.

Un maître de cérémonie annonce que le groupe principal est sur le point de commencer, ce qui signifie que j'ai raté la performance du groupe chargé de la première partie, coincé dans la file d'attente.

Pendant que j'essaie de deviner quel genre de musique nous allons écouter, je jette un coup d'œil au-delà de la marée humaine vers la grande bannière suspendue derrière la scène.

Söta Kakor.

C'est quoi, un Söta Kakor ?

Puis les lumières s'éteignent et un morceau de heavy metal emplit la salle.

CHAPITRE 37
PAYTON

La musique est si forte que je sens chaque battement de tambour et chaque grattement de guitare vibrer jusque dans mes os.

Je n'avais jamais assisté à un concert de ma vie, mais quand je me l'imaginais, ce n'était pas comme ça. Et ce n'était pas *ce* type de musique.

Finalement, ça me plaît. Ça me plaît beaucoup.

J'ai manqué une partie de la représentation de Carlton, mais il est vraiment très bon. Je n'aurais jamais imaginé qu'il avait une belle voix, et pourtant. Et il avait l'air chez lui avec sa guitare rouge brillante en bandoulière.

Quand les lumières cèdent la place à l'obscurité, je ferme les yeux. Les lasers et les projecteurs à couleur changeante sur les musiciens sont une chose, mais les stroboscopes sont un peu trop pour moi.

Je m'imprègne de la musique, tentant d'ignorer la marée humaine autour de moi. Si je pense trop à la foule, je vais paniquer. Non pas qu'on ait été méchant avec moi ou qu'on m'ait regardée de travers, mais il y a plus de monde que ce à quoi je suis habituée. Et ce sont surtout des hommes. Des hommes grands, poilus, et habillés en noir de la tête aux pieds. C'est une raison de plus pour laquelle je me suis trouvé un coin près du mur du fond.

Je n'ai pas besoin d'être près de la scène, et je ne veux pas être collée aux gens qui sautent comme des sauvages les uns sur les autres. De plus, je préfère ne pas avoir d'inconnus derrière moi. Et avec le balcon au-dessus de mon crâne, ce coin me paraît presque intime.

Les bras croisés sur ma poitrine, je balance la tête au rythme de la musique. Et même si le tempo effréné envahit mes sens, comme chaque fois que je ferme les yeux, mon esprit dérive vers Nero.

Mais aujourd'hui, il me fait mal au cœur.

Je ne sais vraiment pas quoi penser de tout ce qui s'est passé au café.

Et quand il a laissé ce message vocal ridicule : *Je finirai le travail plus tôt, ce soir. On se voit à la maison.* Je savais que je ne pouvais pas rentrer chez moi après le boulot. Et c'est devenu encore plus clair quand j'ai lu les textos qu'il m'a envoyés pendant que je parlais à Carlton.

INCONNU

Réponds-moi.

Payton.

Je jure devant Dieu que si tu lui souris…

Tu n'iras pas à son concert à la con.

Mets fin à cette conversation.

Ce n'est pas bon pour sa santé à long terme.

J'ai fini par ajouter le contact de Nero à mon téléphone. Non pas que j'aie l'intention de l'utiliser, mais le mot *inconnu* ne rendait ses messages que plus effrayants encore.

Alors, pour éviter une quelconque confrontation à mon

appartement, je me suis retrouvée une fois de plus à prendre le bus pour aller au centre commercial, afin de dépenser ses cent dollars. Seulement, au lieu d'acheter du gel douche, je suis allée chez Marshall's et j'ai passé trois heures à fouiller dans tous les rayons en quête d'une tenue pour ce soir.

Pendant le trajet en bus, j'ai fait quelques recherches sur Google et j'ai trouvé des photos de Söta Kakor en concert, ce qui m'a permis de zoomer sur les gens dans la foule et de voir ce qu'ils portaient. Les photos étaient floues, mais j'ai pu me faire une idée. Et maintenant que je suis ici en personne, je pense avoir plutôt bien choisi mes achats.

Pendant que je montais dans l'Uber, j'ai commencé à me demander si ma tenue n'était pas trop… voyante. Maintenant, je constate que mes choix sont bien sages face à ce que j'ai vu porter par les quelques femmes présentes. Ne vous méprenez pas, elles sont superbes. Terriblement sexy. Mais ici, ma jupe patineuse à mi-cuisse ressemble davantage à un habit de nonne.

J'ai eu de la chance au moment de l'acheter, puisqu'elle était à ma taille exacte. Il en va de même pour le pull gris foncé à grosses mailles. Le décolleté n'est pas très plongeant, mais il permet d'attirer l'attention sur ma poitrine et de la détourner de ma taille, qui n'est pas particulièrement fine.

La cerise sur le gâteau de ma tenue, le détail qui me fait me sentir sexy, ce que je n'ai pas l'habitude de ressentir, ce sont les bas noirs qui me montent jusqu'aux cuisses.

J'en ai déjà vu dans des films, ou portés par des mannequins dans des magazines, mais jamais je n'aurais cru qu'une fille avec ma silhouette puisse en porter. Je pensais qu'ils seraient trop serrés et qu'ils me feraient des bourrelets disgracieux au milieu des cuisses, mais ceux-là sont doux et extensibles, et il y a un détail à l'intérieur de la partie supérieure pour les faire tenir en place. De plus, les bandes épaisses font office de tampon entre mes jambes, de sorte que je ne souffre pas du frottement de mes cuisses à chaque pas.

On me bouscule, mes yeux s'ouvrent alors brusquement.

— Désolé ! crie l'homme qui m'a heurtée par-dessus la musique.

Il reprend ensuite son chemin derrière moi, une destination en tête.

Je recule d'un pas dans mes bottines noires usées, me plaçant à une longueur de bras du mur du fond.

Je me dis que je devrais peut-être faire un pas de plus pour m'appuyer contre le mur quand une main se pose doucement sur mon flanc.

Supposant que la personne essaie simplement de m'avertir qu'elle tente de passer derrière moi, j'essaie de faire un pas. Mais la pression glisse de mes côtes vers l'avant de mon corps, de sorte que la main s'étend sur mon ventre, me maintenant en place.

Une vague de panique monte en moi, et je tends le bras pour la repousser, quand un corps se presse contre mon dos. Et une odeur masculine et ardente que je ne connais que trop bien tourbillonne autour de moi.

Nero.

Son souffle chaud m'effleure la joue tandis qu'il abaisse sa bouche au creux de mon oreille.

— Tu as été une mauvaise fille, Payton.

Une vive chaleur s'accumule entre mes cuisses à son contact. À sa voix.

Puis je me souviens que je suis en colère contre lui.

— Va-t'en, sifflé-je en gardant les yeux rivés vers l'avant.

— Non.

Ses lèvres frôlent mon oreille, projetant un frisson le long de mon cuir chevelu.

— Non ?

J'essaie d'être rêche, mais mon corps traître s'enfonce à nouveau dans sa chaleur.

— Non, bébé. Tu voulais parler. Alors, maintenant, nous allons parler.

— C'est un peu bruyant, répliqué-je, dos à lui.

— Qu'est-ce que tu as dit ?

Je soupire, puisqu'il me donne raison.

— J'ai dit, répété-je en tournant la tête pour le regarder, c'est…

Il écrase ses lèvres sur les miennes.

CHAPITRE 38
PAYTON

Sous le choc de son baiser, j'essaie de m'éloigner, mais son autre main s'étend sur mon cou et mon menton, me maintenant en place.

Et parce que je suis faible, je me laisse fondre dans sa chaleur.

Pendant un instant, je m'imprègne de la sensation de ses lèvres chaudes pressées contre les miennes.

Mais juste un instant, parce que je ne peux pas me permettre d'oublier comment il s'est comporté avec moi aujourd'hui, alors je recule péniblement, mes mains repoussant sa prise sur mon visage.

— Qu'est-ce que tu fais ? demandé-je quand il retire sa main, bien que sa poigne ferme autour de ma taille maintienne encore mon corps plaqué au sien.

— Je te rappelle à qui tu appartiens.

Ses mots projettent une vague d'émotion à travers mon âme.

Si seulement !

Un sentiment de tristesse s'abat sur mes épaules et je tourne la tête vers la scène, loin de Nero.

Son bras libre vient entourer ma poitrine tandis qu'il pose son avant-bras sur le haut de mes seins.

— Tu ne devrais pas me tourner le dos, ma belle.

Nero presse sa joue contre le côté de ma tête, sa voix m'ébouriffant les cheveux.

— Pourquoi tu me parles ? Je croyais que j'étais censée être ton secret.

Ma voix se brise sur les derniers mots, et j'espère que le volume du concert est assez fort pour que Nero ne l'entende pas.

Il baisse la tête, approchant ses lèvres de mon oreille.

— Tu es mon secret.

Ces quatre mots transpercent la chaleur que son corps m'offre.

Ses bras se resserrent comme s'il savait que j'allais essayer de m'éloigner.

— Tu es mon secret parce que ça te met en danger d'être à moi.

Quoi ?

Ses doigts se referment sur mes flancs alors qu'il m'enlace par-derrière.

— J'ai des ennemis qui aimeraient me blesser en s'en prenant à toi.

— Des ennemis ?

Je répète le mot comme si je ne l'avais jamais entendu de ma vie, parce que les gens normaux n'ont pas d'ennemis.

Je suppose que je ne suis pas normale non plus, parce qu'Arthur… ma mère… ils sont mes ennemis jurés.

— Je ne suis pas un homme bien, Payton. Ne l'oublie jamais. J'essaie de garder mes distances pour ton bien. Parce que je ne veux pas causer ta perte.

La main posée sur mon ventre s'abaisse, et je sursaute au contact soudain de sa peau sur la mienne.

Je saisis automatiquement son avant-bras pour l'en empêcher. Mais la sensation de ses doigts glissant sous la ceinture de ma jupe est divine. Alors, je n'essaie pas de l'arrêter, je m'accroche à lui.

— Si ce que tu dis est vrai, pourquoi tu es ici ?

Ma voix est basse, mais Nero s'enroule plus encore autour de moi, abaissant son oreille.

— Parce que je n'ai pas peur du danger.

Ses doigts descendent plus bas, et se glissent sous ma culotte.

— Et tu as mérité une punition.

Chaque nerf de mon corps est en feu.

— Une punition ?

— Oui, bébé, une punition.

Les doigts de Nero effleurent les boucles entre mes jambes.

— Ta manie de me voler mes culottes n'est pas déjà une punition suffisante ?

Il expire, puis retire sa main de ma poitrine.

— Tu veux dire ça ?

Elle réapparaît devant moi, l'une de mes culottes froissées dans la paume.

J'essaie d'ignorer ses doigts qui se rapprochent à chaque seconde de là où je veux qu'ils me touchent.

— Rends-la-moi.

— Je te la rendrai si tu me donnes celle que tu portes actuellement.

Ma bouche s'entrouvre.

— Tu plaisantes.

Ses dents éraflent le côté de mon cou.

— Pas du tout.

— Je ne vais pas enlever mes dessous en public.

— Si, bébé, tu vas le faire, insiste-t-il en glissant sa main vers le haut, loin de mon intimité. Et dépêche-toi, avant que je sois obligé de te la prendre moi-même. Ce qui attirerait beaucoup plus de regards.

Mes joues sont brûlantes. Mais je palpite entre les cuisses.

Ça ne devrait pas m'exciter. Son caractère de cochon. Sa menace de me punir pour quelque chose sur lequel il n'a aucun droit. Mais je ne peux empêcher cette réaction de mon corps face à Nero. Et pour être honnête, je n'en ai pas envie. Je veux lui donner le contrôle.

— Enlève-la, Payton. Maintenant.

Au lieu de me forcer, Nero détache son corps du mien. De l'air frais s'engouffre dans l'espace où il se trouvait, et je ressens son départ à un niveau encore plus profond.

Je suis submergée par un stress soudain alors que je crains qu'il ne tourne les talons et parte.

Mais quand je me retourne, je le trouve en train de retirer sa veste de costume.

Bien évidemment qu'il porte une veste de costume.

Je prends enfin le temps de le regarder et comme tout à l'heure, il est d'une beauté à couper le souffle.

Et il n'a pas l'air pas tout à sa place dans cette foule.

Nero s'avance à nouveau, se pressant contre mon dos.

— Tiens.

Avant que je ne puisse réagir, il dépose sa veste sur mon épaule, drape l'autre côté sur la sienne, créant une barrière de fortune entre les gens à notre droite et nous.

— Ce n'est pas parfait, alors essaye de ne pas bouger.

Je suis traversée par un flot de désir.

Je le déteste. Je ne devrais pas le laisser s'approcher de moi, et encore moins… de ça.

Je sais que je devrais avancer, disparaître dans la marée humaine, mais je ne le fais pas. Et je me convaincs presque que je ne fais ça que pour le plaisir qu'il s'apprête à m'offrir. Rien d'autre.

Je suis une sale menteuse.

Après avoir vérifié que personne ne nous regardait, je baisse les mains de chaque côté de mes cuisses afin de pouvoir saisir ma culotte. Puis je la baisse lentement. Et je continue de la baisser.

Jusqu'à ce qu'elle tombe, s'accrochant au haut de mes bottines, de sorte qu'elle ne touche pas le sol.

Je m'accroupis et me débats pour la retirer pendant plusieurs secondes.

Au moment où je me lève, Nero remet sa veste de costume sur mon épaule.

— Bravo, ma belle.

Je sens le grondement de son torse contre mon dos. Et la fermeté de son érection contre mes fesses.

— Et maintenant ?

Je m'arque contre lui, tout en maintenant mon regard vers l'avant.

— Maintenant, répond-il en glissant sa main sur mon ventre sous la couverture formée par la veste. Tu paies.

La foule entière crie comme un seul homme, poings en l'air, chantant au gré du rythme ; et c'est à ce moment-là que Nero faufile sa main sur le devant de ma jupe, ses doigts ne s'arrêtant pas avant d'avoir pressé mon clitoris gonflé.

Je pousse un cri de surprise, mais le son disparaît sous tous les autres bruits.

— Bordel, bébé ! Tu es trempée.

Ses doigts font des va-et-vient avant qu'il n'en plonge un en moi.

— Tu es tellement prête pour moi, putain !

Je gémis en réaction à l'intrusion.

— Je te prends une fois et tu en veux déjà plus. Je t'ai transformée en parfaite petite traînée, pas vrai ?

CHAPITRE 39
NERO

Son sexe se serre autour de mon doigt. Il m'en faut plus.

J'en introduis un autre en elle, le calant à côté du premier. De l'autre main, je baisse ma fermeture éclair.

Mon plan initial était de voler sa culotte, de la toucher pour qu'elle mouille, puis de partir après qu'elle aurait décidé d'en vouloir plus. Mais ce plan est tombé à l'eau bien avant que je ne sente combien elle est trempée pour moi. Maintenant que son jus coule sur mes doigts…

Payton s'appuie de tout son poids sur mon corps.

Je recule mes hanches, me donnant l'espace nécessaire pour sortir mon membre de mon pantalon sans défaire ma ceinture.

Avec ma veste qui cache mes actes d'un côté, et sa jupe qui nous protège de l'avant, j'ai seulement à m'inquiéter de ceux qui passent sur notre côté gauche découvert. Parce que si l'un d'eux regarde de trop près et voit une partie du cul de Payton, je devrai le tuer.

J'enfonce mes doigts plus profondément et appuie ma paume sur son clitoris tout en commençant à me caresser. La sensation de sa fente glissante sous mes doigts me fait douloureusement bander.

— C'est ça, bébé ? Rien qu'une fois avec ma queue et maintenant, tu as besoin de plus ?

Elle gigote à mon contact.

— Qui a dit que je n'avais pas eu d'autre queue depuis toi ?

Les bords de ma vision virent au rouge.

— Moi, déclaré-je en pliant mes doigts tandis que j'appuie plus fort ma paume sur elle, m'emparant littéralement de son sexe. Si un mec ose ne serait-ce que penser à te fourrer, je lui tranche la tête et mets son crâne sur une pique devant ton balcon.

Je me masturbe un peu plus brutalement.

— Alors garde ça à l'esprit, ma jolie.

La respiration de Payton est saccadée, mais elle ne se crispe pas face à ma menace. Non, elle tremble. De l'intérieur.

— Ça te plaît ? lui demandé-je d'une voix rauque en la caressant avec plus d'ardeur.

Toujours en enroulant mes doigts en elle, je bouge ma main, le mouvement rapide de va-et-vient frottant ma paume contre son paquet de nerfs.

— Nero !

— C'est ça, dis mon nom, bébé. Mais pas trop fort, tu te souviens ?

Je plie suffisamment les genoux pour pouvoir utiliser le bout de mon appendice afin d'attraper le bord de sa jupe. Quand je me relève, je fais claquer mon sexe entre ses cuisses. Payton, surprise, se crispe et me serre les doigts une fois de plus.

J'aurais aimé qu'elle soit nue, pour pouvoir voir chaque centimètre carré de son corps, mais ça… bordel ! L'avoir à ma merci, alors qu'on est entourés d'inconnus, à un regard tourné au mauvais moment du désastre, fait suinter mon gland de liquide prééjaculatoire.

Je pousse vers l'avant, ma verge glisse entre ses cuisses humides, son sexe brûle le sommet de ma longueur.

— Putain de merde ! souffle Payton.

Je fais glisser mes hanches vers l'arrière, puis vers l'avant deux fois de plus, et je suis presque prêt à exploser.

Elle reste si immobile qu'on dirait qu'elle n'est pas affectée. Mais ses lèvres sont écartées, ses yeux perdus dans le vide, et sa poitrine se soulève et s'abaisse au rythme de ses respirations effrénées.

— Tu es toute mouillée pour moi.

Je retire ma verge d'entre ses cuisses et la saisis à nouveau. Mais cette fois, je garde la tête appuyée contre elle.

— Tu es proche ? Tu veux jouir, Payton ?

Elle acquiesce, ses cheveux s'échappant de derrière son oreille pour couvrir le côté de son visage que je peux voir.

Ma main entre ses jambes s'arrête, même si je continue à me masturber contre son postérieur.

Je me sers de son humidité pour introduire mon gland entre ses fesses.

— Je t'avais dit de ne pas venir ici ce soir. Mais tu ne m'as pas écouté.

Je fais glisser mon membre de haut en bas, le bout frottant son trou inutilisé.

— Donc, tu n'as pas le droit de jouir.

Ses muscles se contractent, ses fesses s'efforçant d'attraper mon membre.

— Pas sans ma queue en toi.

Je me lâche et me baisse pour glisser deux doigts dans sa chaleur.

— Je n'ai pas le temps de te préparer.

Je monte mes doigts, frottant ses fluides contre son trou.

— Je vais te donner un doigt.

J'avance le bout de mon doigt, et entre son humidité et ce que j'ai déjà frotté contre elle, je l'y introduis.

— C'est ça, soufflé-je en pétrissant ses muscles, la sentant se détendre. Peut-être deux.

Je sors le premier doigt, puis je le joins à un deuxième, mon autre paume, statique, se contentant d'appuyer sur son clitoris.

— Putain, bébé ! Tu en as tellement envie.

— S'il te plaît, me supplie Payton en basculant sur ses pieds.

— S'il te plaît quoi ?

J'arrive à peine à articuler.

— S'il te plaît, Nero.

Ses poings qui s'étaient serrés à ses côtés se tendent pour m'agripper le bras.

— J'ai besoin de toi, gémit-elle.

Bordeeel !

Rien de ce qu'elle pourrait dire ne m'affecterait plus.

Elle a besoin de moi.

Et j'ai besoin d'elle.

Ma main se resserre autour de mon membre, accélérant la cadence de mes caresses.

— S'il te plaît ! crie-t-elle, le bout de ses petits doigts s'enfonçant dans mon bras.

Et ce petit pincement de douleur est suffisant pour faire jaillir mon premier jet de sperme.

— Ça, c'est mon bébé ! gémis-je en écrasant ma paume sur son clitoris. Prends-le, grogné-je en poussant mes hanches vers l'avant tandis que je sens venir une autre giclée de sperme. Prends-le et tu pourras jouir.

J'ai du mal à parler tant je me concentre entièrement pour enfoncer le bout de ma verge dans son anneau serré de résistance.

Et c'est trop.

Je laisse tomber mon front sur son épaule et mon sexe pulse deux fois, puis trois fois, la remplissant de mon orgasme.

Et avec le bout de mon membre dans ses fesses, et mes doigts enfouis dans son vagin, elle explose.

Son corps tout entier tremble tandis que mes bourses se contractent douloureusement.

Je relève la tête à temps pour voir son visage.

Avec les yeux fermés, les lèvres écartées et les joues rouges, elle est l'image même de la passion.

J'appuie mes lèvres sur le côté de son cou et, bien qu'elle soit en pleine extase, son corps se détend contre moi. Et j'enfonce mon sexe un peu plus profondément.

Bordel !

Un mouvement à la limite de mon champ de vision, du côté où nous sommes visibles, attire mon attention, et je lève alors les yeux pour croiser un visage familier.

L'homme du café.

Celui qui a donné le billet pour cet événement à Payton est debout à quelques mètres de là. Les lumières colorées clignotent sur ses traits choqués.

Alors, sous son regard, je glisse lentement ma main vers le haut, la retirant de sous la jupe de Payton, traçant au passage un sillon invisible de son excitation le long de son ventre. Lorsque mes doigts, couverts de sa brillance, sont visibles au-dessus de sa ceinture, j'étale ma main sur son ventre, la plaquant contre moi.

Il a l'air furieux de cet affront, mais il reste planté là, impuissant.

Souriant contre son cou, je déplace mon pied vers l'intérieur de celui de Payton, le poussant pour qu'elle écarte un peu plus les jambes. Ses muscles relâchent leur emprise sur mon membre et je me retire doucement d'entre ses fesses.

Elle laisse échapper un gémissement délicieux, que je suis le seul à entendre, mais mes yeux restent braqués sur l'autre mec alors que mon fluide commence à s'écouler de son intimité.

La musique est trop forte pour que l'on entende les éclaboussures lorsqu'elles touchent le sol, mais je vois les yeux de l'abruti se baisser.

Ce n'est qu'à ce moment-là qu'il se retourne et s'en va.

CHAPITRE 40
PAYTON

La musique continue de bombarder mes tympans, mais je l'entends à peine par-dessus le battement de mon propre pouls et la respiration haletante de Nero à mon oreille.

Je n'en reviens pas…

Mes yeux se ferment encore plus fort, comme pour bloquer la réalité de ce que je viens de faire. Et tout le plaisir que ça m'a procuré.

Nero glisse sa paume vers le haut et l'éloigne de mon clitoris trop sensible, et je sens l'humidité sur ma peau alors qu'il retire sa main de sous ma jupe.

Mon corps continue de trembler en réaction à l'orgasme qu'il vient de m'offrir, et s'il n'y avait pas son bras autour de moi, je m'effondrerais sur le sol ici même.

La sensation du membre de Nero glissant hors de… *oh mon Dieu !* hors de mes fesses m'est si étrangère ! Si sale ! Je prends une grande inspiration, la sensation de son extase dégoulinant de mon intimité ne réchauffant mes joues que plus encore.

Je déteste presque me sentir aussi sexy. Mais ce qui me fait me sentir aussi bien, aussi désirée ne peut pas être si mauvais.

Peut-être que ce que Nero a dit, qu'il n'a eu à me prendre qu'une seule fois pour me transformer en traînée, est vrai.

Ça aussi, cela devrait me mettre en colère de l'entendre me parler ainsi. Mais il l'a dit comme un compliment. Comme s'il s'était senti fier de voir mon corps se préparer de lui-même à son assaut.

Le front de Nero retombe sur mon épaule et ses mains se dérobent. Je le sens bouger derrière moi, et je suppose qu'il est en train… de se remettre en ordre.

À moitié effrayée par ce que je vais voir, j'ouvre les yeux avec grand effort.

Je dois plisser les paupières devant les lumières aveuglantes, mais une fois habituée, je remarque que personne n'a l'air de nous regarder. *Ouf !*

Nero grogne, puis se redresse de toute sa hauteur, emportant sa veste de costume. Quand il l'a remise, il passe ses deux bras autour de mes épaules, me serrant contre son torse, et pose son menton sur le sommet de ma tête.

Je m'enfonce dans son étreinte.

— Je te ramène chez toi.

Ses mots résonnent comme un grondement contre mon dos.

— D'accord, murmuré-je en retour. Dans une minute.

— Dans une minute, répète-t-il afin de me faire comprendre qu'il m'a entendue, avant de déposer un baiser sur le sommet de mon crâne.

Je ne devrais pas le laisser me ramener chez moi. Ou me toucher. Mais visiblement, j'ai pris la mauvaise habitude de ne pas faire ce que je devrais.

Et si je le laisse seul dans mon appartement, je pourrai peut-être l'amener à m'expliquer ce qu'il a dit tout à l'heure. Sur les ennemis, et le fait qu'il n'est pas un homme bien.

Nous restons donc ensemble, à regarder un groupe dont je n'ai jamais entendu parler, nous fondant dans la foule.

Au bout d'un moment, je penche la tête en arrière.

— Nero ?

Son menton glisse contre mes cheveux tandis qu'il me regarde dans les yeux.

— Oui, bébé ?

— Je peux récupérer mes dessous ?

À la seconde même où ses lèvres commencent à se retrousser pour sourire, je sais déjà ce qu'il va me décider.

— Non.

Même si c'est la réponse à laquelle je m'étais attendue, je plisse les yeux.

— Non ?

— Non, Payton, tu ne peux pas récupérer tes *dessous*.

Il l'articule comme si je n'avais pas utilisé le bon mot. Mais je ne me sens pas prête à dire *culotte* à voix haute, droit devant lui.

— Tu as promis que tu me rendrais l'autre, discuté-je.

Il claque la langue.

— Visiblement, tu ne m'écoutes pas.

— Tu as dit…

— Je t'ai dit que je n'étais pas un homme bien, Payton, m'interrompt-il. Ce qui veut également dire que je mens. Parce que je te ne les rendrai jamais. Et je vais aussi garder celle que tu viens de me donner.

Je plisse les paupières.

— Comment je peux savoir si tu n'es pas là aussi en train de me mentir ?

Il hausse les épaules.

Je pince les lèvres.

— Tu es en train de me dire que je ne devrais pas te faire confiance ?

Ses bras resserrent leur étreinte autour de moi.

— Tu ne *devrais pas* me faire confiance. Mais je te demande quand même de le faire.

Nero enfouit son nez dans ma chevelure, puis inspire.

— Je mentirai, tricherai, volerai, tuerai et ferai n'importe quoi pour te protéger. Mais je ne te mentirai jamais sur ma nature. D'accord ?

— D'accord, soupiré-je en décidant d'ignorer les signaux d'alarme dans sa déclaration. Mais je peux au moins les porter jusqu'à la maison ?

Il laisse échapper un petit rire.

— Non. Tu es prête à partir ?

J'acquiesce et me redresse sous sa prise. Et lorsque je fléchis timidement les muscles de mes jambes et de mes fesses, je sens la douleur *juste là.*

Un pas… Un pas, c'est tout ce qu'il faut pour que je sente un peu plus de son orgasme couler le long de mes cuisses.

— Nero, gémis-je.

D'après le regard qu'il porte sur moi, il sait exactement quel est mon problème.

Mais il ne s'arrête pas, il entrelace ses doigts avec les miens et m'entraîne derrière lui.

Mon seul salut est l'obscurité, tant à l'intérieur qu'à l'extérieur du club, qui devrait cacher mon état.

Alors que nous contournons le fond de la foule, la chanson en cours se termine et au lieu de passer directement à la suivante, le chanteur s'adresse à l'assemblée.

— Je vous aime, Minneapolis !

Les spectateurs applaudissent à tout rompre à la mention de notre ville.

— La prochaine, on va la faire un peu différemment. On va la chanter en suédois.

D'autres acclamations retentissent, me distrayant, si bien que je ne remarque pas que les pas de Nero ont ralenti jusqu'à ce que je me heurte à son dos.

Avant que je puisse m'excuser, il me serre la main et continue à marcher à son rythme.

Nous traversons le hall et les portes d'entrée avant qu'il ne s'arrête à nouveau.

Cette fois, je parviens à lever ma main libre, appuyant ma paume sur son dos pour éviter de le percuter.

— Ça va ? lui demandé-je.

Il grogne, puis regarde des deux côtés avant de m'attirer

vers deux agents de sécurité positionnés sur le côté, attendant manifestement la fin du concert.

— Hé, monsieur ! Vous avez apprécié le concert ? lui demande la femme avec un sourire complice.

Elle est jeune, jolie, a une coupe de cheveux criarde, et je n'aime pas la façon dont elle le regarde.

Je m'avance pour que Nero et moi soyons côte à côte, puis je lâche sa main et remonte le long de l'intérieur de son avant-bras afin de glisser mon bras au creux du sien.

Le mouvement ne passe pas inaperçu, et je vois la femme sourire de plus belle.

D'accord, je l'amuse, je ne l'intimide pas. Et je ne sais pas trop comment je dois le prendre.

Mais Nero presse son bras contre son flanc, emprisonnant le mien où il se trouve. Et je sais exactement quoi en penser.

— C'était une sacrée expérience.

Un petit moment m'est nécessaire pour me souvenir de la question de la femme après qu'il a répondu, et quand c'est le cas, je me sens piquer un fard. Je souhaite ardemment qu'elle garde son regard sur le beau visage de mon compagnon et qu'elle ne s'intéresse pas à ce qui se passe sous ma jupe.

— Ravie de l'entendre.

Elle tourne de nouveau les yeux vers moi.

— Vous aviez besoin de quelque chose ?

— Je me demandais juste si Hans était là ce soir, demande Nero.

Je sais que je ne le connais pas très bien, mais je distingue un je-ne-sais quoi d'inhabituel dans son ton.

La femme se redresse en s'appuyant sur un pilier et lance un regard à son collègue.

— Je croyais que vous aviez dit que vous n'étiez pas là pour la réunion des propriétaires ?

— Non, en effet.

Sa fausse amabilité s'évanouit avec ces trois mots.

L'employée reporte son regard sur moi, mais je suis tout aussi perplexe qu'elle.

— Passez une bonne nuit, leur souhaite Nero en baissant le menton avant de m'entraîner à l'écart.

— C'était quoi, ça ? demandé-je une fois que nous avons mis un peu de distance entre les agents de sécurité et nous.

— Rien.

— Qui est Hans ?

Il reste silencieux pendant quelques foulées, puis expire.

— Personne que tu aies envie de connaître.

Je serre les lèvres, mais décide de le croire.

La marche jusqu'à la voiture de Nero se déroule dans un tourbillon de pensées, alors même que je feins de ne pas sentir que l'air froid lèche mes fesses nues.

Nero tourne dans un petit parking et m'accompagne jusqu'à la portière côté passager d'une voiture de sport basse, sans doute très chère.

Il me lâche la main pour l'ouvrir, puis se place sur le côté pour que je puisse monter. Mais je ne le fais pas.

— Si tu ne voulais pas que je te ramène chez toi, tu n'aurais pas dû faire tout ce chemin jusqu'ici.

Je lève les yeux au ciel.

— Comme si tu allais me laisser refuser !

Nero sourit.

— Quelle fille intelligente ! Maintenant, monte.

— Nero…

Je presse mes cuisses l'une contre l'autre, puis chuchote.

— Je vais salir tes sièges.

Il baisse lentement les yeux et j'ai presque l'impression qu'il voit à travers ma jupe.

— Tu es sale, Payton ?

Il s'avance, réduisant la distance entre nous.

— Mon sperme dégouline encore de ton cul ?

Je baisse la tête, laissant mes cheveux tomber autour de mon visage, et avoue :

— Oui.

Il gémit et saisit mes hanches.

— Si tu penses que ça me dérange, tu as tort.

Je bascule mon poids d'un pied à l'autre.

— Nero.

Il pousse un gros soupir.

— D'accord.

Il retire sa veste de costume, se penche dans la voiture et l'étale sur le siège.

— Je ne peux pas m'asseoir là-dessus !

Ses yeux sont plissés lorsqu'il se redresse.

— Pourquoi pas ?

Je lui désigne la veste.

— Elle est… chère, bafouillé-je comme une idiote.

— Payton, pose ton cul dans cette putain de voiture !

— Mais…

— Grimpe, m'ordonne-t-il en pointant le véhicule du doigt. Presse la moindre goutte de sperme sur le siège. Tu peux même tremper tes doigts dedans et dessiner des cœurs sur mon tableau de bord si ça te chante. J'en ai rien à foutre.

Je grimace à cette idée.

— C'est…

Il saisit mon menton.

— Je sais qu'on a beaucoup de choses à se dire, mais je vais te dévoiler une chose sur moi tout de suite. Une chose que tu dois croire, d'accord ?

— D'accord…

— Je suis riche.

Je manque presque de pouffer. Il l'a dit d'une voix tellement… blasée.

Mais il poursuit, tout en m'empêchant de détourner le regard.

— Je suis très, très riche. J'ai des millions sur mon compte en banque. Des millions de plus dans des endroits moins *officiels*. Et cinq fois plus en propriétés.

Je déglutis.

— Tu pourrais mettre le feu à cette voiture, la faire rouler dans le Mississippi que ça ne causerait pas le moindre remous dans mes finances. Tu pourrais déchirer mon costume en lambeaux et en faire de jolis tampons de soie, je m'en ficherais complètement. Tu pourrais…

— D'accord ! crié-je à moitié, uniquement pour qu'il arrête de parler.

Mais il ne me lâche pas.

— Tu n'auras jamais à t'inquiéter pour des questions d'argent.

J'ouvre la bouche, mais il la referme avec sa poigne.

— Pas pour moi. Ni pour toi.

Je garde les lèvres serrées l'une contre l'autre tandis que je le regarde fixement.

Quel rêve ce serait de ne jamais avoir de problèmes financiers ! Je donnerais tout pour ça.

Mais même s'il est obsédé par moi en ce moment pour une raison qui m'échappe, quand ça s'estompera, je reviendrai à ma pauvreté habituelle.

— Monte dans la voiture, Payton.

Nero ponctue son ordre en déposant ses lèvres sur les miennes dans un baiser fugace mais brutal. Et plus que tout ce qu'il a dit, c'est ce baiser qui me fait taire.

CHAPITRE 41
NERO

Nous arrivons rapidement à l'appartement de Payton sans échanger un mot.

Je ne sais pas si elle est silencieuse à cause de ce que j'ai dit ou à cause de l'inconfort d'être assise alors que nos fluides sexuels combinés collent à sa peau.

Je me repositionne sur mon siège. J'aurais préféré ne pas avoir posé ma veste sur le sien, tant j'ai terriblement besoin d'avoir une trace d'elle quand elle n'est pas avec moi.

Mais je suppose que si je l'avais laissé couler sur mon siège, je n'aurais plus jamais laissé personne s'asseoir dans ma voiture.

— Euh !

Payton lève la main, le doigt pointé vers la porte d'entrée de son immeuble alors que je passe devant.

— Je sais où tu habites, bébé.

— Oui, mais…

Elle ne termine pas sa phrase, la réponse étant évidente alors que nous passons devant plusieurs places de parking vides.

— Je ne vais pas me garer juste devant ton appart. Ça équivaudrait à coller une cible sur ton dos.

Je sens son regard sur moi, d'autres questions flottent entre nous.

— Quand on sera à l'intérieur, lui assuré-je.

Payton n'en dit pas plus et je trouve une place de parking deux rues plus loin.

Si j'étais un gentleman, je l'aurais déposée devant la porte, mais pas question de la perdre de vue. Je ne vais lui laisser aucune chance de s'enfuir.

Non pas qu'elle aille loin.

— Attends-moi, dis-je en coupant le moteur de la voiture.

Elle attend que je fasse le tour du véhicule et que je lui ouvre la portière. Il n'y a personne aux alentours, pour autant que je puisse en juger, mais je n'ai pas oublié le bref aperçu de cuisse que j'ai entrevu quand elle est descendue de l'Uber tout à l'heure, et je serais damné si je prenais le risque que quelqu'un puisse la voir alors qu'elle est nue sous cette jupe.

Payton pose sa main douce sur la mienne et m'autorise à l'aider à sortir.

Je laisse ma veste derrière moi, puis entrelace à nouveau nos doigts tandis que nous marchons sur le trottoir vide jusque chez elle.

— J'ai presque l'impression que je devrais te faire entrer par le balcon, me taquine-t-elle alors que nous passons devant son appartement en direction des marches de l'entrée.

— C'est mignon !

Payton penche la tête vers moi et je manque de trébucher.

Le sourire qu'elle affiche est le plus sincère que j'aie jamais vu. Et j'entrevois quelque chose de si déchirant là-dedans.

Sans doute parce que j'ai passé des heures à regarder son visage, quand elle était à la maison ou au travail, et que c'est la première fois qu'elle a l'air sincèrement heureuse. Et cela me donne envie d'en voir plus.

Plus d'elle.

Plus de ses sourires.

Plus de son bonheur.

Plus de tout son être.

Je veux lui faire ressentir moi-même tant de joie.

Quelle que soit l'expression que j'affiche, le sourire disparaît de son visage.

— Qu'est-ce qu'il y a ?

— Rien.

Ma voix est rauque, mais je prétends le contraire.

Ses doigts se resserrent autour des miens comme si elle essayait de me réconforter.

Et pour la deuxième fois en quelques secondes, elle me fait perdre mes moyens.

Essaie-t-elle de me réconforter ?

Un sentiment de malaise s'abat sur mes épaules. Et ce n'est pas parce qu'elle semble pouvoir lire en moi, je suis mal à l'aise parce que j'ai presque l'impression qu'elle tient à moi.

Est-ce même possible ?

J'ai déjà fréquenté des femmes. J'ai ressenti du désir et j'ai été désiré. J'ai connu des femmes qui voulaient être avec moi, rester avec moi. Mais ce n'était pas pour *moi*. Elles étaient toujours là pour mon compte en banque, ma position de pouvoir, ou même simplement pour jouer à la rebelle en sortant avec un mauvais garçon. Il était toujours question de ce que je pouvais leur apporter, rien de plus.

Ça fait… Ça fait longtemps que personne n'a tenu à moi.

Distrait par des pensées d'affection, je sors une clé de ma poche et déverrouille la porte de l'immeuble de Payton.

— Euh, Nero ?

J'ouvre la porte et guide la jeune femme à l'intérieur, une main dans son dos.

— Oui ?

— Comment tu as eu la clé de mon immeuble ?

Je pose les yeux sur celle que je viens d'utiliser.

Ah ! Oui.

Je n'avais pas l'intention de révéler que je l'avais, mais comme c'est visiblement déjà trop tard, je hausse une épaule.

— J'ai une entreprise de sécurité.

Les sourcils de Payton se dressent au point de disparaître derrière sa frange.

— C'est vrai ?

Elle a l'air plus impressionnée que lorsque je lui ai vanté ma fortune.

— Oui, acquiescé-je. Ascenseur ou escalier ?

Ses épaules s'affaissent à ma question.

— Escalier, soupire-t-elle. Je n'ai pas confiance dans l'ascenseur de cet immeuble.

Un son de dégoût gronde dans ma poitrine. Je déteste qu'elle vive ici. J'ai tellement de place dans ma maison qu'elle devrait y être. Pas ici.

Nous nous engageons dans l'étroite cage d'escalier tandis qu'une odeur de pâtes mal cuites flotte dans l'air.

Je dois la faire partir d'ici.

Payton monte les marches devant moi.

— Alors, que fait ton entreprise de sécurité ?

— Tout.

Mais mon attention est rivée sur les petites traces visibles à l'intérieur de ses jambes.

Lorsqu'elle me jette un coup d'œil par-dessus son épaule, j'acquiesce.

— Nous faisons tout, des serrures de porte aux systèmes de sécurité complets, en passant par le développement de logiciels et l'embauche de main-d'œuvre.

— C'est plutôt cool, dit-elle en attendant sur la dernière marche. Comment s'appelle-t-elle ?

Mes lèvres se retroussent d'un côté tandis que je pose ma main sur son dos pour la faire avancer.

— Nero.

Elle essaie de s'arrêter, mais je continue à la pousser vers sa porte.

— Sérieusement ? demande-t-elle, manifestement agacée.

J'attends, en faisant comme si je n'avais pas la clé de son appartement, qu'elle ouvre sa porte et entre.

— Tu n'aimes pas le nom ? demandé-je en fermant la porte derrière moi.

Payton essaie de hausser les épaules.

— Si, c'est un très bon nom, évidemment. Mais tu m'as fait attendre des semaines avant de me le dire, et maintenant je découvre que toute une société porte ton nom.

Elle se penche pour baisser la fermeture éclair des côtés de ses petites bottes, et je ne manque pas la légère grimace sur son visage.

— Et je trouve ça vraiment bien. Je crois que je suis juste un peu jalouse que tant de gens sachent déjà qui tu es.

Jalouse ? Payton enlève sa deuxième chaussure.

— Comme le maire, grogne-t-elle avant de se tourner vers moi. Je t'en veux toujours, d'ailleurs.

— Parce que je connais le maire ?

Elle croise les bras sur sa poitrine.

— Parce que tu m'as ignorée comme si je n'étais rien.

Sa phrase me serre les côtes.

— Tu n'es pas rien.

Ses yeux sont toujours teintés de tristesse, son sourire absent.

Je m'approche et pose mes deux grandes mains sur son joli visage.

— Tu n'es pas rien, Payton.

Elle cligne des yeux. Une fois, puis deux.

— D'accord.

Son murmure est à peine convaincant.

— Va prendre une douche, lui dis-je en déposant un doux baiser sur son front. On en reparlera après.

Je vois le doute dans son regard, et je ne sais pas si c'est parce qu'elle ne me croit pas, ou si elle pense que je ne serai plus là quand elle sortira de la douche. Mais j'ai l'intention de lui prouver qu'elle a tort sur les deux points.

CHAPITRE 42
PAYTON

J'hésite une seconde avant d'appuyer sur le bouton situé au centre de la poignée, verrouillant ainsi la porte de la salle de bains.

Comme je vis seule, il est rare que je la ferme, et encore moins que je la verrouille, mais je me sens à vif. À l'intérieur comme à l'extérieur.

La journée a été si longue et si je ne me sentais pas si sale, littéralement, je me laisserais tomber la tête la première sur mon lit. Heureusement, je ne travaille pas demain. J'ai l'intention de dormir pendant douze heures. Au moins.

J'enlève mes vêtements et les dépose en tas sur le sol, devant l'évier, en évitant délibérément de regarder mes bas neufs tachés.

Je laisse l'eau se réchauffer, me brosse les cheveux et les attache en un chignon haut. Je n'ai pas envie de me retrouver avec les cheveux mouillés si nous devons parler quand je sortirai.

Parler.

Je plante mes dents dans ma lèvre inférieure tandis que je me dépêche d'enjamber le rebord de la baignoire.

Reprends-toi, Payton.

Je n'y arrive pas.

J'ai les larmes aux yeux.

Je m'avance sous le jet et laisse l'eau me débarrasser de mes émotions en ébullition.

Je suis toujours blessée que Nero m'ait ignorée au café.

Et je suis troublée par sa réaction face à Carlton alors que nous ne faisions que parler.

J'ai honte d'avoir aimé qu'il vienne au concert.

Il m'a trouvée. Il est venu me chercher. Il m'a touchée, m'a fait sentir l'ardeur avec laquelle il me désire.

Mais quand on croise tous ces éléments ensemble, ça n'a pas de sens. Ou si, mais ça veut dire qu'il a envie de faire l'amour avec moi, mais qu'il souhaite que personne ne le sache.

Je me détourne de l'eau, pose mon front contre le mur et laisse le jet couler sur mon flanc et mon dos.

J'essaie de retenir mes pensées intrusives. Je tente de les repousser alors qu'elles me disent que c'est ce que je mérite. Que c'est tout ce que je mérite. Que je ne serai jamais que le vilain petit secret d'un autre.

Au moins, j'ai pu choisir qui.

Une vague d'air frais tourbillonne autour de moi, une brise passant à travers le rideau soudain ouvert, et je tourne la tête pour voir Nero entrer dans ma petite douche.

La vue de son corps nu dans la lumière m'oblige à m'immobiliser et à le regarder. Aussi confuse que je puisse être dans cette situation, il ne fait aucun doute qu'il a un physique impressionnant.

Il est bâti comme un… eh bien, comme un guerrier. Ou peut-être un soldat des temps anciens. Des muscles durs et une chair couverte de cicatrices. La force et la violence s'entremêlent pour former un adversaire redoutable.

Il est dur là où je suis molle. Robuste là où je ne le suis pas. Et si j'avais les moyens de me payer un psychologue, je suis sûre que je serais en mesure d'expliquer ce problème de confiance en moi. Mais comme ce n'est pas prévu de sitôt, je vais devoir me fier à son regard et croire que mon attirance pour lui est réciproque.

Nero tire le rideau derrière lui, et mon corps se tourne automatiquement dans sa direction.

Même si mon cerveau me crie que je ne connais pas cet homme, mon cœur me somme de m'accrocher à lui à deux mains.

Ses yeux parcourent mon corps, répertoriant le moindre centimètre, mais ne s'attardent pas. Il croise à nouveau mon regard.

Il n'y a pas beaucoup de place ici, donc même en se tenant aux extrémités opposées de la baignoire, cela laisse à peine un mètre d'espace entre nous.

En silence, Nero libère mes cheveux de leur chignon. Ses doigts sont doux, et il parvient à les retirer sans arracher de mèches.

— Qu'est-ce que tu fais ? demandé-je enfin quand il passe l'élastique noir autour de son poignet.

Le bout de ses doigts sur mes tempes, il me renverse la tête en arrière, mouillant ma chevelure sous le pommeau de douche.

— Je te lave les cheveux.

Je plisse les yeux en réaction au jet d'eau.

— Pourquoi ?

— Parce que j'en ai envie.

Il me remet la tête à l'endroit et je suppose que nous allons tous les deux faire comme s'il n'arborait pas une érection en ce moment même.

Nero prend ma bouteille de shampoing et en remplit sa paume.

Il recule légèrement.

— Approche.

Je m'avance vers lui, de sorte que les cheveux qui pendent dans mon dos ne soient plus en contact avec l'eau. Puis, pour la première fois de toute ma vie, quelqu'un me lave les cheveux.

Ses doigts frottent mes mèches, grattant légèrement mon cuir chevelu et projetant des picotements le long de ma colonne vertébrale.

Il balade ses mains sur toute la longueur, avant de revenir à mes racines. Le contact est si tendre que je dois inspirer profondément par le nez afin de tenter de tenir le reste de mes larmes à distance.

J'ignore comment le supporter, le chaud et le froid, le rude et le doux, avec lui. Mais une part de moi sait que je suis bien assez brisée pour l'accepter. Pour prendre ce qu'il est prêt à donner, parce que ce qu'il donne est tellement proche de l'amour.

— Tourne-toi.

Les yeux fermés, je le laisse me ramener sous le jet d'eau, où il continue ses douces caresses, rinçant le shampoing de ma chevelure.

Ses mains sur mes épaules me font comprendre qu'il est temps d'avancer à nouveau.

Cette fois, je l'observe, m'imprégnant de son visage et de son regard tendre, tandis qu'il passe de l'après-shampoing dans mes cheveux, en prenant le temps de séparer les sections et de passer ses doigts dans les mèches pour s'assurer que rien n'est emmêlé.

De nouveau, il me replace sous le jet et rince le produit.

Mais il ne s'arrête pas là.

Nero se penche et ramasse ensuite mon nettoyant pour le visage.

Je m'attends à ce qu'il me tende la bouteille. Mais naturellement, ce n'est pas ce qu'il fait.

Il en prélève une petite quantité et frotte le bout de ses doigts l'un contre l'autre.

— Ferme les yeux, bébé.

Je m'exécute et penche la tête en arrière, ce qui lui donne une meilleure vue de mon visage depuis sa grande taille. Et lorsque son toucher glisse sur mes joues, je sens une autre larme traîtresse couler de mon œil pour rejoindre son contact.

— Chut, m'apaise-t-il en la séchant avec son pouce. Je suis là.

Au lieu de me calmer, ses mots ne font qu'intensifier mes tourments.

J'ai envie de lui demander pourquoi, mais à la place, je murmure :

— Je croyais avoir fermé la porte à clé.

Il essuie une autre larme.

— Tu l'avais bien fermée. Et je ne vais rien dire. Pour cette fois.

Il n'y a que les maniaques du contrôle qui disent ça, et pourtant, un sourire se dessine sur mon visage.

Il presse ses lèvres chaudes contre les miennes, mais avant que je puisse lui rendre son baiser, il les retire.

— Rince-toi le visage, Payton.

Voulant profiter de l'instant, je tourne mon dos à Nero et obéis.

Il appuie sa tête sur ma nuque et enroule un bras autour de ma taille, me maintenant en place. Alors que je bascule la tête hors du jet, j'ouvre les yeux et vois l'autre main de Nero s'approcher de moi et attraper la fleur de douche que j'ai accrochée à la poignée du robinet.

Il la fait glisser sur mon ventre avant que je ne perde son contact, puis j'entends le bruit distinctif de l'ouverture de mon gel douche.

Quand je me retourne par-dessus mon épaule, je vois Nero verser beaucoup trop de liquide.

— N'en mets pas autant, le réprimandé-je légèrement.

Il referme la bouteille d'un clic.

— Je t'en achèterai d'autres.

Je secoue la tête, parce que ça ne sert à rien de discuter, et je me laisse aller à la sensation qu'il me procure alors qu'il fait courir la fleur de douche couverte de savon sur l'arrière de mes bras, dans mon dos, le long de ma colonne vertébrale. Il prend le temps de dessiner des cercles délicats sur chaque fesse. Et je suis tellement absorbée par ce moment que je n'ai pas le temps d'être gênée lorsqu'il glisse une main savonneuse dans ma fente.

Il continue de laver chaque centimètre carré de mes jambes, accroupi derrière moi. Une fois de plus, je ne me sens pas embarrassée. Pas même lorsqu'il me demande de me tourner vers lui afin qu'il puisse remonter depuis mes orteils.

J'ai la sensation que je devrais être beaucoup plus mal à l'aise. Je sais que je ne suis pas bâtie comme... eh bien, comme le type de fille avec laquelle un homme de sa trempe sortirait en temps normal. Je me sens mal de penser cela, parce que je sais que nos corps ne disent rien sur le type de personnes que nous sommes. Mais il y a savoir, et il y a croire.

Sans que je puisse vraiment l'expliquer, je me sens choyée quand je suis avec Nero.

Je me sens en sécurité.

Soudain, je repense à cet après-midi, et mon ventre se noue alors.

— Pourquoi tu as fait semblant de ne pas me connaître ? murmuré-je.

Nero rince la fleur de douche, puis me la tend.

— Je vais te le dire.

Je la prends, coupe l'eau et la remets à sa place.

Nous restons silencieux pendant qu'il me sèche avec l'une des serviettes, tandis qu'il reste là, humide dans l'air frais, ce qui n'a visiblement pas l'air de le déranger.

Lorsqu'il a terminé, j'enfile mon pyjama en coton ordinaire et me mets au lit.

Nero éteint les lumières une par une en entrant dans la chambre. La dernière lampe nous plonge dans la pénombre quelques secondes avant que le matelas ne s'affaisse à côté de moi.

— Tourne-toi sur le côté.

Le sommier craque sous notre poids combiné.

— Ton lit est trop petit, putain !

Je manque presque de lui demander la taille du sien, parce

que je parie qu'il est plus grand que le mien, mais je m'abstiens, et me contente de rouler sur le côté.

Je le sens bouger de nouveau, puis Nero, vêtu seulement d'un caleçon, m'attire contre son corps. Son torse couvre l'intégralité de mon dos. Sa peau forme une chaleur bouillante contre la mienne.

— Je vais te dire quelque chose, annonce-t-il, ses mots effleurant le sommet de mon crâne. Mais ensuite, je veux que toi aussi, tu me dises quelque chose.

— D'accord, accepté-je en clignant des yeux dans l'obscurité.

Le bras autour de ma taille s'ajuste de sorte que ses doigts sont coincés entre mon flanc et le matelas.

— J'ai ma société de sécurité. C'est la vérité. Et je gagne bien ma vie grâce à elle.

Il inspire lentement, le souffle gonflant sa poitrine.

— Mais ce n'est pas ce que je fais vraiment dans la vie.

— Qu'est-ce que tu fais vraiment ?

— De mauvaises choses.

— Tu fais du mal aux gens ?

Je le sens acquiescer sur l'oreiller.

— Parfois.

— Ce sont de mauvaises personnes ?

Il soupire.

— Oui, en général, mais ça n'excuse pas mes actions.

Je repense à ce que Jean a dit ce matin et m'humecte les lèvres.

— Tu es un mafieux ?

Le bras autour de ma taille resserre son étreinte.

— On peut dire ça comme ça.

— Et c'est pour ça que tu ne veux pas qu'on soit ensemble ?

— Payton, répond-il, la voix grondant à travers mon corps, je *veux* qu'on soit ensemble. Ce n'est pas le problème.

— C'est à cause de tes ennemis, deviné-je, répétant ce qu'il m'a dit plus tôt.

— C'est ça. Ce n'est pas prudent d'être associé à moi.

— Ça signifie quoi pour moi ?

Je déteste avoir l'air si désespérée. Mais j'ai besoin de savoir où j'en suis.

— J'essaie d'y réfléchir.

— Tu peux m'en dire plus sur ce que tu fais ?

— Pas encore, répond-il sincèrement.

— Je ne sais pas vraiment ce que signifie le mot mafieux, admets-je.

— Hmm, murmure-t-il. Alors, pourquoi tu l'as utilisé ?

Je me mordille l'intérieur de la joue, ne voulant pas dénoncer ma patronne, mais si elle en sait assez sur Nero pour l'utiliser, alors peut-être n'est-ce pas si secret que ça.

Ou peut-être est-elle aussi dans ce monde ?

Il caresse mon ventre avec son pouce.

— Ma patronne a dit quelque chose après que tu es parti avec le maire aujourd'hui. Mais je ne savais pas de qui elle parlait.

Nero expire un rire.

— Je n'ai reconnu personne d'autre au café, mais si elle a dit ça, je te recommande de ne pas te la mettre à dos.

Je frissonne.

— Elle est déjà bien assez effrayante, je n'ai pas besoin de raisons supplémentaires de la craindre.

Nero se blottit contre ma chevelure.

— Je te protégerai.

J'émets un petit bruit dubitatif.

— Comment tu es censé me protéger si tu dois faire comme si tu ne me connaissais pas ?

Un long silence s'ensuit.

— Comme je te l'ai dit, je cogite sur la question.

Évidemment, je veux en savoir plus. Je veux tout savoir. Mais c'est peut-être l'un de ces moments où l'ignorance est un bonheur dont je devrais profiter.

— À mon tour, annonce Nero, dont la voix aussi douce qu'une berceuse m'encourage à me blottir plus profondément encore dans son étreinte. Dis-moi pourquoi tu étais encore vierge.

La question fait voler en éclats le mur de calme que je commençais à construire.

— C'est juste que… ça n'est jamais arrivé.

— Il y a plus, dit-il avec assurance. Tu n'as pas gardé ta virginité tout ce temps sans motif. Et je veux savoir.

— Tu as raison, murmuré-je.

Je ferme les yeux.

Puis je m'autorise à me souvenir.

Le journal se froisse sous ma main pendant que je lis en marchant.

S'ils continuent à réduire mes heures de travail, il va falloir que je trouve un nouvel emploi.

Alors que je passe mon doigt sur l'annonce d'une des grandes boulangeries de la ville, je me rappelle que mon diplôme se trouve sur la table de nuit de ma chambre et que dans deux jours, j'aurai dix-huit ans. Ce qui veut dire que je pourrai commencer à travailler à temps plein.

Et avec l'argent que j'ai caché dans mes vieux manuels, je ne tarderai pas à déménager. Et j'espère que ce sera loin, très loin.

Je ne prends pas la peine de sortir mes clés de mon sac à main lorsque je remonte la courte allée et passe devant la voiture d'Arthur. Il ne ferme jamais la porte à clé. Ce que je déteste. Mais je garde toujours l'espoir que quelqu'un entrera par effraction un jour, et qu'il le tuera avant de voler la télévision devant laquelle il est sans doute affalé.

Je baisse la tête pour éviter la confrontation, puis ouvre la porte d'entrée et entre. Mais il n'y a personne dans le salon.

Croisant les doigts pour arriver jusqu'à ma chambre sans être vue, je me faufile vers l'escalier menant au premier étage.

Je suis à mi-chemin quand j'entends les voix.

— Je peux le faire ici ? demande une voix que je reconnais comme celle de Bobby, l'un des amis d'Arthur.

— Dans sa chambre ? demande mon beau-père. Tu kiffes la couette à froufrous ?

La couette à froufrous ?

Ils sont dans ma chambre ?

Je me fige.

Pourquoi seraient-ils dans ma chambre ?

— Ouais, rit Bobby. Ça fait vraiment truc de vierge.

Une vague de nausée me remonte à la gorge.

Pourquoi parlent-ils de vierge ? Dans ma chambre ?

— Écoute, tu payes pour sa première fois, mais si tu veux le faire ici, c'est cent de plus. Et tu devras le faire pendant que ma vieille est au travail. Elle ne dira rien une fois que je lui aurai montré l'argent, mais elle pourrait piquer une crise si je lui en parlais avant.

— D'accord, répond-il juste avant que je ne les entende se taper dans la main. Six cents et je serai le premier à déflorer cette chatte d'adolescente.

Arthur rit.

— Pas avant ce week-end. Au cas où elle essaierait d'aller chialer auprès de quelqu'un à ce sujet, je ne veux pas me retrouver avec des problèmes de détournement de mineur ou ce genre de conneries. Une fois qu'elle aura dix-huit ans, ce seront juste des rumeurs. Et avec la réputation de sa mère, personne ne la croira.

Je recule, horrifiée, et mon pied glisse sur la marche.

Je lâche le journal d'une main pour m'agripper à la rampe.

La balustrade tremble, mais tient bon. Aussi vite que mes jambes tremblantes le permettent, je descends les marches et cours jusqu'à la porte d'entrée.

Leurs voix s'élèvent derrière moi, et je sais que je dois me mettre à l'abri. S'ils me voient maintenant et découvrent que j'ai entendu… ce qu'ils ont dit…

Alors que ma poitrine se soulève, je tourne la poignée de la porte aussi lentement que je l'ose, afin de ne pas faire de bruit, puis l'ouvre.

Un pied dehors.

Les voix sont plus fortes.

Deuxième pied dehors.

J'entends leurs pas.

Je referme la porte et vois leurs pieds dans l'escalier.

Mon corps tout entier se fige.

Je ne peux pas fermer la porte tant qu'ils peuvent la voir. Si je la ferme et m'enfuis, je suis morte. Pas d'argent. Pas de vêtements. Et même si je n'en ai pas envie, je sais ce que je dois faire.

J'ouvre la porte comme si je venais de rentrer à la maison.

Ils sont à mi-chemin de l'escalier, mais je ne lève pas les yeux. Je me contente d'entourer mon corps de mes bras.

— Qu'est-ce que tu fous à la maison ? s'énerve Arthur.

— Je suis malade.

Je balbutie la première excuse qui me vient à l'esprit. Et vu la nausée qui me tord l'estomac, ce n'est même pas un mensonge.

— Dégueulasse ! ricane-t-il.

J'entends Bobby rire tandis qu'ils se dirigent tous deux vers la cuisine.

N'ayant pas besoin d'invitation pour partir, je me précipite dans l'escalier jusqu'à ma chambre. Et même si j'ai envie de passer les prochaines heures à désinfecter chaque centimètre carré de la pièce qu'ils ont pu toucher. Je n'ai pas le temps.

Je dois faire mes valises.

Maintenant.

Parce que je pars ce soir.

La poitrine de Nero se soulève et s'abaisse contre mon dos. C'est le seul signe qu'il a entendu les mots qui viennent de sortir de ma gorge.

— J'ai été terrifiée pendant très longtemps après mon départ. Et l'idée que quelqu'un puisse me toucher…

Je colle mon dos à lui tandis que son bras resserre son étreinte autour de moi.

— Je n'étais pas prête. Et je ne savais pas comment faire.

Le matelas bouge alors que Nero se met sur le dos.

— Approche.

Je me retourne et m'allonge contre lui tandis qu'il rajuste les couvertures autour de mes épaules. Je pose ma tête entre son épaule et son torse. J'accroche ma jambe à la sienne.

Nero me prend dans ses bras.

— Mais ensuite, je t'ai rencontré, ajouté-je contre son torse.

J'espère qu'il comprendra ce qu'il représente déjà pour moi.

— Et j'ai enfin senti qu'il était temps.

— J'aurais dû le faire souffrir.

Les mots de Nero sont aussi rêches que du gravier sur du papier de verre.

— Quoi ?

Il me serre plus fort contre lui.

— Je suis vraiment désolé.

— C'est fini, maintenant, le rassuré-je. Ça m'a pris plus de temps que prévu, mais j'ai pu contrôler le moment. Et quoi qu'il advienne une fois que tu auras *réfléchi*, je ne regrette pas de te l'avoir donnée.

— Je ferai en sorte que tu ne le regrettes jamais.

Il caresse d'une grande main mes cheveux humides.

— Dors, bébé.

Mon souffle me quitte dans un soupir.

— Bonne nuit, Nero.

CHAPITRE 43
NERO

Il me faut user de tout mon sang-froid pour rester immobile alors que Payton s'endort contre moi.

Tellement de rage coule dans mes veines !

De la rage et du regret, parce que je regrette la mort rapide d'Arthur plus que tout autre péché que j'aie jamais pu commettre.

J'aurais dû la laisser regarder. J'aurais dû la laisser lui cracher au visage alors qu'il haletait jusqu'à son dernier souffle.

D'après le dossier que King m'a donné sur Arthur, la plupart de ses amis sont décédés. Et cette sale merde de Bobby, j'espère qu'il est déjà mort.

Alors que je presse mon nez dans sa chevelure, j'éprouve un léger sentiment de satisfaction d'avoir brûlé la maison, de l'avoir rayée de la carte.

Payton bouge dans son sommeil, se blottissant davantage contre moi.

Je dois faire le meilleur pour elle.

Mais cela signifie la garder loin de mon monde, et loin de moi.

C'est ce qu'elle mérite.

CHAPITRE 44
PAYTON

Je sais que je suis seule avant même d'ouvrir les yeux.

Il se dégage un sentiment particulier d'une pièce lorsqu'elle est vide. Et maintenant que Nero est venu dans mon appartement à plusieurs reprises, je me demande comment j'ai fait pour ne pas sentir sa présence la nuit où je lui ai laissé la porte ouverte.

Je me mets sur le ventre et enfonce mon nez dans le matelas, puis inspire. Mais tout ce que j'arrive à sentir, c'est l'odeur résiduelle de mon gel douche à la rose. *S'il doit se doucher ici régulièrement, il faudra qu'il apporte son propre savon.* Sa manie de ne laisser aucune trace personnelle derrière lui me rend dingue. Cette petite voix dans ma tête se demande s'il existe vraiment. Peut-être que je suis encore vierge et que je perds la raison, et que je ne suis pas en train de tomber amoureuse.

Je pousse un petit soupir moqueur à voix haute et me lève pour sortir du lit.

Tomber amoureuse.

Non, *ça*, ce serait de la folie.

Je ne peux pas déjà tomber amoureuse de lui.

Après m'être frotté les yeux pour en chasser la fatigue, je traîne ma carcasse jusqu'à la cafetière, ne prêtant qu'à moitié attention au dosage de l'eau et du marc de café.

C'est tellement bizarre ! Parce que j'ai l'impression de comprendre Nero, même si je ne saisis pas les détails de sa vie. Il a quand même pratiquement admis être un mafieux la nuit dernière. Mais est-ce que ça veut dire la même chose pour tout le monde ? Fait-il partie de la vraie mafia ? Comme dans les films ? Avec des armes, des rivaux et la police ?

Vu qu'il a parlé de ses *ennemis* et que des voitures de police étaient à sa recherche le soir de notre rencontre…

Pendant que le café coule dans la cafetière, je déverrouille mon téléphone, ouvre mon navigateur et tape *Nero Sécurité* dans la barre de recherche. Il m'a dit que c'était le nom de sa société, et ainsi, mon écran affiche les résultats de *Entreprise de Sécurité Nero.*

Le deuxième lien en partant du haut est le site officiel de la société, alors je clique dessus.

Je n'ai jamais consulté de site web de sociétés de sécurité par le passé, mais il semble relativement standard. Et je ne suis pas surprise que la palette de couleurs soit noire avec des nuances de gris. Mais lorsque je clique sur l'onglet *À propos de nous,* je ne découvre aucune photo du personnel ni aucun détail sur le propriétaire. Il n'y a que l'essentiel. Fondée il y a quinze ans. Bureaux dans huit États. Premiers prix dans des domaines que je ne comprends pas.

Je retourne au navigateur et écris *Propriétaire d'Entreprise de Sécurité Nero Minneapolis.* Je clique sur un lien qui semble mener à un site d'information et vois la toute première photo de Nero. Il est en costume, le visage sérieux, debout devant un bâtiment en briques, serrant la main du… maire.

Intriguée, je m'empresse de parcourir l'article.

Finalisé un contrat avec la ville de Minneapolis pour utiliser la société de sécurité Nero sur tous les nouveaux projets de construction du gouvernement au cours des cinq prochaines années… Quelques spéculations sur la relation entre le maire de Minneapolis, Oscar Devon, et Nero, le propriétaire de Nero…

Mes yeux parcourent le reste des mots, mais le nom de famille de mon amant n'est jamais mentionné.

Je cherche d'autres variantes, mais rien de ce que j'écris ne me permet d'obtenir plus d'informations sur Nero, l'homme.

Lorsque l'arôme du café pénètre enfin dans mon cerveau, je baisse les yeux pour constater que la cafetière a fini de couler et je me demande depuis combien de temps je suis là.

Après avoir rangé mon téléphone dans la poche ample de mon pantalon de pyjama, j'ouvre le placard au-dessus de l'appareil et prends ma tasse préférée. C'est de la céramique lourde, peinte en jaune, qui provient du parc national du Grand Canyon.

Je n'y suis jamais allée. Je n'ai même jamais quitté le Midwest. Mais je l'ai trouvée dans un magasin d'occasion il y a quelques années et elle m'apporte une joie étrange. Parce que quelqu'un y est allé, et même si la tasse est à moi maintenant, j'ai l'impression qu'elle contient les souvenirs de son propriétaire d'origine. Comme si, en fermant bien les yeux, je pouvais prétendre que j'étais moi aussi le genre de personne à prendre des vacances.

Un jour.

Tu n'auras jamais à t'inquiéter pour des questions d'argent. Pas pour moi. Ni pour toi.

Les mots que Nero a prononcés hier soir tourbillonnent dans mon esprit.

Je suis peut-être naïve, mais pas au point de croire qu'il était sincère.

La vapeur de ma tasse brouille mon champ de vision alors que je bois ma première gorgée.

Nero a dit beaucoup de choses hier soir, et je crois qu'il m'a dit la vérité, sur lui, sur sa vie, mais je sentais son hésitation. Et que cette hésitation soit vraiment pour ma sécurité ou pour une autre raison, dans tous les cas, il est absent ce matin.

Avec un soupir, je me dirige vers le salon et décide de passer mon jour de congé de la même manière que d'habitude, sur le canapé, à regarder des émissions de pâtisserie.

J'ai fait deux pas jusqu'au bord du petit îlot, quand un rectangle noir attire mon attention.

À mi-chemin entre le meuble et la porte d'entrée se trouve une enveloppe.

— Comment ?

Je pose ma tasse, m'accroupis et la récupère.

Elle est lourde. D'après la texture, elle doit être faite d'un papier cartonné épais. Elle n'a pas la taille d'une enveloppe normale. Elle est plus courte et plus grosse.

Je regarde autour de moi, comme si quelqu'un allait surgir et me dire *hé, elle est à moi.*

Il n'y a rien d'écrit au recto, et en la retournant, je constate qu'elle n'est pas scellée.

Je plante mes dents dans ma lèvre tandis que j'envisage ou non de l'ouvrir. Mais elle est dans mon appartement, et je doute que Nero l'ait fait tomber par accident.

Mes yeux se tournent à nouveau vers le plan de travail de la cuisine. Peut-être qu'il l'a laissée pour moi, mais que quand il a fermé la porte, elle a glissé.

Peut-être ?

Exaspérée contre moi-même, je gémis :

— Oh, zut, ouvre-la !

Mes doigts écartent le rabat et en sortent une petite carte toute simple, faite du même papier noir épais.

En bas de celle-ci se trouve un petit symbole doré en relief qui ressemble à la lettre A à l'intérieur d'un soleil.

Je cligne des yeux, confuse, avant que mes doigts ne repèrent des lettres en relief de l'autre côté du papier.

Quand je le retourne, je suis bouche bée.

C'est une invitation. Une invitation très chic à une fête d'anniversaire. Pour Nero. Ce soir.

CHAPITRE 45
NERO

— Tu as l'air respectable, boss, dit Rocco en inclinant la tête vers moi.

J'arque un sourcil.

— C'est censé être un compliment ?

Il sourit.

— C'est un peu le but de cette soirée, non ?

Avec un soupir, j'ajuste mes boutons de manchette et monte sur le siège arrière du SUV blindé.

Je n'ai pas pu me résoudre à porter un smoking, ce soir. Je me sens déjà bien assez vieux, j'ai quarante ans aujourd'hui, je n'allais pas porter un costard pour couronner le tout. À la place, j'ai opté pour le noir intégral. Chaussures noires, pantalon noir, ceinture en cuir noir, chemise noire à manches longues, veste noire sur mesure, avec les boutons de manchette en onyx noir que j'ai volés sur le cadavre de mon ancien patron.

Ce n'est peut-être pas la tenue de soirée habituelle, mais pour ceux qui comptent, j'envoie le message dont j'ai besoin. Et ce message, c'est le *pouvoir*.

Rocco s'éloigne de ma maison tandis que je me mets à l'aise sur le siège, me préparant à une soirée de mondanités et d'agacement.

Je déteste ces conneries. Faire semblant d'être quelqu'un que je ne suis pas. Faire semblant d'être un homme *respectable*. Mais ça fait partie de la couverture. Et je sais que je dois le faire.

Un soupir menace de s'échapper de ma bouche, mais je le retiens. Je ne peux pas me laisser aller. À partir de maintenant et jusqu'à la fin de la nuit, je ne peux pas montrer un seul signe de faiblesse. Je ne peux pas les laisser voir l'épuisement que je ressens jusque dans mes os. La fatigue qui ne semble s'atténuer que lorsque je suis avec Payton.

Payton.

Alors que je contemple le paysage pendant que nous sortons de mon quartier pour nous rapprocher de la ville, mes pensées se tournent vers elle.

Ma petite vierge.

La fille innocente de treize ans de moins que moi.

Je devrais avoir honte de ce que je lui impose, à elle et à sa vie.

Mais mon avidité l'emporte immanquablement sur ma culpabilité. Et quand il est question de Payton, je suis avide jusqu'au bout.

Il ne me reste plus que quelques détails à régler avant de l'entraîner avec moi dans les ténèbres.

CHAPITRE 46
PAYTON

— C'est ici ? me demande ma conductrice alors qu'elle ralentit lentement derrière une rangée de voitures de luxe.

Je lève les yeux vers l'immense bâtiment en pierre.

— Je crois, oui, confirmé-je avant de jeter un autre regard vers les véhicules hors de prix qui nous précèdent. Ce doit forcément être ici.

Je n'ai jamais visité le Centre historique du Minnesota. Je suppose que je m'attendais à tomber sur une vieille maison, ou quelque chose du genre. Mais ce n'est pas une maison. C'est un putain de musée.

Un sentiment d'inquiétude me comprime le ventre et, pour la millionième fois, je me demande si j'aurais dû envoyer un texto à Nero dans la journée.

Mais lui envoyer quoi ?

Voulais-tu vraiment m'inviter ?

Il ne m'aurait pas laissé d'invitation s'il ne voulait pas que je vienne.

Pourquoi tu ne m'en as pas parlé hier soir quand nous discutions ?

Nero reste léger sur les informations comme si cela le

faisait souffrir d'en donner, alors ce serait sans doute de la torture pour lui de mentionner une fête d'anniversaire.

— Vous voulez attendre ? Ou vous préférez que je vous dépose ? demande mon chauffeur, manifestement hésitante, d'après son ton.

Sa voiture est belle, selon mes critères, mais celle qui nous précède est une Maserati.

— Euh…

Je ne sais pas trop quoi répondre. D'un côté, oui, je veux sortir maintenant, afin de pouvoir prétendre que je suis moi aussi venue jusqu'ici dans un véhicule de luxe qui coûte plus cher que mon existence entière. D'un autre côté, je n'ai pas envie de marcher jusqu'à la porte d'entrée avec mes nouvelles chaussures.

Je bouge mes orteils à l'intérieur de mes talons hauts, ressentant déjà un pincement tant ils sont étroits.

Pesant mes options, je décide que mes pieds vont me faire souffrir quoi qu'il arrive, alors autant m'épargner l'humiliation d'arriver dans un Uber.

— Je vais y aller.

— Ça marche !

Elle ne me demande même pas si je suis sûre, visiblement heureuse de se débarrasser de moi pour aller chercher un nouveau passager.

À la seconde où j'ouvre la portière, mes jambes nues sont accueillies par une vague d'air frais.

Courbant les épaules contre le froid, j'ajoute un pourboire pour mon chauffeur sur l'application, puis glisse mon téléphone dans ma pochette, ignorant ostensiblement la somme d'argent que j'ai dépensée aujourd'hui. Mais ce sera ma dernière, parce qu'avec un peu de chance, Nero me ramènera chez moi. Et avec un peu de chance, cette fête aura un open-bar.

Pendant que je remonte le long trottoir, je garde le regard fixé devant moi, sans jeter un œil aux vitres teintées des véhicules que je croise.

Je n'ai pas l'énergie de me tracasser sur ce qu'ils pourraient penser de moi, je suis déjà bien assez nerveuse en m'incrustant à la fête de Nero.

J'aurais vraiment aimé qu'il m'en parle, afin que nous puissions venir ensemble. Mais peut-être était-il… *gêné* ? Bien que ce ne soit peut-être pas le bon mot. Je n'arrive pas à imaginer cet homme gêné. Mais toute cette situation est peut-être aussi nouvelle pour lui que pour moi. Évidemment, pas la partie sexuelle, mais peut-être la partie couple.

Alors que je m'approche des marches menant à la façade du bâtiment, je m'arrête derrière un couple glamour.

L'homme est vêtu d'un smoking, mais la femme porte une robe rouge courte, ce qui me soulage.

Après avoir trouvé l'invitation ce matin, j'ai pris le bus et je suis retournée chez Marshall. Quand j'y étais hier, une superbe robe noire à paillettes a attiré mon attention. Elle était plus courte que ce que j'oserais porter habituellement, avait un décolleté profond et des manches longues. Juste pour le plaisir, je l'ai essayée, alors que je cherchais ma tenue de concert. Et même si elle s'est révélée plus serrée que je ne le pensais, le tissu moulant était flatteur, les sequins infinis dissimulant les bosses de mes hanches et de mon ventre. Mais je n'avais aucune raison de l'acheter, alors je l'ai remise sur son cintre et je suis partie.

Heureusement, elle était encore là aujourd'hui. Je l'ai donc achetée. Tout comme j'ai acheté ces horribles escarpins bleu glacier. Ils sont superbes, et ils sont parfaitement assortis à la pochette que je me suis trouvée, mais je suis sûre et certaine que mes pieds saignent déjà.

Alors que je monte les marches, je résiste à l'envie de grimacer autant qu'à celle de tirer sur le bord de mon vêtement. Je ne dois pas me rappeler combien ma robe est courte, sinon je vais me mettre à transpirer de nervosité.

Pendant le trajet, j'ai commencé à me demander si je n'aurais pas dû choisir une tenue plus longue, comme une robe de soirée, mais je n'aurais pas su où en trouver une, et la robe de la femme devant moi est encore plus courte que la mienne.

J'ai encore beaucoup de soucis à me faire ce soir, mais au moins, je n'ai pas à m'inquiéter d'être habillée trop léger.

En haut des marches se trouvent six hommes vêtus de vestes assorties avec le nom de *Nero* brodé sur le devant. Ils doivent faire partie de l'équipe de sécurité. C'est logique que Nero utilise sa propre compagnie pour sa fête, mais six hommes ? Cela me paraît un peu exagéré.

Des mafieux.

Je déglutis, la gorge soudain sèche.

Cette fête va-t-elle être remplie d'hommes comme Nero ? Des hommes dangereux ?

— Invitation ?

Une voix grave attire mon attention sur la droite.

Un homme de la taille d'une maison me tend la main.

— Ah, oui ! Une seconde.

J'essaie de sourire, mais je suis soudainement terrifiée. J'ai hâte d'entrer afin de retrouver Nero. Je sais que tout ira mieux quand je serai à ses côtés.

Je penche la tête vers le bas en ouvrant ma pochette, mes cheveux glissant sur mon épaule et tombant sur mon visage.

J'ai choisi de les laisser relâchés en vagues ce soir, et je serai ravie de les utiliser comme bouclier plus tard, mais mes doigts tremblants ont déjà du mal à sortir l'invitation de mon sac sans que des mèches n'obstruent ma vue.

Repoussant ma chevelure, j'écarte mon téléphone et mon brillant à lèvres et sors l'invitation.

Je pique un fard, légèrement gênée, lorsque je dois la déplier, car elle était trop grande pour tenir dans mon petit sac à main. J'ai détesté la plier, mais je suis contente de l'avoir fait. Parce que j'ai failli l'oublier à la maison et cela aurait bien pu me tuer de me faire refouler maintenant.

L'homme me la prend, l'inspecte une seconde avant de m'accorder le même traitement et de froncer les sourcils.

— Vous êtes seule ?

— Euh, oui.

Je semble incertaine, car je ne m'attendais pas à cette question.

— La plupart des femmes accompagnent une autre personne.

— Oh !

Ça me paraît bizarre.

— Eh bien, je suis avec Nero.

Il plisse les yeux, me scrute, et j'ignore ce qu'il voit, mais il se redresse légèrement et me fait signe d'avancer.

Je m'apprête à tendre la main pour reprendre l'invitation, mais il la glisse dans une boîte à fente à son côté. *Zut, je voulais la garder !*

Je ne suis que légèrement surprise lorsque, quelques pas plus loin, je dois remettre mon sac à main pour qu'il soit inspecté et passer par un détecteur de métaux avant de pouvoir enfin entrer dans le bâtiment.

L'air chaud de l'intérieur est le bienvenu et je prends une grande inspiration afin de détendre mes muscles.

Plusieurs personnes entrent en même temps que moi, et je leur emboîte le pas en suivant les panneaux qui nous dirigent vers la salle de l'événement. Au fur et à mesure que nous nous rapprochons, les indications ne sont plus nécessaires, car le vacarme des voix se propage facilement sur les sols en marbre.

Mes pas ralentissent jusqu'à s'arrêter, et je reste bouche bée.

Rien n'aurait pu me préparer à toute cette grandeur.

La salle est bondée. Certains se mêlent à des groupes, d'autres se tiennent autour des tables hautes rondes pour des discussions plus poussées. Je remarque un bar juste à côté de moi, et un autre que j'aperçois de l'autre côté de la pièce.

La musique filtre à travers les voix et, si je ne me trompe pas, un groupe de cinq musiciens est installé dans un coin.

Pile au moment où je pense que je ne pourrais pas être plus impressionnée, je lève les yeux.

Les plafonds sont si hauts qu'une maquette d'avion grandeur nature est suspendue au-dessus de l'assemblée.

Waouh !

Je ne suis vraiment pas dans mon élément. Et mon seul moyen de survivre à cette soirée, c'est l'alcool.

Alors que je me dirige directement vers le bar, j'observe les gens qui font la queue devant moi et remarque qu'ils ne paient pas leurs consommations. Et il n'y a même pas de pot à pourboire. Hum !

— Qu'est-ce que je vous sers ? me demande la barmaid.

Je me rends soudain compte que depuis tout ce temps, je n'ai même pas réfléchi à ce que je voulais boire.

— Oh, euh…

Je laisse ma phrase en suspens, mes yeux essayant de recenser l'ensemble des bouteilles exposées derrière elle.

Un sourire en coin se dessine sur ses lèvres.

— Je peux vous aider à choisir, si vous voulez.

Mes épaules s'affaissent, soulagées.

— Oui, merci.

Elle pousse un petit rire.

— Première question, voulez-vous un peu d'alcool ou beaucoup d'alcool ?

— Beaucoup, admets-je en souriant.

— Sucré ou pas sucré ?

— Sucré, répliqué-je immédiatement.

Elle acquiesce.

— J'ai ce qu'il vous faut.

Alors que je la regarde verser des bouteilles que je ne reconnais pas dans un shaker, je renonce à suivre son mouvement et me tourne légèrement afin d'inspecter la pièce du regard à la recherche de Nero.

Il est grand, je devrais pouvoir le trouver. Mais je ne le suis pas, et la salle est noire de monde.

Pour son anniversaire.

Une fois de plus, mon ventre se noue.

Je n'ai jamais été à une fête pareille ni entourée d'autant de monde. C'est incroyablement intimidant.

— Et voilà !

J'écarquille les yeux devant le joli martini bleu posé sur le bar. Elle a mis du sel sur le bord et une tranche de citron vert extrêmement fin flotte à la surface.

— Je vais appeler ça un margarita-martini baby, explique la barmaid avec un sourire. Et j'admirais vos chaussures quand vous faisiez la queue, alors j'ai décidé de créer une boisson assortie.

— C'est génial !

Je secoue un peu la tête, subjuguée par son souci du détail.

Alors que je m'apprête à ouvrir mon sac à main afin de lui donner le reste de mon argent, elle pose sa main sur le bar.

— Nous ne pouvons pas accepter de pourboires, ce soir.

— Oh, mais…

— Ne vous inquiétez pas, ce boulot paye mieux que mes deux précédents, alors nous n'en avons pas besoin.

— Vous êtes sûre… ?

Elle sourit.

— Tout à fait. Savourez.

Je la remercie en soulevant délicatement la boisson et en bois une gorgée. Puis je prends une autre gorgée, plus grande.

La barmaid a déjà commencé à préparer son prochain verre, mais elle me fait un clin d'œil lorsque je souffle le mot *waouh*.

Je ne sais pas pourquoi elle s'est montrée si amicale avec moi, peut-être a-t-elle compris que je n'étais pas du tout à ma place et que j'étais perdue ; quelle que soit la raison, sa gentillesse me touche.

Tout en sirotant mon verre, je me fraye un chemin dans la foule, mais je ne vois aucun signe de Nero.

C'est sa fête. J'aurais cru qu'il serait facile à trouver. Ou au moins que je trouverais une foule plus grande que les autres, avec lui au centre. Mais je ne vois rien de tel. Alors j'erre au hasard, lentement, tentant d'avoir l'air décontractée alors que je tourne la tête à gauche et à droite à la recherche du héros du jour.

Mon corps oscille au prochain pas tandis que je chancelle sur mes talons et baisse les yeux, alarmée, pour constater que mon verre est presque vide.

Me rappelant que la seule chose que j'ai mangée aujourd'hui est un bol de nouilles instantanées, je me promets d'intercepter au plus vite l'un des serveurs que j'ai vus se promener avec des plateaux d'amuse-bouches et de me goinfrer. Si la nourriture est ne serait-ce qu'aussi bonne que cette boisson, ce sera la meilleure chose que j'aurai jamais mangée.

Et c'est à ce moment-là, alors que mon esprit est entièrement concentré sur la nourriture, que j'aperçois le profil que je saurais reconnaître au toucher.

Des cheveux noirs coiffés en arrière, une barbe parfaite et épaisse qui encadre sa mâchoire puissante et une *aura* de chef. Il ne fait aucun doute que c'est lui qui commande, ici. Et maintenant que je l'ai trouvé, je me demande comment j'ai pu mettre autant de temps pour y parvenir. Son énergie est palpable. C'est comme si je pouvais le sentir. Même si une douzaine de personnes nous séparent encore.

Au fur et à mesure que la foule se déplace, je le perds parfois de vue, mais je continue d'avancer, contournant un homme qui se déplace sur mon chemin.

Nero ne m'a pas encore vue, mais j'ai déjà un sourire aux lèvres.

J'ai hâte de lui souhaiter un joyeux anniversaire.

Tous ces gens sont là pour lui, pour faire la fête avec lui. Et il peut dire ce qu'il veut sur le type d'homme qu'il est, mais si j'organisais une fête d'anniversaire pour moi en invitant toutes les personnes que j'aie jamais connues, elles ne rempliraient même pas la moitié de cette salle. Elles ne rempliraient même pas mon salon. Et c'est important. Ou plutôt, ça devrait l'être.

Sa bouche bouge tandis qu'il parle à l'homme en face de lui, alors je ralentis ma progression.

Je ne veux pas l'interrompre. Ce serait impoli et maladroit.

Ne voulant pas me faufiler derrière lui, je tourne un peu en rond pour m'approcher de lui de face, ce qui lui laisse la possibilité de me repérer avant que je ne l'atteigne.

Mon cœur bat la chamade, ma nervosité s'élevant comme une fusée dans la stratosphère.

Je bois une nouvelle gorgée de mon verre afin d'essayer de me calmer.

Ça va aller.

J'expire et me rapproche.

La foule se déplace à nouveau, et cette fois, je suis récompensée par un aperçu du corps entier de Nero. Vêtu de noir du cou aux pieds, il est terriblement beau. Son torse a l'air sculpté, comme enveloppé dans ce gilet.

Un éclair rouge attire mon attention.

Des ongles rouges.

Des ongles longs, rouge vif, attachés à des doigts fins appuyés sur son gilet. Juste au-dessus de son cœur.

Mes pieds s'arrêtent.

Mon cœur s'emballe pour une toute nouvelle raison.

L'assemblée se déplace à nouveau, et un caillou se forme à la base de ma gorge.

Une femme est blottie contre le flanc de Nero. Une femme immensément belle. Ses jambes fines, ses hanches et sa taille sont mises en valeur par une robe rouge moulante. Ses seins géants mettent à l'épreuve la physique de son décolleté sans bretelles, et sa chevelure noir de jais est relevée en un chignon soigné. On dirait qu'elle sort tout droit d'un plateau de cinéma.

Et elle est en train de toucher Nero.

Je me rapproche, essayant de comprendre ce que je vois.

Peut-être qu'ils se parlent simplement.

Peut-être qu'elle fait partie de ces gens très tactiles avec leurs amis.

Non pas que je veuille qu'il soit ami avec une autre femme.

Peut-être que ce n'est pas ce que je crois.

Je répète cette dernière phrase dans ma tête, encore et encore, tandis que mes yeux se reportent sur le visage de Nero. Espérant contre toute attente un signe que tout ceci n'est qu'un malentendu.

Alors que je les observe, je constate qu'il ne lui prête aucune attention. Mais il ne la repousse pas non plus. Il est préoccupé par la conversation avec l'autre homme.

De vieux mots me reviennent à l'arrière de l'esprit, me criant que je suis stupide. Une moins que rien… Et c'est comme si Nero les entendait.

Son attention se porte sur l'épaule de l'autre homme, et nos yeux se croisent alors.

Je ressens ce moment comme un poids physique. Et ce n'est pas un poids confortable.

Alors qu'il me fixe du regard, son expression ne change pas. Il ne me sourit pas. Il ne grimace pas de s'être fait prendre. Il ne fait rien pour montrer qu'il me reconnaît.

Je m'approche d'un pas. Je veux lui parler. Je veux qu'il m'explique pourquoi tout ira bien. Mais il détourne le regard, reportant son attention sur l'homme en face de lui.

Mon corps se fige, ma mâchoire se crispe, mes murs se resserrent autour de mon cœur, et quelque chose en moi se fissure lorsque je réalise que j'avais la même réaction lorsque j'étais sur le point de recevoir des coups.

La honte, la peur et la tristesse se mélangent en moi.

Et quand un mouvement attire mon attention, je baisse mon regard pour voir Nero enrouler sa main autour de la hanche de la femme.

Cette fois, quand je bascule, je dois tendre la main, soutenant mon équilibre sur le bras d'un invité à côté de moi.

Je marmonne des excuses, même si mon esprit commence à se mettre en mode survie.

La main de Nero reste immobile, et à son contact, la femme se tourne un peu plus vers son corps.

Mes yeux débordent déjà de larmes non versées, mais je les retiens. J'espère qu'il y a peut-être une explication. Qu'il va sourire, me faire signe et me dire que ce n'est qu'une plaisanterie.

Mais il ne me regarde pas.

Il ne me jette même pas un coup d'œil.

Mon cœur s'affaisse plus profondément encore dans ma poitrine, se resserrant sur lui-même pour paraître plus petit, pour ressentir moins d'émotions.

Et pendant ce temps, Nero reste planté là, à faire comme si je n'existais pas.

CHAPITRE 47
NERO

Mes sens prennent soudain conscience d'un élément inconnu.

Je ressens la même chose quand quelque chose a changé.

Monsieur Gintley continue de parler, mais je ne l'écoute plus.

C'est mon instinct qui m'a permis de rester en vie aussi longtemps. Et j'ai appris à la dure à me fier à lui. À me faire confiance.

Et seulement à moi.

Mais cet instinct n'était pas assez fort, pas ce soir. Parce que la dernière chose que je m'attends à voir quand je lève mon regard, c'est Payton.

Ma Payton.

J'ai appris à ne plus être surpris après des décennies de pratique, mais mon cerveau n'arrive pas à comprendre ce que je vois.

Payton est là.

Payton est *là.*

À ma fête d'anniversaire.

En public.

Une vive colère bouillonne sous mon choc.

N'a-t-elle pas écouté ce que je lui ai dit ?

Ne lui ai-je pas fait comprendre qu'il était dangereux de me connaître ?

Je serre les dents.

Je dois la faire sortir d'ici.

Nikki fait glisser ses griffes sur mon torse et je vois les yeux écarquillés de Payton s'abaisser, suivant le mouvement.

Bordel !

Je baisse le regard à mon tour.

Sur le décolleté de Payton et le tissu étincelant qui moule chacune de ses putains de courbes.

Je m'arrête sur sa robe minuscule, qui montre beaucoup trop de cuisse.

Cette tenue est si courte qu'elle va bronzer des fesses.

Je veux aller la voir. Je veux crier à tout le monde de partir, afin de pouvoir lui faire entendre raison ici au gré de mes coups de reins, au beau milieu de la pièce.

Mais je ne peux rien faire de tout cela. Parce que je ne peux pas me permettre d'attirer l'attention sur elle.

Et je ne peux pas la laisser attirer l'attention sur *nous*.

Je dois lui forcer la main. L'obliger à se retourner, à s'éloigner de moi sans un mot.

Une sorte d'obscurité épaisse m'emplit la poitrine parce que je sais quoi faire. Je sais ce qui va marcher.

Une autre femme pourrait débouler et me jeter un verre à la figure, ou m'affronter ici même, devant tous les invités. Mais Payton n'est pas comme ça, elle a été blessée bien trop souvent. Elle est trop fragile. Elle refuse de se défendre.

C'est pour ça qu'elle a besoin de moi. Parce que *je* la défendrai. Je ferai n'importe quoi pour elle. Mais pour l'instant, il faut que je lui brise le cœur. Et ça me rend furieux.

Les yeux de celle-ci étant rivés sur Nikki, je glisse ma main dans le dos de ma cavalière et enroule mes doigts autour de sa hanche. La sensation de son corps maigre sous ma paume me démange. Ce n'est pas le corps que je veux toucher. Ce n'est pas le corps que mes mains ont gravé dans ma mémoire.

Même à plusieurs mètres de distance, je vois le visage de Payton blêmir.

Je suis vraiment désolé, bébé.

Elle l'a vu, comme je le voulais. Tout comme monsieur Gintley.

Il n'a jamais cessé de parler, mais je sais qu'il a tourné les yeux. Et maintenant, au lieu de se demander ce que je regardais, il observe ma main sur le corps de ma cavalière et se laisse distraire par sa poitrine.

Nikki est tellement avide qu'elle réagit comme une truie en chaleur, en me tripotant encore plus.

J'aurais cru qu'elle aurait enfin compris la nature de notre marché. Il est manifestement temps pour moi de passer à autre chose.

Je détourne mon regard de Payton avant qu'elle ne me surprenne en train de la fixer. Et je l'observe alors qu'elle est debout à la périphérie de mon champ de vision, la douleur déferlant sur son visage par vagues.

Mais je ne bouge pas. Ni ne réagis. Je respire à peine, jusqu'à ce que j'aperçoive sa silhouette qui tourne et s'en va. Et je me déteste plus que jamais.

CHAPITRE 48
PAYTON

J'avale le reste de mon verre en deux gorgées, tout en m'éloignant en titubant de la scène derrière mon dos.

Ce n'est pas possible.

Ce n'est pas possible.

Je chancelle légèrement lorsque je pose le verre vide sur une table. Je le laisse basculer alors que je continue à avancer.

Il faut que je sorte d'ici.

Tout de suite. Avant de m'effondrer en sanglots au beau milieu de cette fête.

Mon cœur s'emballe.

C'est…

Je cligne des yeux afin de me retenir de pleurer.

C'est un homme mauvais. Comme il l'a dit.

CHAPITRE 49
NERO

Je la laisse s'éloigner, puis je sors mon téléphone de ma poche.

— Excusez-moi, je dois répondre, annoncé-je, coupant monsieur Gintley au milieu de sa phrase.

Je presse ma paume dans le dos de Nikki, qui comprend le message et s'avance pour se rapprocher de sa nouvelle cible.

Personne ne m'a vraiment appelé, mais ils n'en savent rien. Après avoir rapidement composé le numéro, ça sonne à l'autre bout du fil.

Je fais un signe de tête à une connaissance de la mairie, puis me détourne lorsque King décroche.

— Qu'est-ce qu'il y a ?

Il sait que je ne l'appellerais pas si ce n'était pas important.

— Trouve-moi, me contenté-je de lui répondre.

King raccroche de son côté, mais je garde le téléphone collé à l'oreille, donnant l'illusion d'être en plein appel.

Quelques autres personnes inclinent leur verre en signe de reconnaissance, mais aucune n'essaie de me parler alors que j'ai l'air d'être en pleine conversation.

Tandis que j'observe les regards, je me rends compte qu'il y a un sacré mélange de personnes différentes. Certes, c'est ma fête. Mais les gens présents sont soit des connaissances éloignées du travail ou de l'entreprise et ne me connaissent pas assez bien pour se sentir à l'aise en ma présence, soit des gens qui me connaissent suffisamment pour savoir qu'ils devraient avoir peur de moi.

— Oui, occupez-vous-en, dis-je sans personne à l'autre bout du fil, avant de ranger mon téléphone dans ma poche au moment où King me rejoint, un verre à la main.

— Nero, me salue-t-il formellement, fidèle à notre façade de rapports seulement courtois, mais pas amicaux. Joyeux anniversaire.

Il me tend sa main libre, que je serre.

— Merci.

Nous ajustons automatiquement notre marche, de sorte que le mur est à nos côtés et que nous surveillons mutuellement nos arrières.

— La fête se passe bien ?

King parle à voix basse, et je sais que personne ne nous entend au-dessus de la musique et du bourdonnement des voix.

— J'ai besoin que tu me récupères un artefact et que tu le mettes en sécurité. En douceur.

King fait tourner le liquide ambré dans son verre avant d'en prendre une gorgée.

— Un artefact que je reconnaîtrais ? demande-t-il finalement.

— Oui.

Je ressens le besoin de serrer les poings, mais je garde mes doigts détendus.

— Le miel de noix de coco.

King hausse les sourcils, très légèrement, révélant toute sa surprise quant à ma demande.

— Ici ? précise-t-il.

Je hoche la tête.

Même si personne ne peut nous entendre, je ne prends pas le risque de prononcer son nom à voix haute dans cette pièce. Je sais qu'il comprendra où je veux en venir, puisque la seule fois où l'un de nous deux a utilisé les mots *noix de coco* et *miel* ensemble, c'était ce matin-là, devant le *Twin's Café*.

— Tu es sûr ? demande-t-il.

Et je sais qu'il ne me demande pas si je suis sûr que Payton est là. Il me demande si je suis sûr de vouloir qu'il aille l'enfermer dans un entrepôt jusqu'à ce que je puisse mettre la main sur elle.

— Positif.

Puis je répète :

— En douceur.

Car il ne s'agit pas d'un de nos enlèvements habituels. La seule torture qu'elle ressentira sera la brûlure de ma main sur son cul nu. Et peut-être aussi mon membre entre ses fesses.

King émet un petit sifflement, mais n'en dit pas plus.

Alors qu'il s'apprête à partir, ses yeux se tournent par-dessus mon épaule avant de revenir sur moi. En signe d'avertissement.

Je me retourne pour voir qui s'approche, et remercie le ciel d'avoir fait partir Payton à temps. Cet homme est la raison précise pour laquelle je ne veux pas d'elle dans mon monde.

Le blond aux yeux vifs et à la démarche arrogante s'arrête devant moi.

— Mikhail.

Je prononce son nom, mais garde les mains le long du corps lorsqu'il me tend la sienne.

— Qu'est-ce que tu fais ici ? lui demandé-je.

Il sourit, tourne la paume vers le haut avant de baisser la main.

— Je ne peux pas venir souhaiter un bon anniversaire à un confrère entrepreneur ?

— Non.

Mon ton n'exprime aucune émotion, mais nous savons tous les deux que je ne plaisante pas.

Nikki, qui l'a accompagné, revient à mes côtés. Et même si elle fait exactement ce pour quoi je l'ai payée, je la déteste pour cette même raison.

Mikhail hausse une épaule.

— Dommage, je commençais à bien m'amuser, dit-il en baladant des yeux la silhouette de la jeune femme.

Je ne sais pas s'il essaie d'insinuer quelque chose ou de m'énerver, mais je me fiche complètement qu'il couche avec elle. Cependant, s'il jette ne serait-ce qu'un regard dans la direction de Payton, je lui arrache plus qu'un doigt.

— Navré de l'entendre.

Je lève la main droite au niveau des yeux et agite deux doigts.

Mikhail regarde, de la lassitude se dessinant enfin sur ses traits. Des traits étrangement semblables à ceux d'un type que j'ai tué il y a quinze ans.

Quatre de mes hommes dont les costumes sombres se fondent dans la foule se matérialisent autour de nous.

— Ce n'est pas nécessaire, dit l'importun en essayant de garder le sourire.

Je vois cependant sa colère.

Je la sens.

Et j'adore ça.

— Fous le camp de ma fête.

CHAPITRE 50
PAYTON

Pour la cinquième fois en quelques secondes, je m'essuie le dessous des yeux du bout des doigts.

La tête baissée, je me fraye un chemin dans la foule. Je veux sortir.

Je veux rentrer chez moi et faire comme si rien ne s'était passé. Faire comme si je n'avais jamais rencontré Nero.

Les gens commencent à se faire plus rares, alors je lève enfin les yeux, m'attendant à voir la grande entrée de l'espace événementiel. Mais au lieu de cela, je ne vois qu'un mur.

Qu'est-ce que…

Confuse, je me retourne.

C'est une blague !

L'avion accroché au plafond voûté est du mauvais côté de la salle. *Je* suis allée du mauvais côté de la salle. L'arche gigantesque par laquelle je suis entrée se trouve à l'opposé de l'immense pièce.

Non, non, non !

— Champagne ?

Je cligne des yeux face au serveur qui s'est matérialisé à côté de moi.

— Non merci, répliqué-je automatiquement avant de

remarquer le plateau de flûtes dans sa main. Finalement, si, s'il vous plaît.

Il me gratifie d'un sourire poli et fait un signe de tête vers le plateau.

J'hésite une seconde avant de glisser mon sac à main sous mon bras et d'utiliser mes deux mains pour attraper un verre dans chacune d'elles.

L'homme ne sourcille pas devant mon comportement, puis s'éloigne et passe au client suivant sans un mot de plus.

Si j'étais une personne normale qui avait de l'alcool dans son appartement, je n'aurais pas besoin de mettre les bouchées doubles. Mais je n'aime pas gaspiller de l'argent pour de l'alcool, et ce soir, j'ai besoin de me saouler, alors le moins que Nero puisse faire, c'est de me fournir les boissons.

Nero.

Mon cœur s'arrête presque à la simple pensée de son nom. Et en réponse, je lève l'une des coupes de champagne et l'engloutis comme un étudiant de fraternité. Les bulles se mélangent dans ma gorge.

Une femme traverse le mur devant moi et je plisse les yeux.

C'est là que je prends conscience que je suis déjà plus ivre que je ne le pensais, parce qu'elle vient simplement de franchir une porte.

Je suis soudain soulagée et, alors que je m'élance vers cette dernière, j'aperçois le panneau indiquant qu'il s'agit de toilettes pour dames. En chemin, je trouve une autre petite table sur laquelle je pose mon verre vide, puis j'utilise ma main libre pour ouvrir la porte des lieux d'aisance.

Le bruit diminue lorsqu'elle se referme derrière moi, et je suis accueillie par une grande pièce faiblement éclairée, plus spacieuse que toutes les toilettes que j'ai pu voir depuis ma naissance.

Au sol le marbre est omniprésent, les murs sont recouverts d'un papier peint floral foncé et les cabines sont toutes des petites pièces individuelles avec de grandes portes en bois s'étirant du sol au plafond.

N'ayant pas besoin d'une invitation en relief pour cette petite fête, mes talons claquent sur le sol tandis que je me dirige vers la porte ouverte d'une cabine, que je verrouille derrière moi.

Reste calme, Payton.

J'appuie mes fesses sur la porte et me penche en avant, tout en prenant soin de ne pas renverser mon verre plein.

Dans mon intimité retrouvée, je m'autorise à sangloter.

Juste une fois.

Rentre chez toi. Rentre chez toi, et tu pourras pleurer à cœur joie. Tu pourras pleurer jusqu'à en vomir, si tu veux. Mais pas avant d'être rentrée chez toi.

Les toilettes sont tellement chics que la cabine est équipée d'une étagère fixée au mur, plutôt que d'un crochet sur la porte, pour y ranger son sac à main ou sa veste. Je pose mon verre sur l'étagère, sors mon téléphone de mon sac et ouvre l'application Uber.

Il ne me faut que quelques secondes pour demander un chauffeur et, par chance, c'est une heure de grande affluence, et de nombreuses voitures sont donc disponibles. J'en sélectionne une qui n'est qu'à cinq minutes de l'endroit où je me trouve, puis appuie sur *confirmer*.

Après avoir pris une grande inspiration, je soulève le deuxième verre de champagne et l'avale aussi vite que le premier.

CHAPITRE 51
PAYTON

D'accord, ce deuxième verre était peut-être une erreur. Mes pas sont encore plus instables lorsque je sors des toilettes pour femmes et retourne à la fête principale. Même si les ampoules sur mes pieds me lancent un peu moins, et même si ma vision est légèrement brouillée par les larmes qui m'assaillent encore les yeux, je pense que je vais pouvoir m'en sortir et partir d'ici sans m'écrouler.

Je prends une seconde pour retrouver mes repères, observe l'espace bondé, et décide que je ferais mieux de longer les murs de l'immense pièce. Passer par le milieu nécessiterait de me faufiler entre beaucoup de personnes, et mes chevilles flageolantes ne sont pas prêtes pour ça.

J'évite volontairement de regarder dans la direction où j'ai aperçu Nero, ou dans celle où je crois l'avoir aperçu, puisque je me suis retournée, parce que je ne serais pas capable de le voir une seconde fois. Ou plus précisément, je ne serais pas capable de le voir une seconde fois enrouler le bras autour d'une autre femme sans perdre la tête.

Un groupe de personnes à ma gauche se déplace et converge vers l'un des serveurs.

Mon ventre est vide, hormis l'alcool, mais la simple idée

d'essayer de mâcher et d'avaler quelque chose me donne la nausée.

Me détournant de la nourriture, je souffle entre mes lèvres pincées. Je ne veux même pas en voir.

Je suppose que je vais aller dans l'autre sens.

Alors que je lève les yeux afin ne pas heurter involontairement un plateau, une grande silhouette attire mon attention.

L'homme ne fait rien de spectaculaire, il marche simplement dans ma direction, le long du mur du fond. Il doit être à trois mètres environ, mais il y a quelque chose chez lui…

Il me rappelle un peu Nero. Sa posture droite, l'énergie qu'il dégage, sa beauté.

Quand il croise mon regard, je baisse les yeux, un réflexe dont je ne parviens pas à me débarrasser.

Mais je comprends soudain et les lève de nouveau.

Je le reconnais, et c'est comme si des vrilles de glace s'enroulaient autour de mes membres.

Je le reconnais.

Il est entré dans le café ce matin-là. Il a été très gentil, m'a demandé quelle était ma boisson préférée et m'a laissé un énorme pourboire.

Je recule d'un pas.

J'ai dit à cet homme quelle était ma boisson préférée, puis Nero est arrivé et a commandé le même latte.

Ils se connaissent forcément.

Ce n'est pas une coïncidence que cet homme soit présent.

Il connaît Nero. Nero le connaît.

Ils se connaissent.

Je recule encore d'un pas, mon pied s'inclinant sur mon talon haut.

Depuis cette toute première nuit, lorsque Nero est entré dans mon appartement, j'ai toujours senti qu'il m'observait. Je l'ai senti tout près. Et même quand je doutais que tout cela soit réel, ça me réconfortait de sentir que quelqu'un se souciait de moi. Qu'il soit fou ou non.

Mais envoyer quelqu'un d'autre pour me surveiller… faire venir ce grand homme intimidant sur mon lieu de travail…

Une vague de panique et de tristesse m'envahit et j'ai soudain du mal à respirer.

Cela rend les choses si différentes d'envoyer une autre personne ! Si graves.

Comment a-t-il pu faire ça ?

Comment a-t-il pu me duper ?

C'est tellement bête ! Tellement bête que ça me fend le cœur. Mais peu de gens sont gentils avec moi. Quand cet inconnu m'a demandé quelle était ma boisson préférée, c'était… je ne sais pas. C'était bizarre, mais c'était quand même une autre personne dans ce monde qui me posait une question sur moi. Je me suis sentie intéressante.

Mais c'était un autre mensonge. Cet homme, comme tous les autres, ne se soucie pas de moi.

Une larme m'échappe et glisse sur ma joue.

Voyant mon émotion, il ralentit et lève les mains. Il veut sans doute me rassurer, me signifier qu'il n'est pas dangereux, mais les larges paumes qu'il me montre ainsi suffisent à me rappeler combien il est plus fort que moi.

Combien Arthur est plus fort que moi.

Et Nero…

Un son de douleur s'extirpe de ma bouche.

Pourquoi a-t-il dû me faire sentir en sécurité ?

Pourquoi a-t-il dû briser l'illusion dans laquelle je vivais ?

Je n'avais pas réalisé… Je n'avais pas réalisé à quel point je m'étais sentie en danger pendant l'intégralité de ma pathétique existence, jusqu'à ce que Nero fasse irruption dans ma vie. Il m'a alors prise dans ses bras, rassemblant mes morceaux brisés, et je me suis sentie en sécurité. *En sécurité !*

J'aurais préféré ne jamais connaître ce sentiment.

L'homme fait un pas de plus, et je cligne des yeux, laissant échapper toute une cascade de larmes.

Il reste une douzaine de pas entre nous, mais je continue à reculer à son approche.

D'après ses manières, je devine qu'il n'est pas seulement là pour me demander de partir.

C'est là que j'en prends pleinement conscience.

Nero est un mafieux. Je suis sûre que cet homme aussi.

Le rythme de mon cœur s'affole alors qu'une vague de terreur s'élève en moi, aussi puissante que mon désespoir.

Je ne sais rien. Presque rien. Et si c'était encore trop ? Et si j'en savais trop ?

Il fait un pas de plus vers moi et mon instinct prend le dessus.

Sans penser à autre chose qu'à l'instant présent, je me tourne de façon à être au dos au mur et m'élance directement dans la marée humaine.

Je heurte quelques épaules, mais personne ne semble le remarquer, trop absorbés que sont les invités par leurs conversations hilares.

Je jette un coup d'œil par-dessus mon épaule. J'espère qu'il sera près du mur du fond, en train de me regarder partir.

Mais il ne me faut pas plus d'une fraction de seconde pour regarder en arrière et confirmer qu'il me suit.

Et il est tout près.

Oh, mon Dieu !

J'accélère le pas. L'alcool m'aide à oublier la douleur que mes chaussures provoquent à mes orteils.

— Excusez-moi !

Je passe devant un autre groupe en faisant quelques enjambées rapides sur une petite partie ouverte du sol.

— Pardon !

Je pose la main sur l'épaule d'un homme plus petit, ce qui le fait tourner à gauche tandis que je me faufile de l'autre côté.

Je ne veux pas attirer l'attention sur ma fuite. Je n'ai aucun doute quant au fait que cela ne m'apporterait rien de bon de causer une scène.

Je suis tentée de regarder en arrière pour vérifier si mon

poursuivant est encore là, mais je n'ose pas. Je dois me concentrer sur ma sortie.

Un passage s'ouvre devant moi, mais le contact de doigts effleurant mes épaules efface aussitôt le léger soulagement que je viens de ressentir.

— King !

Une voix retentit à côté de moi, et les doigts se retirent.

CHAPITRE 52
KING

Merde !

J'affiche un visage faussement neutre, mets fin à ma traque et salue le connard qui vient de crier mon nom.

— Brenton.

Je lui serre la main.

— Ravi de te voir, mens-je.

La plupart des personnes présentes dans cette pièce savent déjà qui je suis, mais je ne veux pas que Payton s'échappe avec mon nom sur les lèvres. Non pas que je pense qu'elle en ferait grand-chose, mais on ne sait jamais.

— Je ne savais pas que tu serais là ! dit Brenton en donnant un coup de coude à l'homme à côté de lui. C'est King Vass, le mec dont je t'ai parlé. Celui qui est plein aux as.

Classe.

— Enchanté, acquiescé-je en reculant d'un pas. Gardez-moi un verre. Je dois m'occuper d'un truc en vitesse.

Je raconte des craques, mais Brenton m'offre un immense sourire et hoche la tête sans s'arrêter.

C'est sûrement un type bien. Il possède un vignoble au sud de la ville. Mais c'est ça, le problème, c'est un type bien.

Et je n'ai pas besoin d'un poids mort supplémentaire dans ma vie.

Tout en me forçant à sourire, je continue à marcher dans ma direction précédente, mes yeux scrutant l'assemblée à la recherche de Payton.

J'étais *si proche* !

J'aurais pu l'avoir. Mes doigts ont effleuré le tissu de ses manches longues, mais j'ai hésité. Et j'ai hésité parce que Nero n'a pas été précis.

Pour être honnête, il n'était pas en position de me donner un briefing complet, mais dès que j'ai senti le tissu sous mon toucher, j'ai douté. Parce que, putain, qu'est-ce que je suis censé faire ?

Elle pleurait déjà quand je l'ai aperçue. Même si elle se déplaçait rapidement et silencieusement, les invités l'ont forcément remarquée. Et une femme qui pleure dans une fête, c'est mémorable. Et si un homme connu, moi, accoste cette femme en pleurs au beau milieu d'une fête, voilà qui serait inoubliable. Précisément ce que Nero essaie d'éviter.

Sans parler de son instabilité décuplée d'habitude lorsqu'il est question de Payton, et de sa probable mauvaise réaction si je la brusquais. Il ne réagirait d'ailleurs sûrement pas bien si je faisais ne serait-ce que la toucher. D'où la question, comment vais-je me débrouiller pour qu'elle m'accompagne, moi, un étranger, en privé, alors que Nero l'a déjà contrariée ?

Toujours en train de cogiter, mes yeux finissent par apercevoir l'éclat de sa robe et je me maudis en constatant qu'elle a déjà franchi l'entrée de la salle des fêtes, attendant ce putain d'ascenseur.

Si ces portes se ferment avant que j'arrive, elle m'aura définitivement échappé.

Mais si j'arrive à me retrouver avec elle dans l'appareil… ça pourrait le faire.

CHAPITRE 53
PAYTON

Le bout de mon pouce blanchit lorsque j'appuie plus fort sur le bouton pour appeler l'ascenseur.

— Allez, allez ! Allez ! le pressé-je pour qu'il monte plus vite.

Il est un peu tôt pour partir, donc personne d'autre n'attend avec moi, ce dont je me réjouis. Car si quelqu'un essayait de me faire la conversation en ce moment, je fondrais sûrement en larmes.

La simple idée de songer à jeter un coup d'œil derrière moi pour vérifier si King est toujours à mes trousses dresse les poils sur ma nuque. Mais c'est l'ascenseur ou rien. Je n'ai aucune chance de pouvoir semer cet homme autrement, et il est hors de question que j'essaie d'emprunter l'escalier. Sa foulée doit faire au moins le double de la mienne, il me rattraperait en un rien de temps. Et je serais seule.

Je transfère mon poids d'un pied à l'autre, atténuant la douleur dans l'un, mais l'accentuant dans l'autre.

Le carillon annonçant l'arrivée de l'ascenseur me fait tellement peur qu'un petit cri m'échappe.

Cool, je peux ajouter la honte à la liste des émotions auxquelles je suis déjà confrontée !

Dès que les portes sont assez ouvertes pour que je puisse

m'y faufiler, je m'apprête à y entrer, mais je manque de me heurter à un autre corps et pousse un autre cri.

La fille en face de moi crie aussi un peu. Nous nous faisons peur l'une l'autre au même moment.

— Bordel, Krissy ! jure l'homme plus âgé à côté d'elle en secouant la tête.

La fille rit et lui donne un coup au torse.

— Elle m'a fait peur.

Elle est belle, elle doit avoir à peine l'âge de boire, et elle porte une robe qui me donne l'air d'une matrone en comparaison.

— Désolée, marmonné-je.

Nous nous déplaçons alors, nous laissant passer l'une l'autre.

L'interaction me fait presque oublier que je suis poursuivie. Mais après avoir appuyé sur le bouton du rez-de-chaussée, je lève la tête et croise le regard de King.

Mon ventre se noue violemment, et je détourne les yeux juste assez longtemps pour sélectionner le bouton du hall d'entrée. Puis je presse en tremblant celui de fermeture de la porte.

Lorsque je lève à nouveau les yeux, King se dirige à grandes enjambées vers moi.

J'écrase à nouveau le bouton. Je recommence sans relâche, aussi vite que possible.

L'homme est à mi-chemin, la mâchoire serrée, les poings fermés.

Les portes commencent à se refermer.

— S'il te plaît, s'il te plaît, s'il te plaît, supplié-je à l'intention de l'appareil en continuant d'appuyer.

King est à quatre foulées de moi.

Puis trois.

Deux foulées, sa main tendue.

Puis les portes se referment.

Je m'affale contre la paroi, la respiration saccadée. Mais alors que l'ascenseur commence à descendre, je réalise que le mur sur lequel je m'appuie est en verre et que l'homme, qui s'appelle apparemment King, se tient là, à la rampe, et me regarde fixement. Mais un instant avant de le perdre de vue, je le vois jurer et se diriger à grandes enjambées vers l'escalier.

La panique m'a déjà entièrement envahie lorsque les portes s'ouvrent, alors je ne perds pas une seconde, je m'enfuis et me précipite vers la sortie, en espérant ne croiser personne, cette fois-ci.

J'ai vérifié la progression de mon Uber en descendant, et il devrait être en train de se garer en ce moment même. Il n'attendra que quelques minutes, mais c'est plus que suffisant. Si je ne franchis pas ces portes d'entrée dans les soixante prochaines secondes, je risque de ne jamais pouvoir sortir.

Le hall d'entrée est grandiose, et quatre petites marches mènent de la zone ouverte principale jusqu'aux portes d'entrée, où se tiennent les gardes de sécurité.

J'ai trop peur que King me poursuive pour remarquer qu'il a commencé à pleuvoir dehors et que beaucoup de gens sont passés par là, laissant des traces d'eau sur les marches en pierre lisse.

Sur la deuxième, ma stupide chaussure à talon haut s'écrase pile-poil sur la surface traître et glisse sous mon poids.

J'agite les bras en grand et pose la main sur la rampe, mais pas assez tôt. Mon élan me fait atterrir, les fesses les premières, sur le bord solide de la marche. La douleur remonte immédiatement le long de ma colonne vertébrale.

J'ai mal.

Très mal.

Mais ce n'est pas la raison pour laquelle des larmes coulent sur mon visage.

J'en ai assez.

J'en ai tellement assez de… tout ça ! De ma vie entière.

Deux des vigiles se dirigent vers moi, sûrement pour m'aider. Mais je ne veux pas de leur aide.

Je ne veux l'aide de personne.

Je reste assise sur la marche un instant de plus, me baisse et enlève une chaussure, puis l'autre. Je ne veux plus jamais voir ces trucs.

Des pas bruyants résonnent dans le hall derrière moi, et je n'ai plus le temps.

Je grimace, et me sers de la rampe pour me hisser.

Puis je fais la seule chose pour laquelle je suis douée.

Je fuis.

CHAPITRE 54
NERO

Mes yeux se posent sur ceux de King à la seconde où il revient à la fête. Et quand il secoue la tête, ma colère s'enflamme comme un brasier.

J'ai regardé ma montre chaque minute de son absence, donc je sais exactement l'heure qu'il est. Et je sais qu'il me reste quatre-vingt-quatorze minutes avant de pouvoir partir.

Et à la seconde où je le pourrai, je n'irai qu'à un seul endroit. Donner une leçon à Payton.

CHAPITRE 55
PAYTON

Je n'arrête pas de pleurer.

Je me sens si bête !

Si bête, bordel !

J'essuie grossièrement mon cou avec ma paume, des larmes coulant abondamment sur mes joues, avant de sortir mon plus gros sac de sport de l'armoire.

Il me l'a dit. Il m'a *dit* qu'il n'était pas un homme bien. Et comme une idiote, j'ai cru tout ce qui sortait de sa bouche, sauf ça.

Tout en séchant d'autres larmes, je commence par l'essentiel en vidant le contenu de mon tiroir à lingerie dans le bagage.

Il m'a dit qu'il mentirait et tricherait pour me protéger. Il l'a dit comme ça, mais je n'ai pas fait le rapprochement. Pas vraiment. Parce que pour moi, cela ne me protège pas qu'il soit avec une autre femme. Ça me brise le cœur.

Je prends une seconde pour presser mon poing contre ma poitrine, comme si cela pouvait atténuer la douleur à l'intérieur de mes côtes.

Ça ne marche pas.

Mes yeux refusent de coopérer, les larmes persistent à couler, mais je continue de faire mes valises.

Je ne peux pas rester ici.

Je ne veux pas partir. Mais je ne peux pas rester.

La vie est déjà assez dure sans avoir à regarder constamment par-dessus mon épaule.

Je suis bien placée pour le savoir. Je l'ai fait pendant des années. J'ai encore des sueurs froides quand je vois un homme qui ressemble à Arthur. L'idée qu'il puisse se présenter à ma porte n'est pas moins terrifiante aujourd'hui qu'elle ne l'était il y a dix ans.

Je ne crois pas vraiment que Nero me tuerait. Pas de ses mains. Mais s'il décide que je suis un boulet… Ou si l'un de ses ennemis m'a vue ce soir… Peu leur importera que Nero ne se soucie pas de moi. Ils me tueront eux-mêmes quand ils découvriront que je ne vaux rien.

Non. Je ne resterai pas plantée là à attendre.

Au moins, cette fois-ci, je suis une vraie adulte et j'ai un peu plus d'argent de côté. Pas beaucoup, presque rien, mais c'est suffisant pour acheter un ticket de bus afin de quitter l'État et de loger dans un hôtel bon marché loué à la semaine pendant un mois, le temps que je trouve un autre emploi et que je commence à percevoir un salaire.

Mes mains s'arrêtent alors que j'ouvre mon tiroir à pyjamas. Peut-être pourrai-je voir le Grand Canyon, finalement. En excluant la côte, l'Arizona est quasiment l'État le plus lointain par rapport au Minnesota. De plus, les logements sur les côtes sont chers ; une petite ville du sud-ouest, avec un restaurant qui a besoin d'aide, serait parfaite pour moi.

Avec un peu de chance, je ne reverrai jamais Nero ou Arthur de ma vie.

Mes lèvres tremblent et je les presse l'une contre l'autre.

Je tente de me persuader que je n'ai *pas* envie de voir Nero. Et que la perspective de ne plus jamais le revoir ne me donne pas l'impression de mourir.

J'ouvre le tiroir et commence à sortir ma chemise de nuit. J'ai fourré le pyjama en soie au fond du tiroir, celui que je portais la nuit où Nero m'a pris ma virginité, et alors que je retire les couches supérieures, je me demande si je ne devrais pas le jeter à la poubelle. Cela ne ferait que me faire souffrir de le voir.

Mais quand j'arrive au fond du tiroir, je ne trouve pas le short et le haut. À la place, je trouve deux billets de cent dollars.

Les sanglots reprennent de plus belle.

Je me sens sale.

Comme s'il me payait et que j'étais une prostituée, et rien de plus.

Il me suffit de penser au mot pour que des bribes de la nuit commencent à se fondre les unes dans les autres.

Les robes ultracourtes. La remarque de l'agent de sécurité, la plupart des femmes accompagnent une autre personne. La différence d'âge et de beauté de beaucoup de couples.

Pourraient-elles être… ?

Mais il y avait aussi Nero. Il était parfaitement assorti à cette femme. Tous deux éblouissants. Tous deux extrêmement bien habillés. Équilibrés. *Sveltes.*

Je recule d'un pas, jusqu'à ce que je sente le lit derrière moi, et je m'affaisse pour m'asseoir sur le matelas. Je sens une soudaine douleur dans le postérieur, là où je suis tombée sur les marches de pierre. Mais ce n'est rien comparé à la souffrance que j'éprouve à l'intérieur.

Me sentant plus vaincue que je ne l'ai été depuis longtemps, je m'allonge sur le lit et me recroqueville sur le côté.

Je porte toujours cette robe ridicule, celle dont j'étais si fière il y a quelques heures à peine. Mais maintenant, elle me paraît aussi fausse que les promesses de Nero.

Je plaque mes mains devant ma bouche, les sequins de l'encolure et des manches me griffant la peau, mais je n'ai pas l'énergie de l'enlever.

Au lieu de cela, je laisse mes paupières se fermer.

J'ai veillé à ce que les portes soient fermées à clé quand je suis rentrée. J'ai même déplacé le canapé à travers le salon pour le positionner contre la porte d'entrée. Mais je doute que Nero vienne me voir ce soir, c'est son anniversaire et il le fête.

Non, ce ne sera pas ce soir, mais bientôt. C'est pour cette raison que je serai partie avant le matin.

J'ai juste besoin de reposer mes yeux quelques minutes.

CHAPITRE 56
NERO

Mes pneus crissent lorsque j'appuie sur les freins, m'arrêtant juste devant l'appartement de Payton.

J'en ai fini de me cacher dans l'ombre.

Et elle a fini de vivre ici.

La colère qui coule dans mon sang n'a fait qu'augmenter depuis que j'ai croisé le regard de ma chérie ce soir. De la colère contre elle. Contre Mikhail. De la colère contre moi-même.

Je sors de ma voiture et me dirige vers la porte d'entrée, puis utilise ma clé pour pénétrer dans le bâtiment.

Mes pas martèlent les marches jusqu'au deuxième étage, la clé de son appartement est déjà dans ma main.

Il n'est pas encore minuit, et les bruits de la vie et des téléviseurs filtrent dans le couloir depuis les autres appartements.

Un bon bruit de fond pour étouffer ce qui va suivre.

Je tourne la clé, sens le déclic, puis tourne la poignée.

La porte s'ouvre avec une certaine résistance, un sourire sinistre se dessinant alors sur mes lèvres.

Si Payton veut jouer dans mon monde, alors, on va jouer.

CHAPITRE 57
PAYTON

— Que…

Ma question se transforme en cri lorsque mon corps est brutalement tiré vers le bas du matelas.

Une grande main saisit ma cheville et me traîne jusqu'au bout du lit. Mon dos couvert de sequins s'accroche aux draps.

Lorsque j'essaie de me dégager avec ma jambe libre, une autre grande main en saisit la cheville, me maintenant immobile.

Même sans le voir, je sais que c'est Nero, mais cela ne dissipe en rien ma peur.

— Arrête ! crié-je me débattant contre son emprise.

Je cligne rapidement des yeux en réaction à la luminosité. Je ne sais pas combien de temps s'est écoulé depuis que je me suis couchée ; je me suis endormie avec les lumières allumées, et elles m'aveuglent désormais alors que j'essaie de comprendre ce qui se passe.

— S'il te plaît ! sangloté-je. Je suis désolée.

Ma vision est floue, mais je vois la silhouette de Nero debout au pied du lit, imposant dans son noir intégral, tandis qu'il m'entraîne vers lui.

Son rire grave se répercute sur ma peau.

— Pas encore, non. Mais tu le seras.

J'ai le souffle court.

C'est la fin.

C'est ainsi que je vais mourir.

De la main de l'homme qui m'a pris ma virginité. La peur qui m'a accablée pendant une décennie se réalise enfin. Mais c'est un homme différent de celui que j'ai toujours redouté. C'est un nouveau.

J'essaie de dégager mes jambes de son emprise.

— S'il… s'il te plaît ! Laisse-moi partir !

J'agite les mains sur les côtés, cherchant une arme que je sais n'être pas là.

— Partir ? se moque Nero. Tu ne quitteras plus jamais mon champ de vision.

Je m'étouffe sur mon souffle suivant.

Attends ! Quoi ?

Je répète ses mots dans mon esprit.

— Tu ne… ne vas pas… ?

Il resserre sa prise sur mes chevilles, même si je reste allongée.

— Je ne vais pas quoi, Payton ?

Je déglutis.

— Tu ne vas pas me tuer ?

Je sais que ce n'était pas la bonne chose à dire quand une rage pure vient couvrir ses traits.

Il m'écarte les jambes d'un seul geste, puis tord ses mains pour me retourner sur le ventre.

Désorientée, je n'ai pas le temps de me débattre avant qu'il n'ait bloqué mes jambes entre ses cuisses.

Il grogne quand je lutte contre sa prise, mais cela ne m'aide en rien à me libérer.

En réponse, le bord de ma robe est relevé d'un coup sec, révélant à sa vue ma culotte en dentelle neuve. Et je rougis, parce qu'elle est bleu clair, assortie aux chaussures et au sac à main que j'ai achetés pour ce soir. Une tenue que j'ai choisie pour lui.

— Nero, le supplié-je.

Je ne sais pas trop ce que j'implore.

Le pardon ? La liberté ? Ma vie ?

J'entends un *clic*, mon corps se rigidifiant alors.

Je connais ce bruit.

C'est le son distinctif d'un couteau à cran d'arrêt qu'on ouvre.

Mon bref espoir est anéanti. Il devait vouloir dire ne jamais quitter son champ de vision vivante.

— Je ne dirai rien à personne, sangloté-je. Je te le promets. Je ne dirai rien à personne.

Le métal froid glisse sur ma peau, juste en dessous de ma culotte, sur la courbe de ma fesse.

— Qu'est-ce que tu ne leur diras pas, Payton ?

Un effroi noir teinte le bord de ma vision.

— Tout, m'étouffé-je. Je ne dirai rien à personne.

Le métal bouge, la lame se glisse sous le lacet, la pointe dirigée vers mon dos.

— Je ne m'inquiète pas de ce que tu pourrais dire.

Je sens une pression, puis le tissu cède, l'élastique du haut est tranché. Il bouge ensuite de nouveau, coupant ma culotte des deux côtés.

— Je suis plus inquiet de ce que tu pourrais faire.

L'une de ses paumes s'enfonce au centre de mon dos, me clouant au matelas. Mais ce n'est pas nécessaire. Je suis figée sur place, terrifiée et confuse.

La dentelle est soulevée de mes fesses et je l'imagine en train de saisir le tissu et de le tirer lentement vers le haut. Le dessous, maintenant détaché, suit son mouvement, se pliant dans ma fente et frottant mon clitoris.

L'élan de plaisir est si fort, si inattendu que je gémis.

Il grogne en réponse, mais ne dit rien. Au lieu de cela, le bout d'un unique doigt dessine une ligne sur ma chair tendre, et je sais qu'il suit l'ecchymose qui s'est déjà formée à la suite de ma chute.

Le soupir qu'il laisse échapper est empli de déception, et je le sens jusque dans mon ventre.

— Je suis désolée, me pensé-je obligée de murmurer.

— Pas encore, répond Nero juste avant que sa main ne s'abatte sur mes fesses.

La douleur sourde se transforme en un éclair de douleur tandis que j'inspire un souffle choqué. Puis sa main revient, apaisant doucement la piqûre, appuyant juste assez fort pour me rappeler l'hématome. D'une manière ou d'une autre, cela attise le feu au fond de mon être.

Je gémis, mes sens se disputant entre la douleur et le plaisir. La guerre entre la lutte et l'abandon.

— Ne me touche pas, tenté-je de crier, mais ma voix est faible.

La main sur mon dos glisse jusqu'à mes fesses, tenant toujours le manche du couteau pressé entre sa paume et moi. Le côté plat de la lame collé contre ma peau rebondie.

Son corps recule, de sorte que mes genoux se retrouvent entre ses cuisses, qui me maintiennent prisonnière.

Il saisit les deux globes de mon fessier, puis m'écarte.

J'ai une demi-seconde pour sentir son souffle chaud avant que sa langue ne remonte sur ma peau.

Mon corps tressaille au contact et il relâche son emprise sur ma fesse meurtrie, avant de redescendre sa main.

— Ne bouge pas, grogne-t-il. Si tu te coupes avec ce couteau, tu n'aimeras pas les conséquences.

Je me fige à nouveau, sentant le tranchant de la lame effleurer le bas de mon dos.

Mes mains agrippent le tissu sous mon corps.

— Va-t'en.

— Non.

Nero enfonce à nouveau son visage dans mes courbes, cette fois-ci en plaquant sa langue sur mon anus.

Mon sexe se serre si fort que j'ai peur de jouir rien qu'avec ça.

— Stop ! crié-je, de vraies larmes dans les yeux alors qu'il me lèche à nouveau.

Je ne veux pas qu'il s'arrête. Je veux qu'il me fasse l'amour. Je veux qu'il me touche de cette façon qui me fait me sentir spéciale. Je veux être la seule femme à ses yeux.

Mais je ne le suis pas.

Cette nuit l'a prouvé.

— Je te l'ai déjà dit, réplique Nero entre ses dents serrées en agrippant ma robe. Tu avais une chance de me dire non. Mais tu ne l'as pas fait. À la place, tu m'as offert ta superbe virginité.

Il tire sur le tissu de mes épaules avant de trancher la longueur de ma robe, mon soutien-gorge subissant le même sort.

— Maintenant, tu es à moi.

Une brise d'air frais s'écoule sur mon dos tandis que l'étoffe déchirée est repliée.

— Jusqu'au jour de notre mort.

Notre ?

— Mais…

Mon corps vibre, et je n'arrive pas à garder le contrôle de mes pensées.

— Mais rien, articule brusquement Nero.

Puis il attire mon corps vers le sien de sorte que mes hanches sont au bord du matelas. Les jambes pendantes, mes genoux se heurtent au cadre du lit tandis que mes orteils tentent de trouver un point d'appui. Sa main me retient à nouveau, si bien que je ne peux pas poser les pieds sur le sol.

— Mais tu étais avec elle ! l'accusé-je en criant.

Le souvenir de sa main sur sa hanche s'est gravé dans mon cerveau.

— Elle n'est rien ! hurle-t-il en retour.

— Alors, qu'est-ce que je suis ? sangloté-je.

— Je te l'ai déjà dit, grogne Nero en s'inclinant sur mon dos. Tu es à moi.

Puis, d'un seul coup de reins, il s'enfonce complètement en moi.

CHAPITRE 58
NERO

Payton est trempée, et je la pénètre sans résistance.

Elle se crispe sous moi, le corps et l'esprit en guerre, voulant me haïr tout en désirant m'attirer plus profondément.

— Lâche-moi ! crie-t-elle, alors même que son intimité palpite autour de mon membre.

Elle veut me haïr. Mais elle ne me hait pas. Elle ne peut pas.

Et je vais le lui prouver.

Parce qu'elle est proche.

Elle est si proche !

Et je ne suis pas là pour jouer franc jeu.

Je glisse une main entre le matelas et elle, sans m'arrêter tant que je n'ai pas senti son petit clitoris ferme contre mes doigts.

Son corps se cambre sous le mien, ses jambes serrées l'une contre l'autre, et plus elle gigote, plus son sexe serre ma verge.

— A… arrête ! gémit Payton.

J'attrape ses cheveux de ma main libre et tire sa tête en arrière jusqu'à ce que nos joues soient l'une contre l'autre.

— Pourquoi ? demandé-je au creux de son oreille.

— Parce que j… je vais…

— Fais-le. Jouis pour moi.

Je frotte la pulpe de mes doigts sur son clitoris en suivant un schéma grossier, et elle explose alors.

Ses fluides coulent sur mes doigts et ses parois tremblantes tentent d'extraire le sperme de mes bourses.

Je serre les dents et résiste à l'envie de la suivre jusqu'à la limite.

Nous ne faisons que commencer.

CHAPITRE 59
PAYTON

Mon corps tout entier tremble, mon orgasme me secouant jusqu'aux os.

— C'est ça.

Nero me lèche la joue, son emprise sur mes cheveux est aussi implacable que sa verge enfouie en moi.

— Sens-moi.

Il presse ses hanches plus fort contre mes fesses.

— Sache que c'est moi qui suis en toi, poursuit-il, ses dents descendant le long de mon cou. Moi qui t'enflamme.

Je tire sur sa prise sur ma chevelure, la traction brutale sur les racines exerce une distraction bienvenue par rapport à ce qui se passe entre mes jambes.

— Tu m'as dit que tu userais de la tromperie, dis-je, détestant avoir l'air si pitoyable. Mais je ne pensais pas que tu voulais dire comme ça.

Un grondement sourd vibre de son torse à travers mon dos.

— Ce n'est *pas* comme ça.

Sa poigne quitte mes cheveux et je laisse tomber mon front sur le lit. Mais bien évidemment, ses mains me suivent, ses doigts dessinant des cercles délicats contre mon cuir chevelu.

— Ce n'était pas comme ça entre elle et moi.

J'essaie d'ignorer le réconfort que me procure son contact. De même que la plénitude que produit son membre en moi. Alors qu'il me remplit simplement.

— Tu l'as laissé te toucher.

Ma gorge me fait souffrir.

— Plus jamais.

La main sur mon sexe est immobile, mais elle appuie toujours sur mon clitoris et j'ai du mal à réfléchir.

— Tu la touchais.

Je peine à articuler, mais c'est l'accusation bruyante que je ressens qui sort de ma bouche.

— Tu ne m'as pas écouté.

Je sens sa frustration, même si sa verge palpite.

— Elle était là pour distraire la foule. C'était une putain d'employée, pour que les gens la regardent et ne se demandent pas où je vais passer la nuit.

Une employée.

J'avais raison. Il l'a payée.

— Tu as couché avec elle ?

— Ce n'est pas important.

— Est-ce que tu as couché avec elle ?!

Je crie de nouveau. Ma colère l'emporte sur ma douleur.

Le haut du corps de Nero s'éloigne de moi, et c'est au moment où je perds cette pression que je remarque que les boutons de sa chemise s'enfonçaient dans mon dos. Il est encore habillé.

— Tu veux savoir si je me suis tapé cette pute, Payton ? Ma douce chérie me demande vraiment ça ?

Il me saisit les hanches et je suis soudain soulevée du matelas. Mes mains poussent automatiquement les couvertures et je me rattrape à peine quand Nero me pousse vers l'avant avec ses hanches.

Sa verge est encore plus profond maintenant et, alors qu'il est enfoui jusqu'à la base, je remonte mes mains sur le matelas. La texture douce de son pantalon sur l'arrière de mes cuisses entre en conflit avec les muscles durs en dessous. Et un objet tombe au sol, qui ne peut être que le couteau.

— Oui, bébé. Je l'ai fait, crache-t-il dans un aveu qui me transperce. Je l'ai baisée.

Nero me suit sur le lit. Il s'agenouille derrière moi.

— Laisse-moi tranquille.

Ses mains se resserrent sur mes hanches.

— Tu veux savoir comment c'était ?

Son ton déborde tant de colère qu'il m'effraie.

Je secoue la tête, parce que non, je ne veux pas en savoir plus.

Tous deux à genoux, Nero passe ses bras autour de ma poitrine et me redresse pour que nos corps se retrouvent au même niveau.

Une fois mes bras libres, il retire la robe et le soutien-gorge abîmés. Je suis entièrement nue et lui est entièrement habillé.

— C'était oubliable, me murmure-t-il à l'oreille.

Puis, pour la première fois depuis qu'il m'a pénétrée, il recule ses hanches de sorte que seul son gland reste en moi. Mes petites lèvres s'écartent autour de sa taille et s'accrochent à lui.

— Ce n'était rien.

Sa verge tressaille, faisant palpiter mon clitoris en réponse.

— Les femmes que j'ai connues ne représentent rien pour moi. Parce qu'elles ne sont pas toi.

Il donne un coup de reins sur le dernier mot.

J'ouvre la bouche dans un cri silencieux. Et mes mains se serrent derrière moi, essayant de trouver quelque chose à quoi se raccrocher. Elles essaient de trouver Nero.

J'attrape les pans de sa chemise et enfonce mes doigts dans le tissu.

L'une de ses paumes glisse vers le haut pour me saisir la gorge, l'autre apposant une puissante pression sur mon ventre, me donnant l'illusion qu'il est encore plus gros en moi.

Le gémissement de plaisir de Nero me provoque presque un autre orgasme.

— J'ai baisé d'autres femmes.

Il se retire, puis s'enfonce à nouveau.

— Mais pas depuis que je t'ai rencontrée.

Ses hanches reculent.

— Et celles d'avant, elles ne signifiaient rien.

Un nouveau coup de reins vers l'avant.

— Je ne leur ai jamais fait l'amour.

La main sur mon ventre me quitte.

— Et je n'ai jamais tué pour elles.

Tué pour elles ?

La paume sur ma gorge glisse vers le haut, de sorte que son pouce et ses doigts encadrent le dessous de ma mâchoire, maintenant ma tête immobile.

— Je ne ferai jamais l'amour qu'avec toi.

Ses hanches remontent, la pointe de sa longueur touchant le fond de mon intimité.

— Et je tuerais volontiers pour toi. Autant de fois qu'il le faudra.

Un éclair de lumière traverse la brume de désir qui emplit mon cerveau, et je cligne des yeux.

Ce n'est pas possible.

La bague en or…

Ma gorge se serre.

Ce n'est pas possible.

Pauvre idiote.

Grosse vache sans valeur.

Un gâchis d'espace.

Pathétique.

Cet anneau qui s'enfonce dans mon cou.

Cet homme qui me terrorise.

Me menace.

Cette bague représente la raison pour laquelle j'ai été forcée de partir.

La raison pour laquelle je suis restée seule.

Pour laquelle j'ai été terrifiée pendant des années.

J'ai le souffle coupé tandis que je fixe du regard la bague d'Arthur.

La bague d'Arthur entre les doigts de Nero.

— Il n'est plus là, bébé.

Nero pose sa joue contre la mienne.

Mes yeux me brûlent.

— Tu… Tu l'as tué ?

Il lève la main, faisant rouler l'anneau dans sa paume.

— Je l'ai tué.

Un soulagement plus grand que toute autre émotion que j'aie jamais pu ressentir me consume.

L'emprise de Nero sur ma gorge m'immobilise. Et tout change. Tant d'histoire est effacée en un seul instant !

— Il n'est plus là ?

Des larmes coulent abondamment de mes yeux.

— Il n'est plus là.

Mon amant embrasse mon épaule et je m'affaisse dans son étreinte, mon corps perdant sa capacité à me soutenir.

Arthur n'est plus là.

Nero enroule à nouveau son bras autour de ma taille, me serrant contre lui tandis qu'il me laisse pleurer.

— Il ne te fera plus jamais de mal.

Il appuie ses lèvres sur ma tempe, sa langue s'élançant pour lécher d'autres larmes.

CHAPITRE 60
NERO

Le goût de ses larmes fait palpiter mon sexe en elle.

— Je te l'ai dit, je te protégerai.

Je lèche une autre larme, la savourant.

— Quiconque te fera du mal cessera d'exister.

Son corps tremble et je la serre plus fort.

Je ne devrais pas bander autant. Mais ses petits spasmes autour de ma longueur sont trop importants pour que je les ignore, et je me retire un tout petit peu, avant de basculer mes hanches contre elle.

Je sors, puis je rentre.

Encore et encore, avec des coups de reins superficiels, tandis que Payton pleure dans mes bras.

Elle pousse un hoquet, avant que la dernière chose que je m'attendais à entendre n'atteigne mes oreilles.

— Merci.

La jeune femme inspire une autre bouffée d'air et le répète plus fort.

— Merci.

Ma verge gonfle, je recule mes hanches et me retire complètement.

J'attrape ses épaules et la tourne de façon qu'elle soit face à moi, puis pose mes deux mains sur son visage.

— Répète.

Ses yeux sont brillants et écarquillés quand elle me regarde dans les yeux.

— Merci de l'avoir tué.

Tout en la maintenant fermement, j'écrase nos bouches l'une contre l'autre. Je suis rempli par le goût de sa vérité.

Elle ne se débat pas ni ne résiste. Elle s'ouvre à moi.

Sa langue se mêle à la mienne tandis que ses doigts tirent frénétiquement sur mes vêtements.

Mais ce n'est pas le moment. Elle pourra m'avoir nu la prochaine fois.

Je repousse ses mains, puis la plaque sur le dos et la suis. Nos bouches fusionnent.

Payton lève ses jambes et les enroule autour de ma taille.

— Prends-moi, halète-t-elle contre mes lèvres. J'ai besoin de t'avoir en moi.

Elle me serre les épaules, me maintenant contre elle.

Une chaleur comme je n'en ai jamais connu gonfle dans ma poitrine.

— Maintenant, Nero. S'il te plaît ! supplie-t-elle en m'attirant plus près encore. J'ai besoin de toi maintenant.

Des larmes coulent encore sur ses joues, sa peau est d'un rose profond, et elle n'a jamais eu l'air aussi puissante.

Je soulève suffisamment mes hanches pour obtenir l'espace dont j'ai besoin, puis, lorsque mon gland est accueilli par sa chaleur humide et avide, je m'écrase en elle.

Nos corps se rejoignent dans un gémissement. Et la partie lente est terminée.

Mon bas-ventre bouge d'avant en arrière. Ma verge entre et sort. Mon pantalon glisse le long de mes hanches à chaque coup de reins, si bien que mes testicules claquent contre ses fesses.

— Tu es à moi.

Je glisse mes bras sous ses épaules, la serrant contre moi, et elle me serre en retour.

— Je suis à toi, halète-t-elle en retour.

— Dis-moi que tu comprends.

Elle hoche la tête contre mon corps.

— Plus d'autres femmes.

— Il n'y a pas d'autres femmes.

Elle lève la main pour la glisser dans mes cheveux avant de les saisir, fort. Comme je viens de le faire avec elle.

Je suis sa traction et hausse suffisamment la tête pour la regarder.

Ses seins se frottent à mon torse, rebondissant à chacun de mes coups, mais elle semble plus sérieuse que je ne l'ai jamais vue lorsqu'elle ajoute :

— Plus de femmes. Ne les touche pas et ne les laisse pas te toucher. Pas du tout.

Je souris.

— Je retrouve ma chérie.

Elle me tire les cheveux.

— Dis-le.

Mes bourses se contractent. Putain ce qu'elle est sexy quand elle est énervée !

— Personne n'a le droit de me toucher à part toi. Et tu es la seule femme que je toucherai encore.

Son intimité me serre à chaque promesse, et je ne peux résister à l'envie de lécher ses lèvres.

— À ton tour.

— Tu es le seul homme que j'aie jamais touché.

Elle me le dit en me regardant droit dans les yeux, et mon sperme se déverse alors goutte par goutte de mon membre.

— Le seul homme qui connaîtra jamais la sensation de mon sexe.

Je plaque mes hanches contre elle.

— Le seul homme qui me remplira jamais de sa semence.

Je jouis. Je me vide au plus profond de son intimité.

J'écrase mon poids tout entier en elle, mon gland se plaquant contre le clitoris de Payton, et il ne lui en faut pas plus pour exploser autour de moi.

CHAPITRE 61
PAYTON

J'arrive à peine à respirer, le poids de Nero m'écrasant sur le matelas, mais je m'en fiche. Je me délecte de la sensation d'être piégée sous lui. Enchevêtrée avec lui.

Mes doigts s'enfoncent dans les muscles de ses épaules. Je les promène tantôt en haut, tantôt en bas, tandis que son dos se soulève à mon contact. Apparemment, il a autant de mal à reprendre son souffle que moi.

Il gémit en bougeant. Je m'attends à ce qu'il se retire. Mais j'aurais dû m'en douter.

Les hanches de Nero reculent, son membre sortant presque entièrement juste avant qu'il ne le réintroduise.

Mon dos se cambre en réaction, mon corps tout entier est bien trop sensible.

— Ma belle.

La bouche sur mon épaule, il ponctue sa déclaration en enfonçant ses dents dans ma peau.

— Je vais devoir attendre une minute avant d'être prêt pour le deuxième round. Mais je te prendrai à nouveau quand on sera à la maison.

Je délire à moitié, et quelques secondes me sont donc nécessaires pour enregistrer ce qu'il vient de me dire.

— À la maison ?

Il m'ignore, traçant de sa langue le côté de mon cou.

— Je veux te marquer. Que les gens sachent que tu es à moi.

De quoi parle-t-il ?

— Tu viens tout juste de me mordre, lui rappelé-je.

— Il faut que ce soit permanent.

Je ne sais même pas s'il s'adresse à moi ou à lui-même.

— Un tatouage.

J'écarquille les yeux.

— Mais il faudrait que ce soit quelque part où les gens puissent le voir.

Nero balance ses hanches contre mon intimité tandis qu'il se ramollit lentement en moi.

— Peut-être ta main.

Il ajuste ses bras de façon que son poids repose sur ses coudes et qu'il puisse me regarder de haut.

Allégée de son poids, j'inspire pour remplir mes poumons et secoue la tête.

— Je ne me ferai pas tatouer.

Il grogne.

— On verra bien.

Lorsqu'il se retire enfin complètement, je sens le fruit de notre extase couler entre nous, comme la première fois.

La première fois. Et aussi la *seule autre fois.*

Je n'arrive pas à croire que c'est la deuxième fois que je fais l'amour. Enfin, quel que soit le nom que je pourrais donner à ce que nous avons fait au concert.

Nero s'assoit pour pouvoir glisser un doigt le long de ma fente, ce qui fait me tressaillir.

— Tu es si jolie ! murmure-t-il.

Il a une telle sincérité dans la voix que ça me fait piquer un fard.

Je ne saurai jamais pourquoi un compliment mignon peut me faire rougir après ce que nous venons de faire.

Il pousse un énorme soupir, puis descend du lit.

— Habille-toi. Nous pourrons nous doucher à la maison.

Toujours nue, je serre mes genoux l'un contre l'autre.

— Pourquoi tu continues à dire ça ? C'est ici, ma maison.

Il secoue la tête en rangeant son membre dans son pantalon. Et juste ainsi, il est entièrement habillé.

— C'est chez moi, dis-je lentement, comme s'il ne comprenait pas.

Ses doigts habiles referment sa ceinture.

— Plus maintenant.

Je détourne mon regard de ses mains pour le porter sur son visage.

— Qu'est-ce que tu veux dire ?

— Tu vas emménager chez moi.

Rien de ce que dit cet homme ne devrait plus me choquer, et pourtant.

— Non.

Il lève les yeux pour croiser les miens, et ses pupilles ne sont prêtes à aucun compromis.

— Si, tu vas le faire. Ce soir. Maintenant.

Il penche la tête vers le sac de voyage à moitié rempli dans le coin de la pièce.

— Tu as déjà fait tes valises.

Je le regarde, bouche bée.

— Je ne peux pas.

— Tu peux.

— Nero, tu n'es pas sérieux.

— Si.

Je le fixe du regard. Il l'est vraiment. Il est on ne peut plus sérieux.

— Tu es fou, soufflé-je.

Il m'agrippe les chevilles et me tire vers le bas du lit. Encore.

Il se penche sur moi, plaçant nos visages à quelques centimètres l'un de l'autre.

— Pour toi, je suis un fou certifié.

Ses lèvres se posent sur les miennes, et je dois être tout aussi folle, car je ne ressens que du réconfort à ses mots.

— Maintenant, habille-toi.

Nero m'attrape les mains en reculant, m'aidant à me redresser.

Le passage à la verticale me fait un peu tourner la tête, et je me souviens que j'étais presque ivre quand j'ai quitté la fête. Mais apparemment, cela a des vertus de dégrisement de se réveiller à moitié morte de trouille.

Nero est en train de rentrer sa chemise, et une partie de mon cerveau me conseille d'attraper une couverture et de me couvrir.

Assise, nue, mon ventre rebondi en pleine lumière, devant l'homme le plus sexy que j'aie jamais rencontré en personne… c'est beaucoup.

Mais l'autre moitié de mon cerveau capte le regard de mon amant sous ses paupières à moitié fermées. Et je n'y vois rien d'autre que de la chaleur. De la chaleur, du désir et du besoin.

— Je ne peux pas emménager avec toi, soupiré-je.

Même si je n'ai jamais rien voulu de plus, c'est ridicule.

Sa mâchoire bouge comme s'il mâchait ses prochains mots.

— Tu vas le faire. Tu as pris cette décision à ma place quand tu es venue à ma fête ce soir.

— Mais…

Il secoue la tête.

— Tu as scellé ton destin à la seconde où tu as mis les pieds dans ce bâtiment.

Nero se dirige vers ma commode et ouvre le tiroir du haut. Le trouvant déjà vide, il passe au suivant, puis prend les T-shirts en pile et les dépose dans mon sac de sport.

— Je n'étais pas prêt. Je ne voulais pas faire ça, Payton, grogne-t-il.

Il a l'air tellement peiné. D'instinct, j'enroule la couverture autour de mon corps et m'élance dans sa direction.

— Tu ne voulais pas faire quoi ?

Comme il me tourne le dos, il m'est facile de voir ses

épaules se contracter et sa tête tomber vers l'avant. C'est une attitude que je connais bien. C'est de la honte.

— Je ne voulais pas la toucher. Mettre ma main sur sa hanche comme ça, pour que tu le voies…

Il prend une grande inspiration.

— Je savais que ça te ferait souffrir.

Les émotions que j'ai ressenties à ce moment remontent dans ma poitrine tandis que je serre la couverture plus fort.

— Alors, pourquoi tu l'as fait ?

Il prend son temps pour se retourner et me faire face.

Quand il y parvient enfin, il prend mon visage dans ses mains chaudes, maintenant mes yeux plongés dans les siens.

— Parce que j'avais besoin de temps. J'avais besoin que tu t'éloignes de moi avant qu'on n'apprenne qui tu es pour moi.

Il pose son front sur le mien.

— Je n'arrête pas de te le dire, ma belle, je suis un homme mauvais. J'ai des ennemis qui te tueront, ou pire, rien que pour me torturer. Et quand ils découvriront combien je t'aime, ils se battront les uns contre les autres, juste pour être les premiers à t'atteindre. Et si jamais quelque chose t'arrivait…

Il inspire.

— Je brûlerais la ville entière.

Mon cœur galope derrière mes côtes.

— Tu m'aimes ?

Nero acquiesce.

— C'est forcément ça. Je ne vois pas d'autre explication à ce que tu me fais ressentir.

J'ai les larmes aux yeux, et j'en ai marre de pleurer, mais c'est la première fois que…

— Personne…

Je déglutis, la gorge serrée.

— Personne ne m'avait jamais dit qu'il m'aimait.

Son regard s'adoucit très légèrement.

— Moi non plus.

Mimant sa position, je lève les mains et appuie mes paumes sur ses joues.

— Je t'aime, Nero.

— Tant mieux.

Sa poitrine se gonfle alors qu'il inspire profondément.

— Tant mieux.

Je renifle, mais il secoue la tête.

— Plus de pleurs. Pas ce soir.

J'acquiesce tout en reniflant un peu plus.

Il effleure d'un baiser le coin de ma bouche.

— Et on parlera plus tard de tes valises que tu prépares toute seule. Comme si tu allais essayer de me quitter.

— D'accord, murmuré-je, alors que nos lèvres se trouvent à quelques millimètres les unes des autres.

Son souffle me caresse la joue.

— Et nous ne parlerons jamais de ta peur que je te tue, ajoute-t-il en glissant ses mains autour de mon cou pour me serrer dans ses bras. Je m'arracherais le cœur de la poitrine plutôt que de te faire du mal.

J'enroule mes bras autour de sa taille et le serre contre moi.

— Je suis désolée, je…

Il me fait taire.

— Nous n'en parlerons pas.

Il me serre avant de me lâcher.

— Maintenant, habille-toi, bébé.

Je me dépêche d'attraper un legging, de la lingerie dans mon sac de voyage et un pull trop grand et usé jusqu'à la corde.

Dans la salle de bains, je fais de mon mieux pour me nettoyer avant de m'habiller. Puis je me souviens de la conversation de tout à l'heure, avant les *je t'aime*, et mets tout mon nécessaire de toilette dans un petit sac.

Je n'arrive pas à croire que je vais emménager chez lui.

C'est de la folie. Et une très mauvaise idée. Sans doute la pire. Mais… qu'est-ce que j'ai à perdre ?

Nero semble aussi dingue de moi que je le suis de lui. Et il m'offre tout ce que j'ai toujours voulu. Un foyer. Une protection. La sécurité. *L'amour.*

C'est peut-être le mauvais choix, mais je le prends. Si je ne le fais pas, si je m'y oppose et gagne, je le regretterai chaque jour de ma vie.

Il a tué Arthur.

Un sourire en coin se dessine sur mes lèvres avant que je ne me détourne du miroir.

C'est sans doute malsain de se réjouir de la mort d'un homme. Mais, waouh ! je suis tellement heureuse.

Je me ressaisis, puis ouvre la porte. Nero est debout dans la cuisine, mon sac à ses pieds et le canapé remis à sa place initiale.

— Je suis prête, annoncé-je.

Il ne me regarde cependant pas.

— C'est quoi, ça ? demande-t-il d'une voix plate et presque effrayante.

Je suis son regard, et vois l'enveloppe noire vide à l'endroit où je l'ai laissée sur le meuble de la cuisine.

Je glisse mon petit sac dans le sac de sport. Il est fâché parce que ça lui rappelle la fête ?

— Je peux la jeter si tu veux, proposé-je en haussant les épaules.

Les yeux de Nero se lèvent vers les miens, plissés, comme s'il essayait de comprendre quelque chose.

Sur la défensive, je croise les bras.

— Tu sais, si tu ne voulais pas que je vienne ce soir, tu n'aurais pas dû me laisser une putain d'invitation. Et j'ajouterais que ça ne m'a pas plu d'apprendre de cette façon que c'était ton anniversaire.

Je me calme, mes bras retombant alors le long de mon corps.

— Bon anniversaire, au fait, ajouté-je.

Nero attrape le sac d'une main et saisit mon coude de l'autre.

— On y va.

Il commence à me traîner vers la porte d'entrée.

— Attends !

Je m'efforce de résister à son emprise en essayant d'attraper mon petit sac à main sur le meuble.

Il n'attend pas, mais je réussis à l'attraper. Ce n'est pas mon sac habituel, mais j'y ai mis toutes mes affaires importantes avant la fête.

Je profite du temps que Nero met à ouvrir la porte d'entrée pour enfiler une paire de tennis noires.

Je suis encore en train d'essayer de fourrer mes talons dans les chaussures quand il m'entraîne vers la sortie.

— Qu'y a-t-il de si urgent ?!

Je trébuche, mais sa prise sur mon bras me maintient debout.

— Ce n'est pas moi qui t'ai laissé cette invitation.

CHAPITRE 62
NERO

— Qu'est-ce que tu veux dire ? demande Payton en essayant de suivre mon rythme.

Je ne réponds pas, gardant mon attention sur les alentours.

Je n'aurais pas dû coucher avec elle. J'aurais dû la traîner hors du lit, la jeter sur mon épaule et la porter jusqu'à ma voiture. Mais *non*. Il a fallu que ses cuisses pâles et généreuses soient dénudées. Je me suis retrouvé dur comme un roc dès que j'ai posé les yeux sur ses cheveux en bataille et son visage taché de larmes.

— Nero ?

Elle trottine désormais, mais je l'arrête en haut de la cage d'escalier.

Je lâche son bras, puis appuie ma main sur sa poitrine pour plaquer son dos au mur.

— Ne bouge pas.

Elle acquiesce et je garde les yeux levés pendant que je m'accroupis. En quelques secondes, je remonte la jambe de mon pantalon, dévoilant l'étui à ma cheville, et sors mon arme de secours.

Ma compagne laisse échapper un petit hoquet derrière moi, et je m'attends à ce que ses yeux s'écarquillent devant mon arme ; mais lorsque je me relève, son regard balaye les environs, comme si elle m'aidait à repérer des menaces.

Je ressens une brève fierté inattendue avant de me rappeler que sa vie aussi a été hantée par des démons.

Merci de l'avoir tué.

Je ne ressens que plus de fierté encore, mais je me calme parce que ce n'est pas le moment. Je lui dirai plus tard qu'elle est géniale.

— Attrape le dos de ma chemise et reste près de moi, lui dis-je.

Elle s'exécute alors.

Avec une main qui porte le sac et l'autre qui tient mon arme, je ne peux pas tenir sa main comme je le voudrais. Mais j'ai besoin qu'elle me touche, alors il faudra faire avec.

Je ne repère aucun bruit en dessous de nous, mais je garde mon arme prête pendant que nous descendons l'escalier.

Une fois en bas, il ne nous reste plus qu'à tourner et à faire quelques pas pour sortir du bâtiment.

— Je me suis garé juste devant la porte, expliqué-je en tournant la tête par-dessus mon épaule.

Les jointures de Payton s'enfoncent dans mon dos alors qu'elle se colle à moi.

— Tu monteras la première et tu fermeras la portière.

— D'accord.

Je sors de la cage d'escalier, et comme personne n'est en vue, nous avançons ensemble.

Nous sommes presque arrivés à la sortie lorsqu'une porte s'ouvre dans le couloir derrière nous.

Je tourne en laissant tomber le sac, puis utilise ma main libre pour saisir la taille de Payton et la protéger derrière moi.

Un homme d'âge moyen sort dans le couloir.

— Retournez dans votre appartement ! aboyé-je.

Ma voix le fait sursauter et il recule d'un pas avant même d'avoir posé les yeux sur moi. Lorsqu'il m'aperçoit, ses yeux s'écarquillent encore plus.

Il est évident que cet homme vit ici, mais je ne veux pas l'avoir dans le dos quand je sortirai d'ici.

Payton tire sur ma chemise.

— C'est juste Fletcher.

Je lève mon arme vers le front de l'homme. Je n'aime pas qu'elle connaisse son nom.

— Maintenant, grogné-je.

Le type, *Fletcher,* tombe presque dans son appartement, claquant la porte en même temps.

Je ramasse le sac, sors de l'immeuble et nous amène à la voiture sans voir personne d'autre.

J'ouvre la portière côté passager, installe ma compagne sur le siège, puis la referme.

Le véhicule est intégralement à l'épreuve des balles. Si quelqu'un m'abat maintenant, tout ce qu'elle a à faire, c'est de verrouiller les portières et d'attendre la fin de l'attaque.

J'aurais peut-être dû l'en informer.

Je me dirige vers le côté conducteur, me glisse dans le siège et jette le sac par-dessus mon épaule sur la petite banquette arrière.

— Ceinture de sécurité.

Pendant que Payton s'attache, je démarre la voiture et tapote l'écran de mon tableau de bord, lançant un appel à Rocco.

La sonnerie retentit dans les haut-parleurs du véhicule et je suis en train de m'éloigner du trottoir quand il décroche.

— Patron ?

— Je veux que tu fasses un périmètre complet de la maison, ce soir.

Ne voyant pas d'autres véhicules, je franchis le stop au bout de sa rue.

— Ou non. Prévois-le très prochainement.

— Ça marche.

Rocco ne panique pas et ne me demande pas pourquoi, ce qui est la raison pour laquelle il est mon second.

— Et j'ai besoin d'une équipe séparée pour sortir des affaires d'un appartement.

Je récite de mémoire l'adresse de Payton.

— Une équipe de nettoyage ?

— Non.

Je ralentis juste assez la voiture pour tourner brusquement à droite dans l'une des rues principales qui traversent le centre-ville.

— J'ai besoin que les objets personnels soient rassemblés.

Mes doigts se crispent sur le volant. Je veux lui dire d'envoyer des femmes, celles que nous employons pour le travail d'infiltration, mais cela demanderait plus de coordination que je n'en ai le temps.

— Assure-toi qu'ils soient prudents. Tout ce qui sera cassé sera remboursé au décuple.

Je sens le regard de Payton sur moi. Mais elle n'a pas son mot à dire.

Et elle va vraiment détester la suite.

— J'ai aussi besoin que vous retrouviez la propriétaire du *Twin's Café*.

La jeune femme émet un petit cri de protestation et je pose ma paume sur sa cuisse pour l'en dissuader.

— Donnez-lui un rouleau et dites-lui que Payton ne travaillera plus pour elle.

— N… s'apprête à dire celle-ci.

Je pose mes doigts sur sa jambe et elle se tait alors.

— C'est compris ? demandé-je.

— Compris, confirme Rocco.

— Tant mieux. Tu es à la maison ?

— Oui.

— Restes-y, ordonné-je en accélérant au feu orange. Je suis actuellement sur le chemin du retour.

Je raccroche, et la jeune femme ne tarde pas à prendre la parole.

— Tu ne peux pas démissionner à ma place. Ou…

Elle agite les mains.

— Ou menacer Jean et Tamara, ou quoi que ce soit d'autre.

Elle souffle.

— J'ai besoin de ce boulot.

— Non, tu n'en as pas besoin.

— Nero…

Je touche l'écran, une sonnerie retentissant de nouveau dans l'habitacle.

— Un rouleau, c'est de l'argent, bébé.

Cela met fin à sa tirade. Je ne menace pas ses anciennes patronnes, je les paye.

La sonnerie s'arrête lorsque mon interlocuteur décroche.

— Putain, mec, tu n'aimes peut-être plus les parties de jambes en l'air, mais ce n'est pas le cas de tout le monde, se plaint King en guise de salutation.

Je sens le corps de Payton se raidir, et je ne sais pas si c'est à cause de la remarque de mon ami, ou si elle reconnaît sa voix. Mais afin de prouver que j'aime toujours la sexualité, je fais glisser ma main le long de sa cuisse et appuie le côté de ma paume contre la couture entre ses jambes. Son entrejambe chauffe son legging au point qu'il est presque brûlant au toucher.

Mon membre tressaille et je dois puiser en moi pour me souvenir de la raison de mon appel.

— J'ai besoin d'une faveur.

— Évidemment, grogne mon ami. Mais si c'est encore pour me demander de capturer ta petite amie, je vais devoir décliner poliment. J'avais l'impression d'être un putain de monstre à la pourchasser.

Payton déplace sa jambe sous ma paume alors qu'elle se tourne vers moi sur son siège.

— Inutile. Elle est avec moi dans la voiture.

Un bref silence s'ensuit avant que celle-ci ne le brise.

— Euh, salut.

Elle lève la main en guise de bonjour avant de se rattraper et de la serrer contre sa poitrine, sans doute gênée d'avoir fait un signe pour un appel téléphonique. C'était trop mignon.

— Salut, répond King avant d'attendre une seconde. Tu sais que Nero est un connard, j'espère ?

Elle pouffe et je tourne la tête pour la regarder.

Elle plaque ses mains sur sa bouche, les yeux écarquillés.

— Je prends ça pour un oui.

Le piquant des mots de mon acolyte est atténué par un bâillement.

— De quoi tu as besoin ? Certains d'entre nous essaient de dormir.

— Je croyais que tu étais en train de t'envoyer en l'air ?

— Oui, dans mes rêves, et je me tapais une sirène irisée.

— Comment pourrais-tu…

Je secoue la tête. Ce n'est pas le moment de se laisser distraire.

— J'ai besoin que tu récupères les images de vidéosurveillance de l'extérieur de l'appartement de Payton.

— Quel délai ?

Le ton de King est désormais parfaitement professionnel.

Je tourne les yeux vers Payton.

— Tu as trouvé l'invitation quand ?

— Oh, euh, ce matin après que je me suis préparé du café.

Elle se mord la lèvre, visiblement incertaine.

— C'est suffisant, la rassuré-je en lui caressant la cuisse avec mon pouce.

— Peut-être autour de dix heures ? Elle était par terre. J'ai cru que tu l'avais laissée sur le meuble et qu'elle s'était envolée quand tu as fermé la porte. Ou quelque chose comme ça.

Je déteste entendre sa confiance s'effriter à chacun de ses mots. Comme si elle avait fait quelque chose de mal.

Je repose ma main sur sa cuisse. Je n'ai pas l'habitude de réconforter les autres, mais je la sens se détendre chaque fois que nous nous touchons.

— Elle n'était pas là quand je suis parti aux alentours de cinq heures. Et les portes étaient verrouillées ; aucun signe d'effraction, donc ils ont dû la glisser sous la porte.

— Compris.

J'entends King tapoter sur son ordinateur portable, ce qui signifie qu'il travaillait sans doute au lit avant de s'endormir dans son fantasme sous-marin.

— Envoie-moi ce que tu trouves.

— Tu l'emmènes chez toi ? demande-t-il.

— Nous sommes en route.

La voiture tombe dans le silence quand nous raccrochons, mais Payton ne tarde pas à reporter son attention sur moi.

— Tu as dit que tu avais fait cette *connerie* pour me faire quitter la fête.

Elle dit le mot *connerie* comme si me voir avec cette prostituée ne lui avait pas brisé le cœur.

— Mais alors, pourquoi tu voulais qu'il… euh… me capture ?

Elle répète le mot qu'a utilisé mon ami.

— Parce que je ne voulais pas que tu sois près de moi, mais je ne pouvais pas non plus te laisser errer seule dans cette foule. King n'allait pas te faire de mal, il allait t'enfermer dans une pièce en attendant que je puisse te parler.

Me remémorant le choc que j'ai ressenti en la voyant là-bas, ma prise sur le volant se resserre au point que c'en est douloureux.

Payton expire.

— Alors, si j'étais partie avec lui…

Elle s'interrompt, laissant la fin de sa phrase en suspens.

Nous aurions pu parler plus tôt. Elle n'aurait pas eu à pleurer avant de s'endormir. Je n'aurais pas eu à m'introduire dans son appartement.

Le feu devant moi passe au rouge. Alors que je ralentis, je tourne la tête pour lui faire face.

— C'est bien que tu aies le réflexe de ne pas accepter de partir avec un inconnu. King est l'une des rares personnes en qui j'aie confiance, mais tu ne le savais pas.

— Mais si je l'avais su…

— Inutile de penser aux *mais si*. Avec le recul, je me serais sûrement énervé contre l'un de vous si mon idée avait fonctionné.

Je sens qu'elle me regarde, alors je hausse une épaule.

— Il ne faisait que m'obéir, mais s'il t'avait touchée, j'aurais dû lui casser la main. Et si tu l'avais suivi de ton plein gré… je t'aurais fessée pour t'être mise en danger.

Je fléchis les doigts.

— Sans compter que tu t'es mise en danger en te montrant là-bas.

— Je suis désolée, murmure-t-elle.

— Je sais, bébé. Je ne t'en veux plus. C'est celui qui t'a glissé cette invitation, le fautif. Et je ne la laisserai pas sans réponse.

Je la vois se mordre la lèvre, persuadé qu'elle a d'autres questions à poser sur ce qui s'est passé. Je n'ai pas encore les réponses.

Je prends une profonde inspiration, gonflant mes poumons.

J'ai déjà admis que je l'aimais, qu'est-ce qu'un peu plus d'honnêteté ?

— Je ne regrette pas de t'avoir entraînée dans cette vie avec moi. Je devrais. C'est dur, cruel et impitoyable, mais tu es autant à moi que les ténèbres. Et ça signifie que ta place est ici. À mes côtés.

Mon regard s'éloigne de la route pour croiser le sien. Et la compréhension qu'elle me renvoie me touche directement au cœur.

— Ce ne sera pas une vie tranquille, mais ce sera la nôtre. Et quoi que je fasse aux autres, je ne te ferai jamais de mal. Jamais, Payton.

— Je sais.

Je suis envahi par une soudaine sensation de chaleur.

— Et je te donnerai tout ce que tu veux. Absolument tout. Mais ce ne sera rien comparé à ce que tu me donneras.

— Qu'est-ce que je te donnerai ? murmure-t-elle.

— La paix.

Payton pose sa petite paume sur le dos de ma main, et je la laisse l'éloigner de sa jambe pour pouvoir entrelacer nos doigts.

— Tu me l'as déjà donnée.

Ses mots sont si calmes que je lui serre la main pour lui faire savoir que je comprends, en supposant qu'elle parle d'Arthur.

Sa réaction à la bague n'a pas été celle à laquelle je m'attendais. Je n'avais pas vraiment prévu de la sortir alors que j'étais en train de la prendre. Mais j'étais parti trop loin pour faire autre chose. Même si un merci en sanglots n'aurait pas fait partie de ma liste de réactions possibles.

Je suis sûr qu'elle aura d'autres questions sur lui. Ce n'est pas le moment.

Un faible grognement emplit la voiture et elle lève sa main libre pour la presser contre son ventre.

Je la regarde en plissant les yeux.

— Tu as faim ?

— Un peu, admet-elle. J'ai quitté la fête avant d'avoir pu avaler quoi que ce soit.

Je ne me suis jamais inquiété de la faim de quiconque avant aujourd'hui. Et maintenant, je sais que je dois nourrir ma chérie.

— Burgers ou tacos ?

— Quoi ?

— Tu préfères un burger ou des tacos ? répété-je. J'aimerais bien manger aussi, et je n'ai pas grand-chose à la maison.

— N'importe… s'apprête-t-elle à répondre.

Je fléchis cependant mes doigts sur les siens, ce qui la fait soupirer.

— Des tacos.

Assuré que nous ne sommes pas suivis, je tourne au prochain virage pour faire un léger détour.

Lorsque j'entre dans le parking en direction du drive-in, Payton émet un petit rire.

— Quoi ? lui demandé-je.

Elle secoue la tête.

— Je ne sais pas pourquoi c'est drôle. C'est juste que je n'aurais jamais imaginé que tu pouvais manger ici.

J'appuie sur le bouton pour baisser ma vitre.

— Le jour où je décide que je suis trop bien pour Taco Bell, tire-moi une balle dans la tête et mets fin à mes souffrances.

Une brusque douleur au poignet m'oblige à éloigner mon bras de Payton.

— Qu'est-ce que…

Elle me fusille du regard.

— Tu viens de m'arracher un poil du bras ? demandé-je, incrédule.

— Ne plaisante pas avec la mort !

Elle a l'air si sérieuse, je sais que je ne devrais pas sourire.

Mais c'est plus fort que moi.

Lorsqu'elle tend à nouveau la main vers mon poignet, je m'écarte.

— D'accord, d'accord !

Je lève les mains et lui désigne le panneau des menus devant nous.

— Tu sais ce que tu veux ?

CHAPITRE 63
PAYTON

Un sac de tacos de fast-food chauds sur les genoux, je regarde, bouche bée, Nero franchir un portail qui pourrait avoir sa place devant un château.

Nous ne sommes qu'à une dizaine de minutes de la ville, mais c'est comme si nous étions dans un autre monde.

Je n'ai pu avoir qu'un bref aperçu des maisons gigantesques sur le chemin, car il fait nuit et les allées paraissent toutes longues d'un kilomètre, celle de mon compagnon ne faisant pas exception à la règle.

Le portail se referme automatiquement derrière nous, mais les deux hommes qui se tiennent à proximité n'échappent pas à mon regard.

Lors du premier appel téléphonique que Nero a passé après que nous avons quitté mon appartement, il a parlé d'un *périmètre complet*. J'ai supposé que cela avait un rapport avec la sécurité, et je ne suis donc pas surprise de voir d'autres hommes faire le tour de la propriété alors que nous approchons de la maison.

Pas la maison. Le *manoir*.

La demeure de Nero émerge de l'obscurité devant nous. Elle arbore deux étages, mesure à peu près la largeur de mon immeuble, avec une porte d'entrée qui doit être assez large pour qu'on la franchisse en voiture. Le tout est entouré d'un aménagement paysager méticuleux, éclairé par des lumières au sol qui ombragent l'architecture impressionnante.

C'est magnifique.

J'ouvre la bouche pour l'exprimer quand un homme passe devant la porte d'entrée avec une grosse bête à quatre pattes à côté de lui.

— Tu as un chien ?! hurlé-je presque d'excitation.

Nero glisse son regard vers moi, tout en tournant la voiture vers la porte du garage, qui s'ouvre.

— Pas vraiment.

— Mais…

Je me déplace sur mon siège pour garder un œil sur l'animal, mais nous entrons dans le garage, et il quitte alors mon champ de vision.

— Les chiens sont ici pour travailler.

— Oh !

Mes épaules s'affaissent.

Quand Nero coupe le moteur, je promène mes yeux sur les autres véhicules déjà stationnés.

— Tu aimes bien les chiens ?

Je me mords la lèvre et acquiesce.

— J'ai toujours voulu en avoir un.

— Je pensais que ton immeuble les autorisait.

Je ne prends pas la peine de lui demander comment il connaît les règles de location de mon appartement.

— Non. Enfin, si, mais ça coûte cher, les chiens, et je ne… J'aurais envie de le choyer. Et je savais que je n'aurais pas pu.

— Quelle race aurais-tu aimé avoir ?

— N'importe laquelle, avoué-je avec un semblant de rire.

Je me trouve plus triste que je n'en avais l'intention, alors j'agite la main.

— Je ne voulais pas me plaindre. Je voulais simplement dire que je ne suis pas difficile. Je me suis toujours dit qu'une fois que je le pourrais, j'irais au refuge et prendrais un petit chien, puisque j'ai un petit appartement, mais j'aime bien les gros chiens aussi.

Nero grogne en réponse, et je suis reconnaissante que cette conversation soit terminée. Je suis intimidée rien que par l'entrée de son manoir, je n'ai pas besoin qu'on me rappelle ma condition de pauvre.

Nous ouvrons nos portières en même temps et je sors du véhicule, notre repas à la main.

Il m'a dit qu'il était riche. Il l'a dit comme ça. *Je suis riche.* Mais je crois que je n'avais pas vraiment réfléchi à ce que cela signifiait. J'avais juste supposé qu'il vivait dans un très bel appartement. Ce qui aurait quand même été intimidant. Mais cet endroit, où j'essaie de ne pas m'extasier devant la taille du garage, est d'une richesse inouïe. Digne d'une star de cinéma, le genre de personne qui pourrait se payer un chef personnel.

La portière de Nero se ferme enfin, et quand il fait le tour de la voiture pour me rejoindre, je vois qu'il porte mon sac de voyage et les jolis talons bleus que j'ai abandonnés dans le hall du Centre historique.

— Tu sais, dit-il quand il suit mon regard, Cendrillon n'a laissé qu'une seule chaussure derrière elle.

Je repousse ma gêne en levant les yeux au ciel.

— Oui, et le prince charmant ne s'est pas introduit chez elle pour la retrouver.

Nero sourit.

— Ce sont toujours les méchants qui s'amusent le plus.

Bon sang, il est si beau quand il fait ça !

— Viens, princesse.

Il cale les chaussures sous son bras, puis me prend le sac contenant les tacos, le faisant passer dans la même main que le sac de sport. Je ne porte donc rien tandis qu'il a une main libre.

Il la tend entre nous et je la saisis alors.

Côte à côte, nous franchissons la porte ouverte du garage et sortons dans la nuit.

J'ai remarqué une porte qui, j'en suis certaine, mène du

garage à la maison, mais ma curiosité quant à l'itinéraire est comblée lorsqu'un homme vient parler à Nero.

En écoutant leur conversation, j'apprends qu'il s'appelle Rocco, bien que mon compagnon ne nous présente pas.

Mon premier réflexe est de m'offusquer. Mais je me souviens que, comme les chiens, cet homme est là pour travailler.

Une autre personne s'approche, et tous les trois parlent de positions, de timing et d'autres choses que mon cerveau est trop fatigué pour comprendre.

Nero est bourru avec eux. Ses mots sont secs et chaque centimètre de son corps est tendu. L'homme qui me souriait il y a quelques instants a été complètement remplacé par une version plus dure et plus effrayante de lui-même. Même avec des talons hauts, un sac de fast-food bon marché et un sac de sport usé dans la main, il a l'air intimidant.

Les yeux posés sur les poils sombres et hérissés de sa barbe, je crois enfin comprendre.

Le comprendre. Le danger. La situation.

Ce qui s'est passé avec cette invitation aujourd'hui n'est que le début.

Un frisson me parcourt l'échine et je resserre ma prise sur la main de Nero.

Il ne réagit pas extérieurement, si ce n'est en pressant mes doigts en retour. Mais c'est suffisant pour me rappeler que je suis en sécurité, qu'il peut me protéger.

Il m'a donné l'impression que c'était si facile, tout à l'heure, quand il a sorti cette arme de nulle part et qu'il m'a fait sortir de mon immeuble comme un soldat en mission de sauvetage !

Il s'est glissé dans le rôle comme si cela ne sortait pas de l'ordinaire. Et alors que je regarde les hommes à qui il parle, avec leurs armes pas très bien dissimulées, leur langage corporel alerte et leurs yeux qui semblent m'éviter délibérément, je prends conscience que c'est normal. Pour eux. Pour Nero.

Je n'entends pas ce que dit celui-ci, mais je sais qu'il a fini de parler, car il me conduit sur le trottoir jusqu'à la porte d'entrée alors que je suis de nouveau bouche bée.

Quelqu'un nous l'ouvre, et je manque de hoqueter de surprise.

Ma comparaison avec une star de cinéma était juste. J'ai l'impression d'être sur un plateau de tournage.

Les plafonds s'élèvent *tout* en haut pour laisser la place à un lustre géant. L'éclat d'un millier de cristaux étincelants rebondit sur le grand escalier droit devant nous.

— Waouh !

Ce n'est pas particulièrement intelligent, mais je ne trouve rien de mieux à dire.

J'ai la tête qui tourne tandis qu'il me guide à travers la demeure.

— Je te ferai visiter plus tard, m'informe-t-il alors que nous entrons dans une cuisine rutilante.

Je pense qu'il va poser le repas, mais au lieu de cela, il se dirige vers le réfrigérateur et en sort deux grandes bouteilles d'eau.

— Nous allons manger dans notre chambre, puis tu pourras aller te coucher, explique-t-il.

— Que moi ?

J'essaie de ne pas faire la moue.

— Malheureusement, oui. Je vais devoir rester debout le temps qu'on règle tout ça.

Il me donne les bouteilles d'eau, puis me tend à nouveau la main. Je déplace les bouteilles de façon à les serrer contre moi d'un bras, puis glisse ma paume dans la sienne.

Je lève les yeux vers lui.

— J'aime bien.

Il regarde autour de lui.

— La cuisine ?

Un sourire se dessine sur mes lèvres.

— Ça aussi, mais je parlais de nous tenir la main.

— J'en suis ravi, dit Nero si sérieusement que je glousse.

Il me lance un regard alors qu'il nous conduit vers un autre escalier, un peu plus caché, derrière la cuisine.

— Quoi ?

— J'ai juste trouvé ça marrant, la façon dont tu l'as dit.

— La façon dont j'ai dit que *j'en suis ravi* ?

Il est sincèrement confus, et c'est d'autant plus drôle.

— Oui, parce que tu avais l'air d'être la personne la moins ravie au monde.

Le bord de sa bouche se relève en un sourire en coin.

— Tu es une petite maline, n'est-ce pas ?

Je plisse les yeux, choisissant de ne pas répondre, et Nero lâche ma main pour me donner une tape sur les fesses.

— Monte à l'étage.

CHAPITRE 64
NERO

Payton a continué à tout absorber pendant que nous nous dirigions vers notre chambre, sans poser de questions, sans s'arrêter pour regarder quoi que ce soit, juste en observant silencieusement. Et ça commence à me stresser.

Lorsque j'ouvre la porte de notre chambre et qu'elle entre devant moi, toujours muette, je craque enfin.

— Ça te plaît ?

Elle regarde par-dessus son épaule et hoche la tête.

— C'est une très belle chambre.

— Et le reste de la maison, ça te plaît ?

Comme elle ne répond pas tout de suite, je continue :

— Tu peux changer tout ce que tu veux. Les meubles. La peinture, expliqué-je avant de hausser les épaules. On peut tout démolir ou en acheter une nouvelle.

Elle écarquille les yeux.

— Pourquoi je voudrais tout démolir ?

Je n'ai pas besoin de regarder autour de moi pour savoir à quoi ressemble la pièce. Elle est sombre. Tout est noir. Un grand lit à baldaquin. Moderne, sans fioritures, y compris les tables de nuit et les lampes. Une longue table et une chaise unique sont disposées contre le mur ; je m'en sers de temps en temps comme bureau, mais elles restent inutilisées la plupart du temps. Un dressing trop grand pour être rempli par une seule personne. Et une salle de bains tout aussi sombre et impersonnelle.

— Nous pourrions ajouter un peu de jaune, suggéré-je sans enthousiasme, me souvenant des touches de soleil de son petit appartement.

C'est drôle comme un peu de couleur peut donner à ce petit appart merdique l'impression d'être plus chez soi que ce manoir dans lequel je vis depuis plus d'une décennie. Cette maison ne m'avait jamais posé de problème, jusqu'à aujourd'hui.

— C'est très joli, répond Payton en faisant glisser ses doigts sur la literie.

Conscient qu'elle est trop gentille pour en dire du mal, je laisse tomber le sujet, décidant déjà de ce que je vais faire.

— Tiens.

Je place le sac contenant le repas sur la table vide, puis dépose ses affaires devant l'armoire.

— Je vais chercher une deuxième chaise et nous pourrons manger, annoncé-je.

Je me dépêche de trouver une vieille chaise laide dans l'une des chambres d'amis jamais utilisées au bout du couloir et la rapporte dans la nôtre, où je trouve Payton en train de disposer soigneusement les tacos en rangée. Elle a rechigné devant le nombre de parts que j'ai commandé, mais cela m'a demandé beaucoup d'énergie de lui faire l'amour et je suis affamé.

Un silence confortable s'installe tandis que nous dégustons la viande et le fromage enveloppés de tortillas. Payton m'a regardé du coin de l'œil pendant les premières bouchées qu'elle a prises, comme si elle était nerveuse à l'idée de manger devant moi, mais elle s'est rapidement plongée dans son repas, tout comme moi.

Après avoir terminé sa deuxième bouchée, alors que j'en

suis à quatre et demi, elle s'essuie la bouche avec la serviette en papier et se retourne sur son siège.

— Tu voulais dire quoi quand tu as dit à King de vérifier les images ?

Je me demandais quand elle poserait cette question.

— Après t'avoir rencontrée, j'ai fait installer des caméras dans le couloir devant ta porte, expliqué-je sans le moindre remords.

— Oh !

Elle n'a pas l'air surprise. Ni contrariée.

— Tu savais que j'avais déjà rencontré King ? demande-t-elle.

J'acquiesce en mâchant.

— Il est venu au café un matin, précise-t-elle. Il te l'a dit ?

Après avoir avalé ma dernière bouchée, je change de position de façon que nous soyons face à face.

— J'étais dans la voiture.

— Ah bon ? demande-t-elle, arquant ses sourcils derrière sa frange.

Je hoche la tête.

— Il m'a donné le latte que tu avais préparé. Celui que tu as dit être ton préféré.

Payton affiche un air pensif.

— C'est pour ça que tu l'as commandé… ce jour-là ?

— C'était bon.

Elle m'offre alors un petit rire.

— J'ai la sensation que tu es plutôt du genre à boire du café noir, pas des lattes pleins de fioritures.

Mes lèvres esquissent un sourire, mais ma réponse est interrompue par la sonnerie de mon téléphone. C'est King.

Je décroche et mets le haut-parleur. Il n'y aura plus de secrets entre Payton et moi.

— Tu as chopé le mec ? lui demandé-je.

— J'ai chopé la *fille*.

— Une fille ?

Ça ne me plaît pas de n'avoir jamais présumé que ce serait

une femme. Des suppositions stupides peuvent entraîner la mort.

King grogne.

— Oui, je l'ai eue. Cette pétasse a essayé de cacher son visage avec un sweat à capuche et des lunettes de soleil, mais j'ai réussi à l'identifier.

Les yeux de Payton parcourent mon visage, observant la colère qui s'empare de mes traits.

— Qui ? craché-je entre mes dents serrées.

King me dit son nom.

— Qu'est-ce que tu vas faire ? demande-t-il, conscient que je refuserai de faire preuve de violence envers une femme.

Je desserre les poings et roule les épaules.

— Je vais appeler ta sœur.

CHAPITRE 65
NERO

Je frappe trois fois du poing le bois peint.

Cet immeuble, en plein centre-ville de Minneapolis, n'est pas situé très loin de l'ancien appartement de Payton, mais c'est un monde à part. Il dispose d'un agent de sécurité dans le hall d'entrée. D'une belle moquette au sol. D'un ascenseur fonctionnel.

Cependant, cet agent de sécurité peut être soudoyé. Les caméras de l'ascenseur peuvent s'éteindre. Et comme le sol est mou, les autres résidents ne nous ont pas entendus marcher dans le couloir. La cerise sur le gâteau, c'est la personne qui fait la fête deux portes plus loin, avec de la musique suffisamment forte pour étouffer le bruit de ce qui va se passer.

Je tape le bois des phalanges, puis reste patiemment debout en écoutant le pêne dormant se déverrouiller et la poignée tourner.

Des yeux auxquels j'étais autrefois indifférent s'écarquillent lorsqu'ils croisent les miens. Et je vois toute une gamme d'émotions défiler sur son visage.

Surprise. Panique. Inquiétude.

Ce n'est jamais une bonne chose quand le chef de la pègre se présente à votre porte à l'improviste, au milieu de la nuit.

Sauf, peut-être, si vous êtes une prostituée qui cherche à se faire de l'argent.

Nikki, en legging et crop top, les cheveux en queue-de-cheval, visiblement pas encore couchée, se déhanche en plaçant une main dans le creux de sa taille et l'autre contre le chambranle de la porte.

— Nero, à quoi je dois ce plaisir ? demande-t-elle, esquissant un sourire qui, j'en suis sûr, est censé être séduisant. Tu cherches un petit cadeau d'anniversaire ?

J'avais prévu de flirter avec elle. De lui faire croire que j'étais là pour coucher avec elle. De me débrouiller pour qu'elle m'invite à entrer.

Mais quand je la regarde, tout ce que je vois, c'est le regard dévasté de Payton et l'absence de couleur sur ses jolis traits.

Je vois les images de vidéosurveillance de celle-ci s'enfuyant de ma fête et glissant dans l'escalier, meurtrissant sa peau parfaite.

Les taches de larmes sur ses joues.

Le sac de sport rempli par terre.

Je la vois recroquevillée sur son petit lit, assoupie après avoir trop pleuré.

Alors, je décide de changer de plan.

Je tends brusquement le bras et la saisis par le poignet. Et quand elle recule d'un pas maladroit, j'ouvre entièrement la porte.

— Ne... commence-t-elle à se défendre.

— Ferme ta gueule ! m'énervé-je en m'avançant dans son appartement, la forçant à reculer en titubant.

Les lèvres de Nikki bougent, mais elle ne dit rien.

— Sérieusement, Nero ? s'interpose une nouvelle voix qui me suit dans l'appartement. Elle a même la dégaine d'une pétasse.

Aspen, la petite sœur fougueuse de King, ferme la porte d'un coup de pied après être entrée et actionne le pêne dormant.

— Ce n'est pas comme si je sortais avec elle, protesté-je en jetant un regard à la plus petite.

Ses cheveux et ses yeux sont du même brun doré que ceux de King.

— Hé ! crie Nikki en oubliant que je lui ai ordonné de se taire. C'est qui, ça ?

Son ton est teinté d'une indignation imméritée, et j'aurais aimé qu'elle soit un homme juste pour pouvoir la frapper.

— C'est la seule chance que tu auras, lui lancé-je en grognant.

Tout en gardant la main sur son poignet, je la conduis à la table à manger posée devant une grande fenêtre. Elle recule jusqu'à une chaise qui a été retirée de la table, et je la maintiens dans son élan afin qu'elle s'y assoie, de côté.

— Ne bouge pas.

La toucher me donne la nausée, je la lâche donc et recule d'un pas.

— Qu'est-ce qui se passe ? gémit Nikki.

Aspen souffle du nez.

— Ce qui se passe, répond-elle en s'avançant à mes côtés, c'est que tu as merdé.

— Je n'ai pas… commence-t-elle à nier.

Je me penche en avant.

— Ton unique chance disparaîtra si tu essaies de me mentir.

En temps normal, je ne laisse pas transparaître ma rage. En temps normal, je garde un masque d'indifférence totale, même si je suis en train d'arracher la langue d'un homme. Mais là, je la laisse transparaître. Je laisse éclater toute ma fureur.

Nikki s'incline en arrière sur la table afin de tenter de s'éloigner le plus possible de moi. Sa peur est palpable sur son visage.

Tant mieux.

— Une ch… chance de quoi ? bégaie-t-elle.

— Une chance de survivre à cette nuit.

Son hoquet se répercute dans tout l'appartement.

Je vois qu'elle veut discuter et nier l'existence d'une quelconque raison pour que je veuille la tuer.

Mais je suis déjà là. Parce que je suis déjà au courant.

Et elle est assez intelligente pour savoir qu'on ne peut pas me doubler et vivre. En lui donnant cette chance, je lui fais un cadeau que je n'offre pas souvent. Et je le fais parce que je ne tue pas les femmes. Mais si elle me pousse dans mes retranchements, je trouverai quelqu'un qui le fera.

— Qui t'a dit de glisser l'invitation sous la porte ?

Je ne précise pas quelle porte. Nous savons tous les deux laquelle, et je ne prononcerai pas le nom de Payton ici. Elle est trop bien pour cet endroit.

La bouche de Nikki s'ouvre puis se referme, ses yeux sautant entre Aspen et moi, se demandant sans doute qui elle est et pourquoi je l'ai amenée.

— Dis-le-moi maintenant, grogné-je.

Nikki redresse le dos.

— Personne ne m'a ordonné de le faire.

Je plisse les yeux.

— Comment ça ?

Je suis confus, mais pas Aspen.

— Oh, waouh, c'est d'une tristesse ! rit celle-ci en faisant claquer sa langue. Cette bimbo essayait de vous séparer, ta copine et toi, pour des raisons *personnelles*.

Son emphase sur le mot personnelles me donne mal au ventre.

L'idée de coucher avec une autre femme que Payton me ratatine les bijoux de famille, quel que soit notre passif.

Quand Nikki ne le nie pas, je secoue la tête.

— Putain de merde ! Mais tu délires ?

Je suis encore plus énervé maintenant. C'était plus facile d'avaler l'hypothèse qu'elle était une ennemie qui essayait de m'attaquer qu'une prostituée collante qui essayait de foutre en l'air mon couple en faisant croire que je trompais Payton.

— Comment tu as su pour elle ?

— Par le maire.

Nikki a le culot de hausser une épaule, comme si c'était sans importance.

— Le maire ?

Chaque information me stupéfie plus que la précédente.

Comment a-t-il pu le savoir ?

— Nous avions un rencard l'autre après-midi, explique Nikki en se redressant sur son siège, essayant de paraître sereine. Il m'a dit qu'il t'avait croisé ce matin-là dans un petit café. Il a ajouté que tu étais obsédé par *la serveuse.*

Elle articule le métier comme s'il était sale, et comme si elle n'écartait pas les jambes pour gagner sa vie.

— Il ne m'a pas fallu beaucoup de temps pour obtenir le nom du café et de la fille.

Je vais devoir tuer le maire.

— Comment tu as eu son adresse ?

Chaque mot a un goût de mort sur ma langue.

Nikki presse ses lèvres l'une contre l'autre avant de répondre.

— Je connais un homme qui travaille pour le fisc. Un coup de fil et une promesse m'ont permis d'obtenir ce dont j'avais besoin.

Ma poitrine se gonfle tandis que je prends une grande inspiration dans une vaine tentative de calmer ma rage.

— Tu as apporté les ciseaux ? demandé-je à Aspen sans jamais quitter la prostituée des yeux.

Ma complice en sort une paire de sa veste.

— Bien sûr.

— Coupe tout.

— Couper quoi !? crie Nikki.

Elle essaie d'éloigner la chaise de moi, mais j'accroche ma cheville à l'un des pieds.

— Tes cheveux, Nikki.

Enfin, le calme que j'ai l'habitude d'atteindre s'installe en moi.

— Elle va couper l'intégralité de tes cheveux. Et si tu te

débats, elle pourrait glisser et te couper plus que ça. Je te suggère donc d'agir intelligemment pour la première fois de ta vie, et de rester assise.

Aspen contourne ma cible et se place derrière elle, ce qui l'empêche de lui donner des coups de pied et de la griffer.

— Ne fais pas ça ! crie Nikki quand la sœur de King saisit sa longue queue-de-cheval brillante.

Elle tente de me prendre la main.

— Nero, pourquoi tu ne vois pas que nous sommes parfaits l'un pour l'autre ?

Je reste hors de sa portée.

— Nous ne sommes rien l'un pour l'autre.

Aspen coupe l'épaisse poignée de cheveux et la prostituée fond en larmes.

— Tu as délibérément blessé la femme que j'aime. Si tu étais un homme, je te trancherais la gorge ici même. À la place, tu vas devenir invisible.

La queue-de-cheval, élastique compris, tombe par terre.

— Je me fiche de savoir où tu vas, mais je ne veux plus jamais te revoir.

Aspen saisit des touffes de cheveux plus longs et les coupe près de la racine.

— Et si tu oses ne serait-ce que la regarder de nouveau, je te ferai disparaître pour de bon.

La sœur de King coupe une autre poignée alors que Nikki s'effondre en sanglots.

— Grandis un peu ! siffle mon acolyte en tranchant une autre touffe.

— Nero ! hoquette Nikki. Je t'aime !

— Non, tu ne m'aimes pas. Tu n'aimes rien d'autre que toi-même. Et ton apparence. C'est pour ça que je te prends tes cheveux.

La coiffeuse du jour fait quelques dernières coupes avant de reculer pour contempler son travail.

— Fini.

J'acquiesce, satisfait, et fais un pas en arrière.

— J'enverrai mes hommes dans douze heures. Tu ferais mieux d'être partie quand ils arriveront.

Nikki est trop occupée à griffer son crâne chauve pour répondre, mais je sais qu'elle m'a entendu.

Je laisse Aspen me dépasser de quelques pas avant de me retourner et de la suivre jusqu'à la porte d'entrée.

Il n'y a personne dans le couloir, et aucun signe que quelqu'un ait entendu quoi que ce soit, alors nous gardons nos foulées décontractées et nous dirigeons vers l'extérieur.

— Alors comme ça, dit Aspen en levant un sourcil vers moi une fois que nous sommes sur le trottoir, le puissant Nero est tombé amoureux ?

— Elle va te plaire.

— Je l'espère, souffle-t-elle. Tu n'as pas l'air d'avoir très bon goût en matière de femmes.

J'ignore sa remarque.

— Où est ta voiture ?

— Au coin de la rue, répond-elle en marchant déjà dans cette direction.

Je la suis alors.

Elle n'est pas tendre, mais elle est là parce que je le lui ai demandé, alors je ne la quitte pas des yeux tant qu'elle n'est pas remontée dans son véhicule.

Un bruissement retentit dans une ruelle alors que nous passons devant, ce qui fait soupirer Aspen.

— Le pauvre est toujours là !

Je tourne la tête, m'attendant à voir un sans-abri, mais je ne m'attends pas à voir un chien dépenaillé renifler un tas d'ordures.

Elle continue de marcher, mais je m'arrête.

— Tu veux dire quoi par toujours ?

Elle s'arrête et revient sur ses pas pour regarder l'animal avec moi.

— Il était en train de fouiller les poubelles quand je suis arrivée. Il doit avoir faim.

— Tu penses que c'est un chien errant ?

Aspen hausse les épaules.

— Sans doute, oui. J'aimerais pouvoir le ou la ramener chez moi. Mais mon mari me tuerait.

Je tourne brusquement la tête dans sa direction, mais elle rejette mon inquiétude d'un geste de la main.

— Sérieux, tu es aussi grave que King ! Ce n'est qu'une *expression.*

— J'espère bien !

King, et donc Aspen sont ce qui se rapproche le plus d'une famille à mes yeux. Je sais que mon ami déteste son mari, mais s'il est violent avec elle, je le tuerai moi-même.

La jeune femme lève les yeux au ciel à mon intention.

— Mon idiot de mari est peut-être un idiot, mais il n'a pas envie de mourir. Je suis sûre que même *lui* sait que ça lui vaudrait un aller simple pour l'au-delà s'il me faisait du mal.

Je grogne, avant de reporter mon attention sur le chien.

CHAPITRE 66
PAYTON

La taie d'oreiller contre ma joue est douce et fraîche, et je me pelotonne contre cette sensation.

Je pourrais m'y habituer.

J'ouvre les paupières avant de plisser les yeux face à la lumière du soleil qui se faufile à travers les lourdes tentures qui couvrent les fenêtres.

C'est la chambre de Nero. Dans la gigantesque maison de Nero.

Ou comme il l'appelle, *notre maison.*

Je n'en reviens pas de la désinvolture avec laquelle il l'a dit hier soir. Comme si c'était également la mienne. Comme si c'était tout à fait normal et que les gens faisaient cela tous les jours.

Rencontrer un homme.

Faire l'amour deux fois.

Tomber amoureux.

Déménager d'un petit appartement minable à cette demeure à plusieurs millions de dollars et en revendiquer la propriété partielle.

Puis vivre heureux jusqu'à la fin des temps. Au détail près que des gens essaient de nous saboter.

Ou quelque chose comme ça.

J'étire mon bras devant moi, l'étendant sur la literie immaculée de l'autre côté du matelas.

Ma poitrine se serre étrangement alors que je repense à Nero, qui est resté dehors toute la nuit. Mais ce n'est pas de la jalousie, c'est de l'inquiétude.

Après que King a appelé pendant que nous mangions nos tacos, et après que Nero a indiqué qu'il allait *inviter la sœur de King*, mon compagnon m'a parlé de la femme, Nikki. Il m'a informée que c'est cette même jolie femme qui le touchait qui a également glissé l'enveloppe sous ma porte.

Une vague de possessivité m'a fait saisir le bras de Nero. Je me moquais que nous ayons résolu ce qui s'était passé à la fête. Peu importe que nous soyons plus forts que jamais. Je ne voulais pas qu'il aille la voir. Je ne voulais pas qu'elle pose à nouveau les yeux sur mon homme. Parce que même si Nero n'a rien dit sur ses motivations, je savais que c'était personnel.

Mais avant que je puisse objecter, il a saisi ma nuque et a attiré ma bouche contre la sienne.

— *Ce qui est à moi est hors limites. Tu es à moi. Et les autres doivent en comprendre les conséquences.*

Ne pouvant discuter, j'ai obéi, puis j'ai fini mes tacos avant d'aller me coucher.

Je tapote la couette des doigts.

J'ai envie de l'appeler, de lui envoyer un message ou de le contacter d'une quelconque manière pour savoir s'il va bien. Cela n'aurait pas dû lui prendre toute la nuit de parler à cette garce. Je plante mes dents dans ma lèvre. Je dois croire que ça ne veut pas dire qu'il s'est passé quelque chose de grave.

Je me lève et décide d'être patiente. Pour ce que j'en sais, il pourrait être quelque part dans cette maison, en train de travailler sur son ordinateur portable ou de faire ce que fait un mafieux propriétaire d'une société de sécurité.

Mes pieds sont presque silencieux sur l'épais tapis qui s'étend sous le lit, tandis que je me dirige vers mon sac, toujours posé devant l'armoire.

J'étais trop fatiguée hier soir pour déballer mes affaires ou prendre une douche, alors je dois fouiller dans le contenu désorganisé de mon bagage pour trouver mon joli legging et un T-shirt à manches longues trop grand.

J'ai mis la main sur ce T-shirt il y a des années. Il est mauve, ce qui n'est pas ma couleur neutre habituelle, mais je trouvais qu'il accentuait le bleu de mes yeux, et c'est devenu mon vêtement préféré.

Je porte mon baluchon dans l'immense salle de bains, où je remets instantanément en question la tenue que je viens de choisir.

Cette maison est si chic, si grandiose que je ne sais pas comment me comporter. Les femmes portent-elles des leggings dans des maisons comme celle-ci ? Ou préfèrent-elles des jupes crayons et des chemisiers ?

Je verse tout le contenu sur le meuble-lavabo de trois mètres de long et expire. Ce n'est pas comme si je possédais une jupe crayon. Ou quoi que ce soit que l'on puisse qualifier de chemisier… Nero est presque toujours en costume, mais peut-être qu'à la maison, il sera plus détendu. Et si ce n'est pas le cas, tant pis.

Résignée à mon destin de souillon, je prends place sous la douche pour faire couler l'eau. Mais je m'arrête dans mon élan, car je suis entourée de plusieurs leviers et boutons.

La cabine en marbre est assez grande pour accueillir une demi-douzaine de personnes, et des pommeaux de douche pour deux fois plus de gens dépassent des murs.

— D'accord, articulé-je lentement.

Premier défi de la journée : trouver comment prendre une douche.

Je saisis une poignée, la tourne, puis recule d'un bond lorsque mon bras est aspergé par un jet d'eau venant d'en haut. Il y a donc une douzaine de pommeaux de douche, puisque je n'avais pas vu l'énorme pommeau rond qui pend du plafond.

Après beaucoup trop d'essais, j'arrive enfin à obtenir une

quantité normale d'eau depuis la paroi avant, à une température tout juste inférieure au bouillant.

Je me déshabille, laisse mes vêtements sur le sol et me plonge dans la vapeur.

Puis je gémis.

Évidemment, j'avais de l'eau chaude à mon appartement, mais elle n'était jamais assez chaude et ne durait jamais assez longtemps pour que je puisse prendre les longues douches langoureuses dont j'avais envie.

Alors, sans aucune honte, je reste sous l'eau, sans me frotter, sans me savonner, sans me rincer. Je me contente de profiter de la pression.

La chaleur fait fondre mes douleurs musculaires et à mesure je mouille ma chevelure, le stress constant qui pèse sur mes tempes commence à s'estomper.

Je sais que cela ne devrait pas être si facile. Et je ne me fais pas d'illusions au point de penser qu'il n'y aura plus de jours difficiles dans ma vie. Mais pour une fois, *pour une putain de fois*, le destin a décidé de me donner quelque chose, plutôt que de m'en enlever. Et je vais m'y accrocher à deux mains.

Nero m'aime.

Mes poumons se contractent.

Quelqu'un m'aime.

Mon cœur bat la chamade.

Quelqu'un m'a séduite.

Mes genoux se dérobent et je m'appuie d'une main sur le mur pour me baisser, et finalement m'asseoir sur le carrelage chaud et humide.

Ma plus grande peur, depuis que je me suis enfuie de chez moi, c'est qu'Arthur ou ma mère finissent par me trouver. Je vérifiais toutes les embrasures de porte sombres. Pendant des années, j'ai dormi avec un couteau à côté de mon lit. Je me réveillais en pleurant, les suppliant de ne pas me reprendre. Je ne voulais pas qu'ils viennent me chercher. Je redoutais cette éventualité. Mais…

J'incline mon visage vers le bas et inspire une bouffée d'air, l'eau ruisselant sur mon corps.

Mais même si cela aurait été atroce qu'ils me trouvent, ça m'a fait souffrir qu'ils n'aient jamais semblé essayer. Cela m'a laissé un grand vide dans la poitrine.

J'aurais mis fin à mes jours plutôt que de devoir retourner dans cette maison. Mais être si indésirable. Si… *jetable.*

Un véritable sanglot s'échappe de ma poitrine.

Nero est venu me chercher.

Nero n'a pas voulu me laisser partir.

Il ne me laissera jamais partir.

Le soulagement de ne pas avoir à passer le reste de ma vie seule est si dévorant que j'ai l'impression de m'y noyer.

Nero est peut-être fou. Mais il est à moi. Et il m'aime. Et même si c'est mal, je l'aime aussi.

Je renverse la tête en arrière, laissant l'eau chasser les larmes de mon visage.

Je ne serai plus jamais seule.

Nero sur le seuil de ma porte.

Nero entrant dans le café.

Nero attirant mon corps contre le sien lors d'un concert.

Nero lavant mon corps dans ma petite douche exiguë.

Nero s'introduisant dans mon appartement pour s'assurer que je ne le quitte pas.

Nero me disant qu'il m'aime. Me tenant la main devant ses hommes. Appelant son manoir notre maison.

Je m'autorise un dernier soupir frémissant. Un dernier moment d'indulgence. Avant de secouer la tête.

Plus de pleurs.

En poussant sur mes pieds, je recule de façon que mon visage ne soit plus sous le jet.

C'est épuisant de pleurer, et même si ce n'était qu'une petite crise rapide, je suis prête à retourner dans ce grand lit confortable.

J'ai besoin de me ressaisir et de me doucher.

Je suis en train de basculer mon poids d'un pied à l'autre

et de m'accroupir quand je le vois. Les étagères encastrées dans le mur.

L'une est au-dessus de ma position, mais l'autre est pile à la hauteur de mes yeux. Un son entre un rire et un cri étouffé s'extirpe de ma bouche lorsque je tends la main et saisis la bouteille de gel douche parfumé à la rose. À côté se trouvent trois assortiments de shampoing et d'après-shampoing qui ont l'air de coûter très cher. Toutes les bouteilles sont roses et parfumées à la rose. Et à côté d'elles se trouve un nettoyant pour le visage à l'églantier et deux grands pots de gommage pour le corps, également à la rose.

Je parie que quand je sortirai et fouillerai dans les armoires, je trouverai une lotion assortie au gel douche.

Je me penche et regarde le contenu de l'étagère au-dessus de la mienne. Sans surprise, elle ne contient que des produits pour homme, à l'exception d'une petite bouteille de liquide rouge, presque vide, rangée dans un coin.

Et je souris, parce que je sais qu'elle était plus remplie que ça quand il me l'a volée.

CHAPITRE 67
NERO

Le parfum de rose m'assaille avant même que je n'atteigne la porte de notre chambre, et il ne m'en faut pas plus pour bander.

Je déplace les tasses dans la main qui tient déjà la cafetière et ajuste mon membre à moitié tendu avant de tourner la poignée de la porte.

Mes yeux traversent immédiatement la chambre et trouvent la porte de la salle de bains ouverte, mais la pièce au-delà est sombre et silencieuse. Je suis un peu déçu de ne pas avoir admiré Payton sous la douche.

Puis je la vois, et un sentiment de satisfaction m'envahit la poitrine.

Elle se tient dans l'embrasure de la porte du dressing, ses cheveux humides noués en deux tresses, sa frange à moitié sèche et un peu ébouriffée. Et ses yeux…

Je ferme la porte derrière moi avec mon pied.

Ses yeux se remplissent d'une étincelle mi-excitée, mi-nerveuse, et cela me procure la même sensation de les regarder que si je m'injectais du plaisir directement dans les veines.

Sa chemise violet pastel…

Je déglutis.

Elle est si belle. Si belle, putain !

Et je sais que je n'ai rien fait pour la mériter. Mais je la garde quand même.

— Bonjour, me salue Payton avec un petit signe de la main maladroit, ce qui me fait sourire.

Un sourire parfaitement sincère.

Pas un rictus. Pas un sourire en coin. Un sourire.

Ses lèvres se retroussent à son tour pour adopter la même expression.

— C'est du café ? demande-t-elle en inclinant la tête vers mes mains.

— Oui.

Mes pieds se détachent du sol, je réduis la distance entre nous et tends les tasses pour qu'elle en prenne une.

Son nez se plisse de mécontentement lorsqu'elle fait glisser l'anse de mon doigt.

— Qu'est-ce qui ne va pas ? lui demandé-je.

Elle hausse les sourcils.

— Quoi ? Oh, rien !

— Payton !

Ce n'est que son nom, mais elle sait ce qu'il signifie. Ça veut dire *dis-moi la vérité.*

— Ce n'est vraiment rien, je te le promets. C'est juste que…

Ses joues rosissent.

— Ces tasses sont ennuyeuses.

Mes yeux se posent sur celle qu'elle tient dans sa main, puis sur la mienne.

— Ce sont des tasses à café, dis-je.

Elle souffle.

— Exactement. Des tasses blanches, plates et ennuyeuses.

— Par opposition à… ?

Cela fait longtemps que quelqu'un n'a pas osé me regarder comme si j'étais un idiot, mais c'est exactement le regard qu'elle me lance.

— Quoi ?

— Tu vas envoyer des gens récupérer toutes mes affaires, n'est-ce pas ?

J'acquiesce.

— Tant mieux, comme ça je pourrai au moins contribuer un peu au foyer.

Lorsque j'ouvre la bouche pour la réprimander, voulant lui dire qu'elle apporte déjà plus qu'il n'en faut par sa simple présence, Payton secoue la tête.

— Je sais ce que tu vas dire, mais laisse-moi au moins faire ça. Ça me ferait plaisir de les partager avec toi.

— D'accord.

Je soulève la cafetière au niveau de ma poitrine.

— Tu veux toujours du café, ou tu considères que mes tasses ennuyeuses le gâcheraient ?

Elle sourit.

— Je crois que j'y survivrai.

Avec précaution, afin de ne pas éclabousser ses mains de liquide chaud, je remplis nos tasses et pose la cafetière sur la table d'appoint.

— Je pensais que tu dormais et que tu aimerais un café au lit.

— J'ai envisagé de retourner me coucher après ma douche, mais j'ai été distraite en rangeant mes habits, dit-elle en enroulant ses mains autour de la base de la tasse, la levant vers son visage. J'espère que ça te dérange pas.

— Bébé, tu peux faire tout ce qui te chante, ici. C'est ta maison, maintenant.

Elle se mordille la lèvre inférieure une brève seconde, et juste au moment où je pense qu'elle va dire quelque chose d'exaspérant, du style *c'est trop rapide*, elle me surprend en ne niant même pas un tout petit peu.

— J'ai hâte de voir le reste. C'est une très belle maison. Surtout la douche, ajoute-t-elle en portant l'une de ses tresses à son nez. Je ne sais pas quand tu as eu le temps d'acheter tout ce shampoing, mais il sent super bon.

C'est très bête d'être fier d'un shampoing, mais je le suis quand même.

— Je les collectionne depuis la nuit où tu m'as offert ta virginité. J'ai présumé que tu finirais par venir ici et t'en servir. Et j'avais raison.

— Oh ! dit Payton, qui rougit de plus belle. Moi aussi, j'ai beaucoup pensé à toi.

Elle fait naître en moi de nouvelles émotions chaque fois qu'elle ouvre la bouche.

— Allez, viens, lui dis-je en lui prenant son café avant de lui désigner le matelas. Je veux boire ce café au lit.

Payton s'exécute et grimpe sur le matelas. Une fois qu'elle est assise les jambes croisées au milieu du lit, je lui rends sa tasse, puis m'assois le dos contre la tête de lit, de façon que nous soyons presque face à face.

Nous buvons tous les deux une gorgée.

— Désolé, je n'avais pas de crème, m'excusé-je en me disant que ce breuvage n'a rien à voir avec son latte préféré.

— Ce n'est pas grave. J'aime le café sous toutes ses formes.

Je bredouille, peu convaincu.

— Fais une liste de toutes les choses que tu aimerais avoir à la maison.

Payton secoue la tête avant même que j'aie fini.

— Tu n'es pas obligé. J'apprécie sincèrement le café noir. Je le bois tout le temps comme ça à la maison.

— Dans ton ancienne maison, la corrigé-je. Et je ne parle pas seulement de crème. Tu as besoin de nourriture. De quoi manger quand tu n'as pas envie de commander à emporter. Et tout ce dont tu as besoin pour faire tes lattes coco-miel.

— Eh bien, pour en faire, j'aurais besoin d'une machine à expresso. Et ces machines coûtent un bras…

— J'en ai déjà une, la coupé-je.

Elle est bouche bée.

— Vraiment ?

— Vraiment.

— Tu sais t'en servir ?

Je me surprends à sourire de nouveau.

— Pas du tout.

Elle semble encore plus stupéfaite.

— Alors pourquoi tu en as une ?

— C'était un cadeau de pendaison de crémaillère de King. Il a dit que ça me donnait l'air plus intelligent.

Elle rit, le son se logeant derrière mes côtes.

— Ce serait peut-être vrai si tu l'avais vraiment utilisée.

Elle boit une autre gorgée avant de demander :

— J'en déduis que vous vous connaissez depuis longtemps ?

Je hoche la tête en me demandant où commencer.

— J'avais quinze ans la première fois qu'on s'est rencontrés, il devait donc avoir environ dix-neuf ans.

— Il y a donc bien longtemps, monsieur Je-Viens-d'Atteindre-La-Quarantaine.

Je lui lance un faux regard noir et elle me sourit gentiment.

— OK, donc tu avais quinze ans… ?

— J'avais quinze ans et je travaillais pour les Russes.

— Les Russes ?

— La mafia russe. La Bratva, expliqué-je.

Pas de secrets.

— J'ai commencé comme mule, en transportant de l'argent pour eux alors que je n'étais qu'un enfant. Je devais avoir autour de huit ans.

— Tu étais si jeune ! dit-elle tristement.

Je hausse les épaules.

— C'est une histoire typique. Mauvaise vie de famille. Mauvais caractère. Attiré par l'argent et le pouvoir de la confrérie. Je voulais trouver ma place quelque part.

Je vois de la compassion se former dans les yeux de Payton et, pour la toute première fois de ma vie, cela ne me dérange pas.

— Quand j'ai rencontré King, j'étais soldat, et il travaillait pour les Irlandais, chez qui il faisait à peu près la même chose. Sauf qu'il n'était pas le genre de *mafieux* habituel.

Je reprends le terme employé par Payton l'autre jour.

— Il venait d'une famille aisée, il n'était pas un vagabond sans nom de famille comme moi.

— Tu n'as pas de nom de famille ? m'arrête Payton.

— J'ai dû en avoir un à un moment donné. Mais j'ai été jeté devant les portes de l'église alors que j'étais trop jeune pour comprendre.

Je la vois au bord des larmes, et lui tends donc la main pour lui serrer le genou.

— Ça ne sert à rien de s'éterniser là-dessus, bébé. C'est comme ça.

Elle pose une main sur la mienne.

— C'est quand même horrible.

Mes lèvres se retroussent d'un côté.

— Et regarde ce que je suis devenu.

Payton lève les yeux au ciel.

— Hmm, hmm.

— Bref, ni lui ni moi n'étions dans la norme. Avant, il fallait être membre de la famille pour rejoindre un clan, mais avec les années et la dispersion des familles, ils ont été obligés d'assouplir leurs règles. C'est comme ça qu'un gamin comme moi a pu être admis. Mais King n'était pas un orphelin. Sa famille était fortunée, et ses parents encore mariés à l'époque. Mais il s'ennuyait et était du genre effronté, et il s'est retrouvé à s'enrôler, comme moi. Alors, même si nous étions censés être ennemis, expliqué-je en haussant une épaule, nous avons tissé des liens. Nous sommes devenus amis. J'ai toujours été un peu jaloux de lui. De cette vie pépère sur laquelle il pouvait s'appuyer. Mais au cours des dix années suivantes, j'ai vu ses grands-parents mourir, son père mourir, sa mère l'abandonner.

— C'est horrible.

— Oui, approuvé-je. Ma vie a été difficile dès le début, mais j'y étais habitué. Je n'avais rien à perdre.

Je serre à nouveau le genou de Payton, parce que je sais qu'elle comprend.

— Vous étiez un peu comme Roméo et Juliette, me taquine-t-elle.

J'aboie un rire.

— Dis-le à King la prochaine fois que tu le verras.

— Vous étiez des amis maudits.

— Nous l'aurions nié, et nous l'avons fait. Mais oui, nous n'avons jamais vraiment été à notre place dans l'ancien rang. Alors, le peu de fois par an où les familles se côtoyaient, on finissait par graviter l'un autour de l'autre.

— J'ai entendu dire une fois que les âmes sœurs ne sont pas réservées aux relations romantiques. On peut avoir des âmes sœurs amies.

— Je ne sais rien sur les âmes sœurs. Et King est peut-être mon frère. Mais tu es ma vie, dis-je en frottant sa cuisse avec ma paume. Il n'y a pas de comparaison possible.

Elle serre ses lèvres l'une contre l'autre, et plutôt que de la faire réagir, je continue :

— Il ne nous a pas fallu longtemps pour comprendre qu'il y avait des rats dans les deux familles. Seuls les idiots pensaient qu'ils pouvaient nous utiliser pour faire passer des codes secrets à la con. Sauf que King et moi ne sommes pas des idiots, alors on a déchiffré les codes et on a décidé de les faire tourner en notre faveur.

— On dirait un film, fait remarquer Payton en serrant sa tasse contre sa poitrine.

— Sauf que dans les films, tout le monde est beau. Tu aurais dû voir ces vieux types. Ils étaient hideux, à l'intérieur comme à l'extérieur. Les chefs des deux familles étaient des gens corrompus, ignobles, qui ne défendaient rien. Ils n'avaient jamais eu à gagner ce qu'ils possédaient. Ils n'avaient jamais eu à se frayer un chemin hors du caniveau. Ils n'avaient jamais tué un homme sans qu'il ne soit maintenu au sol par trois autres. Mais quand nous avons découvert ce qu'ils faisaient d'autre…

Ma colère remonte à la surface alors que j'y repense tant d'années plus tard.

— Ils faisaient venir des femmes de leur pays d'origine. Ils les volaient. Puis les vendaient.

— Du trafic d'êtres humains, chuchota Payton.

— Ils le cachaient bien. Seuls certains membres étaient au courant, et c'est de là que les rats venaient. Deux mecs ont pensé qu'ils pourraient peut-être faire cavaliers seuls, unir leurs forces et construire un empire sur le dos des femmes. C'est à ce moment-là que King et moi avons été entraînés dans le pétrin.

J'inspire.

— Je ne mentais pas quand j'ai dit que j'ai fait de mauvaises choses. J'en ai fait. Mais nous ne faisons pas ça. Nous ne vendons pas de femmes.

— Je sais, dit Payton sans sourciller. Tu ne ferais jamais ça.

— Je ne ferais jamais ça, répété-je. Et nous refusions également de les abandonner à leur sort. Alors, nous avons concocté un plan. Nous n'avons pris que les hommes en qui nous avions confiance, nous en avons recruté d'autres dans les rues, et quand tout a été prêt… nous les avons massacrés. Le plus grand nombre possible. Dans les deux familles.

Payton baisse le menton, et je jurerais que c'est une approbation.

— Nous avons frappé la même nuit, à la même heure, sans avertissement. La plupart d'entre eux sont morts. Certains se sont enfuis. Et certains nous ont rejoints. Et ensemble, nous sommes devenus l'Alliance.

— Donc, les Russes et les Irlandais sont partis, et maintenant King et toi dirigez en maîtres ?

— Sauf que la plupart des gens pensent que je suis seul. Une organisation comme celle-ci est plus efficace lorsqu'elle donne l'impression d'être dirigée par un seul homme. Les gens ne doivent pas penser qu'il s'agit d'une démocratie. Il ne faut pas leur donner l'occasion d'essayer de nous monter les uns contre les autres. Il fallait donc que ce soit l'un de nous, et King ne voulait pas endosser ce rôle. À l'époque, son père était déjà mort, mais il avait encore des sœurs et une mère.

C'était plus sûr pour elles qu'il reste dans l'ombre. Et comme tous les Irlandais qui auraient pu essayer de le démasquer sont morts cette nuit-là, il n'a eu aucun mal à se cacher dans les ténèbres.

— Et les gens qu'il a recrutés ? Ils auraient su qu'il était lui aussi au moins un peu responsable ?

Je retourne ma main, et elle joint ses doigts aux miens.

— La plupart d'entre eux sont eux aussi décédés aujourd'hui.

Elle me prend la main.

— Dans les mois qui ont suivi, beaucoup de gens sont venus à nous, ou plutôt à moi, pour prendre le trône que j'avais créé.

— Mais tu l'as gardé.

Je souris.

— Je l'ai gardé.

— Et maintenant, King est un peu comme un partenaire silencieux dont personne ne sait rien.

— Pour résumer, oui.

Elle semble réfléchir avant d'accepter.

— Et il est proche de sa sœur ? La fille qui est venue avec toi hier soir.

— Si par proche, tu veux dire qu'elle lui casse les pieds en permanence et l'oblige à faire des trucs dont il n'a pas envie, alors oui.

Elle m'offre un autre rire, plus discret.

— C'est bon à savoir. J'admets que je ne comprends pas vraiment toutes les autres choses, mais King est manifestement important pour toi. Et je m'en veux d'avoir eu si peur de lui.

J'ouvre la bouche, mais elle me serre la main.

— Mais savoir qu'il est proche de sa sœur le rend plus… normal.

— Il est loin d'être normal, déclaré-je de but en blanc. Mais c'est l'une des rares personnes à qui je confierais ta sécurité. Alors je t'en prie, n'aie pas peur de lui.

— Je n'aurai pas peur de lui. Et si tu dis que je dois lui faire confiance, alors je le ferai.

— Merci.

J'ai l'habitude que les gens m'obéissent. Mais ils le font parce que je les paie ou parce qu'ils craignent les conséquences d'une désobéissance. Cette sorte d'allégeance basée uniquement sur la confiance... C'est un tout autre sentiment.

Payton effleure ma paume de son pouce.

— Merci de m'en avoir parlé. Je suis sûre que beaucoup d'hommes dans ta position ne le feraient pas, mais je suis contente que tu te sois ouvert à moi.

Je me penche en avant.

— Il n'y aura pas de secrets entre nous, Payton. Pas de mensonges. Pas de demi-vérités. Si tu me poses une question, je te répondrai. Et si je te pose une question, tu me répondras.

Je la regarde accepter.

— Comment Arthur est-il mort ?

J'aurais dû m'y attendre. Mais je ne reviendrai sur ma parole.

— Dans la douleur. Mais pas assez.

— Qu'est-ce que tu veux dire ?

Je me remémore les détails de cette nuit-là.

La peur dans ses yeux.

Ses cris quand j'ai commencé à lui arracher le doigt. Le nombre de coups que j'ai dû donner.

La douleur qu'il a dû ressentir.

Ses yeux exorbités alors qu'il s'étouffait avec son propre appendice.

— Je l'ai fait avant que tu ne me le dises...

Ma poitrine se gonfle tandis que j'inspire afin de tenter de calmer ma rage grandissante.

— Si j'avais su qu'il avait l'intention de te vendre, je l'aurais fait souffrir pendant des semaines. Pas seulement quelques minutes. J'aurais...

Je pense à tout ce que j'aurais pu faire pour le torturer.

Toutes les façons vicieuses de prolonger son supplice. Mais je ne devrais pas mettre ces pensées dans l'esprit de Payton.

— J'aurais fait en sorte qu'il me supplie de le tuer, plutôt que de le surprendre.

— Tu l'as fait avant que je te le dise… ?

Elle n'a pas l'air choquée, simplement pensive.

— Ça semble évident, en effet, à moins que tu n'y sois allé juste après que je te l'ai dit, avant ta fête. Ça veut dire que tu es allé dans le Dakota du Nord ?

C'est le moment idéal pour moi d'appliquer la règle d'absence de secrets.

— La première nuit où nous avons couché ensemble, je me suis réveillé au milieu de la nuit et j'ai pris un vol direct pour aller là-bas. J'ai un avion. C'est moi qui le pilote, précisé-je.

— Mais si je ne t'avais pas tout dit…

— J'en savais assez d'après ton cauchemar sur le canapé. La nuit où nous nous sommes rencontrés.

Sa bouche s'ouvre, puis se ferme.

— Je savais qu'il t'avait fait du mal. Et c'est tout ce que j'avais besoin de savoir.

Elle acquiesce et je regarde sa gorge se soulever alors qu'elle déglutit difficilement.

— Ma mère était là ?

— Non. Elle travaillait. On l'a laissée tranquille et on a mis le feu à la maison. Mais si tu veux qu'elle disparaisse aussi, tu n'as qu'à le dire.

— Non, murmure-t-elle. Elle ne m'a jamais blessée, mais elle n'est jamais intervenue pour m'aider non plus. Alors elle peut rester dans son coin. C'est ce qu'elle mérite.

Payton continue d'acquiescer, la respiration à la limite du saccadé, alors je lui enlève la tasse des mains et pose les deux sur la table de nuit.

— Approche.

Je m'incline sur le lit et m'allonge sur le dos, les bras ouverts.

Payton se glisse à mes côtés.

— Merci, Nero.

Je resserre mon bras autour d'elle.

— Tu n'auras jamais à me remercier, Payton.

Elle se pelotonne plus près de moi.

— Mais je le ferai toujours.

Je laisse mes paupières se fermer.

— Je donnerais tout pour toi.

Elle pose sa main sur mon cœur.

— Mais je ne te le demanderai jamais.

CHAPITRE 68
PAYTON

Mon oreiller bouge, m'arrachant un grognement de mécontentement, avant que je n'entende le murmure d'un téléphone qui vibre.

— Chut, bébé.

Une grosse main me caresse le dos, et je garde les yeux fermés en enfouissant davantage mon visage dans la chaleur de Nero.

— Quoi ?

Sa voix est calme lorsqu'il décroche, et je l'entends en stéréo à travers sa poitrine.

— Oui.

Sa main ne cesse jamais de bouger pendant qu'il écoute.

— Il est là en ce moment même ?

Un autre silence s'ensuit.

— D'accord. On descend.

Mes yeux s'écarquillent lorsqu'il utilise le mot *on*.

Le torse de Nero s'élargit quand il bâille.

— Tu as bien dormi ? demandé-je en remuant mes doigts et mes orteils pour me sortir du sommeil.

Il lève son bras derrière moi et je l'imagine en train de regarder sa montre.

— Deux bonnes heures.

— Deux ? Je ne me souviens pas de la dernière fois où j'ai fait une sieste, et encore moins une sieste de deux heures.

Je tapote son sternum du bout des doigts.

— Enfin, je suppose que la tienne ne compte pas vraiment comme une sieste si tu es resté debout toute la nuit. Tu es plutôt *enfin allé te coucher*. Tout habillé, ajouté-je en me souvenant qu'il est entièrement vêtu à l'exception de sa veste et de ses chaussures.

Ses chaussettes noires sont dans mon champ de vision et je me demande pendant une seconde s'il est chatouilleux.

Il bâille à nouveau.

— Il s'est passé un truc pendant que je rentrais à la maison hier soir.

— Un mauvais truc ?

Je réalise immédiatement que c'est une question stupide. N'importe quel *truc* qui survient au beau milieu de la nuit est forcément mauvais.

Nero pose sa main sur la mienne, immobilisant mes doigts en mouvement.

— Des rumeurs ont circulé disant que des connards essaieraient de s'installer dans le coin, et maintenant que deux de mes hommes ont été retrouvés morts à Chicago, je dois aller m'en occuper.

J'appuie plus fermement ma paume sur son torse.

— Je suis désolée pour tes hommes.

— Merci, bébé.

La main dans mon dos caresse l'une de mes tresses.

— Pourquoi ils étaient à Chicago ? Je pensais que toutes tes… euh… affaires étaient ici, dans les villes jumelles.

— C'est le cas pour la plupart. Je ne dirige pas Chicago, c'est le business de quelqu'un d'autre, mais nous faisons des affaires avec lui. Et c'est lors d'une de ces expéditions que les choses se sont gâtées.

— Du coup, tu dois y aller ?

Je sens son corps bouger alors qu'il hoche la tête.

— Je prendrai l'avion dans la matinée. Ça ne devrait durer que quelques jours.

Une intense tristesse s'abat sur mon humeur.

— Tu vas me manquer.

— Tu me manqueras aussi.

Il pose ses lèvres sur le sommet de mon crâne.

— Mais j'ai un petit truc qui pourrait t'aider à passer le temps pendant mon absence.

— Vraiment ?

Je penche la tête en arrière afin de pouvoir regarder son beau visage.

— Vraiment. Mais il faut qu'on descende.

Alors que je me remémore sa conversation téléphonique sur la présence de quelqu'un ici, je fronce le nez.

— J'espère que ce n'est pas un garde du corps. Ça ne compte pas vraiment comme de la *compagnie*.

Nero tire sur ma tresse.

— Ce n'est pas ce que j'ai à te montrer. Mais tu auras des gardes du corps. Au pluriel. Et quand je ne suis pas à la maison, tu n'iras nulle part sans eux.

Il la tire à nouveau.

— Je suis sérieux, Payton. Tu n'as même pas le droit de te promener dans la cour sans prévenir quelqu'un. D'accord ?

— D'accord.

Cette histoire de cour est ridicule, mais j'entends dans sa voix que ça ne servirait à rien de discuter.

— C'est parce que cette femme m'a glissé l'invitation, ou parce que nous sommes à Chicago ?

— Ni l'un ni l'autre. Les deux, soupire Nero. Les choses seront ainsi à partir d'aujourd'hui. Mais une fois que tu y seras habituée, tu ne remarqueras même plus mes hommes.

Le concept me semble étranger, j'ai une fois de plus l'impression d'être dans un film, mais il m'a prévenue dès le début que ce serait dangereux d'être avec lui. Je suppose que ça fait partie du lot.

— D'accord, accepté-je.

— D'accord, répète Nero.

Je me demande alors comment je vais bien pouvoir passer le temps.

— Ça va me faire bizarre de ne pas travailler. J'ai toujours eu un boulot depuis mes quatorze ans.

Nero grogne.

— Je vais faire faire des cartes de crédit à ton nom, mais si tu as besoin de quoi que ce soit, dis-le-moi.

Je me mords la lèvre. Vivre ici est une chose. Recevoir une carte de crédit, avec une limite que je ne peux même pas imaginer… c'en est une autre.

Nero me donne une tape sur les fesses, avant de s'éloigner de moi et de sortir du lit.

— Je suis sûre que tu auras de quoi t'occuper.

Je le suis en quittant le matelas confortable, tout en réfléchissant à ce que je vais bien pouvoir faire de ma journée pendant son absence.

— Devrai-je les nourrir ?

— Qui ?

— Les gardes du corps, précisé-je.

— Non. Tu les ignores, c'est tout.

Je fronce les sourcils, mais prends la main que Nero me tend.

— C'est malpoli.

— Ils sont là pour travailler, pas pour baisser leur garde pour des sandwiches, réplique-t-il en ouvrant la porte avant de me guider dans le couloir. Et ils seront dehors.

— Toute la journée ?

L'hiver approche, et les laisser endurer le froid me paraît encore plus grossier que de les ignorer.

— Crois-moi, ma belle, je leur demande de faire le périmètre de notre jardin, c'est le meilleur travail qu'ils aient jamais eu. Je paie mieux que les compagnies de mercenaires d'où viennent la plupart d'entre eux, et ils n'ont pas affaire à une bande de putains de terroristes qui essaient de les faire exploser tous les jours.

— C'est déjà ça, je suppose, concédé-je. Mais ils n'ont pas froid ?

Je ne peux m'empêcher de poser la question, même si mes yeux inspectent frénétiquement la maison.

Je suis presque sûre que cet escalier est différent de celui que nous avons emprunté hier soir.

— Je te ferai visiter la propriété à mon retour, afin que tu puisses voir qu'ils ont leur propre maison, de l'autre côté du garage, avec beaucoup de chauffage et de nourriture.

— Sérieusement ?

Je tourne les yeux vers lui avant de me concentrer à nouveau sur les marches.

— C'est le cas dans la plupart des lieux où la sécurité est assurée vingt-quatre heures sur vingt-quatre. Le nombre change quand on a besoin de l'augmenter, comme en ce moment, mais il y a toujours au moins quatre hommes qui travaillent en équipes décalées de dix jours. C'est donc plus facile et plus sûr pour eux de vivre sur place.

Il m'incite à m'arrêter lorsque nous atteignons le bas des marches.

— Et si jamais tu as besoin d'eux, il te suffit d'ouvrir une porte et de crier. Leur travail le plus important est désormais de te protéger, et ils le savent.

Il utilise sa main libre pour relever mon menton.

— Tu comprends ?

— Je comprends.

Nero presse ses lèvres sur les miennes. Juste une fois. Mais je suis presque à bout de souffle quand il se retire.

— Maintenant, ta surprise.

Je cligne des yeux. J'avais complètement oublié la surprise.

— Que… ?

Un tintement. Un petit tintement métallique provenant de quelque part dans la maison. Et mon cœur s'arrête alors.

Nero siffle, et le tintement s'amplifie. Accompagné du bruit inimitable de griffes de chien sur le sol dur.

— Tu es sérieux ? haleté-je.

Mes yeux se remplissent déjà de larmes avant que la plus belle des créatures ne déboule du coin.

— Oh mon Dieu, Nero ! m'extasié-je en m'accroupissant. Tu es sérieux.

Les grands yeux châtains du chien basculent entre Nero et moi alors qu'il s'approche. Il est recouvert d'un pelage brun clair et arbore d'adorables pattes blanches. Sa taille se situe entre celle d'un chien d'appartement et celle d'un labrador, et sa minceur le fait paraître un peu plus petit qu'il ne l'est en réalité.

— Bonjour, mon petit. Ou ma petite, chuchoté-je en lui tendant une main pour qu'il la renifle.

— C'est un mâle.

Sa queue, recouverte de la même fourrure brune, remue timidement et je manque de m'étouffer en sanglotant.

— Quel est son nom ?

Je ne peux m'empêcher de chuchoter, craignant de le faire fuir si je parle trop fort.

— Il n'en a pas, répond Nero en se baissant pour s'accroupir à côté de moi. Mais je me disais qu'il avait une tête de Toto.

Je renifle en hochant la tête.

— C'est vrai, approuvé-je entre le rire et le sanglot. Si Toto était sur des échasses.

— Si tu ne l'aimes pas…

Je lève la tête pour regarder Nero d'un air contrarié. Bien que la sévérité soit sûrement atténuée par mes émotions qui continuent de couler le long de mes joues.

— Je l'adore.

Le visage de mon homme esquisse l'un de ces sourires bien trop mignons.

— Si vite ?

Le chien blottit son nez humide contre ma main et je tourne la tête pour regarder Toto.

— Si vite.

— Tu l'aimes autant que moi ?

Le chien se fraye un chemin entre nous et tourne autour de moi, sa queue remuant frénétiquement tandis que son corps souple se plie à chaque mouvement.

Je souris.

— Encore plus.

CHAPITRE 69
NERO

Mes yeux restent fermement rivés sur le cul de Payton alors qu'elle se penche à mi-taille, une partie de son corps dépassant par la porte du patio arrière, tandis que l'autre partie reste dans la cuisine.

— Toto ! Allez, mon chien ! crie-t-elle dans la lumière déclinante.

Abandonnant ma vue, je m'avance à côté d'elle et regarde par la porte-fenêtre.

— Non pas que je me plaigne, mais tu fais quoi ?

Payton sursaute.

— Oh !

Elle se redresse et plaque ses mains sur sa poitrine, au-dessus de son cœur.

— Je ne t'ai pas entendu monter.

— Évidemment que non ! Tu étais trop préoccupée à trémousser ton joli cul.

Elle lève les yeux au ciel, puis tape dans ses mains lorsque le sac à puces s'élance vers la porte en sprintant.

Après avoir fait monter Toto dans ma voiture hier soir, je l'ai amené chez King et lui ai demandé de faire examiner l'animal par son vétérinaire. Mon ami a eu des chiens toute sa vie et s'en est toujours bien occupé, alors plutôt que de faire appel à un vétérinaire inconnu, j'ai eu recours au sien.

Avant de le remettre à Payton, je devais m'assurer qu'il était en bonne santé et qu'aucun traceur ne révélait qu'il appartenait à quelqu'un d'autre. Parce que si je lui donnais un chien qui devait tomber raide mort le lendemain, elle me tuerait sûrement de ses propres mains. Et si elle découvrait qu'il manquait à une famille, elle voudrait évidemment bien faire et le rendre. Ce qui briserait son pauvre cœur et je devrais me frapper au visage.

Mais à part sa saleté et sa faim, le médecin a dit que Toto va bien. Il pense qu'il doit avoir trois ou quatre ans. Il a sûrement eu un propriétaire à un moment donné, puisqu'il est propre et connaît les ordres de base, mais son corps en sous-nutrition, ses griffes fendues et ses poils emmêlés suggèrent qu'il a été livré à lui-même pendant longtemps.

Heureusement, King a également demandé à son toiletteur de venir laver le chien, à tel point que j'ai à peine reconnu Toto lorsqu'il s'est approché prudemment de nous dans le couloir.

J'ai eu un moment de doute lorsqu'il a surgi du coin, en me disant que Payton aurait peut-être voulu choisir son propre chien, mais j'ai compris que j'avais fait le bon choix devant ses larmes instantanées et sa déclaration d'amour. Et ensuite, quand je lui ai raconté qu'Aspen et moi l'avons trouvé en train de fouiller les poubelles, elle a de nouveau fondu en larmes. Et je suis tombé encore plus amoureux d'elle.

Je n'avais jamais réfléchi à la possibilité de trouver une épouse. Je n'en voulais pas vraiment, mais je me disais que je finirais bien par en avoir une. Et les rares fois où j'y ai pensé, j'ai toujours imaginé que ce serait une femme dure. Une femme qui souriait rarement. Une femme qui ne pense qu'à l'argent et au statut. Une femme qui ne verserait pas de larmes pour autre chose qu'une manipulation intéressée.

Je n'aurais pas pu être plus loin de la réalité. Parce que je n'étais destiné à personne d'autre que Payton.

Cette femme au cœur sur la main.

Qui s'inquiète de savoir si les gardes auront faim ou froid.

Qui a montré plus d'émotions au cours des dernières vingt-quatre heures que je n'en ai fait preuve au cours des vingt-quatre dernières années.

Elle ne tente pas d'adoucir mes aspérités. Elle s'y adapte.

La douceur de ma dureté.

Ma meilleure moitié, à tous points de vue.

Nous reculons ensemble lorsque le chien franchit le seuil, puis Payton récupère une friandise dans le nouveau conteneur qui orne notre îlot de cuisine.

C'est un cadeau de King. Il y a aussi un lit pour chien, un collier, des laisses, des jouets et un exemplaire de *Les chiens pour les nuls* qui, je n'en doute pas, devait être une pique à mon égard et non à Payton.

— Tu m'as dit de ne pas sortir, poursuit celle-ci.

Il me faut une seconde pour me rappeler ce dont nous parlions.

Son joli petit fessier penché dans l'embrasure de la porte.

— Tu ne suis pas exactement l'esprit de cette règle, marmonné-je.

Je lâche cependant l'affaire. Je ne veux pas non plus qu'elle se tienne dans l'embrasure d'une porte ouverte, mais c'est moi qui viens de lui offrir un chien qui aura besoin d'uriner dans la cour plusieurs fois par jour.

— Que dirais-tu d'un dîner et d'un film ?

Payton se mord la lèvre et jette un coup d'œil à Toto, qui est maintenant couché sur le côté sur le sol frais, haletant de sa récente aventure à l'extérieur.

Percevant sa réticence, je m'explique.

— Nous ne quitterons pas la maison.

— Waouh !

Payton glisse sa main sur le dossier du grand canapé en cuir.

— Je croyais qu'on allait regarder un film dans le salon.

J'appuie sur un bouton sur le mur et les rideaux qui couvrent celui d'en face s'écartent pour révéler un grand écran, provoquant un hoquet de surprise à ma compagne.

Malheureusement, j'ai dû passer la majeure partie de la journée au bureau, à préparer mon voyage imprévu à Chicago. Les affaires de l'Alliance sont faciles parce que je suis le patron où que je sois, mais j'ai dû reporter quelques réunions de mon entreprise de sécurité. J'ai embauché des employés compétents pour remplir tous les rôles, donc je n'ai pas besoin de passer beaucoup de temps au bureau, mais bien sûr, il a fallu que tout cela tombe la semaine où l'on a vraiment besoin de moi. Cela signifie que je n'ai pas pu faire visiter la maison à Payton comme je l'avais promis. J'aurais pu le faire ce soir, mais cela m'a semblé une meilleure idée de manger des pâtes à emporter et de regarder un film avec elle blottie contre moi.

— C'est très impressionnant.

Ma chérie s'arrête à l'autre bout de la pièce, admirant les rangées de canapés et de grands fauteuils inclinables.

— Tu peux venir regarder des films ici quand tu veux.

— Je ne saurais pas comment allumer quoi que ce soit, dit-elle en levant les yeux vers le projecteur au plafond.

— Si je ne suis pas à la maison, tu n'as qu'à m'appeler et je t'expliquerai comment faire. Pareil pour tout autre objet de la maison pour lequel tu aurais besoin d'aide. Sauf la machine à expresso.

Elle sourit.

— Et si je t'apprenais à l'utiliser en même temps que tu m'apprendras à utiliser tout ceci ?

— Marché conclu.

Je vois une autre question mijoter derrière ses prunelles.

— Qu'y a-t-il ?

— Il y a une pièce où tu ne veux pas que j'aille ?

— Dans la maison ?

Elle acquiesce, mais je secoue déjà la tête. Je vois bien qu'elle me le demande parce qu'elle ne veut pas dépasser les bornes, pas parce qu'elle a l'intention de me défier.

— Tu as le droit d'aller où tu veux. Tu peux ouvrir les tiroirs et utiliser ce que tu trouves. Le seul endroit où tu ne peux pas aller, c'est l'armurerie, mais c'est parce qu'elle est fermée à clé.

— Tu as une armurerie ?

— Plus d'une, précisé-je. Rocco, mon second, est le seul à avoir accès au système. Mais je ferai ajouter tes données biométriques une fois que tu seras formée.

— Formée ?

Sa voix s'élève et je sais que je lui donne beaucoup trop de nouveaux éléments.

— Oui, formée, expliqué-je en réduisant la distance qui nous sépare pour placer ma paume sur sa joue. Je suis ton arme. Si tu as besoin d'effrayer quelqu'un, dis-lui que tu es à moi.

Je balaye mon pouce sur sa peau douce.

— Je te garderai en sécurité, Payton.

Je pose mes lèvres sur son front.

— Mais tu apprendras quand même à tirer avec une arme, ajouté-je.

La jeune femme expire et me fait un petit signe de tête.

— Et je parie que tu seras une tireuse d'élite.

Elle souffle un petit rire alors que je réussis à détendre l'atmosphère.

— Je suppose que je vais apprendre toutes sortes de nouvelles choses.

— En effet. Et en parlant de nouvelles choses, je t'ai apporté un nouveau téléphone et un nouvel ordinateur portable dans notre chambre.

— Mais j'ai déjà un téléphone.

— Bébé, ton téléphone était nul.

Elle est bouche bée devant mon insulte, mais elle sait que j'ai raison.

— Si tu veux vraiment garder ton ancien numéro, je le ferai changer d'appareil. Mais j'ai déjà transféré tes données sur le nouveau, donc tu peux l'utiliser dès maintenant. Pareil pour l'ordinateur portable.

— Oh, toi ! soupire-t-elle. J'allais dire que tu n'y étais pas obligé, mais tu l'as déjà fait. Alors, merci.

Payton m'offre ce doux sourire affectueux qui me réchauffe de l'intérieur.

— De rien, lui dis-je. Et demain midi, tu as un rendez-vous virtuel avec un architecte d'intérieur.

Son sourire disparaît.

— Quoi ?

— Tu peux installer ton ordinateur portable dans la chambre, la cuisine ou ailleurs. Mais j'ai aussi fait apporter un deuxième bureau dans ma salle de travail. Nous pouvons le partager le temps que tu aies ton propre bureau. Ou nous pouvons agrandir celui-ci et le partager en permanence.

— Quoi ? Partager ?

Elle cligne des yeux comme si cela allait l'aider à comprendre.

— Pourquoi je dois rencontrer un architecte ?

— Parce que tu dois remodeler cette demeure.

— Je ne… Nero, c'est…

Elle balaye du regard la salle de cinéma extravagante.

— C'est ridicule.

— Pas du tout.

Je lui prends le coude pour la guider vers l'une des causeuses duveteuses.

— Je n'ai pas construit cette maison, je l'ai achetée. J'ai fait appel à un architecte pour la meubler. Je n'ai aucune attache avec elle.

— Mais je l'aime bien, insiste-t-elle en s'asseyant sur le coussin.

Je secoue la tête et l'imite.

— Commence par la chambre.

— Mais…

— Désolé, bébé, tu ne vas pas gagner, cette fois.

Je l'attire contre moi.

— La chambre est à mon image. Pas à la nôtre, ajouté-je en déposant un baiser son front. Elle a besoin de ta couleur.

CHAPITRE 70
PAYTON

Les doux ronflements de Toto, depuis le coin où il s'est installé confortablement sur une pile de couvertures, constituent la toile de fond parfaite pour la fin d'une journée parfaite.

Et j'ai la sensation qu'il y aura beaucoup de journées parfaites à partir d'aujourd'hui.

J'ai passé la journée avec Toto et nous avons appris à nous connaître, c'était mieux que tout ce que j'avais imaginé. Bien sûr, même dans mes rêves, je tentais de joindre les deux bouts dans une petite maison désuète, je ne vivais pas dans un manoir avec un parrain de la mafia.

Mon parrain de la mafia.

Je me blottis un peu plus contre le flanc de Nero, me détendant tandis que la scène célèbre de Dorothy s'endormant dans un champ de coquelicots défile à l'écran.

Le bras autour de mes épaules se resserre.

— C'est bon, grogne Nero.

Je relève la tête à ses mots bourrus.

— Quoi donc ?

Il se détache déjà de moi.

— Je ne peux plus attendre.

— Attendre quoi ?

Il ne répond pas, et se contente de glisser du canapé pour s'agenouiller devant moi.

— Approche.

Je n'ai pas le temps d'obtempérer qu'il m'attrape par les hanches et me tire sur le cuir de sorte que mes fesses touchent le bord du canapé. J'écarte les jambes et mes genoux se retrouvent de part et d'autre de ses hanches.

— Tout va bien ?

Ma voix est emplie d'humour et de désir, car il affiche le visage d'un homme qui a une mission en tête.

— Tout ira bien quand je t'aurai goûtée.

Il enlace ma taille, me tirant vers lui pour que nos corps se touchent et que sa bouche plonge sur la mienne.

Une vive chaleur explose dans mon intimité lorsque Nero approfondit le baiser. Sa langue demande à entrer tandis que son érection frotte la couture de mon legging.

Mes hanches se balancent, suivant la pression, tandis que mes lèvres s'écartent pour permettre à sa langue de balayer la mienne.

Nous gémissons en même temps et les vibrations s'entremêlent, nous emprisonnant dans une cage de désir.

Mes seins sont lourds. Douloureux. Et j'ai envie d'arracher mon soutien-gorge. Il faut que les couches disparaissent pour que je puisse sentir les poils de son torse contre mes mamelons.

Le simple fait d'y penser me donne des palpitations de la colonne vertébrale jusqu'aux orteils.

Les doigts de Nero descendent le long de mes flancs et s'accrochent au haut de mon legging.

— Debout, exige-t-il, interrompant le baiser juste assez longtemps pour prononcer cet unique mot.

Puis ses doigts se mettent à tirer.

Je me sers de son corps pour stabiliser le mien alors que je soulève mes fesses du canapé, et il fait descendre le legging le long de mes hanches, tout en laissant mon string en place.

Je dois gigoter un peu, mais Nero l'enlève et le jette sur le côté. Puis il attrape le bord de mon haut, le remonte et le fait passer par-dessus ma tête.

Ses yeux plongent dans les miens.

— Redis-le-moi.

— Euh…

Je respire par à-coups. Je ne me souviens plus de ce dont nous étions en train de parler. Étions-nous en train de parler de quelque chose ?

Nero écarte les bretelles de mon soutien-gorge de mes épaules et tire les bonnets vers le bas.

Mes seins sont entièrement dénudés, et je ne suis plus couverte que par la fine couche de ma culotte. Et elle est déjà trempée.

— Dis-moi que tu m'aimes, quémande-t-il en se penchant en avant afin de prendre l'un de mes tétons dans sa bouche.

Mon Dieu, je l'aime !

Ses dents se referment sur mon mamelon, m'arrachant un cri.

— Dis-le-moi, ma belle.

Il lèche mon autre téton.

— Nero !

J'enfouis mes doigts dans ses cheveux. J'ai besoin de m'accrocher à quelque chose alors qu'il aspire la pointe dans sa bouche.

— Je t'aime.

Je glisse mes mains vers le bas pour qu'elles encadrent son visage. Et je sens les muscles de sa mâchoire bouger sous mes paumes pendant qu'il suce.

— Je t'aime tellement !

Grognant tout bas dans sa gorge, Nero libère mon téton de sa bouche pour m'embrasser.

Ses lèvres sont exigeantes, et je me soumets volontiers.

— Allonge-toi.

Il prend un oreiller à l'autre bout du canapé et le place derrière mon dos. Ainsi, lorsqu'il appuie sur ma poitrine, je m'allonge sur l'oreiller, la tête appuyée contre le dossier.

Je suis tellement exposée ! Le petit bout de tissu entre mes jambes et le soutien-gorge autour de ma taille comme une ceinture avant-garde devraient me sembler absurdes, mais au lieu de cela, je me sens sexy. Et désirée.

Nero fait glisser ses grandes mains le long de mes flancs, de mes hanches, de mes jambes… et s'accroupit, me dévorant à pleines dents.

— Tu es parfaite, putain !

J'essaie de me redresser, voulant le toucher moi aussi, mais il appuie une main sur mon ventre, me repoussant vers le bas.

Il me lance un regard sévère.

— Ne bouge pas.

Ses mains se portent sur les boutons de sa chemise, et j'oublie alors de respirer.

Cet homme. Cet homme que j'aime, celui à qui j'ai confié ma vie aveuglément, est un sacré spectacle !

Alors qu'il enlève sa chemise, ses épaules s'arrondissant sous l'effet du mouvement et ses muscles se tendant sous sa peau, je décide que la prochaine fois que nous serons ensemble, j'embrasserai chacune de ses cicatrices. Je vais les mémoriser et apprendre leurs histoires. Je vais apaiser ses souvenirs au gré de mes lèvres.

Au lieu de défaire son pantalon, comme je l'aurais cru, Nero se penche.

Oh, mon Dieu !

Je me redresse en sursaut.

— Qu'est-ce que tu fais ?!

Il presse sa paume entre mes seins, me repoussant vers le bas.

— Tu sais très bien ce que je fais, Payton. J'ai dit que je voulais te goûter.

Il utilise une main sur ma cuisse pour me maintenir ouverte, puis descend sa paume de ma poitrine à mon ventre avant de l'appuyer tout entière sur mon entrejambe.

— J'aurais dû le faire la première fois.

Il s'humecte sa lèvre inférieure tandis qu'il fait glisser son majeur le long de ma peau.

— J'aurais dû le faire avec ton sang de vierge dégoulinant sur mon menton.

— J… Je n'ai jamais fait ça.

Sauf la nuit dernière, quand il a léché ton anus, me rappelle une petite voix, et mon intimité tressaille à ce souvenir.

Nero glisse ses doigts jusqu'au bord de ma culotte, l'écartant alors, dénudant ma peau lisse.

— Tant mieux.

Il pose son front sur la partie douce située juste au-dessus de mon pubis.

— Tu es vraiment une gentille fille.

Je regarde son dos s'élargir tandis qu'il prend une profonde inspiration, puis gémis lorsqu'il relâche son souffle.

— Une fille si gentille !

Il lève mes jambes et place mes cuisses au-dessus de ses épaules.

— Et je vais dévorer cette jolie petite chatte jusqu'à ce que tu me supplies de te baiser.

Je suis si nerveuse et si excitée que mon corps tout entier me donne l'impression de vibrer.

— S'il te plaît ! le supplié-je déjà, alors qu'il n'a même pas commencé. S'il te plaît, je veux que tu…

Ma supplication se transforme en un gémissement étranglé lorsque sa langue s'attaque à mon clitoris.

Il n'a pas commencé en douceur.

Il n'a pas fait de petites lèches aguicheuses.

Il se délecte de moi.

Les doigts de Nero s'enfoncent dans la chair tendre de mes cuisses, sa prise se resserre lorsque mon corps se tortille et me maintient fermement contre son visage.

Puis ses assauts deviennent plus longs. Sa langue appuie plus fort. Il part de mon ouverture pour remonter sur mon faisceau de nerfs à vif.

C'est tellement mieux que ce que j'imaginais ! C'est si bon ! Si intime ! Si sale !

Il presse un doigt en moi, ce qui me fait tendre les bras. J'entortille mes doigts dans les pointes de ses cheveux et m'y accroche. J'ai besoin qu'il m'ancre.

— Nero !

Ma peau est trop tendue.

Son doigt glisse hors de moi et je le regarde fixement pendant qu'il redresse sa langue et fait de son mieux pour l'enfoncer en moi.

— Oh mon Dieu !

Ses yeux se lèvent de sous ses paupières à moitié fermées, croisant les miens, et je ne peux pas attendre plus longtemps. Je n'en peux plus.

— S'il te plaît, Nero, m'étouffé-je. S'il te plaît, prends-moi !

Au lieu de s'arrêter, sa bouche se referme sur mon sexe tandis qu'il suce mon clitoris. La pression projette des décharges d'électricité jusque dans mon cœur.

Ses mains s'écartent de moi, je vois ses épaules bouger et j'entends le bruit d'une fermeture éclair qu'on baisse.

Je suis à ça de jouir. Mon orgasme est à portée de main.

— Vite ! crié-je.

Nero retire sa bouche, son corps remontant instantanément pour couvrir le mien.

— Tu veux jouir sur ma queue, bébé ?

— O... oui !

Il écarte les lèvres, mais au lieu d'en dire plus, il gémit, bouche ouverte, en poussant ses hanches vers l'avant.

Son membre m'étire, et mon corps n'attend que la moitié pour être envahi par des vagues de sensations.

Mes parois intimes se resserrent autour de sa longueur alors qu'il baisse sa main entre nous, ses doigts pinçant mon clitoris, et je crie alors. Puis il me pénètre jusqu'au bout.

CHAPITRE 71
NERO

Je n'avais jamais vu de plus beau spectacle que le sexe trempé de Payton pulsant autour de mon membre alors qu'elle jouit en dessous de moi.

Je suis aussi profond que possible.

Tout en gardant une main sur son clitoris, je pose l'autre sur son épaule, la tire vers le bas, sur ma longueur, tout en balançant mes hanches. Je m'enfonce encore plus profondément.

— C'est ça.

Son intimité me comprime.

— C'est ça, bébé. Jouis sur moi. Recouvre ma queue de ta crème sucrée.

Je dessine des cercles avec mon pouce et mon index autour de son clitoris.

— C'est trop ! gémit Payton, mais son dos est arqué, en quémandant plus.

— C'est pas assez, bébé.

Je me penche vers elle et colle ma bouche à la sienne. Son goût se transfère entre nous.

— Jamais assez.

Elle tremble.

— J'ai déjà…

Je retire mes hanches, puis les pousse lentement vers l'avant.

— Tu as déjà quoi ?

Elle cligne des yeux. Ils s'écarquillent chaque fois que je l'empale.

— Dis-le.

Je la pénètre plus fort, cette fois.

Payton s'humecte les lèvres, mes bourses se comprimant alors.

— J… J'ai déjà joui.

C'est presque contagieux d'entendre le mot *joui* de sa voix sensuelle, cela me donne instantanément envie de faire de même.

— Tu vas le refaire.

Je relâche mon emprise sur elle afin de pouvoir enlever complètement mon pantalon.

Je dois me décaler, mais je parviens à dégager une jambe sans quitter la chaleur de Payton.

— Je ne peux pas, haleté-je.

Mais je sais que ce n'est pas vrai.

Je sais qu'elle est à nouveau proche.

Je lève ma jambe libérée pour poser mon pied à plat sur le sol. Puis je l'entraîne plus loin sur le bord du canapé.

Un gémissement s'échappe de ma poitrine.

— Putain, Payton ! soufflé-je sans la lâcher alors que j'avance mes hanches. Tu es incroyable.

Elle s'agrippe à mes épaules et je chute en avant dans son étreinte.

Ses bras autour de mon cou et ses jambes autour de mon dos, je hume son odeur et ralentis le rythme de mes hanches avec grand effort. Afin de faire durer notre plaisir.

Elle est trempée. Et je le lui dis.

— Tu es tellement mouillée, bébé ! Ta chatte est tellement mouillée pour moi !

Elle gémit, se déhanchant, et je sais ce dont elle a besoin.

— Tu as encore envie que je mette mes doigts sur ton sexe ? C'est ce dont tu as besoin, bébé ? Tu veux jouir ?

Payton hoche la tête contre mon épaule avec un gémissement doux et suppliant.

— D'accord, ma belle.

Je glisse une main entre nous. Ma propre respiration est devenue incontrôlable.

— Je vais te faire jouir, ma chérie.

Mes doigts, si glissants grâce à ses fluides, patinent sur son clitoris. D'avant en arrière. De plus en plus vite. J'exerce une pression croissante.

— Je veux le sentir, grogné-je.

Mon propre orgasme est si dangereusement proche !

— Je veux sentir ton jus s'écouler de toi.

Je lui lèche la tempe. Le souvenir de ses larmes dansant sur ma langue.

— Maintenant, bébé.

Je m'enfonce en elle, puis me retire presque complètement.

— Jouis pour moi maintenant.

Obéissant, la fente de Payton se contracte. Elle m'agrippe alors qu'elle courbe son cou en arrière dans un gémissement.

Et la sensation… La vue… L'idée que la prochaine fois que je jouirai, ce sera enfoui dans cette jolie gorge… C'est tout cela qui m'envoie au bord du précipice avec elle.

Mes muscles se tendent, et avec uniquement mon extrémité en elle, je libère des jets de sperme dans ma chérie.

Au bout de trois pulsations, je fais claquer mes hanches vers l'avant. J'enfonce ma semence plus profondément en elle. Mon sexe continue de pulser.

— Putain ! râlé-je contre sa gorge. Bordel ! C'est…

Je m'interromps, tentant de reprendre mon souffle.

— C'était intense.

J'entends le sourire dans la voix de Payton et mes lèvres prennent la même expression.

— C'était censé être lent et tendre, soufflé-je contre le côté de sa tête. J'avais prévu d'être doux.

Payton glousse, faisant rebondir ses seins contre mon torse.

— Je ne t'aime pas pour ta douceur.

Je me retire pour la regarder.

— Tu m'aimes pour quoi ?

— Parce que tu es à moi.

Les sentiments qui enflent dans ma poitrine… Putain !

Je suis obligé de déglutir.

Puis une deuxième fois.

À aucun moment dans ma vie je n'ai ressenti l'envie de pleurer de joie. J'en ai déjà entendu parler. Je l'ai vu dans des films, je l'ai lu dans des livres, mais cela m'a toujours semblé absurde.

Mais ça ne l'est pas.

On m'a déjà arraché des larmes par la douleur, la peur et la rage. Mais pas depuis mon enfance. Pas depuis le temps où j'étais encore vulnérable. Pas depuis que je me suis endurci pour devenir l'homme que je suis aujourd'hui.

Payton tend la main et effleure d'une infinie tendresse la peau de mon œil avec son pouce.

Je regarde, fasciné, la pulpe de son doigt revenir humide. Une petite goutte de mon cœur, juste là, devant nos deux regards.

Je ne suis pas gêné. Payton m'a revendiqué. Elle m'a revendiqué comme je l'ai revendiquée. Donc nous ne faisons plus qu'un, maintenant. Et je ne lui montrerai jamais le moindre doute ou la moindre gêne quant aux sentiments que j'éprouve pour elle.

Elle lève le pouce et je la regarde fixement, le souffle coupé, alors qu'elle le glisse entre ses lèvres. Sa langue s'échappe pour lécher la larme.

J'ai envie de pleurer à nouveau, devant la beauté de la chose, devant sa justesse.

C'est alors que la séductrice en dessous de moi sourit autour de son pouce.

— Je vois pourquoi ça te plaît tant.

Sa voix est légère. Heureuse. Remplie d'amour.

Et tout ça pour moi.

CHAPITRE 72
PAYTON

Un bip discret me tire de ma torpeur avant de s'éteindre.

— Désolé, murmure Nero en déposant un baiser sur mes cheveux. Rendors-toi.

Je fais glisser ma main de son torse vers son flanc, puis le serre dans une étreinte partielle.

— Encore une minute.

Sa poitrine gronde sous mon oreille.

— Tu as bien vite cessé d'être du matin.

Les paupières fermées, je souris à sa taquinerie.

— Je n'ai jamais été du matin.

Il dessine d'une grande main des cercles sur mon dos.

— Alors pourquoi tu travaillais dans un endroit comme le *Twin's Café* ?

— Je ne sais pas si c'est l'heure de la journée, mais on subit moins de harcèlement de la part des clients dans les commerces où l'on sert le petit déjeuner.

Je bâille.

— Ou peut-être que c'est juste parce qu'ils ne sont pas ivres. Mais les quelques fois où j'ai travaillé dans des bars, ce n'était pas très marrant.

L'expiration lourde de Nero vient ébouriffer mes cheveux.

— Je suis désolé d'avoir posé la question.

J'essaie de lever les yeux vers lui, mais il place sa paume sur le côté de ma tête, me maintenant immobile.

— Ce n'était pas si terrible, ajouté-je en me blottissant contre son torse.

— Personne ne te touchera plus jamais. Quiconque essaiera mourra.

Je ne devrais sans doute pas sourire, d'autant plus que je sais qu'il est sincère, mais je n'y peux rien.

— Maintenant, rendors-toi.

Quelque chose heurte l'arrière de ma jambe, suivi d'un tintement métallique lorsque Toto secoue la tête.

Le torse de Nero se soulève sous mon poids, et je sais qu'il courbe le cou pour regarder le chien, qui s'est apparemment faufilé dans le lit la nuit dernière.

— Petit enfoiré !

Le ton de Nero ne contient aucune réprimande réelle. Il se réinstalle ensuite sur son oreiller.

— Tu es obligé de te lever ?

— Oui. Laisse-moi juste te serrer un peu plus longtemps.

— D'accord.

Mes paupières s'abaissent tandis que je laisse la chaleur et le parfum de Nero me bercer jusqu'au sommeil.

— Tu vas me manquer.

— Tu vas me manquer aussi.

C'est le dernier son que j'entends avant de m'endormir.

Quelque chose de froid appuie sur ma joue.

Je tente de le chasser en fermant les paupières face à la lumière intense qui emplit la pièce.

Une langue lèche le dos de ma main.

— Dégueu ! m'esclaffé-je en plissant les yeux pour voir la tête poilu de Toto au-dessus de moi.

Sa bouche est ouverte, et on dirait qu'il me sourit.

— Bonjour, mon grand.

Il cogne sa tête contre ma main.

— Tu veux des gratouilles ? demandé-je en frottant du bout des doigts les poils derrière ses oreilles, la partie préférée des chiens.

Toto s'appuie de tout son poids sur ma main et ma gratitude envers Nero emplit mon être tout entier.

J'aime vraiment ce fou de tout mon cœur.

Ce sentiment est rapidement suivi par une envie pressante.

Alors que je me déplace lentement, j'apprécie la douleur entre mes jambes.

Toto me suit aux toilettes, où il renifle l'intérieur de la douche pendant que je me soulage.

— Je te sors dans une minute, lui assuré-je, ne voulant pas qu'il urine par terre.

Le chien remue la queue à ma voix et poursuit son exploration.

Je termine en vitesse et me dirige vers le lavabo.

Une feuille de papier attire mon attention pendant que je me lave les mains.

C'est un mot de Nero, sans surprise. Et la calligraphie impeccable à l'encre noire correspond exactement à ce que j'avais imaginé de son écriture.

Bonjour, ma belle.
Je ne devrais m'absenter que quelques nuits, mais je reviendrai à la maison dès que possible.
Robert est en bas. Il est ton ombre personnelle et il restera dans la maison. Tu peux lui faire confiance pendant mon absence.
Ne gâte pas trop Toto. Et n'enlève pas ton collier.
Tant que je n'aurai pas gravé mon nom sur ta peau, il restera où il est.

Et n'oublie pas ton rendez-vous de midi avec l'architecte. Commence par la chambre à coucher.
Je t'aime.
N.

J'ai des papillons dans le ventre et je porte distraitement la main à ma gorge, mes doigts se connectant à une petite breloque.

Détachant mon attention du papier, je regarde mon reflet dans le miroir.

Des yeux endormis.

Des cheveux en bataille.

Un débardeur froissé.

Et un collier en or brillant.

Mes doigts viennent frôler la surface du pendentif, sentant les stries en relief.

Je n'arrive pas à croire qu'il me l'a mis pendant que je dormais. Mais bon, on apprend sans doute à devenir sournois quand on travaille dans son secteur d'activité.

Alors que je me penche vers le miroir, il me faut un moment pour reconnaître ce que je regarde. La breloque en or est circulaire, mais ce n'est pas un cercle. Une moitié forme un cœur anatomiquement correct, l'autre moitié est une rose ouverte. Les deux moitiés se fondent parfaitement l'une dans l'autre, et je passe ma main sur le métal, pour que ma peau le réchauffe.

Il est mon cœur. Je suis sa rose.

Toto aboie, m'arrachant un sursaut.

— D'accord, d'accord, j'arrive.

Je me brosse les dents et m'habille avec des vêtements couvrants aussi vite que possible. Nero m'a dit que je pouvais faire confiance à Robert, mais cela ne veut pas dire que je n'ai pas peur d'être seule avec un autre homme.

NERO

Je viens d'atterrir. Je t'appelle ce soir.

NERO

Bonjour, Bébé.

MOI

Bonjour. J'espère que tu as bien dormi.

NERO

Tu n'es pas là. Ça m'est donc impossible.

MOI

Tu me manques aussi.

NERO

Envoie-moi une photo de ton petit déjeuner.

MOI

Bonjour à toi aussi. (Photo d'un café et d'un bagel.)

NERO

Gentille fille.

MOI

Tu veux aussi une photo du petit déjeuner de Toto ?

NERO

Je passe mon tour. Je voulais m'assurer que tu mangeais. Je n'ai aucun doute quant au fait que ce chien ne manque pas de nourriture.

MOI

(Photo de Toto à côté de son plat, des morceaux de nourriture éparpillés par terre) Tu n'as pas tort.

NERO

J'aurais dû t'emmener.

MOI

Ça veut dire que tu ne rentres pas à la maison ce soir ?

NERO

Non. Non. Je suis désolé. C'est devenu un vrai bordel.

MOI

Fais ce que tu as à faire et ne t'inquiète pas pour nous. Tout ira bien ici.

NERO

Je t'aime.

MOI

Cool.

NERO

Payton…

MOI

Je t'aime encore plus.

NERO

Payton…

MOI

Bon, d'accord, je t'aime exactement pareil.

MOI

Toto vient de se mettre sur le dos !

NERO

Exprès ?

MOI

Oui, exprès. Je l'ai dit pour plaisanter, et il l'a fait ! Quelqu'un a dû lui apprendre quelques tours.

NERO

Je savais qu'il était intelligent.

MOI

Tu crois que quelqu'un le cherche ? Je ne pense pas que je pourrais l'abandonner si…

NERO

Personne ne te prendra ce chien.

S'il avait un propriétaire avant, cette personne a perdu ce privilège en l'abandonnant dans la rue.

Je ne laisserai jamais personne le prendre.

MOI

Je t'aime.

NERO

La prochaine fois, tu viendras avec moi.

MOI

Toto pourra venir aussi ? Les chiens sont-ils autorisés dans l'immeuble ?

NERO

L'immeuble m'appartient. Alors oui, Toto pourra venir. J'espère qu'il supportera bien le voyage en avion.

MOI

Nous pourrons faire notre premier vol ensemble. Ce sera l'occasion de créer des liens entre mère et fils.

NERO

Je t'apprendrai à piloter.

MOI

Euh... non merci.

NERO

C'est non négociable.

MOI

Tu veux que je sois une pilote tireuse d'élite ?

NERO

Je te veux vivante.

MOI

Et si tu commençais par m'apprendre à conduire ?

NERO

Ce sera fait.

Toto lâche sa balle de tennis bleu vif à l'endroit où il se trouve, fait quatre tours sur lui-même, puis se couche sur le tapis.

— Il y a au moins de l'un de nous qui est fatigué, grommelé-je en m'affaissant sur le canapé.

Je ne devrais pas m'ennuyer. Cette maison est gigantesque et elle contient tout ce que je pourrais jamais désirer, mais cela fait une semaine que Nero est parti et je ne peux pas regarder tous ces films toute seule.

De plus, je ne suis pas habituée à avoir autant de temps libre. Même avec l'abonnement d'e-books qu'il a installé sur mon téléphone, et tous les services de streaming sur mon ordinateur portable, et en répondant constamment à des mails à propos de couleurs et de motifs de l'architecte, je m'ennuie toujours. Je ne me souviens même pas de la dernière fois où je n'ai pas travaillé à temps plein, ou plus qu'à temps plein. Avant même mes dix-huit ans, j'avais plus d'un emploi à temps partiel. Avec le recul, c'est un miracle que j'aie réussi à obtenir mon diplôme d'études secondaires.

Diplôme…

Tout en me mordillant la lèvre, je me demande si Nero accepterait que j'aille à la fac.

C'est une question stupide. Bien sûr qu'il accepterait. Il paierait sans doute pour que je sois admise dans une école de l'Ivy League si je le lui demandais. Mais ce n'est pas ce que je veux. Je me contenterais très bien d'une université locale. Ou peut-être de cours en ligne si nous devons prendre en compte notre sécurité.

Je me mordille de nouveau la lèvre.

Qu'est-ce que j'étudierais ?

Mon esprit est en ébullition, mais ne trouve pas de réponse. Il n'arrive même pas à dresser une liste d'options. Je ne sais même pas quels sont mes centres d'intérêt.

Les chiens ?

Je secoue la tête, heureuse que personne ne puisse lire dans mes pensées.

Payton, pourquoi veux-tu aller à la fac ? Hmm, je ne sais pas, les chiens ?

Je roule sur le côté et regarde Toto.

Je ne veux pas être vétérinaire. Je n'ai pas les tripes pour ça.

En toute honnêteté, Nero m'encouragera sûrement à faire des études, mais je doute qu'il me laisse travailler.

En parlant de lire dans les pensées, ma professeure d'études de genre au lycée rayerait les A de tous mes anciens devoirs si elle m'entendait.

Mais ça ne me dérange pas.

C'est agréable d'être prise en charge.

C'est agréable qu'on s'occupe de moi.

C'est agréable de se détendre. De *vraiment me détendre* pour la première fois de ma vie.

Mes doigts martèlent le canapé.

Donc, si je n'ai pas besoin d'argent et que je n'utilise pas mon futur diplôme pour un emploi à temps plein, que me reste-t-il ?

Les pattes de Toto tressaillent, poursuivant déjà une proie au pays des rêves.

Et si… Je me mords à nouveau la lèvre.

Et si je faisais du bénévolat ? Quoi que cela veuille dire.

— Pourquoi c'est si difficile ? gémis-je à voix haute.

— Qu'est-ce qui ne va pas ?

La voix de Robert me fait si peur qu'elle m'arrache un cri, ce qui fait furieusement aboyer Toto, soudain réveillé.

Je me redresse péniblement. Mon chien parcourt le périmètre de la pièce à la recherche d'un danger. Et Robert est debout dans l'entrée du salon, arborant une mine amusée.

Je plaque une main sur mon cœur.

— Tu m'as fait peur.

— À ton petit chien aussi.

Je lève les yeux au ciel devant ce qui est devenu sa réplique préférée.

Décidant que la menace a été neutralisée, Toto choisit un nouvel endroit sur le tapis, tourne sur lui-même, puis se couche par terre.

— Qu'est-ce qui te tracasse ? demande Robert en abaissant son imposante silhouette sur une chaise en face de moi.

Le garde du corps a une trentaine d'années, il ressemble à un croisement entre un soldat de la Marine et un grizzly, et après notre premier après-midi passé ensemble, lorsque nous avons réalisé qu'il était aussi maladroit avec les femmes que je le suis avec les hommes, toute gêne a disparu entre nous.

Il est sympa, mais il prend son travail très au sérieux, alors même si j'aimerais passer la journée à lui parler, je sais qu'il ne s'autorisera à rester que cinq minutes, puis qu'il repartira en patrouille.

— J'essaie simplement de savoir quoi faire de ma vie.

Je grimace aussitôt après l'avoir dit, percevant ma propre nullité.

Il lève un sourcil broussailleux.

— Un homme beau, riche et protecteur ne te suffit pas ?

Je le regarde de travers.

— Pas touche.

Robert rit.

— *Terrifiant* n'est pas sur la liste des attributs de mon mari idéal.

— Nero n'est pas terrifiant.

— Hmm… hmm, si tu le dis.

— Qu'est-ce que tu voulais faire quand tu étais plus jeune ? Ça a toujours été… militaire ? Ou quel que soit le nom que tu donnes à ta profession ?

C'est sûrement une question trop personnelle, mais je suis en manque de conversation.

— En grande partie. Trop de GI Jo, sans doute, plaisante-t-il en haussant les épaules. Et toi ? Tu devais bien avoir une idée de métier.

— Bien sûr. Mais je pense que mes chances de devenir ballerine professionnelle sont plutôt minces, aujourd'hui.

Mes rêves extravagants se sont arrêtés à mes neuf ans. Après cela, je ne rêvais plus que de partir de chez moi. Je ne m'imaginais pas d'avenir grandiose.

Robert, percevant mon humeur, se lève de sa chaise.

— Je crois que les crises existentielles sont réservées aux meilleurs amis, alors je vais retourner au boulot.

Je lui offre un sourire fragile, qui disparaît à l'instant même où il quitte la pièce.

Dommage que je n'aie pas de meilleur ami.

Toto émet un puissant ronflement canin.

— Désolée, mon grand, tu ne comptes pas.

Alors que je regarde fixement le mur, je me rappelle que j'ai bien un meilleur ami. Nero.

Je sors mon téléphone de ma poche, ressentant le désir de me sentir connectée.

Mais j'hésite alors.

Ce que je veux vraiment, c'est qu'il rentre à la maison. Et pour cela, il faut qu'il finisse son travail à l'extérieur. Si je le dérange chaque fois que j'ai envie de lui parler, ça va lui prendre encore plus de temps.

Mais je veux parler à quelqu'un.

— Tu es sûr que tu ne peux pas parler ? demandé-je à Toto.

Il ne répond pas.

Je souffle, puis ouvre la liste des contacts de mon nouveau téléphone.

Comme il l'avait promis, Nero a transféré toutes mes anciennes données. Non pas qu'il y en ait beaucoup.

Je n'ai quasiment que mes collègues et mes supérieurs dans mes contacts, je m'en sers surtout quand je tombe malade et que je dois me faire remplacer.

Je n'ai pas de réseaux sociaux. Quand on s'enfuit de chez soi pour échapper à des parents violents, on ne peut pas vraiment créer des profils pour maintenir le lien avec ses amis du lycée. Non pas que j'en aie eu.

Les autres n'étaient pas méchants avec moi, ce n'est pas ça. Je ne subissais pas beaucoup de brimades. Simplement, je ne manquais à personne, donc je n'avais personne avec qui rester en contact.

Je me suis éclipsée au beau milieu de la nuit, et je doute que qui que ce soit, en dehors de ma mère et d'Arthur, ait su que j'étais partie. Enfin, sauf peut-être ma patronne de l'époque. Je me sens coupable d'avoir quitté le travail sans un mot. Mais cela ne valait pas le risque de passer un coup de fil. Et de toute façon, c'était une garce.

Alors que je me concentre sur les noms inscrits dans mon téléphone, je constate que Nero en a ajouté plusieurs nouveaux. Rocco, que je n'ai pas encore rencontré officiellement. Robert. Giles, le remplaçant de Robert. Un numéro simplement identifié comme Véto, je suppose que c'est celui qui a ausculté Toto.

Je me fige quand je lis le nom de King. Cet homme me fait encore un peu peur, alors je trouve ça un tantinet bizarre d'avoir ses coordonnées à portée de main. Il était plutôt amical lorsqu'il est venu au café, le matin où Nero était apparemment assis dans la voiture.

Quand il a goûté mon latte pour la toute première fois.

Mais quand King m'a poursuivie durant cette soirée chic… j'ai eu l'impression que mon cœur allait se dissoudre tant il battait fort.

C'était vraiment une soirée horrible.

Jusqu'à ce qu'elle ne le soit plus…

Tandis que je retourne en haut de la liste des noms, je me demande ce que je suis en train de faire. Je cherche dans mon téléphone un ami à appeler, cela revient à rester devant un frigo ouvert en espérant trouver une pizza, alors que je sais très bien qu'il ne reste que du lait périmé, de la gelée et une bouteille de sauce.

Mon pouce marque une pause, puis repart dans l'autre sens.

Betsy, serveuse.

Branden, sous-chef.

Cole, plongeur.

Darlene…

Je fixe du regard la liste alphabétique.

Où est Carlton ?

J'essaie de me souvenir de son nom de famille, comme s'il j'avais pu l'inscrire à l'envers. Mais non. Je ne connais pas plus son nom de famille maintenant que lorsqu'il m'a donné son numéro.

Nous nous sommes envoyé des textos. Il m'a fait parvenir le billet de concert. Je dois forcément avoir son numéro.

Je tape le prénom de Carlton dans la barre de recherche.

Rien.

Mais comment…

Nero.

C'est évidemment un coup de Nero.

Mon téléphone sonne entre mes mains, et je manque de hurler à nouveau, mais me rattrape avant de réveiller encore une fois le chien.

À ce rythme, mon homme n'aura pas à s'inquiéter de la dangerosité de son monde, car je mourrai sûrement d'une crise cardiaque dans les trois prochains mois.

— Salut ! décroché-je, la voix bien trop enjouée.

— Qu'est-ce qui ne va pas ?

Sa voix est immédiatement à vif, et je soupire alors.

— Rien. J'ai juste été surprise par la sonnerie.

— Hmm, marmonne-t-il. Qu'est-ce que tu fais de beau aujourd'hui ?

— Pas grand-chose, avoué-je en faisant de mon mieux pour ne pas paraître ingrate. J'ai joué avec Toto, qui dort actuellement comme un loir. J'ai lu un peu. J'ai choisi le tissu pour remplacer les rideaux en parfait état de notre chambre.

— Tant mieux.

Nero ne me pose pas de questions détaillées sur le tissu et je me demande s'il n'a pas lui aussi passé une mauvaise journée.

— Tout va bien de ton côté ? demandé-je.

— Oui.

D'accooord. Manifestement, il ne souhaite pas s'étendre sur le sujet, ce que je conçois. Nous nous parlons tous les soirs, alors je me doute bien qu'il est grincheux parce qu'il n'est pas encore rentré.

— On pourrait me trouver un hobby quand tu seras à la maison ?

Ma question sort comme un cheveu sur la soupe.

— Un hobby ?

Sa voix semble un peu plus engagée, l'idée attirant son attention.

— Tu avais quoi en tête ?

— C'est bien ça, le problème !

Je me recroqueville dans le canapé, basculant ma tête en arrière, et je cligne des yeux face au plafond.

— Je ne sais même pas quelles sont mes options.

— Ça va aller, Payton. On peut en parler.

— Eh bien, il y a ça aussi, j'ai besoin de quelqu'un à qui parler. Parce que quand tu n'es pas là, je n'ai pas d'ami.

— Je ne suis pas ton *ami*, Payton, me rappelle Nero de sa voix sérieuse.

— Je sais, je sais, répliqué-je avec un geste de la main dédaigneux même s'il ne me voit pas. Tu es mon meilleur ami. Mais ce que je veux dire, c'est que je n'ai pas *d'autres* amis. Et maintenant que je ne bosse plus toute la journée, je n'ai plus d'interaction humaine. Enfin, Robert est génial. Mais il ne reste jamais pour faire la causette. Parce qu'il *travaille*.

Je me ressaisis légèrement.

— Désolée, je n'arrête pas de me plaindre.

— Quand j'ai dit que je n'étais pas ton ami, annonce Nero, la voix soudain emplie de ce qui ne peut être décrit que comme de l'arrogance, je voulais dire que nous sommes plus que des amis.

— Oh ! Je vois.

Mes joues prennent une teinte écarlate et je suis heureuse qu'il ne puisse pas me voir.

— Tu es tout de même mon meilleur ami.

Nero laisse échapper ce grondement qui vibre dans sa poitrine quand il est satisfait. Et ça m'énerve, parce qu'il ne m'a pas dit que j'étais sa meilleure amie en retour.

— En parlant d'amis, ajouté-je, j'ai remarqué que tu avais effacé le numéro de Carlton de mon téléphone.

Un long silence s'ensuit, et c'est comme si mon homme était là, dans la pièce avec moi. Son énergie masculine bouillonnante est si puissante que je la sens presque.

— Tu ne reverras plus ce connard.

— C'est mon seul ami ! discuté-je, sans trop savoir pourquoi.

Je ne détestais pas Carlton, mais je n'ai pas vraiment cherché à me lier d'amitié avec lui.

— Il n'est pas ton ami. Et tu ne le reverras plus jamais.

— Pourquoi ?

— Parce qu'il veut coucher avec toi ! s'énerve Nero.

Je lâche un petit rire moqueur. L'idée est absurde.

— Ça fait un, grogne Nero.

— Un quoi !?

— Un centimètre, bébé. Continue à parler d'autres hommes et à la fin de cette conversation, tu me devras jusqu'au dernier centimètre de ma queue enfoui au fond de ton cul.

Mon entrecuisse picote en réaction à ses paroles déraisonnables alors que je me retrouve prise de court.

— Je… Il ne veut pas…

— Ça fait deux. Continue comme ça et je vais devoir prendre l'avion pour rentrer à la maison sur-le-champ.

— Eh bien… je…

J'ai le souffle coupé.

Avant de rencontrer Nero, je n'y avais jamais songé. Mais après ce qu'il a fait au concert…

Ma poitrine me brûle.

Je me remémore la sensation de son gland me pénétrant *juste là*, et ma respiration s'affole.

— Bordel ! dit-il, les mots lourds. Tu en as envie ? Tu veux que je prenne ton cul, bébé. Tu veux que je baise ton petit trou serré ?

— J… Je ne sais pas.

— Putain ! jure-t-il de nouveau. Putain de merde, Payton ! Je suis dur comme un roc.

J'essaie de rire, mais je suis beaucoup trop excitée pour ça.

— Ma culotte est mouillée.

Un gémissement profond résonne dans le téléphone.

— Ne la touche pas.

— Quoi ? Mais…

— Non, c'est ta faute, tu dois souffrir avec moi.

Il gémit à nouveau et je sais instinctivement qu'il ajuste son entrejambe.

— Ce soir, si je ne suis pas à la maison, tu vas aller sur notre lit, me passer un appel vidéo depuis ton ordinateur portable, et jouir sur tes doigts pendant que je regarderai. D'accord ?

— D'accord.

Il ne doit pas pouvoir se masturber actuellement, alors je suppose que c'est normal que j'attende également.

— Et si tu as besoin de quelqu'un à qui parler quand je ne suis pas là, poursuit-il, je peux t'envoyer Aspen.

— Nero, soupiré-je, je ne la connais pas.

— Vous vous entendriez bien.

— Peut-être, mais tu ne peux pas envoyer quelqu'un et lui ordonner d'être mon amie.

— Bien sûr que si ! réplique l'homme arrogant. Mais pourquoi tu as besoin d'elle de toute façon ? Je suis ton meilleur ami, tu te souviens ?

— Je me souviens pas que tu l'aies dit en retour, grommelé-je, ne voyant pas l'intérêt de nier mon agacement.

Pas de secrets.

— Payton, tu es tout pour moi. Mon amour. Ma belle. Ma meilleure amie.

Ses mots me font fondre.

— Et quand je rentrerai à la maison, si tu souhaites avoir plus de gens autour de toi, on pourra se faire des amis.

Cela me fait rire.

— Comment ?

— Aucune idée. On passera une annonce, ou un truc du genre.

— Oh, Nero ! Tu es incorrigible.

— Je t'aime aussi, répond-il avec une infinie facilité. Je dois y aller. Mais demande à l'un des gars d'aller te chercher un café ou ce que tu veux.

— D'accord.

J'enroule mes doigts autour du téléphone. J'aurais préféré tenir sa main à la place.

— Je t'aime, lui dis-je.

Cela devient plus difficile chaque jour de raccrocher.

J'ai tellement pitié de moi que ça en est ridicule. Je n'ai jamais été aussi bien lotie de toute ma vie. De très loin.

Même si Nero est parti, je lui parle tous les soirs. Nous échangeons des textos toute la journée. Je lui envoie des photos de Toto et il m'envoie des messages pour me donner des ordres, s'assurer que je mange, me demander ce que je fais. Je n'ai jamais eu autant d'attention. Mais maintenant que je sais ce que c'est que de partager un lit avec lui, je ne veux plus dormir seule. Je ne veux pas de simples appels téléphoniques.

Je veux Nero.

Je me lève du canapé, Toto se réveillant au même instant, et nous partons tous les deux à la recherche de Robert.

Heureusement pour nous, il traverse le patio arrière pile au moment où nous nous approchons de la porte.

Je l'ouvre, et Toto se lance à la poursuite d'une feuille qui tombe, avant de se soulager dans le gazon.

Lorsque Robert remarque que je m'attarde à mi-chemin de la porte, il s'arrête.

— Tu as besoin de quelque chose ?

Un plan se dessine dans ma tête…

— Euh, oui, en fait.

J'éprouve un léger remords pour ce que je m'apprête à faire, mais j'ai besoin d'une excursion loin de cette maison avant de perdre la tête.

— Nero a donné son accord pour que tu m'emmènes prendre un café.

Robert regarde derrière moi, vers la cuisine.

— Tu ne fais pas ton propre café ? Tout le temps ?

— Ce n'est pas pareil. Il y a un je-ne-sais-quoi de *meilleur* quand quelqu'un d'autre le prépare. Un peu comme quand on reçoit de la nourriture gratuite. Ça a toujours meilleur goût que lorsqu'on doit payer.

Robert ne bouge pas.

— Je vais envoyer quelqu'un le chercher.

Je secoue la tête.

— Je viens avec toi. J'ai besoin de sortir un peu.

— Nero a dit que tu pouvais venir ?

Je vois ses doutes sur son visage.

Et il a raison. Je sais très bien que Nero ne voulait pas que j'y aille avec lui. Mais je sais aussi que je vais frôler la dépression si je ne change pas de décor.

— On peut faire un drive. Je monterai dans la voiture dans le garage et je n'en sortirai pas avant d'être rentrée à la maison.

C'est tellement excessif, mais l'excès, c'est justement le style de Nero.

— Sans vouloir te vexer, je dois le lui demander.

Vu la manière dont Robert l'a dit, je devine qu'il semble indifférent à l'idée de me froisser.

Pendant qu'il envoie un SMS à Nero, je rappelle Toto et fais semblant de ne pas croiser les doigts pour que le garde du corps formule la question de façon que mon compagnon accepte de me laisser sortir.

Puis je les croise à nouveau, parce que quand Nero l'apprendra, il sera furieux.

Il m'a fallu vingt minutes pour me préparer à partir, et j'en ai passé trois à essayer de convaincre Robert de me laisser emmener Toto, mais il a refusé.

Décidant d'accepter cette défaite avec au moins une petite victoire, j'ai utilisé le temps dont Robert avait besoin pour organiser les hommes pour courir jusqu'à ma chambre et me changer.

Je sais que je ne sortirai pas du véhicule. Et je sais que

toutes les vitres sont teintées. Et je sais que c'est stupide. Mais debout dans le garage, avec des tennis, mon joli jean, un soutien-gorge, un simple débardeur blanc et un sweat à capuche noir que j'ai trouvé dans l'un des tiroirs de Nero, je me sens prête à affronter le monde.

Je porte le tissu du sweat à mon nez. Il n'a pas l'odeur de Nero. Mais il sent comme sa lessive, ce qui est mieux que rien.

Ensuite, je garde le tissu pressé sur ma bouche, parce que je suis soudain frappée par le souvenir d'avoir fouillé dans le placard l'autre jour à la recherche d'un caleçon pour aller au lit, et d'avoir trouvé à la place la cachette de la lingerie qu'il m'a volée.

Et s'il a le droit de garder mes culottes, alors j'ai le droit de garder ce sweat. Sauf que lorsqu'il rentrera à la maison, je le lui ferai porter pendant quelques jours pour avoir quelque chose qui porte son odeur la prochaine fois qu'il partira.

— Bon, Payton, me lance Robert depuis sa place à côté d'un des gros SUV noirs. Tu vas là.

Il ouvre la portière arrière côté conducteur.

Je lui emboîte le pas et monte, puis m'attache après qu'il a refermé la portière.

J'ai mis mon téléphone dans la poche de mon sweat à capuche, ainsi qu'un billet de vingt dollars que j'avais encore caché dans mon portefeuille. Je doute qu'ils me laissent payer ma boisson, mais je ne voulais pas partir du principe que quelqu'un d'autre me la paierait.

Robert ouvre la portière côté passager avant en même temps qu'un homme que je ne connais que sous le nom de Giles grimpe sur le siège conducteur. Je lui dis bonjour, mais il se contente de grogner en réponse.

Lorsque je vois deux autres agents de sécurité monter dans un deuxième SUV, je commence à me sentir un peu coupable. Je ne voulais pas que cela devienne une opération à deux véhicules et quatre hommes. J'avais simplement envie de prendre l'air. Au sens figuré, car je doute qu'ils me laissent baisser ma vitre. Robert a sûrement mis la sécurité enfant.

Les moteurs grondent tandis que la porte du garage commence à se lever, et je n'ai plus le temps de me poser de questions, car nous partons.

Je ne suis pas vraiment surprise que nous roulions en silence. Mais ça ne me dérange pas. Je regarde le paysage défiler et m'imprègne de la vue.

Quand je suis arrivée ici, il était tard, il faisait nuit et j'étais épuisée par le désastre de la fête d'anniversaire et les *activités physiques* qui ont suivi dans mon appartement. Je n'ai donc pas eu l'occasion d'apprécier le quartier.

Les arbres sont grands, les feuilles restantes sont d'un rouge et d'un orange ardents, et pour m'être tenue dans l'embrasure de la porte chaque fois que Toto sort, je sais qu'il fait froid. À la limite du gel. Mais avec le ciel d'un bleu éclatant et le soleil lumineux, on pourrait croire qu'il fait chaud derrière les fenêtres.

Nous sortons du vaste lotissement en glissant le long des propriétés, toutes aussi magnifiques les unes que les autres. Je n'arrive vraiment pas à croire que j'habite ici aujourd'hui.

Nous finissons par déboucher sur une rue que je reconnais comme celle qui nous mènera en ville.

Je m'attends à ce que Giles tourne en direction de Minneapolis, la ligne d'horizon scintillant sur la droite, mais il part dans l'autre sens, suivant l'autre SUV, qui nous emmène vers la banlieue la plus proche.

C'est logique, quand j'y pense. Pour des raisons de sécurité, c'est sûrement mieux que de se rendre dans le centre-ville bondé.

Mes doigts tracent distraitement un motif sur ma cuisse. C'est peut-être l'un des moments les plus étranges de ma vie : je suis dans un convoi de deux voitures armées juste pour aller chercher un café. Mais même si c'est bizarre, je me sens à nouveau moi-même.

J'aime Nero. Et j'aime la vie que nous sommes en train de créer ensemble. Ça fait simplement beaucoup de changements. Et d'après mon expérience personnelle, le changement a toujours été mauvais. Généralement horrible. Indéniablement difficile. Donc même si je suis heureuse de ces nouveaux changements, ça fait beaucoup à assimiler. En étant ici, à l'extérieur, je me sens un peu normale. Un peu comme mon ancien moi.

— Reçu.

La voix de Giles me fait sursauter.

Lorsque je regarde devant moi, je vois le véhicule qui nous précède s'engager dans la voie du drive-in, contourner l'angle arrière du bâtiment en briques et disparaître de notre champ de vision. Mais nous ne le suivons pas. Nous restons arrêtés à l'entrée du drive-in.

Robert se retourne sur son siège pour me regarder.

— Tu sais ce que tu veux ?

Je hoche la tête, ayant reconnu le grain de café et le logo en croissant de lune sur la devanture du coffee shop.

— Ce sont les autres qui vont passer la commande ?

Il secoue la tête.

— Ils vont passer en voiture devant le guichet de réception et attendront à l'autre bout. Comme ça, on ne sera pas bloqués.

J'ouvre la bouche, muette, tandis que je suis envahie par un sentiment de culpabilité.

— Je suis désolée. Je ne savais pas que ça demanderait autant d'organisation.

Au moins, c'est la fin de l'après-midi et je ne vois aucune autre voiture se mettre dans la file.

— C'est le boulot, me rassure Robert en rejetant mes excuses d'un revers de main. Et ça nous fait un bon exercice.

Giles grogne à nouveau, cette fois en signe d'approbation. Mais au lieu de me sentir mieux, je ressens plutôt le contraire.

— Vous ne vous êtes sûrement pas entraînés dans le but d'emmener une femme quelconque chercher son café.

Robert s'esclaffe.

— Tu n'es pas une *femme quelconque*. Tu es la compagne du patron.

— Ce n'en est pas moins ennuyeux.

— Ce n'est pas ennuyeux du tout, affirme-t-il. C'est la nature même du travail. Soit on ne fait rien, soit on se bat pour notre vie.

Je grimace.

— Ça a l'air horrible.

— Nous devons tous partir d'une manière ou d'une autre. Je préfère partir en beauté plutôt que de pourrir dans une maison de retraite jusqu'à ce que toutes les conneries que j'ai infligées à mon corps au fil des ans finissent par me rattraper, déclare Robert sans détour.

Je sais qu'il est sincère.

— Amen, grommelle Giles.

C'est la première fois que j'entends sa voix, et elle est si rauque que je dois me concentrer pour la comprendre. Je me demande si l'une des *conneries* qu'il a infligées à son corps n'est pas la cigarette.

J'ai vu les campagnes de prévention. Peut-être que *partir en beauté* ne serait pas si mal.

Giles lève le pied du frein et nous avançons.

Nous prenons le virage pour rouler parallèlement à l'arrière du bâtiment et je constate qu'en effet, le véhicule qui nous escorte est au bout de la petite allée du drive-in, moitié dedans moitié dehors, et qu'il nous attend. Je ne peux m'empêcher de me demander s'ils ont commandé quelque chose ou s'ils sont passés tout droit.

J'espère qu'ils se sont pris quelque chose. Tout le monde a droit à un petit plaisir.

Giles baisse sa vitre et je me penche en avant.

— Puis-je avoir un grand moka aux châtaignes grillées, s'il vous plaît ?

Je vois Robert faire la grimace.

— Et un puppuccino ?

Son visage ne se crispe que plus encore.

— C'est quoi, ça, un puppuccino ?

— C'est un petit gobelet de crème fouettée. Pour Toto.

Je chuchote la dernière partie quand la voix commence à parler depuis l'interphone.

Je me rassois et souris toute seule en écoutant mon chauffeur passer la commande de sa voix bourrue. Je suis un peu déçue que les autres ne se prennent rien, mais pas surprise.

Quand nous arrivons au guichet, les parfums enivrants du coffee shop envahissent mes narines, me procurant un réconfort immédiat.

Ça ne me manque pas que tous mes vêtements soient imprégnés de l'odeur de mon lieu de travail, mais les arômes ambiants de café et de nourriture me manquent. Aussi minables qu'aient été certains de mes emplois, le *Twin's* était un endroit où il faisait bon travailler. Personne ne me traitait mal. On ne m'a jamais demandé de sourire. Et je n'ai jamais eu faim du temps où je travaillais là-bas.

Je pose une main sur mon ventre, j'en sens les rondeurs et, pour la première fois en pensant à mon corps, je souris.

C'est le corps d'une femme qui n'est pas morte de faim.

C'est le corps qui m'a sortie de l'enfer pour me forger une vie à partir de rien.

C'est le corps qui a laissé la porte du balcon ouverte pour que nous puissions profiter de l'air orageux de l'automne en regardant notre film préféré.

C'est ce corps qui m'a conduite à Nero.

Et c'est le corps qui l'a attiré à moi.

Ce corps est aimé.

Envahie par la gratitude, je sors mon téléphone de ma poche et écris un message rapide à Nero.

— Tiens.

Robert prend ma boisson des mains de Giles et me la tend.

J'envoie le message, remets mon téléphone dans ma poche et prends le gobelet. Sa collerette en carton la maintient à la bonne température, ce qui m'évite de me brûler les mains.

— Et… la boisson de Toto, dit Robert comme si c'était la phrase la plus absurde qu'il ait jamais prononcée.

Je prends le petit gobelet rempli à ras bord de crème fouettée et souris.

— Il va adorer.

— Tu sais qu'on a de la crème fouettée à la maison, non ?

— Ce n'est pas pareil.

— Ouais, ouais. Nourriture gratuite.

Il secoue la tête et se tourne vers l'avant.

Le premier SUV s'arrête, et nous le suivons alors en direction de la maison.

Je porte le moka à ma bouche, ayant terriblement envie de le goûter. Mais je sais qu'il sera trop chaud et je ne veux pas me brûler le bout de la langue et gâcher toute l'expérience. Alors, je souffle doucement dans la petite ouverture du couvercle et regarde par la fenêtre pendant que nous laissons la banlieue derrière nous.

Je suis en train de penser à Toto, qui sera sûrement adorable avec des morceaux de nuages de crème collés à la gueule, lorsque mon téléphone sonne.

Nous sommes presque arrivés dans notre quartier, mais je sais que c'est Nero qui me répond, et j'ai envie de décrocher.

J'essaie de faire tenir les deux gobelets dans une seule main. Mais ce serait une erreur à ne pas commettre de renverser l'un ou l'autre dans ce véhicule impeccable et hors de prix. Je me penche donc en avant pour poser ma boisson dans le porte-gobelet situé au niveau de mes genoux. Et c'est pendant que je m'avance, le visage entre les sièges avant, que la voiture bascule.

Une lumière aveuglante explose devant nous, dans un bruit assourdissant.

Je plisse les yeux face à la vive luminosité, ne comprenant pas ce qui vient de se passer.

Puis brusquement, Giles freine et je me crispe contre ma ceinture de sécurité.

Par réflexe, mes mains se resserrent autour des gobelets en papier, qui cèdent tous les deux.

La douleur qui me traverse l'épaule, là où la ceinture de

sécurité me serre, se répercute dans la chaleur brûlante qui recouvre ma main droite.

Puis c'est le déclic.

Je regarde fixement le pare-brise, tandis que la boule de flammes se contracte avant de laisser apparaître la carcasse brûlée du premier SUV.

Robert crie quelque chose.

Son arme est dans ses mains.

Giles tourne le volant et le véhicule s'emballe lorsqu'il appuie sur l'accélérateur.

Robert crie autre chose.

À moi.

Mais mes oreilles bourdonnent et je ne l'entends pas.

— Quoi ? tenté-je de demander, mais ma gorge refuse de coopérer.

Il commence à crier quelque chose à propos de descendre, mais un bruit sec étouffe ses paroles. Je regarde avec horreur le pare-brise devenir blanc devant Giles.

Robert tend une main vers l'arrière et me pousse la tête vers le bas.

La ceinture de sécurité est coincée, alors je me penche au maximum.

Je cligne des yeux face au sol, regardant mon moka imbiber la moquette.

Un autre craquement retentit. Celui-là est plus fort. Et du rouge vient éclabousser le rembourrage autour de moi.

Une partie atterrit sur mes mains. C'est chaud. Une vague de nausée se mêle à ma terreur grandissante.

— Putain !

À la voix de Robert, je lève les yeux.

Et j'aurais préféré ne pas l'avoir fait.

Giles…

Sa tête…

Des larmes coulent de mes yeux.

Il y a tellement de sang !

— Nero, pleuré-je.

Mais il est trop loin pour m'aider.

Des coups de feu retentissent dans la voiture.

Je détourne mon regard de la silhouette immobile de Giles.

Mais Robert ne tire pas à travers le trou dans le pare-brise. Il tire de l'autre côté de la fenêtre du conducteur.

La vitre pare-balles finit par céder. Un tir s'échappe de la voiture. Une seconde avant que deux gros véhicules ne nous percutent de plein fouet. Ma portière s'écroule.

Le silence.

Le silence pur remplit mon cerveau alors que les ténèbres engloutissent ma vision.

Des éclats d'angoisse percent ma conscience tandis que mon monde tourne.

Tandis que le siège en dessous de mon corps se soulève.

Tandis que le véhicule fait un tonneau.

CHAPITRE 73
NERO

— Tu resteras ici, ordonné-je à Rocco en me passant la main sur le visage. Surveille l'entrepôt ce soir et si ça reste calme, tu te retires et rentres à la maison.

— Compris.

— Et appelle la piste d'atterrissage. Préviens-les que je serai là dans quelques heures.

Il acquiesce et se détourne pour passer le coup de fil.

J'ai senti mon téléphone vibrer il y a quelques minutes, alors je le sors pour regarder le message.

C'est ma copine. Sans surprise.

PAYTON

J'aime la façon dont tu m'aimes.

Cette émotion, celle que je n'associe qu'à elle, me frappe de plein fouet.

— Dis-leur que j'arrive tout de suite, lancé-je à Rocco.

Je ne peux plus attendre.

Je martèle l'écran de mes pouces.

MOI

Ça m’est aussi simple que de respirer.

CHAPITRE 74
PAYTON

Souffrance.

Ma tête. Ma main. Mon épaule. Ma hanche. Mon corps tout entier. Tout est douloureux.

Je tente d'ouvrir les paupières. J'essaie de me souvenir de ce qui vient de se passer.

Pourquoi mon crâne me fait-il si mal ? J'ai l'impression que mes membres pèsent un millier de kilos.

Un bruit puissant atteint mes tympans.

Ou du moins je crois qu'il est puissant. C'est comme si mes oreilles étaient remplies de boue.

J'essaie d'ouvrir les yeux alors que je sens quelque chose d'humide sur mon visage.

Je veux le sécher, mais je n'y arrive pas. Mes mains refusent de bouger.

Je cligne à nouveau des yeux, ma vue se brouille, et j'essaie de donner un sens à ce que je vois.

Je suis sur le siège arrière. Mais… mon ventre se noue. Giles est affalé au plafond, dégoulinant de sang sur le corps immobile de Robert.

Un autre fracas étouffé fait vibrer mon siège.

Pas le plafond.

Nous sommes sur le côté. Le véhicule est sur le côté. Giles et moi sommes coincés sur la partie supérieure, suspendus en l'air.

J'essaie de regarder Robert, allongé contre la vitre brisée au sol. Mais je n'arrive pas à savoir s'il est vivant.

Une vive panique me saisit la poitrine.

Quelqu'un a fait ça à cause de moi.

Ces hommes sont morts à cause de moi.

Un autre bruit sourd retentit. Un impact ? De la lumière jaillit de l'intérieur brumeux, derrière moi.

Des voix, que je n'ai jamais entendues auparavant, suivent la lumière.

J'essaie de crier. J'essaie de supplier Robert de m'aider. Mais les mots ne viennent pas. Mon cerveau refuse de coopérer.

Pourtant, lorsque je sens des mains m'agripper, je hurle.

Je hurle de toutes mes forces.

Et ça fait très mal.

Les nouvelles voix sifflent à mon attention.

Elles me libèrent et je m'écrase dans leurs bras.

Encore plus de douleur. Encore plus de peur.

Et quand les voix m'attrapent par les bras et me traînent à travers les débris par la lunette arrière effondrée, je me débats.

Je donne des coups de pied. Et je me tords. Et je tends ma main brûlée pour griffer les visages devant moi.

J'ai toujours fui. Mais cette fois, je me bats.

Parce qu'aujourd'hui, j'ai des choses à perdre. Quelqu'un à perdre.

Parce que aujourd'hui, j'ai quelqu'un à qui manquer.

L'écho de ma sonnerie traverse le flou de la peur.

Et je me débats alors plus fort.

Mes poumons se remplissent de douleur à la force de mes cris.

Mes muscles me font souffrir à chaque mouvement.

Puis un bras m'enserre la gorge par-derrière.
Et je ne peux plus crier.
Parce que mon corps est en train de s'éteindre.
Et je ne peux plus respirer.

CHAPITRE 75
NERO

J'attends la réponse de Payton.

Elle m'envoie toujours un texto en retour. Toujours dans l'instant. Comme si elle m'attendait, et qu'elle cherchait un prétexte pour me parler.

Impatient de la voir, je me dirige vers la porte d'entrée de l'appartement-terrasse, suivi par Rocco, qui va me déposer à l'aérodrome.

La lourde porte se referme derrière lui, et je suis encore en train de regarder mon téléphone lorsque celles de l'ascenseur s'ouvrent et que nous entrons.

Nous commençons à peine à descendre que je reçois une notification sur mon téléphone.

Sauf que ce n'est pas un texto.

C'est une alerte. La notification rouge vif est affichée en haut de mon écran.

Mon ventre se noue lorsque je l'ouvre.

— Quels véhicules avons-nous sortis aujourd'hui ? demandé-je sèchement.

Rocco, à mes côtés, regarde la même chose que moi.

L'application que j'ai ouverte remplit l'écran de petits carrés représentant tous mes véhicules, m'indiquant leur statut et leur position.

Et l'un d'eux a disparu.

Aucun signe d'accident n'apparaît, pas de moteur calé, rien. Il a tout simplement disparu.

Le message que Robert m'a envoyé tout à l'heure me revient en mémoire. ***Approbation pour aller chercher du café ?***

Il ne pouvait quand même pas vouloir dire…

Mon téléphone vibre, et je regarde une autre case devenir grise.

Je suis saisi par un effroi glacial alors que je sélectionne le véhicule.

Des informations défilent sur mon écran. Les alertes s'affichent au fur et à mesure qu'elles se produisent en temps réel.

Pare-brise percé.

Ce n'est pas possible. Cela signifierait…

Fenêtre conducteur percée.

Impact détecté.

Roulement détecté.

Vitre arrière percée.

Je clique sur la fonction GPS.

Bordel !

Ma poitrine me fait mal. Je suis obligé de rappeler à mon corps de respirer.

Ils sont près de la maison.

Trop près de la maison.

La carte affiche un point rouge là où se trouvait l'autre véhicule. *Trouvait*. Juste à côté de l'emplacement actuel du véhicule endommagé.

Quelqu'un a fait exploser ma putain de voiture ?

Je repense à la première notification du capteur sur le second véhicule.

Pare-brise percé.

La *vitre pare-balles* a été percée.

Les murs de l'ascenseur se referment sur moi.

Et mes mains se mettent à trembler.

Je ne me souviens pas de la dernière fois où mes mains ont tremblé.

Avec des mouvements saccadés, j'ouvre l'application de mes contacts et compose le numéro de Payton.

Je devrais appeler quelqu'un d'autre.

Appeler mes hommes.

Je devrais ordonner à Rocco d'appeler quelqu'un.

Mais... au plus profond de moi, j'ai un horrible pressentiment.

Le téléphone sonne.

Et encore.

Et encore.

Mon poing libre est tellement serré que mes doigts me font souffrir.

Il sonne encore.

Et pile au moment où je descends de l'ascenseur, on décroche à l'autre bout du fil.

— Pay...

Mais seuls ses cris répondent à ma voix.

Des cris qui me transpercent la poitrine.

Des cris qui déchirent mon âme.

— Ils l'ont capturée.

Les mots étouffés de Robert se mélangent au son de la terreur de Payton.

Et je ressens quelque chose que je n'ai pas ressenti depuis vingt ans.

De la peur.

Une peur dévorante.

— Qui ? exigé-je.

Robert tousse.

— QUI ?

Mon cri se répercute dans le hall.

— Mik...

Il tousse à nouveau.

— C'étaient les hommes de Mikhail.

Puis j'entends bien pire que les appels à l'aide de Payton.

Je ne les entends plus.

Je n'entends rien.

Je pars en courant.

Des pneus crissent à l'autre bout du fil, en même temps que j'entends Robert lâcher le téléphone en haletant.

Je déboule dans la rue, raccroche et compose un autre numéro.

Tiens bon, bébé.

Je viens te chercher.

King décroche.

— Salut.

— Rameute tout le monde.

— Qu'est-ce qui…

— TOUT LE MONDE !

CHAPITRE 76
PAYTON

Ma tête heurte quelque chose et je plisse les yeux en réaction à la douleur.

J'entends des rires, des rires d'hommes à proximité.

— Vous avez vu comme ce truc a explosé ? demande une voix enthousiaste.

— On l'a tous vu, abruti !

— Un putain de coup direct ! insiste le premier homme, qui ne se laisse pas décourager.

J'ouvre lentement les paupières, le sol sous moi oscille légèrement, et je crois que je suis allongée sur le sol, à l'arrière d'un gros véhicule. Mes genoux sont pliés et la moquette rugueuse me gratte la joue.

Mes mains sont attachées l'une à l'autre, une épaisse bande de ruban adhésif entourant mes poignets, et une nouvelle vague de panique m'envahit.

On est en train de me kidnapper.

Je serre les lèvres pour étouffer un gémissement. Je ne veux pas faire de bruit. Je ne veux pas qu'ils sachent que je suis réveillée.

Au moins, je suis sur le côté droit. Mon corps tout entier me fait mal, mais mon côté gauche est encore plus douloureux. Sans doute parce que c'est celui où leurs véhicules nous ont percutés.

Je tente péniblement de me concentrer sur la portière arrière devant moi afin de rester éveillée.

Mais cela équivaut à penser.

Giles est mort.

Les deux hommes dans le premier SUV… Je ne connais même pas leurs noms, et ils sont morts.

Et Robert.

Ma gorge se serre encore plus.

Robert est peut-être mort, lui aussi.

Et c'est entièrement ma faute.

Tout ça parce que j'ai voulu quitter la maison.

Parce que je ne comprenais pas.

Des larmes coulent de mes yeux brûlants.

On m'avait prévenue. Nero m'a dit et répété que c'était dangereux. Mais je ne comprenais pas. Pas vraiment. Et maintenant, je suis responsable de la mort de tous ces gens.

Le chauffeur prend un virage trop rapide, ce qui me fait me cogner la tête une nouvelle fois, le choc projetant des taches noires sur ma vision.

Respirant malgré la douleur, je fixe du regard la poignée à l'intérieur de la portière.

Je pourrais peut-être l'attraper ? Tirer dessus et l'ouvrir.

Mais si ça ne marche pas et que je leur signale que je suis réveillée ?

Je suis accablée par une sensation de défaite, mes yeux se remplissent de larmes.

Même si la portière s'ouvre, qu'est-ce que je vais faire ? Sortir par l'arrière comme une cascadeuse ? Rouler loin de mes ravisseurs, sur le trottoir, pour me faire écraser par la voiture qui nous suit ?

Non.

Nero va venir me chercher.

Il me trouvera.

— J'espère que le patron sait ce qu'il fait, grogne un autre homme.

L'un de ses comparses souffle.

— Il vaudrait mieux que personne d'autre ne t'entende dire ça.

— Qu'est-ce que tu racontes ? demande la première voix.

— Nero ne va pas se laisser faire, répond l'homme grincheux.

Un long silence s'ensuit avant que le premier type ne reprenne la parole, mais il ne ricane plus.

— On vient d'attraper qui ?

— Sa meuf.

Personne ne répond alors que l'atmosphère s'alourdit brusquement à l'intérieur de la voiture.

C'est de la peur.

Et ce n'est pas seulement la mienne.

CHAPITRE 77
NERO

Tenant mon téléphone d'une main, je mets les gaz sur mon nouvel avion. J'avais besoin d'un appareil plus rapide, sans prendre le risque d'arriver après la guerre si je n'arrivais pas à en trouver un à temps.

Rocco est en ligne à côté de moi, exécutant ses ordres, les affaires de Chicago sont oubliées.

King a ouvert le bal en utilisant un nom de code pour activer les éléments locaux, mais j'ai besoin de Rocco pour régler les derniers détails.

Mes yeux vont et viennent entre ma vitesse de vol et le point sur l'écran de mon téléphone. Le point qui me montre l'emplacement de Payton.

Je ne suis pas sûr de ce qu'elle penserait du traceur que j'ai intégré dans le pendentif de son collier, mais quand il me mènera directement à elle, je suis sûr qu'elle me remerciera.

Je n'ai pas encore décidé si je lui avouerai que je l'ai fait fabriquer à partir de l'anneau fondu d'Arthur. Mais le trophée de sa mort lui appartient.

Et elle m'appartient.

Après aujourd'hui, quand je l'aurai ramenée à la maison, je mettrai un traceur sous sa putain de peau.

Et si Robert ne meurt pas de lui-même, je le mettrai en pièces moi-même. Je donnerai les morceaux à Toto.

Chaque seconde qui passe me rend de plus en plus malade.

Mon pire cauchemar est en train de défiler devant mes yeux. Le point s'éloigne progressivement de notre maison. Et se rapproche de celle de Mikhail.

Ce putain de Mikhail !

Cet idiot oublie que je sais où il habite, et que j'ai déjà fait ça.

Et cette fois, je vais le tuer. Comme j'aurais dû le faire dès le début. Ensuite, je mettrai le feu à sa baraque.

D'un geste rapide, je balaye l'écran de suivi une brève seconde pour passer un autre appel.

Dès que mon téléphone commence à sonner, je le mets sur haut-parleur et reporte mon regard sur la localisation de Payton.

L'agent fédéral décroche.

— Tu as intérêt à avoir une bonne excuse.

— J'ai besoin d'une faveur.

— Ah oui ? Et j'ai besoin de garder mon job.

— Nous savons tous les deux que c'est un mensonge.

— D'accord. Mais j'aimerais ne pas aller en prison.

La vie est dure pour un agent fédéral en prison. Mais comme il est l'un des meilleurs combattants de MMA underground que j'aie jamais vus, je doute qu'il ait trop de problèmes.

Il soupire.

— Qu'est-ce qu'il y a ?

— Je dois garder une route dégagée.

— Pendant combien de temps ?

Je jette un coup d'œil au point, et constate qu'il ralentit.

— Vingt minutes.

— Où ?

Je lui donne le nom de la rue ainsi que celui des rues

transversales, tout en précisant la longueur dont j'aurai besoin.

Le quartier ressemble beaucoup au mien. Les pâtés de maisons, si on peut les appeler ainsi, sont longs. Et heureusement droits. Mon plan devrait donc fonctionner.

— J'aurai droit à quoi en échange ? demande-t-il.

— Et si je tuais Mikhail ? répliqué-je en gardant une voix égale.

L'agent rit.

— D'après l'adresse que tu viens de me donner, j'ai le pressentiment que tu vas le faire dans tous les cas.

— Alors je t'en dois une.

Il soupire.

— Je ne veux pas d'une guerre dans mon jardin, Nero. Je ne peux pas balayer ça du revers de la main.

— Il n'y aura pas de guerre.

— Non ?

— C'est une extermination.

Mon interlocuteur reste silencieux de longues secondes.

— Que s'est-il passé ?

J'ouvre la bouche et dois déglutir avant de pouvoir articuler les mots.

— Il a ma compagne.

— Putain ! maugrée l'agent. D'accord, très bien. Je vais bloquer de mon côté, et garder mes gars loin de tes affaires. Mais je ne peux pas te donner plus de vingt minutes.

Je l'entends écrire sur un clavier.

— Ça doit commencer quand ?

Je regarde mon GPS et le point désormais immobile du traceur de Payton.

— J'atterris dans trente minutes.

— Atterris ? Qu'est-ce que…

Je raccroche.

Tiens bon, bébé. Je suis presque arrivé.

CHAPITRE 78
PAYTON

Le reste du trajet s'est déroulé dans une torture silencieuse.

J'ai essayé de trouver un moyen de libérer mes mains, mais je n'avais pas la possibilité d'y parvenir en silence. Peut-être n'y avait-il même aucun moyen de le faire. En tout cas, pas pour moi.

Nous roulons plus lentement depuis quelques minutes, et lorsque la voiture s'arrête presque pour prendre un virage serré à droite qui doit être une allée, je ferme les yeux.

Nous sommes arrivés à destination.

Où que ce soit.

La voiture se met l'arrêt et lorsque les portières avant commencent à s'ouvrir, je m'efforce de ralentir ma respiration.

Je n'ai pas d'arme. J'ignore complètement comment me défendre, encore plus contre des hommes de leur trempe. Mon grand plan est donc de faire semblant d'être encore sans connaissance. Peut-être que s'ils pensent que je suis inconsciente, ils me déposeront quelque part et me laisseront tranquille.

Je n'ai pas l'intention de m'échapper. Mais je préfère attendre Nero toute seule, en faisant la morte, plutôt que d'avoir à parler ou à interagir avec la personne responsable de cette attaque.

Ils ne veulent pas me tuer. Si c'était le but, ils auraient simplement fait exploser les deux véhicules.

Non, ils se servent de moi comme appât. Ils essaient d'attirer Nero.

Et ça va marcher.

J'espère seulement que ça va mal finir pour eux.

La portière s'ouvre et j'essaie de détendre mes traits. Je ne sais pas du tout quelle tête doit faire une personne qui a été assommée ni combien de temps on est censé rester inconscient après avoir été étouffé. Mais d'après les films d'action que j'ai vus au cours de ma vie, qui sont sans doute tous absurdes, les gens peuvent le rester pendant des minutes ou des heures.

La brise glaciale me fouette, ravivant la douleur des entailles qui marquent chaque centimètre de ma peau à nu.

Un homme pousse un soupir agacé.

— Bon, faisons-la entrer.

Des mains qui deviennent malheureusement familières m'agrippent brutalement.

— Attendez, les interrompt une autre voix, accompagnée d'un claquement discret, comme s'il venait d'utiliser le dos de sa main pour frapper quelqu'un d'autre sur le torse. Lui, il peut la porter.

Les mains me quittent.

— Je t'en prie.

Je manque de sursauter lorsqu'une nouvelle main se fraye un chemin entre mon flanc et le sol sous mon corps.

C'est bien plus difficile que je ne le pensais de rester un poids mort, mais j'y parviens alors que l'homme me hisse sur son épaule. Les fesses en l'air, la tête et les bras ballants vers le sol, j'ai du mal à respirer, mais cela me ferait encore plus mal si je me débattais, alors je reste aussi molle que possible.

Il me bouscule à chaque pas. Et je sens des larmes couler du coin de mes yeux, sur mon front et dans mes cheveux.

Je suis tentée de cligner des yeux pour les faire disparaître, d'essayer de voir les alentours, mais je n'ose pas ouvrir les paupières au cas où quelqu'un serait assez proche pour me voir.

De toute façon, ça n'a pas vraiment d'importance. Même si je trace un chemin pour sortir de la maison et que je trouve un moyen de m'échapper d'une pièce inoccupée, je ne serai jamais capable de courir. L'accident de voiture m'a bien amochée.

Et la douleur lancinante dans mon crâne m'alerte sur une possible commotion cérébrale. L'afflux sanguin en sens inverse ne fait qu'exacerber ma migraine.

Des portes s'ouvrent, puis claquent.

On me fait monter quelques marches. Puis en redescendre quelques autres. Je suis à deux doigts de pleurer à cause des élancements à l'intérieur de mon crâne quand l'homme s'arrête.

Il frappe à une nouvelle porte, qui s'ouvre, et nous reprenons notre marche.

Quelqu'un applaudit lentement, et je le hais immédiatement.

— Alors comme ça, c'est elle, hein ?

La voix est arrogante et je suppose que c'est lui, le chef.

— Joli cul, j'imagine.

Un son auquel je ne m'attendais pas retentit à l'autre bout de la pièce.

Des talons hauts.

Je ressens soudain un semblant d'espoir. Les femmes aident les femmes. Ça pourrait…

Une main saisit mes cheveux et me tire la tête vers le haut, mon cou protestant brusquement.

Je laisse échapper un cri de stupeur, mais il est interrompu par un coup violent à mon visage. Il me heurte à la joue et au coin de la bouche.

La main me lâche avant que je n'aie le temps de me

concentrer sur la personne qui m'a frappée et ma tête retombe, mon nez atterrit contre le dos de l'homme.

— Cette salope simulait, crache la femme, dont la voix est remplie d'une haine immense incompréhensible. Elle est réveillée.

— Allons, allons. Ce n'est pas une façon de traiter notre très chère invitée, Nikki.

Le nom me revient en mémoire, mais l'homme qui me tient se penche en avant, et je glisse de son épaule pour tomber sur un canapé inconfortable.

Un cri pathétique s'échappe d'entre mes lèvres.

À l'intérieur comme à l'extérieur, j'ai l'impression d'être complètement à vif.

Quelle quantité de douleur est-il humainement possible d'endurer ?

Ma tête me fait un mal de chien. Et malgré tous les abus que j'ai subis de la part d'autrui, je n'ai jamais rien vécu de pire.

Les talons se dirigent à nouveau vers moi, et je tressaille alors.

Un rire féminin, dégoulinant de menace, me répond.

— Ça suffit, l'arrête l'homme dans un crissement qui doit être celui de sa chaise.

— Cette pute m'a coûté mes cheveux, grogne-t-elle, alors que j'entends ses pas se rapprocher.

— J'ai dit ça suffit !

Son ton passe de décontracté à psychotique avec une telle aisance que je perds finalement la dernière maîtrise que j'avais sur mon self-control.

Des tremblements parcourent mon corps tout entier et, sans raison pour prétendre être forte, je me recroqueville sur le côté. La peur et la souffrance sont trop puissantes.

Depuis ma position, je m'efforce de mieux distinguer la scène.

Nous sommes dans un bureau très masculin. Un énorme

bureau en bois sculpté trône de l'autre côté de la pièce, à environ six mètres de moi.

Je veux regarder autour de moi, voir le reste de la pièce, chercher des sorties, mais mon cerveau est trop flou. Je garde donc le regard rivé sur les silhouettes situées derrière le bureau. L'une est assise. L'autre est debout à ses côtés.

Je n'ai jamais vu l'homme auparavant. Ses cheveux blonds gras et ses traits de rat lui donneraient une tête de méchant dans n'importe quel contexte.

La femme qui m'a frappée pose la main sur le dossier de sa chaise, et en combinant son apparence à son nom, ça me revient.

Je n'arrive pas à croire que j'ai pu penser que Nero et elle allaient bien ensemble. En la voyant ici, debout à côté de cet inconnu effrayant, je sais que c'est ici, sa place. Avec le méchant. Le *vrai* méchant.

Ça me dégoûte. Toute femme qui fait volontairement du mal à une autre femme mériterait la pire des punitions.

Je ne sais pas ce qu'elle a voulu dire quand elle a affirmé que je lui ai coûté ses cheveux. Mais son crâne a été rasé presque à blanc et cela lui donne un dégaine encore plus féroce.

Elle plisse les yeux quand elle me voit la regarder.

— Tu as un truc à dire ?

— C'est j… juste marrant, dis-je, avant de devoir me racler la gorge, que *toi*, tu *me* traites de pute.

L'homme éclate de rire. Et la femme, Nikki, fait un pas dans ma direction avant qu'il ne la saisisse par le bras.

— Ce n'est pas drôle, Mikhail !

— C'est hilarant.

Il me sourit, éteignant la fierté que l'insulte m'a procurée.

— Je comprends pourquoi Nero l'aime bien.

Son rictus se transforme en quelque chose que je suppose être un sourire plus doux.

— Je suis navré que nous nous soyons rencontrés ainsi,

Payton Vawdrey. Vous ne m'avez rien fait. Et je vous prie de m'excuser pour les blessures que vous avez subies, dit-il avant de hausser une épaule, gâchant ses excuses. Mais il le faut. Et c'est au tour de Nero de mourir.

Je secoue la tête autant que mon corps le peut.

— Il va vous détruire.

CHAPITRE 79
NERO

Mes pneus crissent lorsqu'ils touchent la chaussée. Et je me bats avec les commandes lorsque j'atterris avec plus de vitesse et de brutalité que d'habitude.

Mais je suis pressé.

Rocco s'accroche au tableau de bord alors que nous sommes secoués contre nos ceintures de sécurité.

Comme promis, aucune voiture n'est en vue. Pas sur la route devant moi. Pas repérables dans les longues allées que nous dépassons en dérapant.

La rue est vide.

Silencieuse.

Impatiente.

Je détache ma ceinture avant que l'avion ne s'arrête. Un sourire malicieux se dessine sur mes lèvres quand je constate que j'ai parfaitement réussi à me garer pile devant l'entrée de Mikhail.

— Tu veux que je fasse demi-tour ? demande mon second.

Le tronçon de route devant nous fait un virage, je n'ai aucune chance de pouvoir réussir un demi-tour en visant cette direction.

Je secoue la tête.

— On va le laisser ici. Comme petit cadeau pour Tye.

Nous nous dirigeons vers la sortie, nous sommes tous les deux prêts.

Nous nous sommes préparés pendant le vol. Des gilets pare-balles, j'ai enfilé le mien par-dessus ma veste noire habituelle et jeté ma veste de costume en cours de route, un Glock sur ma hanche gauche, un dans ma main et des chargeurs supplémentaires dans chaque poche.

Rocco tire le levier pour descendre les marches depuis le côté de l'avion orienté à l'opposé de la cible.

Et alors que je descends, un mouvement brouille la ligne d'arbres devant moi, tandis que des dizaines et des dizaines d'hommes, vêtus de noir de la tête aux pieds et armés jusqu'aux dents, franchissent les jardins dans ma direction.

C'est ça. Je suis dans mon élément.

J'attends au centre de la rue pendant que mes hommes me rejoignent.

— Personne ne la touche, ordonné-je en projetant ma voix de façon qu'elle atteigne toutes les oreilles. Tous les autres meurent.

Tout le monde acquiesce.

Puis une autre silhouette, un homme un peu plus grand que les autres, longe la rue jusqu'à nous.

Soixante armes automatiques se braquent sur lui.

King ignore les revolvers pointés sur sa poitrine et lève le menton dans ma direction.

Mes hommes me lancent un regard, certains haussent les sourcils, se demandant manifestement ce que ce connard de Wall Street fait ici.

La tension en moi s'apaise progressivement.

— Je ne m'attendais pas à une visite personnelle sur ce coup-là.

King sourit.

— Je n'aurais pas voulu manquer ça.

Il hisse ensuite un lourd tube métallique sur son épaule.

— Et tu as oublié ta clé.

Sans perdre de temps, il se retourne, pointe le lance-roquettes sol-air sur la grille renforcée qui bloque l'allée de Mikhail et tire le missile.

CHAPITRE 80
PAYTON

— Euh… Patron !

Une voix paniquée attire l'attention de Mikhail.

J'use de toutes mes forces pour me redresser, juste à temps pour voir un homme au teint pâle s'engouffrer dans l'embrasure de la porte.

— Il est là ? demande Mikhail d'une voix excitée.

Une explosion répond à sa question.

CHAPITRE 81
NERO

Mes hommes s'éparpillent à travers la fumée. Ils s'infiltrent par la porte ouverte et se déploient sur les côtés.

Je fais signe à mes trois meilleurs tireurs.

— En haut.

Ils acquiescent et se précipitent autour de l'avion, puis grimpent l'escalier et montent sur l'aile avant de s'allonger sur le fuselage.

Ce n'est pas leur première fois. Ils savent qu'ils doivent descendre tout ce qui bouge.

La porte d'entrée, située à une centaine de mètres de l'avion, s'ouvre. Mais les hommes de Mikhail tombent avant de pouvoir tirer un seul coup de feu.

Les tireurs d'élite les abattent d'une balle en pleine tête.

Le rythme de l'essaim s'accélère et nous nous rapprochons de la maison.

J'ai mon arme à mes côtés.

Cette partie n'est pas pour moi. C'est le moment où mes hommes se vengent pour les trois que nous avons perdus.

Ils veulent leur part de chair, et ils vont la prendre. Au décuple.

King entre dans le bâtiment juste devant moi. Son putain

de lance-roquettes a été jeté je ne sais où dans la cour, et son pistolet est prêt à l'emploi.

Il se sépare des hommes qui se répartissent en équipes. Ils ne le connaissent peut-être pas, mais ils n'en ont pas besoin. Il vient de prouver qu'il est l'un des nôtres.

Un trio d'hommes marche devant moi. L'un d'eux prend une balle dans la jambe, mais reste debout tandis qu'ils fauchent leurs adversaires.

Le carnage est satisfaisant. Les flaques de sang me rappellent que je suis aux commandes. Que c'est mon opération. Et que je vais réussir.

J'inspire une bouffée de fumée de poudre, puis renverse la tête en arrière et rugis :

— MIKHAIL !

CHAPITRE 82
PAYTON

La voix de Nero résonne dans le couloir, le bruit de fond des coups de feu ne la rend que plus inquiétante encore.

L'homme qui est entré en courant juste avant l'explosion en profite pour fuir à toute vitesse par la porte ouverte, dans la direction opposée au hurlement de mon compagnon.

— Mauviette ! crache Mikhail.

Mon regard est rivé sur la porte, guettant l'apparition de Nero, et je ne remarque pas que le patron de mes ravisseurs approche pour s'arrêter presque à ma hauteur.

J'essaie de m'éloigner, mais je suis trop lente, et il me saisit alors les cheveux.

— Oh que non !

Il ne me laisse pas le temps de réagir et m'arrache du canapé.

Je crie. La douleur extrême causée par son geste remplit mes yeux de larmes.

Je pensais en avoir fini avec les pleurs. Je pensais qu'on ne pouvait verser qu'une quantité limitée de larmes dans une vie. Mais je crois avoir prouvé que ce nombre n'existe pas.

Mes pieds peinent à me soutenir, et j'ai tout juste assez de force que pour tituber.

Le moment semble propice pour que cette femme, *Nikki*, me frappe, mais lorsque Mikhail s'arrête devant son bureau et nous tourne vers la porte, je la vois se faufiler discrètement le long du mur le plus éloigné, tentant de s'échapper à pas de loup.

— Où tu crois aller comme ça ? lui lance le type d'une voix méprisante.

Elle s'arrête, prise sur le vif, mais arbore toujours la même expression dédaigneuse.

— Je m'en vais ! Tu as dit que tu tuerais la vache et que tu ferais payer Nero !

— C'est ce que je fais ! hurle Mikhail, dont la folie à peine maîtrisée frôle la surface.

Sa complice lève un bras vers la porte ouverte.

— Tu n'entends pas ? Il est en train de tuer tout le monde ! Et il va te tuer…

Un craquement puissant, si proche de mon oreille qu'il me fait vibrer le cerveau, emplit la pièce.

Je regarde sans comprendre le sang qui s'écoule de la poitrine de Nikki. En une demi-seconde, sa belle chemise en soie est trempée. La jolie couleur crème se transforme en rouge profond.

Elle trébuche, tombe contre le mur, puis s'effondre par terre, disparaissant derrière le canapé, comme si elle n'avait jamais été là.

Mon corps se met à trembler.

Chaque muscle. Chaque tendon. Chaque cellule vibre d'effroi.

Je vais mourir.

Mes poumons se contractent. Sans se relâcher. Ils n'aspirent pas l'air.

Je vais mourir.

Un sanglot tente de s'échapper de l'air coincé dans ma gorge.

Je ne veux pas mourir.

Je ne suis pas prête.

Un son rauque s'extirpe de ma poitrine.

Je ne suis pas prête.

Je ne peux pas…

Puis Nero est là.

Debout dans l'embrasure de la porte. Entouré d'un brouillard de fumée d'arme à feu.

Il se tient juste là.

Ici.

Avec moi.

Une sensation de soulagement envahit mes poumons alors que je prends une grande inspiration.

Il est là.

D'autres larmes coulent sur mes joues.

On presse le canon chaud d'une arme contre ma tempe.

OK.

Je me concentre sur ma respiration.

OK.

Il est là.

Les yeux rivés sur les miens, Nero jette son arme au sol.

Il est avec moi.

Il est venu me chercher.

Les commissures de ma bouche se retroussent en un petit sourire.

Je pensais qu'on aurait plus de temps.

Mais si c'est le moment, si nous le faisons ensemble, alors, tout ira bien.

Nous pouvons partir maintenant.

CHAPITRE 83
NERO

Je le vois dans ses yeux. Elle pense que c'est le moment. Que c'est le jour de notre mort.

Mais ça ne l'est pas.

J'entre dans le bureau, les paumes ouvertes, et referme la porte derrière moi.

— Ce n'est pas elle que tu veux.

Je n'essaie pas de cacher la fureur qui couler dans mes veines. Ça ne servirait à rien de jouer la carte du calme.

— C'est moi.

Mikhail utilise sa prise sur les cheveux de Payton pour la tirer plus devant lui.

— C'est bien ça, le problème. Je crois que je vous veux tous les deux.

Il se penche vers ma compagne, plaque son nez contre l'arrière de sa tête et inspire.

Je fais un pas en avant et il presse aussitôt plus fort le pistolet contre sa tempe.

— Lance le deuxième flingue.

Je sens mon pouls battre violemment dans mon corps tout entier, mais j'obéis.

Sans jamais quitter Payton du regard, je vérifie soigneusement que la sécurité est désactivée avant de jeter l'arme à terre, à quelques mètres devant elle.

Elle a les larmes aux yeux. Elle est blessée. Couverte d'égratignures. Sa lèvre est fendue. Du sang a séché à la racine de ses cheveux. Ses mains sont liées et sa posture respire la douleur.

Mais elle est vivante.

Et elle n'a jamais été aussi belle.

Je respire lentement.

Mikhail était déjà destiné à mourir. Mais maintenant qu'il a posé ses sales pattes sur elle… Maintenant qu'il a essayé de sentir ses roses… C'est fini pour lui.

— Ton père se tenait là où tu te trouves quand je lui ai tranché la gorge, lui dis-je, complètement désarmé. Nous étions là, face à face, et il était trop stupide pour se douter de quoi que ce soit. Mais toi…

Je baisse le menton.

— Tu sais que tu vas mourir. Et ça me suffit.

Je fais un pas en avant.

— Sauf que je ne vais pas seulement mettre fin à ta vie. Je vais mettre fin à ton existence.

J'avance d'un autre pas.

— Tes hommes sont morts. Ton argent sera à moi. Plus personne ne prononcera ton nom. Plus jamais. Parce que ton souvenir disparaîtra avec ton dernier souffle. Alors aujourd'hui, tout de suite, tu vas subir ces deux morts en même temps. Et c'est moi qui vais te les donner.

Je fais un pas de plus et il éloigne le canon de son arme de Payton pour me viser.

— Tu as intérêt à me tuer du premier coup, lui lancé-je.

Puis je m'élance.

Et il tire.

CHAPITRE 84
PAYTON

Le son est assourdissant.

Le tir part juste à côté de mon oreille.

Une déchirure rouge traverse la manche de Nero, mais ça ne l'arrête pas.

La main dans mes cheveux me libère violemment, et je perds de vue mon homme lorsque mes membres épuisés cèdent et que je chute par terre à quatre pattes.

Un deuxième coup de feu retentit.

Puis un troisième.

Je lève les yeux depuis ma position au sol. Et une partie de mon âme se dérobe lorsque je vois l'une des balles se planter dans la poitrine de Nero.

Il titube d'un pas.

J'essaie de ramper vers lui quand mes doigts se heurtent à quelque chose de dur.

Je baisse les yeux et trouve l'arme qu'il a jetée.

Sans réfléchir davantage, je la saisis, elle pèse dans mes mains. Le ruban adhésif autour de mes poignets m'empêche de reproduire les gestes de Nero.

— Pourquoi tu ne meurs pas ? hurle Mikhail.

Presque aveuglée par mes larmes, je me tords et laisse tomber mes fesses au sol, puis lève le pistolet.

Je ne cligne pas des yeux. Je ne vise pas. J'appuie simplement sur la gâchette.

Une fraction de seconde plus tard, du sang artériel rouge foncé jaillit du cou de mon ravisseur.

Il lâche son arme et plaque les mains sur le trou dans sa gorge. Mais le sang coule entre ses doigts.

Il s'écroule à genoux tandis que je déroule mes doigts.

Nero me rejoint avant que le revolver n'ait le temps de tomber sur mes genoux. Il l'attrape d'une main, l'autre appuyant doucement sur ma joue.

— Je suis là.

Sa voix est douce.

— Nero, articulé-je, la voix tremblante. Je l'ai tué. Je l'ai t… tué.

Il effleure ma joue de son pouce, puis il se lève, se retourne et presse la détente. Encore et encore, il vide le chargeur sur la silhouette affaissée de Mikhail.

Il range le pistolet dans l'étui à sa hanche, puis s'accroupit à côté de moi.

— Je l'ai tué.

Je secoue la tête, mais il enserre mon visage de ses grandes mains, retenant mon regard sur lui.

— Je l'ai tué, répète-t-il. C'est moi qui ai fait ça. Pas toi.

Il m'embrasse avec une infinie tendresse.

— Pas toi, ma belle.

Mes yeux se remplissent d'amour.

Nero m'embrasse encore une fois avant de lâcher mon visage.

Je sens une traction sur mes poignets, avant qu'ils ne soient libérés du ruban adhésif qu'il a arraché le long de mon corps.

— Allez, bébé, m'encourage-t-il en me lissant les cheveux. Ma chérie courageuse.

Il frôle mes lèvres des siennes.

— Nous devons partir.

Les mots de Nero sont doux, mais pressés.

J'essaie de me lever, mais mon corps refuse de coopérer. Il est épuisé. Épuisé de tout.

— Chut ! me calme Nero.

Je n'avais même pas réalisé que je pleurais. Mais j'ai désormais l'impression de pleurer aussi souvent que je ne pleure pas, alors je n'essaie même pas de m'arrêter.

— Je vais te porter, maintenant.

Il glisse ses bras sous mon corps.

Je gigote, mais parviens à enrouler mes bras autour de son cou, puis m'accroche du mieux que je peux.

Je tente de retenir mon gémissement de douleur quand il me hisse, mais il m'échappe malgré mes efforts.

— Je suis désolé. Je suis tellement désolé ! chuchote Nero sans relâche tandis qu'il me serre contre son torse et me porte hors de la pièce.

Mes paupières sont lourdes.

J'essaie de les garder ouvertes, mais elles persistent à se fermer toutes seules.

— Tu vas bien, me rassure mon amoureux en déposant un baiser sur mon front. Tu vas bien, bébé.

Il resserre son étreinte autour de moi.

— Je vois que tu portes mon sweat-shirt. Tu ne peux pas te passer de mes affaires, n'est-ce pas ?

Il m'embrasse à nouveau.

— Si tes vêtements étaient à ma taille, je les porterais aussi. Même s'ils étaient couverts de fleurs jaunes, peu importe, je dormirais dedans chaque nuit où je suis loin de toi.

D'autres voix se font maintenant entendre. Toutes masculines. J'essaie de regarder autour de moi, de comprendre ce qui s'est passé, mais la première chose que je remarque, c'est une grande éclaboussure de sang sur un mur.

Je ferme les yeux et décide que je n'ai pas envie de voir.

— Tout est ma faute.

Je m'étouffe presque en prononçant ces mots, mais j'ai besoin de les exprimer.

— Non, s'offusque Nero en resserrant son étreinte. Ce n'est pas vrai. Tous les habitants de cette maison vivaient avec une épée de Damoclès au-dessus de la tête. Le monde se portera mieux sans eux.

Nero rajuste sa prise et franchit une porte sur le côté.

— Les clés sont là ? demande-t-il à une personne que je ne peux pas voir.

— Oui, patron.

— Bien, ouvrez la portière côté passager. Je vais la ramener à la maison dans celle-ci.

J'entends une voiture s'ouvrir.

— Dites à tout le monde de partir.

— Compris.

Nero m'installe sur le siège, puis prend le temps de m'attacher.

Je l'entends donner un dernier ordre juste avant de fermer la portière.

— Brûlez tout.

CHAPITRE 85
NERO

Les hommes sont déjà en train de descendre l'allée lorsque je sors la voiture de Mikhail de son garage. Nos vingt minutes sont écoulées, il est temps de partir.

Dans mon rétroviseur, des panaches sombres de fumée s'échappent déjà des fenêtres du manoir. Et même si j'aimerais que cette voiture de sport rouge vif de petite bite soit engloutie par le chaos des flammes, la simple idée de l'envoyer à la casse, comme dernier affront à Mikhail, me suffit pour la prendre avec le cœur léger.

Payton grogne légèrement en s'installant plus confortablement dans le siège, et je m'assure de négocier le virage lentement.

— Nous serons bientôt chez nous, ma chérie.

Je pose doucement ma main sur sa cuisse, ne sachant pas trop où elle a mal et ne voulant pas faire plus de dégâts.

Elle dépose sa petite paume dans ma main, je la retourne la mienne et entrelace nos doigts.

Les siens serrent les miens.

— C'est un avion ? marmonne-t-elle juste que sa tête ne retombe en arrière.

Le médecin et son assistante attendaient à la porte d'entrée quand nous sommes rentrés à la maison.

Je l'ai appelée depuis l'avion, sachant que Payton devait être blessée après l'accident de voiture. Mais aucun entraînement ou expérience n'aurait pu me préparer à voir ma chérie dans cet état. Allongée sur notre lit en sous-vêtements, le corps presque entièrement couvert d'ecchymoses.

Payton s'est réveillée pendant qu'on la déshabillait, mais elle n'a pas posé de questions. Elle a simplement hoché la tête quand je lui ai expliqué que le médecin allait l'examiner. Et je suis content que celle-ci ait eu la présence d'esprit d'amener une femme en tant qu'assistante. Car si un autre homme tentait de poser ne serait-ce qu'un regard sur Payton en ce moment, je lui arracherais sûrement la tête des épaules, qu'il soit professionnel de la santé ou non.

— Je vais utiliser un ultrason pour vérifier si elle a des fractures, mais c'est juste par précaution. Je doute qu'elle ait quoi que ce soit de cassé, nous informe le docteur en posant un ordinateur portable sur la table de nuit avant de me faire un signe de tête. Pendant ce temps, nous allons vous recoudre.

Si ce n'étaient les regards inquiets de Payton sur ma manche déchirée, j'aurais pu oublier qu'on m'avait tiré dessus. Ce n'est qu'une égratignure. À peine une blessure superficielle à l'intérieur et à l'extérieur du biceps, mais je ne vais pas donner à ma compagne une raison de plus de s'inquiéter. Je m'assois donc au pied du lit, le bras blessé tourné vers l'extérieur, hors de son champ de vision, et je laisse l'assistante faire son boulot.

Payton reste calme, répondant aux questions sur son niveau de douleur, bougeant les parties de son corps comme on le lui demande, et j'ignore volontairement que l'assistante vient de m'injecter de la lidocaïne sans me demander mon avis. C'est sans doute mieux ainsi, car les blessures par balle sont toujours particulièrement difficiles à nettoyer, et j'ai des préoccupations plus urgentes que ma propre douleur.

Comme l'expression que ma chérie arbore actuellement.

Elle reflète un mélange de culpabilité et de tristesse qui me serre le cœur.

La douleur finira pas disparaître. Mais ces émotions…

À quoi pense-t-elle ?

Regrette-t-elle de m'avoir rencontré ?

M'en veut-elle ? Me déteste-t-elle ?

Et si elle demande à partir ?

Et si elle exige de retourner à son ancienne vie ?

Je serre les dents.

Je ne la laisserai pas faire.

Ça va se passer ainsi. Je ne la laisserai pas faire. Je l'obligerai à rester et à se souvenir qu'elle m'aime.

Une fois mon bras bandé, je me tourne vers Payton et pose ses pieds sur mes genoux.

Elle a toujours l'air aussi triste lorsque le médecin se lève enfin.

— Je sais que vous n'en avez pas l'impression, mais vous avez beaucoup de chance, mademoiselle Vawdrey, lui dit-elle en lui tapotant la main.

À ce moment-là, je déteste ne pas avoir de nom de famille à lui donner.

— Je ne vois aucun signe de fracture et les abrasions cutanées devraient toutes guérir convenablement.

Mes yeux se portent sur les bandages autour des poignets de Payton, là où le ruban adhésif s'est enfoncé dans sa chair lisse.

— La commotion cérébrale est le problème le plus grave, mais vous devez simplement vous reposer.

Le médecin tourne les yeux vers moi.

— Gardez-la au lit. Et hydratez-la bien. Elle risque d'être gênée par les lumières vives, alors réduisez leur intensité. Les migraines sont normales. Je lui laisse des antalgiques que vous pourrez commencer à lui donner dans quelques heures, étant donné que je lui en ai administré une dose à votre arrivée.

J'acquiesce.

— Surtout, assurez-vous qu'elle reste calme, et tout ira bien.

— D'accord.

Ma voix est rauque, je n'ai pas eu à l'utiliser pendant ce silence prolongé.

— Vous voulez bien m'aider à l'habiller avant de partir ?

Payton secoue la tête.

— Bébé, lui dis-je en m'agenouillant à côté du lit. Il y a moins de risques que je te blesse si elles m'aident.

Elle secoue à nouveau la tête, alors je soupire et laisse les médecins partir.

Je ne quitte pas Payton des yeux pendant que je rassemble une petite pile de vêtements, contenant des dessous propres, un pantalon de jogging et l'un de mes T-shirts. Nous bougeons lentement, mais en chœur, alors que je l'aide à enfiler les nouveaux vêtements.

Quand je pense qu'elle va avoir besoin de moi pour se rallonger, Payton se redresse pour s'adosser à la tête de lit.

— Tu dois t'allonger.

Elle secoue la tête et s'accroche à ma main.

Je la laisse faire, espérant que c'est un bon signe. Si elle voulait me quitter, elle ne voudrait pas me toucher.

— J… Je suis vraiment désolée, murmure-t-elle, sa voix se brisant dans un sanglot.

Je m'assois aussitôt à côté d'elle, où je l'attire contre moi de façon qu'elle s'assoie en travers de mes genoux.

— Chut, bébé, non. Tu n'as aucune raison d'être désolée.

— Tout est ma faute ! hoquette-t-elle, de grosses larmes coulant sur ses joues.

Je garde un bras autour de son dos, la tenant fermement contre moi, et utilise l'autre pour relever légèrement son menton, l'obligeant à me regarder dans les yeux.

— Payton, bébé, dis-je doucement, avant de déposer un

baiser sur le coin de sa bouche. Tu n'as pas provoqué cette querelle. C'est moi. J'ai l'ai initiée il y a quinze ans quand j'ai massacré la famille de Mikhail. Ce n'était qu'un gosse, alors je l'ai laissé en vie.

Je secoue la tête.

— Je lui ai dit que son père était une ordure et j'ai espéré qu'il grandirait en devenant meilleur. C'est ma faute. J'aurais dû le tuer avec les autres, mais je ne l'ai pas fait.

J'embrasse l'autre coin de sa bouche, où je perçois le goût sa tristesse.

— Et je dois vivre avec ce fardeau. Je dois vivre en sachant que je suis responsable de chaque blessure sur ton corps sublime.

Elle secoue la tête.

— Ce n'est pas vrai.

J'appuie mon front sur le sien.

— Si, c'est vrai. Et je suis désolé.

— Mais… souffle-t-elle, la respiration saccadée. Les gardes du corps. G… Giles. Et l'autre voiture.

Elle enfonce ses doigts dans le devant de ma chemise.

— Et…

— Ce n'est pas ta faute.

Je me balance le moins possible, la berçant avec moi.

— Je sais que ça peut paraître insensible, mais les hommes qui travaillent pour moi ne s'attendent pas à vivre longtemps. Ils savent dans quoi ils s'engagent. Et ils savent ce que leur mort au travail apportera à leur famille.

De l'argent. Beaucoup d'argent.

— Mais si je n'avais pas piégé Rob…

Sa voix se brise et pour la première fois depuis ce qui me semble être une éternité, je lui donne une bonne nouvelle.

— Robert va bien.

Elle penche la tête en arrière pour me regarder dans les yeux, cherchant la vérité dans mes mots.

— Il va bien, répété-je. Ou du moins il ira bien. Avant que je ne le tue moi-même pour t'avoir mise en danger.

— Il va vraiment bien ? demande-t-elle, ignorant ma menace.

Si ça ne la contrariait pas davantage, je mettrais bien une balle dans le cerveau de cet idiot. Mais maintenant, il m'est redevable. Il a une putain de dette à vie envers moi, et il la remboursera en veillant sur elle comme son ombre pour le reste de sa vie d'emprunt.

Je sors mon téléphone de ma poche et envoie un message rapide.

— Il va bien, tu verras, la rassuré-je en le reposant avant de déposer ma main sur sa joue. Dis-moi ce que tu veux que je fasse.

Payton me regarde en clignant ses yeux bleu foncé remplis de larmes.

— Qu'est-ce que tu veux dire ?

— Dis-moi ce dont tu as besoin, la supplié-je. Dis-moi comment je peux me faire pardonner. Dis-moi ce que tu veux, ma belle. Dis-le-moi, et je le ferai. Je ferai tout ce qu'il faut pour te garder à mes côtés.

Mon cœur bat la chamade dans ma poitrine, cette peur sourde continuant à m'empoisonner.

Payton lève une main pour la poser sur la mienne, sur sa joue.

— Je veux un grand mariage.

Ma bouche s'ouvre, mais aucun son n'en sort.

Sous ma paume, je sens sa joue se gonfler d'un petit sourire.

— Répète, lui demandé-je d'une voix rauque.

— Tu m'as déjà sauvée. De bien des façons, dit-elle, alors que son expression peinée s'adoucit. Tu n'as pas besoin de faire autre chose que de continuer à m'aimer.

Mon cœur se serre si fort qu'il pourrait s'écrouler.

— Et je voudrais une grande robe de mariée. L'une de ces jupes bouffantes que l'on voit dans les émissions de téléréalité. Et des fleurs. Beaucoup de fleurs.

— Plein de fleurs, approuvé-je en fermant les paupières,

visualisant la scène exactement comme elle la décrit. Avec Toto comme porteur d'alliances.

Comme sur un signal, on frappe doucement à la porte de la chambre.

— Entrez.

J'ouvre les yeux et garde mes bras autour de Payton, la maintenant en place.

La porte s'ouvre et ma compagne sursaute en voyant le visage de Robert dans l'embrasure, amoché, mais en bonne santé, comme promis.

Il incline la tête, puis recule, laissant entrer un Toto tout excité qui se précipite sur le lit avant que le garde du corps ne referme la porte, nous laissant seuls tous les trois.

Les ongles du chien cliquettent sur le sol, puis il bondit sur le lit, où il se frotte au flanc de Payton.

— Et un orchestre, proposé-je.

Elle acquiesce, caressant son chien derrière les oreilles alors qu'il se love sur mes jambes, la tête posée sur sa hanche.

— Et des plats d'exception. En excès.

— Bien sûr.

Je dépose un baiser sur son front.

— Maintenant, permets-moi de te poser une question.

Je respire son parfum, l'essence de sa beauté m'envahissant.

— Payton Vawdrey, veux-tu m'épouser ?

— Permets-moi de répondre, dit-elle en se penchant en arrière pour plonger ses yeux dans les miens, remplis d'amour. Ça a toujours été toi.

EPILOGUE I - PAYTON

— Il y a de fortes chances qu'il perde sa langue, dit Aspen avec un sourire en glissant le délicat serre-tête orné de pierres précieuses dans mes cheveux. Et s'il ne le fait pas, je demanderai à mon frère de le tabasser après la cérémonie.

Je lui prends la main, mes ongles manucurés brillant d'un beau rose pâle.

— Merci.

Elle lève les yeux au ciel, mais j'insiste.

— Sérieusement, merci. Pour tout.

Au cours des six mois qui ont suivi *l'incident,* Aspen est devenue ma première véritable amie.

Ça n'a pas toujours été facile. Parfois, j'ai cru qu'elle voulait me jeter par la fenêtre. Ou me faire tomber une maison dessus. Mais maintenant, nous passons presque tous les week-ends ensemble, soit pour faire du shopping et manger, soit pour coordonner la prochaine grande collecte de fonds à laquelle elle doit participer. Avec son aide et l'argent de Nero, nous avons agrandi deux des refuges pour animaux locaux, en leur fournissant de la nourriture de qualité et en installant la climatisation dans les chenils.

— Arrête de me remercier et va te marier.

Aspen me serre la main le plus rapidement possible, ce qui équivaut à un câlin de sa part, avant de quitter la pièce en vitesse.

Je m'éloigne du miroir en pied doré et tourne une dernière fois sur moi-même avant de sortir de la chambre.

Comme promis, j'ai travaillé avec notre architecte d'intérieur pour *rafraîchir* la maison, en commençant par notre suite parentale.

Nous avons conservé l'imposant lit à baldaquin noir, mais nous l'avons drapé d'un tissu gris transparent, ce qui lui confère un aspect éthéré. Associé à la literie jaune et blanc, c'est l'endroit idéal pour se blottir l'un contre l'autre. Nous avons recouvert les murs d'un papier peint gris pâle et or et remplacé les chaises par des fauteuils en velours vert émeraude à haut dossier, afin que nous puissions nous asseoir confortablement lorsque l'envie nous prend de savourer un petit en-cas tard dans la nuit.

C'est parfait. Et nous continuons lentement à travailler sur le reste de la demeure.

Mes talons claquent sur les marches de l'escalier principal.

Robert écarquille les yeux et laisse échapper un sifflement.

— Waouh, jolie !

En tant que garde du corps personnel, il est aussi devenu l'un de mes meilleurs amis. Je sais que sa proximité constante a commencé par une menace sur sa propre vie, mais j'aime à penser qu'il m'apprécie aussi. Et je suis heureuse de ne pas avoir à marcher jusqu'à l'autel toute seule.

Lorsque j'arrive en bas, je sors mon pied de sous la jupe blanche pour dévoiler mes chaussures rouges étincelantes.

Elles sont un peu exagérées, avec ma robe de bal de princesse, recouverte de centaines de petites fleurs en soie. Mais c'est exactement ce que je voulais. Exactement ce que je n'aurais jamais pensé pouvoir avoir.

Et même si notre liste d'invités est restreinte, les personnes les plus importantes de notre vie sont présentes, et nous pouvons partager notre amour avec nos amis.

Amis.

Robert me tend mon bouquet et je serre les tiges avec des doigts tremblants. Les roses rouges, jaunes et orange étaient l'unique demande de Nero. Il a dit que je devrais toujours sentir la rose. Et que je devrais toujours être entourée de couleurs. Parce que je suis chaque jour son point lumineux.

Quand je renifle, Robert secoue la tête.

— Ne pleure pas tout de suite. Attends au moins que le patron ait eu le temps de te regarder.

J'expire et hoche la tête.

— C'est bon. Je suis prête.

Nero

Je n'étais pas prêt.

Je ne le serai jamais.

Ma poitrine se gonfle de fierté, d'amour et d'une joie immense lorsque Payton traverse l'allée parsemée de pétales jusqu'à moi.

Je savais que ce serait l'un de mes meilleurs souvenirs d'elle, c'est pourquoi j'ai insisté pour qu'il ait lieu ici, dans nos jardins. Parce que je viendrai ici tous les jours, jusqu'à la fin de ma vie, pour revivre ce moment.

Sa robe. Ses cheveux. Les éclats qui brillent sur chaque centimètre carré de sa silhouette ne sont rien en comparaison de son regard.

De l'adoration à l'état pur.

Un amour que je ne mérite pas.

Une fois qu'elle m'a rejoint, je pose ma main sur sa joue.

— Tu es magnifique, putain !

Une larme coule du coin de son œil alors que je la sens sourire à mon contact.

— Tu es plutôt pas mal, toi aussi, murmure-t-elle.

Le prédicateur s'éclaircit la gorge et Toto aboie, mais je n'ai jamais aimé suivre les règles, alors, tant que je la tiens, je plaque ma bouche sur la sienne. Je scelle nos promesses d'un baiser.

EPILOGUE II - PAYTON

— C'est, de loin, les meilleures vacances que j'aie jamais passées de toute ma vie, dis-je à Nero alors que nous admirons le coucher de soleil.

Ma tête posée sur son épaule, je le sens rire.

— Vraiment, madame Nero ? Le Grand Canyon est mieux que notre lune de miel au Belize ?

J'ai encore des palpitations chaque fois qu'on m'appelle ainsi, *madame Nero*. Surtout quand ça vient de sa bouche.

— Les vacances opulentes à la plage, c'est du passé, plaisanté-je en tendant le bras. Ça, c'est de la vraie magie.

L'un des rayons du soleil s'accroche à mon alliance, projetant une pluie de reflets sur l'épais cercle de rubis. Et je repense à l'inscription gravée à l'intérieur. *Rien ne vaut son chez-soi.*

Je glisse du banc et m'agenouille dans l'herbe devant Nero.

— Tu fais quoi ? demande-t-il.

Ses paupières sont cependant baissées, car il sait exactement ce que je fais.

Au lieu de répondre, j'appuie ma paume sur son entrecuisse, qui durcit aussitôt, le tissu fin de son short de sport ne cachant rien.

— Le parc est toujours ouvert, bébé. On pourrait nous voir.

Je lève les cils vers lui, tirant sur l'élastique de son short afin de saisir son membre et de le libérer.

— On a donc intérêt à faire vite, hein ?

La mâchoire de Nero se contracte. Il en a envie. Je le sais. Mais il ne veut pas qu'un de ses hommes me voie avec un membre dans la bouche, même si c'est le sien.

Et je sais qu'il va me le dire, en évoquant les agents de sécurité qui attendent juste de l'autre côté des pins broussailleux, alors j'interromps sa plainte en enroulant mes lèvres autour de lui.

— Bordel ! siffle-t-il en saisissant aussitôt la base de ma queue-de-cheval.

Je souris et ses hanches tressautent.

— Tu crois qu'une pipe sur l'une des sept merveilles du monde fera aussi de ces vacances mes vacances préférées ?

Je hoche la tête, l'entraînant plus profondément dans mon mouvement.

— Putain !

Sa verge palpite dans ma bouche.

— Putain, tu as tellement raison !

Sans me prévenir, Nero exerce une pression sur l'arrière de mon crâne. Mais je m'en doutais, car je sais ce qu'il aime, j'avais donc déjà détendu ma gorge et relâché la tension de mon cou.

Quand il appuie, j'y vais à fond, je le prends tout au fond de ma gorge si bien que mon nez bute contre ses abdominaux.

— Merde !

Il me tire la tête vers le haut, son sexe se libérant d'entre mes lèvres.

— Tu vas bi…

Il voit à mon expression combien je me sens bien.

— Bordel, je t'aime !

Nero se sert de sa prise sur mes cheveux pour me hisser, puis colle sa bouche contre la mienne pour un baiser qui fait frémir mon clitoris. Il resserre son emprise et mon corps tout entier s'illumine alors qu'il me ramène au sol.

— Il est temps pour toi d'avaler ma queue, bébé. Laisse-moi posséder cette gorge, et quand nous serons rentrés à l'hôtel, je te baiserai jusqu'à ce que tu t'évanouisses.

— Promis ?

Je souris tout en léchant sa longueur.

— Je ne te mentirai jamais, gémit Nero en me poussant la tête vers le bas.

Je l'avale goulûment tandis que le ciel explose de couleurs autour de nous.

CONCLUSION

Si vous êtes arrivés jusqu'ici, je vous remercie du fond de mon cœur pervers.

Je savais que je voulais m'aventurer dans les ténèbres, et Nero était le guide parfait. J'espère que vous avez apprécié cette aventure, et j'espère que vous avez été aussi dégoûtés pendant la *scène du doigt* que je l'ai été en l'écrivant.

Un grand merci à ma mère, Karen. Tu m'as offert mon tout premier roman d'amour. Tu m'as aidée à éditer mon tout premier roman d'amour. Et nous voilà dix livres plus tard, en train de perfectionner notre routine. Donc merci pour tes nombreuses heures de lecture. Et pour les heures passées à m'écouter parler d'intrigues. Et pour avoir accepté certaines des idées foireuses qui sont à l'origine de ce bouquin.

Merci, Kerissa, d'avoir été une si gentille fille. Bisous, tu es vraiment la meilleure. Et je ne sais pas où j'en serais sans ton aide, tes commentaires et ton amitié.

Merci, Brittni Van, d'être toi. Et d'être une si bonne éditrice. Je suis incroyablement heureuse de te connaître.

Merci, Ellie, d'avoir rejoint le train de Tilly. Nous sommes un cirque, mais nous sommes un super cirque, et je suis ravie de t'avoir à bord.

Merci, Lori Jackson, d'avoir donné vie à Nero par le biais

de couvertures de mecs sexy et de couvertures discrètes, et d'avoir supporté mon cerveau chaotique.

Merci, Mandi, pour ton soutien constant et tes appels téléphoniques.

Merci, monsieur Tilly. Je sais que tu préférerais sûrement faire autre chose que de m'écouter expliquer l'intrigue de ce livre une énième fois, mais tu me subis quand même et je t'en suis reconnaissante.

Merci à ma sœur, Lindsay, Bêtasse, d'être toujours enthousiaste à propos de tout ce que j'écris.

Merci à G. Marie, Elaine Reed et S.L. Astor d'être un groupe de soutien formidable. Nous avons commencé par des sprints d'écriture, et nous sommes devenues bien plus que cela.

Merci, Cat Wynn, d'écouter tous les mémos vocaux que je t'envoie. Et de m'avoir permis de coanimer le podcast Tall Dark & Fictional. (Petite pub subtile.)

Merci, Mikayla, d'être une telle lumière dans mes journées et d'avoir lu Nero en avance, en me donnant toutes tes réactions. Si quelqu'un veut lui envoyer un livre par la poste, allez jeter un œil à sa Wishlist @lovemikaylaeve

Merci, Stephanie et Liz, d'être mes lectrices en avant-première. Vous retirez tellement de stress de mes épaules.

Merci à toute mon équipe de lectrices en avant-première. Je ne vous remercierai jamais assez. Votre énergie et vos encouragements sont uniques et je vous aime.

Merci, Jen, pour ton dévouement à promouvoir Nero, et en général pour ton soutien.

Merci à mon agent, Katie, d'avoir travaillé à mettre ce livre entre les mains de lecteurs étrangers avant même qu'il ne soit publié.

Merci, papa, d'avoir dit à tes amis que j'écrivais des livres cochons. Tu m'as demandé de t'inclure dans mes remerciements, et te voilà. On verra quand tu le trouveras. Et merci à Roxie de l'avoir sûrement lu en premier !

Merci, Ali, d'avoir lu Nero en avance et d'être un être humain extraordinaire.

Merci au reste de ma famille. Je viens vraiment des meilleures personnes. Et c'est pour cette raison que je suis capable d'être moi. D'écrire comme moi. Et d'avoir confiance en moi.

Et, comme toujours, ma vie ne serait pas ce qu'elle est aujourd'hui sans tous ceux qui me soutiennent.

Merci, Banshees.

Merci, Ginger et Kanani, Vegas a été meilleur grâce à vous deux.

Merci, Annie, ma numéro un, et Cici, pour tous vos mots doux.

Merci, Nikki, pour tes vidéos géniales et pour m'avoir permis d'utiliser ton nom pour *cette pétasse.*

Merci, Payton, de m'avoir autorisée à voler ton nom pour ce livre. C'était parfait.

Merci à Sam, Ashley, Rachel, B.J. et Suga dicks, je veux dire Dominique.

Merci, Melinda, Chula et Karen pour votre soutien constant.

Merci à l'autre Karen, à Anna et à Betsy de m'encourager dans tout ce que je fais.

Et merci à toutes les personnes que je n'ai pas nommées. Je n'ai plus beaucoup de ressources cérébrales pour l'instant et je sais qu'il me manque beaucoup de personnes spéciales. Mais s'il vous plaît, croyez-moi quand je dis que je vous apprécie aussi. C'est un véritable honneur de pouvoir écrire des histoires pour vous. Et je continuerai à le faire aussi longtemps que je le pourrai.

À la prochaine, et pour reprendre les mots de ma grand-mère, soyez bons. Mais si vous ne pouvez pas être bons, amusez-vous.

Á PROPOS DE L'AUTEURE

Comme tous ses livres, S.J. Tilly réside dans le glorieux État du Minnesota, où elle est née et a grandi. Pour éviter les hivers glacials, S.J. aime se plonger dans les livres, que ce soit pour les lire, les écrire ou les écouter.

Lorsqu'elle n'est pas occupée à concevoir ses histoires contemporaines, on peut la trouver en train de se détendre avec son mari et leur troupeau de boxers. Et quand le temps le permet, elle adore utiliser son compost dans le jardin, en prétendant savoir ce qu'elle fait. Les voisins n'apprécient peut-être pas la pagaille fleurie de son jardin, mais les abeilles, elles, si. Et c'est bien là le plus important.

Pour rester au courant de toutes les infos sur Tilly, faites en sorte de la suivre sur ses réseaux sociaux et venez interagir dès que l'envie vous prend !

Liens vers tous ses réseaux sur son site web : www.sj-tilly.com

DU MÊME AUTEURE

D'accord, c'est ma faute si j'ai supposé que mon rencard n'était *pas* marié. Et j'ai commis une erreur en l'emmenant dîner chez une amie, pour découvrir que celle-ci était également amie avec sa femme. Parce qu'en réalité, il *est* marié. Et il s'avère qu'elle est chez mon amie parce que son mari était censé *travailler*.

Vous êtes perdus ? Moi aussi.

Sans surprise, la femme de mon rencard est furieuse d'apprendre que son mari est un connard infidèle.

Meuf, je te comprends.

Mais ensuite, comme si ce n'était pas déjà assez compliqué, il y a l'homme assis à côté de l'épouse de mon rencard. Un homme nommé King, qui est apparemment son frère, et qui porte bien son nom.

Et comme mon *rencard* est un sale menteur, je n'ai aucun scrupule à baver sur King, d'autant plus que je ne le reverrai jamais.

Ou du moins je n'en ai pas l'intention.

J'ai prévu de prendre un Uber pour aller récupérer mes clés de voiture à l'appartement du mari infidèle.

J'ai prévu d'être rapide.

Et si je devais énumérer mille scénarios possibles… jamais je n'aurais imaginé être témoin du meurtre de mon rencard avant d'être kidnappée par son assassin et forcée à épouser un seigneur du crime super séduisant, mais manifestement timbré.

Mais hélas, c'est le cas.

Made in the USA
Monee, IL
11 November 2026

68341148R00249